다시 茶詩를 읽으며
시차 詩茶를 마시다

다시茶詩를 읽으며 시차詩茶를 마시다

이형곤 지음

이른아침

일러두기

1. 차와 관련된 글에는 '茶'字를 '차'와 '다'로 한글 표기되고 있다. 대체로 명사로 茶의 명칭이나 도구에 대한 호칭은 '차'자로 표기하고(예: 녹차, 차호, 차칙 등), 책명이나 동사로 활용할 때에는 '다'로 표기되고 있다(예: 다부, 다례, 행다 등). 오랫동안 사용이 된 표기법이라 이 책에서는 이해를 쉽게 하기 위해서 '차茶'와 '다茶'로 표기한다.

2. 참고문헌의 경우, 서명과 저자명 등을 임의로 통일하지 않고 출판된 상태 그대로 적는 것을 원칙으로 하였다. 참고문헌의 배치 순서는 중국어 문헌이나 한국어 문헌 모두 한국어 발음을 기준으로 하였다.

3. 본문에서 번역해 인용한 원문은 각 부의 미주로 제시하였다. 비록 본문에 번역하여 옮기지 않더라도, 전후 문맥을 이해하는 데 도움이 되거나 논의 전개상 연구 자료로서 가치가 있다고 판단되는 원문들은 함께 미주에 제시하였다.

시詩는 함축된 언어로 가슴 저미는 정감을 전하기에,
차茶를 마실 때면 시흥詩興이 물 솟듯 치밀어 오르며,
그 뜨거운 마음을 시 한 수에 오롯이 담아낼 수 있다.

추천사

1.

공자 제자인 진항陳亢은 공자가 아들인 '백어伯魚(孔鯉)'에게 '공자가 교육과 관련하여 제자들에게 가르쳐준 것 이외에 특별한 것을 따로 가르친 것이 있었는지'에 대해 질문한다. 백어는 특별한 것은 없었고 다만 공자에게 다음과 같은 말을 들었다고 답변한다.

"시를 배우지 않으면 '말'을 할 수 없다[不學詩, 無以言]."

공자의 이 말은 시가 중요하는 것을 강조한 것인데, 공자가 말한 '말[言]'은 관계지향적 삶을 추구하는 유가 지성인으로서 사람답게 말하고, 처한 상황에 맞게 제대로 응대하는 능력을 상징한다. 단순히 미사여구美辭麗句를 동원해 말을 잘한다는 차원이 아니다.

공자는 이 같은 시의 효용성을 보다 구체적으로, 감정을 자극하여 도덕적 감수성을 깨우는 기능[興], 개인의 마음 상태, 사회의 풍속, 정치의 잘됨과 어그러짐 등을 제대로 관찰할 수 있는 기능[觀], 타인과 함께하는 공동체 의식을 부여하고 함께 공존하는 데 필요한 윤활유로서의 기능[群], 억울함과 부조리에 대한 불만이 있지만 그것을 절제하여 화를 내지 않고 예禮에 맞게 표현하는 기능[怨; 怨而不怒]을 비롯하여 치국과 평천하의 기능을 가지고 있음을 말한다. 자연계에 존재하는 동식물에 대한 다양한 지식을 습득하는 것은 덤이다.

공자에게 시는 단순한 문학 작품의 한 형식이 아니었다. 시는 도덕·정치·인격 수양을 관통하는 교육의 핵심 매체이면서 아울러 감정의 흥기를 표현하는 도구였다. 이에 시를 '생각함에 사특함이 없어야 함[思無邪]'을 통해 인간 '성정의 올바름[性情之情]'을 표현하는 이른바 '도덕의 언어'로 규정하였다. 이 같은 시의 기능과 효용성을 감안할 때, 후대 유가儒家 사상에 훈도薰陶된 문인 사대부들이 읊은 다시茶詩도 그냥 '차를 노래한 시'라기보다 차를 매개로 한 바람직한 삶의 태도와 정신세계를 담은 문학 형식에 속하였다.

2.

중국 역대 문인 사대부들의 음다飮茶 문화가 언제부터 줄발한 것인지에 대해 다양한 관점이 있다. 흔히 동진東晉 시대부터 시작되었다고 하는데, 차가 무엇인지에 대한 학문 차원의 시발점은 당대唐代라고 할 수 있다. 육우陸羽의 《다경茶經》은 이런 점을 상징한다. 하지만 《다경》이 갖는 한계점은 있다. 《다경》에서는 차의 성질이 '한寒'이란 점과 차는 '정행검덕精行儉德' 차원의 인물에게 적합한 음료라는 것을 말했지만, 문인 사대부들이 추구한 고상한 운치韻致를 논하고 아취雅趣를 논하는 차문화, 이른바 철학과 미학 차원의 차문화는 송대를 기다려야 했다. 이런 점은 차문화를 주도한 계층이 누구였는지와 밀접한 관련이 있다.

'일상다반사日常茶飯事'라는 용어가 상징하듯 보다 차문화가 보편화 된 것은 송대에 와서고, 이에 더불어 차에 대한 철학적 규명이 이루어지게 된다. 그 철학적 규명에는 유가와 도가 사유가 담겨 있는데, 송대 휘종徽宗의 《대관다론大觀茶論》은 그 정점에 있다. 휘종이 자신이 마시는 차가 일반인들이 마시는 차와 어떤 차별점이 있는지를 다양한 관점에서 분석함으로써 차를 '구별짓기(Distintion)' 차원의 특화된 음료로 규정한 점에서 그렇다. 이후 명대 주권朱權의 《다보茶譜》에 이르면 임하林下(자연)의 삶을 사는 과정에서 수양의 도에 도움을 준다는 발언에서 차의 효용성은 극대화된다. 이런 정황에서 주목할 것은 주권의 '차를 마시면 시흥을 돕는다[助詩興]'라는 발언이다.

3.

중국의 역대 차문화는 시대 변화에 따라 이제 문인 사대부들이 차를 단순 양생養生 차원의 음료가 아니라 자신들이 추구하는 조화로운 관계 지향적 삶, 아취雅趣 문화, 은일隱逸적 삶을 적절한 시어詩語를 통해 표현하는 현상으로 전개된다. 이런 점이 다양한 다시를 통해 표현되곤 하였는데, 중국 역사를 보면 다시에 유명한 인물들이 많다. 당대의 노동盧仝, 백거이白居易, 송대의 소식蘇軾, 황정견黃庭堅, 육유陸游 등은 주목할 만한 인물들이다. 하지만 그들은 단순 시인이 아니었다. 유교·불교·도교(도가) 삼교에 해박한 지식을 가진 사상가였고, 아울러 문예적 역량이 뛰어난 인물들이었다.

이들은 '맑음[淸]', '담담함[淡]', '고요함[靜]', '조화로움[和]', '마음 비움[虛]', '운치 있음[韻]', '탈속 지향적 삶[隱]' 등과 관련된 것을 다양한 시어를 통해 표현하곤 하였다. 이에 독서하다가 차를 달여 마시고, 차를 마시면서 벗과 담소하고, 세속의 시끄러움에서 물러나 차 한잔으로 마음을 정돈하는 등, 검소하지만 아취가 있고 품격 있는 삶의 표상으로서 차가 운용되었다. 이런 점에서 차 한잔을 마시는 것을 마음을 씻고[滌心] 정신을 바로 세우는 행위, 수양의 한 과정으로 규정하였다. 때론 거경居敬의 삶, 사물의 이치를 탐구하는 궁리窮理의 실천 도구로서의 차문화를 강조하였다. 특히 명대에 오면 불교 차원의 '다선일미茶禪一味'보다는 '독철왈신獨啜曰神(혹은 獨啜曰幽)'을 중심으로 한 '다은일미茶隱一味' 차원의 은사 차문화도 융성하게 된다.

중국의 역대 문인 사대부들이 추구한 이 같은 차문화에는 유가儒家와 도가道家의 철학이 담겨 있었는데, 결과적으로 이런 점은 다시를 통해 '차로 유가가 지향하는 도를 드러내고, 차 맛이 주는 담담함으로 도가가 지향하는 현묘함을 토로한다'는 차원으로 전개되었다. 이 같은 중국 문인 사대부들이 다시를 통해 추구한 차문화는 한국의 문인 사대부들의 다시에도 유사하게 반영되었다.

4.

한국의 문인 사대부들이 읊은 다시는 중국에 비해 상대적으로 적다. 자연에서 생산되는 신선한 재료를 음식으로 하는 한국과 식재료를 한 번 기름에 튀겨서 먹는 중국의 '음식 문화의 차이'와 생산되는 '차 종류의 다과多寡 여부'를 감안하면 이런 현상은 자연스럽다. 이처럼 중국에 비해 상대적으로 다시 숫자는 적었지만 내용적으로는 의미있는 다시가 많았다. 시詩, 술[酒], 금琴'을 지나치게 좋아했다는 점에서 '삼혹호三酷好 선생'으로 불린 이규보李奎報와 청한자淸寒子 김시습金時習이 남긴 많은 다시는 그 하나의 예다.

조선조 차문화사에 나타난 문인 사대부들의 다양한 다시를 분석해보면, 유가 차원에서는 군자의 삶을 차 한잔에 투영하고, 도가 차원에서는 탈속 지향의 은사隱士들의 은일적 삶을 깃들이고자 한 것을 확인할 수 있다. 이형곤 박사의《다시茶詩를 읽으며 시차詩茶를 마시다》라는 책은 주로 조선시대 문인 사대부의 다시茶詩에 유가와 도가 사유가 어떻게 표현되어 있는지를 살펴보고자 한 것이다.

한국 차문화 역사에 나타난 다양한 다시를 모은 자료집 형태의 저서는 있다. 하나하나의 다시를 개별적으로 그 의미를 밝힌 것도 있다. 하지만 문인 사대부들이 읊은 다양한 다시를 유가와 도가 철학 측면에서 분석하고 의미를 부여한 체계적인 연구 결과는 없었다. 과문寡聞임을 감안하고 말한다면, 중국과 일본도 이런 연구 경향은 마찬가지다. 동아시아 차문화의 이 같은 연구 정황에서 볼 때, 이 책이 갖는 중차대한 의의와 장점은 바로 이 점에 있다. 이형곤 박사의 저술 내용과 연구 방법론이 이후 한국 차문화 연구가 한 단계 도약하는 데 지남指南이 될 것이라고 믿어 의심치 않는다.

就閑齋에서 조민환 謹識

책머리에

1.

지금은 차茶가 누구나 쉽게 접할 수 있는 일상의 음료가 되었지만, 조선시대에는 궁중이나 문인 사대부 계층만이 제한적으로 즐길 수 있는 기호품이었다. 당시 차는 단순한 음료가 아니라 수양修養과 은일隱逸, 양생養生의 도구로 여겨졌고, 그 특징과 효능을 깨닫는 순간의 통찰과 이를 글로 표현하며 느끼는 기쁨은 형용할 수 없는 경지였다.

중국의 차문화를 먼저 접했던 경화사족京華士族은 이를 토대로 우리 실정에 맞는 독자적 차문화를 발전시켰다. 그러나 차가 우리나라에 도입된 이후 오랫동안 체계적인 기록이나 이론서가 부족했다는 제한점이 있었다. 이러한 상황에서 초의선사草衣禪師(1786~1866)가 1837년에 저술한 《동다송東茶頌》은 유일한 다서茶書로 여겨졌다. 《동다송》의 영향으로 '차'에 대한 연구가 불가적佛家的 해석 즉, '차=선禪'이라는 관점의 편중된 시각이 형성되기도 했는데, 이제는 이에서 벗어나 다각적인 학술적 문제의식을 느낄 필요가 있다.

기존 연구는 조주선사趙州禪師의 '다선일미茶禪一味', 추사秋史 김정희金正喜(1786~1856)의 '명선茗禪' 등에서 확인되듯, '차'를 '선'과 동일시하는 경향이 강했다. 물론 이러한 해석도 동아시아 차문화의 중요한 축임은 분명하다. 그러나 이는 동양 문인 문화에서 형성된 차 인식 중 제한적인 범위에 해당한다. 왜냐하면 중국의 송대부터 명대에 이르는 방대한 다서의 저작자 다수가 문인이었기 때문이다. 따라서 '차=선'으로 단정하는 관점에서 벗어나 차문화를 보다 폭넓게 바라볼 필요가 있다.

초의선사 역시 승려였지만 유가 차인들과 활발한 교유交遊가 있었다. 초의선사에게 유가적 안목을 넓혀준 다산 정약용, 청조 문물에 밝았던 추사 김정희와의 교유는 사회적 신분이나 종교를 초월한 '이문회우以文會友'의 입장에서 이루어진 유불간儒佛間의 교유를 보여준다. 《동다송》에는 유가 사상의 '군자君子', '중정中正', '사무사思無邪' 등을 통해 차문화를 논하는 대목들이 나타난다.

1980년대에 이르러 류승국柳承國이 한재寒齋 이목李穆(1471~1498)의 문집에서 1494년에 쓴 《다부茶賦》를 발굴 소개하여 조선조 다서 연구에 새로운 전기를 맞이하였다. 성균관成均館 출신의 유학자로서 한재寒齋는 《다부》와 《허실생백부虛室生白賦》에서 도학과 노장사상老莊思想이 조화된 독특한 다론茶論을 펼쳤다.

이에 필자는 조선시대 문인 사대부의 다서茶書에 나타난 다시茶詩를 중심으로 유가적·도가적 사유가 어떻게 담겨있는지를 살펴보고자 한다.

차 한잔을 마신다는 것은 철학과 문학적 차원에서 볼 때 매우 다양한 의미를 지닌다. 음다飮茶에 담긴 인생 삼락三樂은 맹자가 말한 '삼락'과 다른 차원에서 문인들이 추구하는 아취雅趣의 세계를 보여준다. 이런 아취적 삶에는 크게 유가적 사유와 도가적 사유가 모두 스며있다. 이에 필자는 이 책에서 '자연의 빼어난 기[秀氣]'를 받은 가목嘉木으로서의 차를, 유가적 관점에서 '경敬', '성誠', '중정中正'으로, 도가적 관점에서는 '신선사상神仙思想', '은일문화隱逸文化' 등을 통해 살펴보고 설명하고자 하였다.

2.

자연의 신령스러운 기운을 응축한 차는 청기淸氣를 머금은 아름다운 생명체이다. 소식蘇軾(1036~1101)은 비덕比德 차원에서 '좋은 차는 좋은 사람과 같다'고 하여 차의 품격을 인격의 비유로 승격시켰다. 이러한 인식은 조선조 유학자들의 차문화에도 많은 영향을 주었고, 그 양상이 특히 다시茶詩에 잘 드러나고 있다.

다시는 차와 관련된 폭넓은 주제를 담고 있다. 차의 재배, 찻잎의 상태, 채다 시기, 차의 종류, 조다造茶, 저장, 다구茶具, 음다 풍속, 차 정신, 수질 감별[品水], 다도 철학 능 자문화의 전 영역을 품고 있다. 조선조 문인 사대부들의 다시는 일상의 차 생활과 더불어 차를 매개로 추구했던 아취적雅趣的 이상과 정신세계를 드러내는 자료로서 매우 중요하다.

고려와 조선의 다시는 중국 다시의 영향을 크게 받았다. 특히 중국 다시는 송대 사인士人 계층의 부상을 기점으로 당대와 현저히 다른 양상을 보이므로, 송대 이전과 이후를 나누어 살펴볼 필요가 있다. 이 책에서는 '선진先秦에서 당대唐代'까지, '송대宋代에서 청대淸代'까지로 분류하여 중국 다시의 흐름을 정리하고, 이러한 전통이 조선의 차문화와 다시에 어떻게 수용되고 변용되었는지를 살펴보고자 한다. 이를 통해 조선 유학자들이 중국 다서와 다시를 재해석한 방식, 그리고 차에 담은 간절한 정회情懷를 시로 승격시킨 과정을 보다 깊이 이해할 수 있을 것이다. 시는 함축된 언어로 가장 섬세한 정감을 전하는 형식이기에, 문인들은 차를 마실 때마다 솟구치는 시흥詩興을 한 수의 시로 온전히 담아내었다.

이 책이 출간되기까지 물심양면으로 도움을 주신 모든 분께 깊은 감사를 드린다. 먼저 지금까지 믿어주고 용기를 준 사랑하는 가족들에게 고마움을 전한다. 학문적 여정의 길목마다 따뜻한 지도와 정확한 편달을 아끼지 않으신 조민환 교수님께 진심으로 감사 말씀을 올린다. 또 다양한 학문 영역에서 호기심을 확장할 기회를 열어주시고 늘 격려해주신 이문주 교수님께도 깊은 감사 말씀을 올린다. 박사 과정 동안 든든한 동반자이자 조언자가 되어주신 정명희 교수님, 그리고 원고의 마무리 과정에서 세심한 교정과 귀중한 의견을 보내주신 김상하 박사님, 김영민 박사님과 박지원 박사님에게도 이 자리를 빌려 감사의 인사를 드려야 하겠다.

2026년 1월 無已茶禮院에서

李炯坤 謹識

차 례

제1부

차문화의 길을 따라가다

고려 말 신흥 사대부들이 새로운 관료층으로 부상하면서 고려에서 조선
으로 이어지는 과도기적 흐름의 중심에 섰다. 이들이 차를 즐겼던 모습은
당시 다량의 다시茶詩를 통해 확인된다. 이러한 고려의 차문화는 중국에
서 발간된 다서茶書 및 다시茶詩의 영향을 크게 받은 것으로 알려져 있다.

1. 중국에서 차가 사랑받게 된 과정

실증적인 자료는 없지만 흔히 차는 신농씨神農氏에서 시작했다고 전해진다. 차는 '서초괴瑞草魁', 즉 상서로운 풀의 으뜸으로 불리며, 차를 노래한 시[茶詩]는 차문화의 다양한 꽃들 가운데서도 특히 향기로운 방초芳草이자 빛나는 보배로운 꽃에 비유된다. 이러한 다시는 마치 차문화로 통하는 아름다운 오솔길과도 같다고 할 수 있다.

역사 속 수많은 중국 문인과 묵객들은 차와 깊은 인연을 맺어왔다. 그들은 차를 사랑했고, 차는 그들의 마음을 울려 수많은 명작을 탄생시키는 매개가 되었다. 차는 시인의 영감을 불러일으켰고, 차를 주제로 한 시가 널리 퍼지면서 차는 문인들이 사랑하는 필수품이 되었다. 이처럼 차의 품격과 시의 경지는 서로 조화를 이루며 중국 특유의 문화적 정취를 형성해 왔다.

선진에서 당대 이전까지의 다시

먼저 선진先秦 시기부터 한위漢魏 시대까지 나타나는 차茶 문화의 흐름을 살펴보자. 《시경詩經》 곳곳에서 '차[茶]'에 관한 언급이 등장한다.

- 〈대아(大雅)·면(緜)〉: "주나라 들판이 기름지고 아름다우니, 오두[堇]와 차[荼]도 엿처럼 달다."[1]

- 〈패풍(邶風)·곡풍(谷風)〉: "누가 차[荼]가 쓰다고 하는가, 그 달기가 냉이[薺]와 같도다."[2]

- 〈빈풍(豳風)·칠월(七月)〉: "차[荼]를 뜯고, 가죽나무[樗]를 베어 농부들을 먹이노라."[3]

- 〈빈풍(豳風)·치효(鴟鴞)〉: "내 손을 부지런히 움직여, 차[荼]를 따오노라."[4]

- 〈정풍(鄭風)·출기동문(出其東門)〉: "동문을 나서니, 여자들이 하얀 차[荼]꽃처럼 아름답네. 비록 차꽃처럼 아름다워도, 내 마음에 드는 이는 아니로다."[5]

- 〈대아(大雅)·상유(桑柔)〉: "백성들이 난리를 탐하는 것은, 차독[荼毒]처럼 독하기 때문이다."[6]

- 〈주송(周頌)·양사(良耜)〉: "'잡초와 차[荼蓼]'를 제거하니, 그것이 썩어 곡식이 무성하게 자라노라."[7]

《시경》은 주나라 사람들 삶의 다양한 측면을 보여준다. 토지에 대한 애착, 노동의 고됨, 사랑의 진실함뿐 아니라 버림받은 여인의 한과 정치적 폭압까지, 폭넓게 담아낸다. 여기에 등장하는 '도荼'가 '차荼'를 가리키는지에 대해서는 논란이 있으나, 분명한 것은 당나라 이전에는 '차荼'라는 글자가 존재하지 않았다는 것이다. 다만, 청나라 학자 학의행郝懿行이 《이아의소爾雅義疏》에서 "지금의 '차荼'는 옛날의 '도荼'이다. … 당나라 육우陸羽가 《다경茶經》을 지으면서 한 획을 줄여 '차茶'로 썼다"[8]고 설명한 것을 참조하면, '차茶'라는 글자의 변천을 확인할 수 있다.

'차'는 예로부터 다양한 글자로 표기되었다. 육우의 《다경》에서는 '차茶, 가檟, 설蔎, 명茗, 천荈'이 등장하고, 한재寒齋 이목李穆의 《다부茶賦》에서는 '한薲, 파菠' 등의 표기도 보인다. 이를 고려하면 《시경》 속 식물 이름 중에는 오늘날 '차'를 포함한 경우도 있을 가능성이 있다. 차를 지칭하는 명칭 중 '차茶'는 어린잎을 일찍 딴 것을 의미하고, '명茗'은 늦게 딴 찻잎을 가리키는 말로 구분된다. 문인들은 종종 '차' 대신 '명茗'을 사용했는데, 늦게 딴 찻잎을 의미하는 '명'이 그들이 추구한 청빈淸貧한 삶의 이상과 더 잘 어울렸기 때문으로 보인다. 예를 들어, 가장 많은 다시茶詩를 남긴 남송南宋의 시인 육유陸游는 〈한거서사閑居書事〉에서 '차'를 명茗으로 표현하였다.

> 玩易焚香消永日 《역경》을 감상하고 향을 사르며 긴 하루를 보내고
> 聽琴煮茗送殘春 거문고 소리를 들으며 차를 달여 늦봄을 보내네.[9]

이처럼 다시를 통해 은일을 지향한 문인들의 생활 정서와 차의 위상을 엿볼 수 있다. 한편 《시경》 이후 한漢나라의 '악부민가樂府民歌'[10]와 '고시古詩'에서는 다시茶詩가 거의 나타나지 않는다. 육우의 《다경》에 따르면 중국 최초의 확실한 다시는 서진西晉 좌사左思의 〈교녀시嬌女詩〉이다. 좌사는 뜻이 높고 재주가 뛰어나며 마음이 넓은 인물로 평가되었는데, 그의 영사시詠史詩는 필력이 웅건하고 정서가 풍부한 시로 평가되지만, 〈교녀시〉에서는 현실적 묘사와 속어 사용으로 두 소녀의 천진한 모습을 생생하게 그려냈다.

우리 집에 아리따운 여자가 있는데, 얼굴이 희고 깨끗하여 매우 뽀얗다. 작은 아

이는 환소(紈素)라 부르고, 입과 치아가 깨끗하고 가지런하네. 언니인 큰아이는 혜방(惠芳)이라 하는데, 얼굴이 그림같이 곱다네. 원림에서 마차 타듯 달리니, 익지 않은 과일이 다 떨어지네. 꽃을 좋아하여 비바람 속에도 수없이 왔다갔다 하네. 차를 맛보기 위한 급한 마음에, 차 끓이는 화로에 입김을 불어 넣네.[11]

시 속는 과일나무 그늘 아래에서 뛰노는 교녀들의 천진난만한 모습이 생생하게 그려져 있고, 당시 사용하던 다기茶器와 차를 끓이는 방식도 함께 묘사되어 있다.

한편, 서한 시대 사천四川 지역에서는 이미 차 재배와 음용이 보편화되어 있었고, 성도成都는 서남 지역 최대의 차 시장으로 번성했다. 진晉나라 장재張載(기원전 54~18)의 〈등성도백토루시登成都白菟樓詩〉[12]가 이를 생생하게 보여준다. 시인은 고향인 성도를 그리워하고 한나라의 문장가 양웅揚雄과 사마상여司馬相如를 떠올리며, 이어서 대부호 정정程鄭과 탁왕손卓王孫 등의 사치스럽고 오만한 생활을 언급하며 인생에 대한 깊은 감회를 표현한다. 특히 시 중에 '향기로운 차가 육청六淸[13]을 뛰어넘고, 그 맛이 온 세상에 퍼지네[芳茶冠六淸, 溢味播九區]'라는 구절이 있어 당시 차문화의 성행을 짐작하게 한다.

육청[六飮]은 《주례周禮》에 기록된 천자에게 올리는 여섯 가지 전통 음료, 즉 '수水[물], 장漿[미음], 예醴[단술], 량醼[맑은술], 의醫[감주], 이酏[기장술]'를 가리킨다. 여기서 '육청을 뛰어넘는다'는 표현은 차의 우월성을 부각하는 것이다. 위진시대 진晉나라의 손초孫楚(약 218~293)는 〈출가出歌〉에서 "생강, 계피, 차, 늦게 딴 '천荈'은 모두 파촉에서 나네[薑桂茶荈出巴蜀]"[14]라고 하여, 당시 파촉 지역이 차의 주요 산지였음을 보여준다.

남조南朝 송나라 사람 왕미王微의 〈잡시雜詩〉에서는 전장에서 돌아오지 않는 남편을 그리워하는 여인이 차를 마시며 슬픔을 달래는 정경을 그려내고 있다.

寂寂掩高閣	적적히 높은 누각을 닫고
寥寥空廣廈	쓸쓸히 넓은 집은 비어 있네.
待君竟不歸	임을 기다리나 끝내 돌아오지 않으니
收領今就檟	옷깃 여미며 이제 차를 마시네.[15]

위 시에서 '가檟'는 차이다. 왕미는 원정 중인 남편을 그리워하는 여인의 심정을 그렸다. 그러나 그녀의 남편은 전장에서 전사했고, 집은 쓸쓸하고 텅 빈 상태였다. 이러한 상황에서 그녀가 할 수 있는 유일한 일은 실망과 고통 속에서 차를 마시며 근심을 달래는 것이었다. 이는 위진시대에 차 마시는 풍습이 이미 일상적인 문화로 자리 잡고 있었음을 보여준다.

이상과 같이 당대 이전에는 다시가 많지는 않았지만, 전해지는 몇 편만으로도 차의 효용과 산지, 음용 방식 등을 엿볼 수 있다.

성당 시기의 다시 경향

다음 성당盛唐 시기의 다시를 살펴보자.

당대唐代는 중국 시문학의 전성기였으며, 다시가 활발하게 창작된 시기이기도 하다. 봉연封演의 〈봉씨문견기封氏聞見記〉에 "차가 크게 유행하여 왕공王公과 조정의 관리들이 마시지 않는 이가 없었다"[16]고 기록된 것이 이를 반영한다. 이를 보면 당시 차문화가 일반 대중보다는 상류 계층을 중심으로 퍼져나갔음을 유추할 수 있다. 당시 황제들은 차를 매우 좋아하여 자주 다연茶宴을 열었다. 이는 궁중뿐 아니라 문인 사회에도 영향을 주어 다회茶會가 하나의 사회적 풍조로 자리 잡았다. 시장에서는 차를 달여 파는 상업적 형태도 등장하였다. 〈봉씨문견기〉에는 "도속道俗[도인과 속인]을 불문하고 돈만 내면 마실 수 있었다"[17]라고 하여 당시 차문화가 성행했음을 보여준다. 이런 사회적 환경은 다성茶聖 육우陸羽가 《다경》을 저술할 수 있는 터전이 되었다. 이러한 시대적·사회적 조건 속에서 차문화를 주제로 한 수많은 영다시詠茶詩가 창작된 것은 필연적인 문화적 흐름으로 이해된다.

당대에는 차를 읊는 유명한 시인들이 많았고, 다시도 풍부하였다. 예를 들어 이백은 〈족질승중부증옥천선인장다族侄僧中孚贈玉泉仙人掌茶〉에서 "차가 돌 속에서 자라니, 옥천이 흐르며 멈추지 않네[茗生此中石 玉泉流不歇]"[18]라 노래했고, 전기錢起는 〈여조거다연與趙莒茶宴〉에서 "대 아래에서 말없이 자다紫茶를 마시니, 신선이 유하에 취한 것보다 낫네[竹下忘言對紫茶 全勝羽客醉流霞]"[19]라 노래했다. 두보杜甫는 〈중과하씨오수지삼重過何氏五首之三〉에서 "해 질 녘 평대 위에서, 봄바람에 차를 마시네[落日平臺上 春風啜茗時]"[20]라 하고, 위응물韋應物은 〈희원중차생喜園中茶生〉에서 "깨끗한 성품은 더럽힐 수 없어, 마시면 세속의 번뇌를 씻어내네[潔性不可汙 為飲滌塵煩]"[21]라 하였다. 백거이白居易는 〈야문가상주최호주다산경회정환연夜聞賈常州崔湖州茶山境會亭歡宴〉에서 "멀리서 들려오는 차 산 경희정의 밤, 구슬과 비취 노래와 종소리가 몸을 둘러싸네"[22]라 하고,

노동盧소(775~835)은 일명 '칠완다가七碗茶歌'라고 하는 〈주필사맹간의기신다走筆謝孟諫議寄新茶〉에서 "일곱째 잔은 아직 마시지도 않았는데, 양쪽 겨드랑이에 시원한 바람이 일어나는구나"[23]라고 노래했다. 이렇게 어떤 다시는 명차를 노래하고, 어떤 다시는 시속時俗과 함께하지 않는 시인의 고결한 품격을 표현했으며, 어떤 다시는 차의 효능을 찬양하여 후대까지 전승되었다.

당대에는 차茶를 주제로 한 시가 매우 다양하게 확장되어, 명차名茶, 명천名泉, 채다採茶, 제다制茶, 팽다烹茶, 음다飮茶, 다구茶具, 다공茶功, 다연茶宴 등 차와 관련된 거의 모든 활동을 다루었다. 명차名茶를 읊은 시로는 장문규張文規의, 〈호주공배신차湖州貢焙新茶〉, 백거이의 〈금차琴茶〉, 이군옥李群玉의 〈용산인혜석름방급단차龍山人惠石廩方及團茶〉, 정곡鄭谷의 〈협중상차峽中嘗茶〉, 설능薛能의 〈촉주정사군기조취차蜀州鄭使君寄鳥嘴茶〉, 교연皎然의 〈음차가초최석사군飮茶歌誚崔石使君〉, 서인徐夤의 〈주상서혜납면차州尚書惠臘面茶〉 등이 있고, 명천名泉을 읊은 시로는 피일휴皮日休의 〈제혜산이수題惠山二首〉, 육구몽陸龜蒙의 〈다인茶人〉, 요합姚合의 〈걸신다乞新茶〉, 원고袁高의 〈다산시茶山詩〉, 이운李郾의 〈다산공배가茶山貢焙歌〉 등이 있다. 팽다烹茶·음다飮茶를 읊은 시에는 유언사劉言史의 〈여맹교낙북야천상전다與孟郊洛北野泉上煎茶〉, 두목杜牧의 〈제선원題禪院〉, 노동盧소의 〈주필사맹간의기신다走筆謝孟諫議寄新茶〉 등이 있다. 다구茶具·다공茶功을 읊은 시에서는 피일휴, 육구몽의 〈다영茶籯〉, 〈다조茶灶〉, 〈다배茶焙〉, 〈다정茶鼎〉, 서인徐夤의 〈공여비색다성貢余秘色茶盛〉, 정오鄭遨의 〈다시茶詩〉 등이 있다.[24] 이 다시들은 당시 차문화의 전파와 발전을 촉진했을 뿐만 아니라, 오늘날 차의 역사를 연구하는 데 귀중한 사료다.

당대 다시는 형식도 다양해 고시古詩[25], 율시律詩[26], 절구絶句[27], 궁사宮詞[28], 연구聯句[29], 창화시唱和詩[30], 보탑시寶塔詩[31]에 이르기까지 장르가 다양하다. 고시로는 이백의 〈답족질승중부증옥천선인장다병서答族侄僧中孚贈玉泉仙人掌茶並序〉 오언고시五言古詩와 노동의 〈주필사맹간의기신다走筆謝孟諫議寄新茶〉 칠언고시七言古詩 등이 있다. 율시律詩로는 황보염皇甫冉의 〈송육홍점서하사채다送陸鴻漸棲霞寺採茶〉 오언율시, 백거이의 〈사이육랑중기촉신다謝李六郞中寄蜀新茶〉 칠언율시, 제기齊己의 〈영다십이운詠茶十二韻〉과 〈배율排律〉 등이 있다. 절구絶句로는 장적張籍의 〈화위개주성산다령和韋開州盛山茶嶺〉 오언절구, 유우석劉禹錫의 〈상다嘗茶〉 칠언절구 등이 있으며, 궁사宮詞로는 왕건王建의 〈궁사일백수지칠宮詞一百首之七〉 등이 있다. 창화시에는 피일휴의 〈다중잡영茶中雜詠, 십수十首〉, 육구몽의 〈봉화습미다구십영奉和襲美茶具十詠〉 등이 있다. 연구聯句로는 안진경顏真卿 의 〈오언월야철다연구五言月夜啜茶聯句〉 등이 있고, 보탑시에는 원진元稹의 〈일자지칠자시一字至七字詩, 다茶〉는 단 56자로 차의 형태와 기능 그리고 차 도구의 아름다움을 생생하게 표현했다. 즉 '시詩를 사랑하고 승가僧家에서 좋아한다'거나 "예로부터 지금까지 게을리하지 않고 깊이 파고들어 탐구하였으니, 술에 취한 뒤에 어찌 감히 자랑할 수 있겠는가"[32]라는 말이 나온 것도 당연하다.

이상과 같이 당대의 다양한 다시茶詩들은 중국 시가를 풍부하게 했을 뿐 아니라, 송원宋元 이후 다시에도 귀감이 되고 본보기가 되었다.

송대에서 청대까지의 다시

먼저 송대의 다시를 살펴보자. 송나라의 다시는 당대의 전통을 이어받아 더욱 발전시켰다. 주제와 형식 면에서는 당나라와 크게 다르지 않지만, 압도적으로 많은 다사茶詞가 등장했다는 점이 가장 두드러진 특징이다. 중국 당대로부터 송·금대 다시를 모아 엮은 《역대다시집성歷代茶詩集成》에 수록된 작품은 총 6,080수이며, 이 중 당대 665수, 송대 5,298수, 금대 117수이다. 작가 수 역시 총 1,158명 중 송대 작가가 917명으로 가장 많은 비중을 차지한다.[33] 이처럼 송대는 차문화와 다시 창작이 가장 활발했던 시대였음을 알 수 있다. 북송의 왕우칭王禹偁을 비롯해 매요신梅堯臣, 구양수歐陽修, 왕안석王安石, 소식蘇軾, 황정견黃庭堅 그리고 남송의 육유陸游, 범성대范成大, 양만리楊萬里 등은 모두 차를 즐겨 마셨고, 이를 소재로 많은 다시를 남겼다. 특히 소식, 황정견, 육유는 이전 시대의 작가들보다 월등히 많은 시를 남겨 송대 다시의 황금기를 이끈 인물로 평가된다.

청淸나라 심덕잠沈德潛은 〈설시수어說詩晬語〉에서 소식의 시에 대해 "그 필치는 속됨을 벗어나 호방하고 자유로우며, 신선이 노니는 듯, 변화무쌍하지만 마음속 뜻에 꼭 맞는다"[34]고 평했다. 소식의 많은 다시에서도 이러한 특징이 잘 드러난다.

황정견黃庭堅(1045~1105)은 소식의 제자로, 진관秦觀(1049~1100), 조보지晁補之(1053~1110), 장뢰張耒(1054~1114)와 함께 '소문사학사蘇門四學士' 중 한 사람이다. 그는 차를 매우 좋아하고 시詩와 사詞에 능하여, 많은 다시茶詩를 남겼다. 특히 고향인 분녕分寧의 명차인 쌍정차雙井茶를 즐겨 마셨으며, 이에 대한 시를 다수 지어 고향에 대한 그리움과 애정을 표현했다.

부필富弼은 황정견을 가리켜 "분녕의 한 다객[分寧一茶客]"[35]이라고 평한 바 있다. 황정견의 〈쌍정차송자첨雙井茶送子瞻〉은 매우 유명한데, 스승 소식蘇軾의 학식과 인품을 칭송한 뒤, "우리 강남에서 구름처럼 부드러운 차를 따니, 맷돌에 갈아 만든 가루는 눈보다도 하얗다[我家江南摘雲腴, 落磑霏霏雪不如]"라고 하여 고향 차의 우수함을 자랑한다. 이어 "그대를 위해 황주黃州의 꿈을 불러일으키니, 외로운 배에 몸을 싣고 오호로 떠나리라[爲君喚起黃州夢, 獨載扁舟向五湖]"[36]라고 읊어, 차를 통해 속세의 고단함을 넘어선 초월적 마음을 담았다. 소식은 이에 화답하여 〈황로직이시궤쌍정차차운위사黃魯直以詩饋雙井茶次韻爲謝〉를 지었는데, 이는 스승과 제자 간의 깊은 우의와 정신적 교류를 보여주는 아름다운 일화로 전해진다.[37]

육유陸游는 산음山陰 출신으로, 차를 소재로 한 시를 300여 편 남겨 역대 시인 중 가장 많은 분량에 남겼다. 그의 〈난정화오다蘭亭花塢茶〉는 난정 차 시장을 생생하게 묘사한 작품으로, 다양한 시적 이미지가 교차하며 당시의 번화한 차문화를 눈앞에 펼쳐 보인다. 이 시에서 육유는 "호수 위의 푸른 산", "진흙으로 뒤덮인 봄길", "닭 우는 소리", "유람하는 스님", "길가에 취한 노인", "길에서 노래하는 사람", "실을 켜는 오吳나라 누에", "난정의 좋은 술"[38] 등 다양한 시적 이미지를 정교하게 엮어낸다. 이러한 시어들은 정경이 교융交融되어 난정 차 시장의 생생한 분위기를 전하며, 독자로 하여금 마치 그 현장에 있는 듯한 착각을 불러일으킨다. 특히 "꽃동산의 새 차 향기가 시장 가득 퍼져 있다"는 구절은 독자로 하여금 그 향기에 취해 즐거움을 잊은 채로 머물게 한다.

송대 차문화의 또 하나의 특징은 '투다鬪茶' 또는 '명전茗戰'이라 불리는 차 싸움과 '분다分茶' 또는 '다백희茶百戲'라 불리는 것으로 차 거품 위에 그림 그리는 놀이가 유행하였다.[39] 이는 황제와 대신, 문인은 물론 일반 백성에게까지 퍼져 단순히 마시는 수준을 넘어 하나의 놀이이자 예술로 승화시켰다.

육유의 시에 나타난 또 다른 특징은 점다點茶와 분다分茶이다. 점다와 분다는 송대에 유행했던 음다법飮茶法이다. 점다는 말차末茶를 찻잔에 넣고 뜨거운 물을 부은 후 다선茶筅으로 빠르게 저어 거품을 내어 마시는 방법으로, 송대에 크게 성행했다. 우리 선인들은 이런 가루차에서 생기는 거품을 '흰 구름이 뜬다', '젖빛 구름', '젖빛 꽃', '젖빛 거품', '유화乳花', '녹유綠乳' 등과 같은 시적인 표현으로 묘사하였다. 분다는 음다기예飮茶技藝가 한 단계 더 발전한 형태로, 차를 통해 흥취를 돋우는 다예茶藝 활동이다. 이는 차탕茶湯 표면에 그림, 문자, 금수禽獸, 꽃 등 다양한 모양을 표현하는 예술로, 이전 시대에서는 볼 수 없던 송대만의 독특한 음다 풍속[飮茶俗]이다.

육유의 다시에는 차의 맛을 비교하고 겨루는 투다鬪茶[40]도 등장한다. 육유의 다시에서는 이런 송대의 독특한 음다속飮茶俗이 자주 등장하고 있어서 송대의 독특한 차문화를 한눈에 볼 수 있다. 분다分茶에 대해 육유는 그의 시 〈임안춘우초제臨安春雨初霽〉에서 다음과 같이 설명하고 있다.

世味年來薄似紗	세상 인정이 해마다 갈수록 야박하구나
誰令騎馬客京華	누가 말 타고 서울 객이 되도록 했는가
小樓一夜聽春雨	작은 누각에서 밤새 봄비를 들으니
深巷明朝賣杏花	깊은 골목에서 내일 아침에 살구꽃을 팔겠지.
矮紙斜行閒作草	짧은 종이에 비스듬히 한가히 초서 쓰다가
晴窗細乳戲分茶	맑은 창가에서 고운 차 거품 음미하며 분다 즐기네.
素衣莫起風塵嘆	흰 옷이 더러워졌다고 탄식하지 마시게
猶及清明可到家	청명절 전에는 집에 갈 수 있으리.[41]

위 시는 육유가 봄비가 내린 뒤, 초서草書를 쓰다 창가에서 잠시 분다分茶를 즐기며 느끼는 조용한 정취를 표현한 것이다. '분다'는 '점다'의 일종으로, 혼자서도 즐길 수 있는 여유로운 놀이이자 수행에 가까운 예술이다. 이러한 문화는 송대 초기에 시작되어 송·원대에 유행한 다예茶藝로 탕희湯戲, 다희茶戲, 다백희茶百戲 등으로도 불렸다.[42] 투다나 분다의 풍경은 송나라 시인 범중엄范仲淹의 〈화장민종사투다가和章岷從事鬪茶歌〉[43], 양만리楊萬里의 〈담암좌상관현상인분다澹菴坐上觀顯上人分茶〉[44] 같은 시에 생생히 담겨있다. 특히 범중엄의 〈투다가鬪茶歌〉는 노동盧소의 〈주필사맹간의기신다走筆謝孟諫議寄新茶〉[45]와 비교될 만한 깊이와 풍요로움을 지니고 있다.

원나라에도 많은 차 시문이 있다. 유명한 것으로 야율초재耶律楚材의 〈서역종왕군옥걸다인기운칠수西域從王君玉乞茶因其韻七首〉[46], 홍희문洪希文의 〈자토다가煮土茶歌〉[47], 사종가謝宗可의 〈다선茶筅〉[48], 사응방謝應芳의 〈양선다陽羨茶〉[49] 등이 있다. 이 시문들은 차 마시는 정신적 경지를 담아내고 독특한 방식으로 개인적 감정을 표현하여 독자에게 새로운 미감美感을 선사한다.

이상과 같이 송나라 시대에는 다사茶詞가 다량으로 창작되는 등 차문화가 크게 융성하였다. 이처럼 차에 대한 관심이 고조되자, 황제와 궁중의 고관대작, 문인을 비롯하여 일반 서민에 이르기까지 더 이상 일상적인 음다飮茶에 만족하지 않았다. 대신 '투다鬪茶'나 '분다分茶'처럼 차를 매개로 한 유희와 놀이, 즉 향락저인 차문화를 즐기는 것이 유행하게 되었다.

명대에는 봉건 통치가 쇠퇴하고 자본주의의 싹이 트기 시작하자 차 활동이 점차 시장과 지방으로 깊숙이 파고들었다. 명대에는 차 관련 저작이 50여 종에 달할 정도로 기록이 활발했으나, 시문詩文 분야의 쇠퇴로 인해 당송唐宋 시대에 비해 차를 소재로 한 시[茶詩]의 수는 상대적으로 적었다. 그럼에도 불구하고 여전히 많은 다시 작품이 창작되었으며, 이러한 시편들은 독창성과 개성을 갖추고 있어 주목할 만하다.

명나라의 대표적인 차 시인으로는 고계高啓, 문징명文徵明, 진계유陳繼儒 등이 있다. 고계의 〈채다사采茶詞〉는 산촌 생활을 섬세하게 그려내며 차 농민의 어려움을 잘 보여준다. 〈채다사〉에는 차 재배를 하는 산촌 사람들이 벼를 심지 않고 해마다 차를 따 생계를 이어가는 모습이 담겨있다. 봄이 되어 비가 내리기 전 천둥소리가 울리고 차 싹이 반쯤 피면 산에 올라 차를 따지만, 결국 그들은 '고품(高品)' 차를 관아에 바치고 자신들은 맛보지 못한 채 상인에게 팔아야 했다.[50] 차 농민의 애환이 깊게 담겨있다.

명나라 중기 오중吳中 시단을 이끌던 문징명文徵明은 다양한 다제茶題를 다룬 많은 시를 남겼다. 대표적으로 〈전다煎茶〉[51]와 〈자다煮茶〉[52] 등이 있다. 〈전다〉에서는 차를 달이는 과정과 함께 고아한 정취를 그려내었고, 〈자다〉에서는 고요한 분위기 속에서 차를 마시며 영적인 경지를 체험하는 모습을 담았다. 특히 〈전다〉에서는 밤중에 설수雪水로 차를 끓여 마시는 장면을 통해 차의 향기와 편안함, 그리고 역사적 인물인 사마상여司馬相如를 빗대어 은유적으로 표현하며 시인의 우아한 취향을 드러낸다.

한편 명나라 말기의 진계유陳繼儒는 《다동보茶董補》를 저술하며 다양한 다시를 남겼다. 그중에 〈시다試茶〉에서는 '차 싸움[茗戰]'을 생동감 있게 묘사하여 전쟁과 같은 긴장감을 자아내는데, 무성한 차나무 그늘과 높이 선 찻잎들, 대나무 차 화로에서 "송화가 성난 듯 타오르고[松火怒飛]", 찻물은 처음엔 맑다가[水交以淡] 명전을 하면서 점차 진해지며[茗戰而肥], 결국 "푸른 향기가 길 가득 퍼지고[綠香滿路]" "하루 종일 돌아갈 생각을 잊게[永日忘歸]" 하는 경험을 강렬하게 전달한다.[53] 이 4언시는 긴장감과 조화를 동시에 보여주는 특징을 지닌다.

명나라 왕기王畿의 〈경산逕山〉[54], 도륭屠隆의 〈용정차龍井茶〉[55], 서위徐渭의 〈모백자혜호구명사지某伯子惠虎丘茗謝之〉[56], 전희언錢希言의 〈문다시절門茶時節〉[57] 그리고 한방기韓邦奇의 〈부양민요富陽民謠〉[58] 등도 훌륭한 작품이다. 이처럼 명대에도 그 수가 송대에 비해 감소하기는 하였지만 상당히 많은 다시가 출현하였다.

청나라의 대표적인 차 시인으로는 시윤장施潤璋, 조연동曹延棟, 진장陳章, 정섭鄭燮, 왕사신汪士慎, 건륭乾隆, 조설근曹雪芹, 고악高鶚, 육정찬陸廷燦 등이 있다. 청나라 초기 시단에서 '남시북송南施北宋'이라고 분류될 때 '남시'는 시윤장을 가리키며, 그의 〈녹설綠

雪〉[59]에서 "푸른 눈이 내리네, 푸른 산이 띄엄띄엄 보이네. 봄이 늦은 줄 모르고, 오히려 차가운 매화를 그리워하네"라는 시구는 차와 자연의 조화를 노래했다. 명말청초의 문인 왕사정王士禎은 〈우산시강송경정차愚山侍講送敬亭茶〉[60]에서 "경정의 녹설은 봄 산에 나는데, 작은 광주리에 담겨 깊은 구름과 안개처럼 보내오니, 문득 흰 구름 속 은자 생각나고, 소나무 바람 스산히 빈 숲에 내리네"라고 하여 경정차敬亭茶를 찬미했다. 이후 '경정녹설敬亭綠雪'은 차 중의 명품으로 자리 잡았다.

조연동의 〈종다자가種茶子歌〉[61]는 차나무를 씨앗으로 심는 방법과 씨앗이 싹을 틔운 후에는 옮겨 심지 말아야 한다는 차나무의 생태적 특성을 설명하고 있다. 이는 역대 다시에서 보기 드문 내용이다. 진장의 〈채다가採茶歌〉[62]는 서호西湖에서 목격한 조정의 공차貢茶 수탈 현실을 비판적으로 그린 작품으로, "추운 산에 차싹이 아직 피지 않았지만, 조정에서 공차를 내라는 문서는 이미 관청에 내려왔다"고 했다. 시의 끝에서 차 농가의 입을 빌려 "덖어 만든 찻잎 연심蓮心[63] 같지만, 나의 마음 연심보다 더 쓰구나"라는 시구를 통해 봉건 통치자에 의한 가혹한 수탈 현실에 대한 비판적 인식을 드러내고 사회적 모순을 날카롭게 비판했다.

양주팔괴揚州八怪 중 정섭, 왕사신, 금농金農 등은 차를 좋아하여 많은 다시를 남겼는데 특히 왕사신이 대표적이다. '차선茶仙'으로 불린 왕사신은 차에 대한 애정이 다른 팔괴 구성원들보다 각별했으며, 그 집착이 지나쳐 평생 가난하게 살았으나 담담히 여겼다. 왕사신은 〈유부재중시경현차幼孚齋中試涇縣茶〉[64]에서 경현涇縣의 '용계화청차湧溪火青茶'를 찬미하며, 이 차가 선주宣州 지역의 여러 차

중 가장 뛰어나다고 평했다. '용계화청차湧溪火青茶'는 용산차龍山茶나 양선모자순차陽羨慕紫筍茶에 결코 뒤지지 않으며, 마시면 육부六腑가 청아해져 마치 신선 세계에 들어온 듯 돌아가기 싫어진다고 노래했다.

건륭 황제는 여러 차례 강남 순행을 통해 많은 일화를 남겼다. 그의 〈관채다작가觀採茶作歌〉[65]와 〈속관채다작가續觀採茶作歌〉[66]는 용정차의 채취, 제조 및 그 변천 과정을 연구하는 데 중요한 참고 자료가 된다. 동시에 건륭 황제는 차를 깊이 사랑하고 차문화를 장려하여 중국 차 산업의 발전에 적극적인 역할을 했다. 왕위를 양위할 때 한 노신이 "나라에는 하루도 군주가 없어서는 안 된다"라고 말하자 그는 웃으며 "군주는 하루도 차가 없어서는 안 된다네"[67]라고 답했다는 일화는 그가 차에 대해 가진 깊은 애정을 잘 보여준다.

조설근은 불후의 명작 《홍루몽紅樓夢》의 여러 곳에서 차와 차 일에 대해 언급했고, 다시와 연구聯句 등을 지어 독특한 스타일과 깊은 의미를 담았다. 갑술본甲戌本 제2회 본문에는 다음과 같은 〈다시이수茶詩二首〉가 등장한다.

一局輸贏料不眞	한 판의 승패는 예측하기 어렵네
香銷茶盡尙逡巡	향은 다 타고 차도 다 마셨는데 여전히 망설이는구나.
欲知目下興衰兆	눈앞의 흥망성쇠를 알고 싶다면
須問旁觀冷眼人	반드시 곁에서 냉정히 바라보는 사람에게 물어야 하리.[68]

한창 일이 벌어질 때는 그 결과를 알기 어렵고, 당사자는 망설

이기 마련이다. 지금 이 상황의 향방을 제대로 알고 싶다면, 그 일에 직접 관여하지 않고 차갑게 지켜보는 사람에게 물어보라는 것이다. 조설근은 한 봉건 관료 지주 가문의 흥망성쇠를 한 판의 바둑에 비유했다. 바둑판이 이미 막바지에 이르렀고 "향은 다 타 들어가고 차가 다 식어버렸다"는 것은 백년 역사를 가진 대가족 이 이미 그 종말에 다다랐음을 비유한다. 비록 "백족지충白足之蟲, 죽어도 쓰러지지 않는다"는 말처럼 "겉으로는 쇠퇴한 기색이 보 이지 않지만", 이른바 '당국자미當局者迷', '방관자청傍觀者淸'이라는 말처럼 저 대저택이 무너질 날이 머지않았음을 암시한다.[69] 이밖 에 시승詩僧 석초전釋超全의 〈무이차가武夷茶歌〉[70] 및 육정찬陸廷燦 의 〈영무이차詠武夷茶〉[71]는 무이차武夷茶를 구체적으로 묘사하면서 무이 명차를 찬양했다.

이상으로 살펴본 바와 같이, 송대부터 청대에 이르기까지 많은 시인들이 차를 애호하며 그 효용과 예술적 가치를 다시茶詩에 담 아냈다. 중국의 다시는 시와 차가 융합된 문화예술의 결정체로, 차문화의 심미적 발전을 집약한다. 이러한 전통은 고려와 조선에 도 큰 영향을 미쳐 동아시아 차문화의 중요한 근간을 이루었다.

2. 고려 사람들은 차를 어떻게 즐겼을까

고려시대에는 차 마시는 풍속이 성행하여 왕과 귀족부터 관리, 일반 백성에 이르기까지 모든 계층이 일상적으로 차를 즐겼다. 《고려사高麗史》와《고려사절요高麗史節要》에는 왕이 백성들에게 차를 하사한 기록이 여러 차례 등장한다. 또한 관리나 백성들이 다점茶店이나 다원茶院을 통해 차를 구매하여 마실 수 있었던 점으로 미루어 보아, 차 마시는 풍속이 생활 전반에 걸쳐 널리 퍼져 있었음을 알 수 있다.[72] 또한 고려시대에는 연등회燃燈會와 팔관회八關會 같은 주요 국가 행사에서 부처님께 차를 바치는 헌다獻茶 의식이 거행되었으며, 음악과 춤을 동반하여 국가와 왕실의 안녕과 태평을 기원[73]하였다.

차문화 성장 배경

고려의 차문화를 주도한 계층은 사대부였으며, 사대부는 고려 왕조 개창 전인 신라시대부터 세력을 유지해 온 '권문 세도가'와 고려 중기부터 형성되어 고려 말 개혁 정치에 참여했던 '신흥 사대부'로 나눌 수 있다. 신지식인新知識人 계층인 신흥 사대부들은 성리학性理學을 바탕으로 새로운 사회를 열망했으며, 기존 권문 세도가의 문란한 경제구조를 개혁하고 사회적·경제적 기반을 확고히 하기 위해 중앙 정계에 진출하였다.

　고려시대에는 차가 생활 깊숙이 자리 잡아 하나의 독특한 문화를 형성하고 있었다. 특히 목은牧隱 이색李穡은 고려 말을 대표하는 사상가이자 정치가로서, 고려에서 조선으로 이어지는 격변기의 시대적 흐름을 주도한 인물이었다. 나아가 그는 '차인茶人'으로서 차茶에 관한 전문적인 식견과 경지를 갖춘 인물이기도 했다.

　《고려사高麗史》에는 왕이 신하의 생일이나 장례식에 차를 하사한 기록이 여러 곳에 나타난다. 특히 장례 시 치상治喪을 돕는 뜻으로 관직을 높여주는 것 외에도 차, 곡식, 포布 등을 하사하는 행위를 '부의賻儀'라 하고 이때 하사하는 차를 '부의차賻儀茶'[74]라 칭하였다. 또한 80세 이상의 노인이나 불구사[篤疾者]에게 차를 하사하였고, 왕실의 각종 경사와 의례에도 차가 사용되었다.

　예컨대《고려사》〈열전列傳〉 제7권에는 "서희徐熙가 목종穆宗 원년에 졸卒하니, 나이 57세였다. 왕이 부고를 듣고 크게 슬퍼하며, 부의로 포布 1,000필, 맥맥麥 300석, 미米 500석, 뇌원차腦原茶 200각, 대차大茶 10근, 전향栴香 300량을 하사하고 예로써 장례하게 하였으며, 시호를 장위章威라 하였다"[75]는 기록이 있다. 또한《고려사》〈세가世家〉 제4권 '현종顯宗' 조에는 "신사년에 구정毬庭에 나아가 남녀 노인 80세 이상 및 불구자 635인을 모아놓고 주酒, 식食, 포布, 백帛, 차茶, 약藥을 차등 있게 하사하였다"[76]라고 되어 있다.

　이처럼 고려시대에는 차가 국가 의례뿐만 아니라 민간의 일상생활에도 깊이 자리 잡고 있었음을 알 수 있다. 신라시대가 주로 왕족과 귀족, 승려, 문인 등 특정 계층이 차를 음용한 데 비해, 고려시대에는 평민들까지 차를 즐겨 마시는 풍속이 성행하여 왕실과 귀족, 관리, 백성에 이르기까지 모두 일상에서 차를 즐겼다. 이에 고려시대의 차문화는 왕실차, 귀족차, 사원차, 서민차 등으로 구분하여 살펴볼 수 있으며, 국가 의식은 물론 백성들의 제사 의식에도 차를 올리는 것이 일반화되었다.

고려시대 이처럼 차문화가 융성할 수 있었던 배경을 살펴보자.

첫째, 고려 왕실에서 차는 국가 의례와 통치의 중요한 수단으로 활용되었다. 궁중에서는 각종 의례나 의식에 차가 사용되었으며, 왕이 신하나 유공자, 서민, 아픈 사람에게 하사품[賜茶]으로 내리기도 하였다. 이러한 중요성 때문에 다방茶房이라는 전문 관청을 별도로 설치하여 궁중 행사의 차 관련 업무를 전담하게 하였다. 다방은 헌다獻茶, 진다進茶[77] 등 궁중 의례[茶禮]를 집행하였고, 외빈을 접대하기 위한 접다방자接茶房子를 두기도 하였다. 또한 왕의 행차 시에는 다관청茶官廳에 소속된 군사들이 차 도구를 운반하는 등 체계적으로 차문화를 관리하였다.

또한 차문화는 궁중을 넘어 국가 운영 시스템에도 깊이 스며들었다. 예를 들어 사헌부司憲府에서는 죄인을 신문하거나 죄를 논의할 때 다시茶時[78]라는 모임을 가졌다. 관리들이 차를 마시며 공정한 판결을 위해 의견을 나눈 이 자리는 차가 일상적인 업무 문화의 일부로 자리 잡았음을 보여준다. 이처럼 고려시대 차문화의 융성은 왕실과 정부기관이 적극적으로 차를 의례, 통치, 외교의 도구로 활용하고 제도적으로 뒷받침한 결과였다.

둘째, 고려는 귀족 중심의 차문화가 발달했으며, 특히 귀족과 문인 사회에서 '헌다獻茶' 풍속이 성행하여 여러 사람이 모여 차를 마시며 담소를 나누는 풍속이 널리 퍼져 있었다. 《고려사》의 기록을 통해 당시 귀족 계층이 차와 매우 가까운 생활을 했음을 확인할 수 있다. 대표적으로 왕이 신하에게 차를 하사한 기록과 귀족들 사이에서 열린 다회茶會에 관한 기록 등이 그것이다.

고려의 귀족과 문인들은 차에 대한 긍지와 자부심이 컸으며, 음다飲茶를 통해 무아無我의 경지에 도달하여 도道를 깨우치고자 하는 추구가 있었다. 이는 차가 단순한 기호음료를 넘어 성신 수양의 매개체로 여겨졌음을 의미한다.

고려 전기에 빈번히 나타나던 왕의 차 하사는 무신 정권이 안정기에 접어들면서 점차 그 모습을 감추게 된다. 대신 관직에서 물러나 은일적隱逸的 삶을 살면서 문인 다도茶道를 추구하던 일부 선비층을 중심으로 소박한 음다 생활이 이어졌으며, 이를 바탕으로 한 다시茶詩가 창작되었다.

이자현李資玄(1061~1125)을 이어 김극기金克己(1148~1209), 이인로李仁老(1152~1220), 이규보李奎報(1168~1241), 최자崔滋(1188~1260), 이제현李齊賢(1287~1367), 이진李瑱(1244~1321), 이연종李衍宗(1250년경~1310년경), 최해崔瀣(1287~1340), 이곡李穀(1298~1351), 이색李穡(1328~1396), 정몽주鄭夢周(1337~1392), 임춘林椿(?~?), 이숭인李崇仁(1347~1392), 길재吉再(1353~1419) 등의 문인 사대부들은 차 생활의 풍류를 읊은 수많은 '다시'를 남긴다.

셋째, 불교를 숭상한 고려는 5교9산五敎九山이라는 불교 종파 체계를 가지고 있었다. 5교9산은 신라 및 고려 전기의 불교 종파를 일컫는 용어로, 5개의 교종敎宗과 9개의 선종禪宗을 의미한다. 유교가 고려의 정치 이념이었다면, 불교는 국민의 정신적 지도 이념이었기에 고려를 불교 국가라 할 수 있다. 현세의 복을 구하고 국가를 수호하는 호국적 성격은 고려 불교의 큰 특징이었다.

사원에서는 승려들이 부처님께 차를 공양하는 것은 물론, 참선 수행 시 정신을 집중하고 잠을 쫓기 위해 직접 차를 마셨다.[79] 이러한 사원의 차문화는 한국 차문화 발전에 크게 기여하였다.

연중행사인 연등회燃燈會와 팔관회八關會에서는 토신土神과 부처님께 차를 바치는 헌다獻茶 의식을 진행했으며, 다과茶果를 베풀어 음악과 춤으로 부처님을 공양하면서 국가와 왕실의 태평성대를 빌었다. 이러한 국가적 의식에서 행해진 진다進茶 의례는 매우 까다롭고 엄격하여 의식화된 고려시대 차 생활의 단면을 엿볼 수 있다.

또한 사찰 건립이 지속되면서 차 수요가 자연스럽게 증가했으며, 공덕재功德齋 등 불교 의식에 차가 필수적으로 여겨지면서 차 끓이기를 겨루는 '명전茗戰'이라는 풍속도 생겨났다.[80] 사찰 내에는 차를 마시는 공간인 다당茶堂과 차 마시는 시간을 알려주는 다고茶鼓가 있을 정도로 차 생활이 체계화되어 있었다.

넷째, 고려시대에는 일반 백성들도 차를 구매해 마실 수 있는 '다점茶店'이나 '다원茶院'이 설치되어, 국왕과 귀족, 사원은 물론 백성에 이르기까지 모든 계층에서 차를 마시는 풍속이 사회 전반에 크게 유행하였다. 신라시대부터 존재하던 '다방원茶房院', '다견원茶見院', '다정원茶亭院'과 같은 차문화 시설도 고려시대에 이어졌는데, 이는 차를 마실 수 있도록 시설을 갖춘 공간으로, 일반인들의 차 마시는 풍습이 유행하는 데에는 왕실의 적극적인 역할이 컸다. 《고려사高麗史》에 따르면, 임금은 연로한 백성에게 신분을 가리지 않고 차를 하사하였으며, 변방을 지키는 병사들의 유족들에게까지 차를 나누어 주었다. 이처럼 차에 대한 수요가 급증하면서 국내 차 생산량도 증가했지만, 이를 따라가지 못하자 송宋과의 교역에서 차의 수입 비중이 크게 늘어나게 되었다. 이제 이러한 점들을 좀 더 구체적으로 알아보자.

고려의 차문화에서 특기할 만한 것은 고유의 뇌원차腦原茶다. 뇌원차는 떡차의 한 종류로서 고형차固形茶이다. 고려 때에는 뇌원차 외에도 유차孺茶, 청태전靑苔錢 등의 떡차가 있었다. 동전 모양으로 만들면 돈차[錢茶], 둥글게 만들면 단차團茶, 인절미 모양으로 만들면 병차餠茶가 되고, 벽돌이나 판자 모양으로 만들면 전차塼茶가 된다.

뇌원차는 주로 생산되어 외국에 보내는 공물로 사용되었을 뿐만 아니라, 중신들이 사망하면 궁중에서 이를 하사하는 것이 관례였다. 뇌원차는 유일하게 향명鄕名(지방의 이름)을 가진 '차'이면서 국왕이 하사하는 '차'로, 고려 전기의 기록에 자주 언급된다. 《고려사》〈열전〉에 "최량崔亮의 죽음에 왕이 애도하며 뇌원차 1,000각角을 부의賻儀로 하사했다"는 기록이 있고, 《고려사》〈세가〉'문종文宗 3년' 조에는 노인을 위한 연회에서 공로자들에게 뇌원차 30각을 하사했다는 기록[81]이 있다.

뇌원차는 우리나라 최초의 명차로 평가되며, 주로 신하들의 상례喪禮 시 부의賻儀와 거란契丹에 보내는 외교적 예물로 쓰였다. 제조 방법을 보면, 뇌원차는 이른 봄에 채취한 어린 찻잎을 시루에 쪄서 익힌 후, 절구에 넣고 찧어 떡처럼 만든 다음 틀에 박아 덩어리 형태로 만든 고급차이다. 이 차는 가루를 내어 '차유茶乳'를 만들어 마셨다. 차유란 고급 덩이차나 잎차를 가루 내어 체로 쳐서 만든 가루차를 끓인 물에 타서 휘젓거나, 찻사발에 점다點茶하여 거품을 일으켜 마시는 차를 말한다. 이때 생기는 거품을 '차유茶乳'라 하는데, 이를 달리 표현하여 '운유雲乳, 백유白乳, 향유香乳, 설유雪乳, 유화乳花' 등으로도 불렀다. 이는 차의 맛을 젖[乳]에 비유하고, 그 빛깔도 젖이나 눈처럼 흰색으로 표현한 것이다. 따라서 뇌원차는 차유를 만드는 단차團茶, 즉 유단차乳團茶의 일종이라고 할 수 있다.

고려의 문인들은 경치가 좋고 물이 맑은 곳에 정자나 재실齋室, 초당을 짓고 차를 끓여 마셨다. 이러한 차 모임, 즉 찻자리는 흔히 명석茗席, 명연茗筵, 다연茶筵이라고 불렀다. 이러한 모임을 열 때는 주인이 예를 갖추어 초대장을 보내면, 손님은 명석에 참석하는 것을 큰 영광으로 여겼다. 문인들이 주최하는 찻자리에 참석하기 위해서는 청덕淸德과 영명令名을 갖춘 사람이어야 했다. 이처럼 다례茶禮에는 규범과 절도가 있었으며, 찻자리의 좌석 배치와 다담茶談 등 대화 내용도 매우 중요하게 여겨졌다.

이상과 같이 고려 말에 새로운 관료층으로 등장한 신흥 사대부들은 고려에서 조선으로 이어지는 과도기의 중심 세력이었으며, 그들의 생활 속에는 차茶를 향유하는 문화가 자리 잡고 있었음을 그들이 남긴 다시茶詩를 통해 확인할 수 있다. 또한 고려 사회에서는 평민층에 이르기까지 차를 마시는 풍속이 널리 퍼져 있었으며, 왕실과 귀족, 관료, 백성에 이르기까지 사회 전 계층이 일상에서 차를 즐겼던 것으로 보인다. 이러한 고려의 차문화는 조선시대의 차문화와 구별되는 특징을 지닌다. 특히 조선은 숭유억불崇儒抑佛 정책 아래 불교가 융성하던 시대의 차문화와는 다른 양상을 띠게 된다.

다시에 나타난 차문화

차를 주제나 소재로 한 다시茶詩는 당대 사람들이나 후대 사람들이 차를 사랑하고 음다 풍속이 성하기를 기원하는 마음, 자신의 다도관茶道觀이나 생활철학을 담고 있다.

고려 전기 예종 때 문인이면서 왕의 스승이던 곽여郭輿(1058~1130)의 〈청연각清讌閣 친사쌍각용차親賜雙角龍茶〉에는 왕이 청연각에서 친히 용문소단龍文小團[雙角龍茶]을 하사하여 차를 마신 모습이 보인다.

雙角盤龍入小團	쌍각으로 감아 오르는 용 모습이 새겨진 소단
蜀山新採趁春寒	촉 땅에서 갓 따온 차를 봄 찬 기운에 말리네.
俄回御手親提賜	황제께서 몸소 손을 돌려 차를 내리시니
露氣天香惹一般	이슬 기운과 하늘의 향기가 배어나는 듯하네.

곽여는 쌍각용차를 마실 기회는 많지 않았다. 이 시는 촉 땅에서 봄에 채취하여 정성 들여 만든 고급 차를 황제가 친히 신하에게 하사하는 장면을 그리고 있다. 차의 정교한 외관, 산지의 특성, 하사하는 이와 받는 이의 관계, 그리고 차에서 나는 은은한 향기까지를 한 편의 시로 압축해 내고 있다. 그것도 임금이 친히 내려 차를 마시는 경험은 더욱 없었을 것이다. 이에 새로 딴 잎에는 이슬 기운과 아름다운 향기가 일어난다고 하여 최상의 찬사를 보내고 있다. 임춘林椿은 차를 주신 〈겸상인에게 부치다[寄茶餉謙

上人〉'라는 시를 통해 자순보다 좋은 차인 몽산차蒙山茶[82]를 선물받고 기쁜 마음을 표현하였다.

近得蒙山一掬春	최근에 몽산차 얻으니 한 줌 가득한 봄이로다
白泥赤印色香新	하얀 봉지와 붉은 도장, 빛과 향기 새롭구나.
澄心堂老知名品	징심당에서 만든 오래된 명품이지만
寄與尤奇紫筍珍	부쳐준 이 자순차는 더욱 귀하고 진귀하구나.

몽정산夢頂山은 중국 사천성泗川省 성도成都에 있는데 차문화의 발원지發源地라고 할 수 있다. 서한西漢 시기에 오리진吳理眞 선사가 몽정산의 청봉淸峰에 차를 재배하였다. 몽정산은 사천 차마고도車馬古道의 출발점이고, 황다원皇茶園이 있어 이곳에서 생산되는 차는 당나라 시대부터 황실에서 제사 때 사용하던 것으로 청대까지 공납품의 한 품목이었다. 몽산차는 맛이 달고 맑으며 황금빛을 띤 푸르색으로 약효가 뛰어나고 찻잔에 머금은 향기가 오랫동안 사라지지 않는 특징이 있다. 임춘은 몽산차 색의 아름다움과 향기로움을 찬양하고 있는데, 몽산차에 대해서는 초의《동다송東茶頌》에도 우수성이 언급되어 있다.[83] '백니적인白泥赤印'은 옛날에 먼 곳으로 물건을 보낼 때 봉투에 넣고 입구를 진흙 같은 것으로 봉하고 도장을 찍었는데 '봉니인封泥印이라고 했다. 즉 '흰 진흙에 붉은 도장'을 찍은 것이다. 징심당澄心堂은 최상급의 문방용지文房用紙을 생산 관리하여 명품을 만드는 곳이다. 그런 명품보다 부쳐준 자순차가 더 귀하다고 표현하고 있다. 당나라의 유우석劉禹錫(772~842)이 읊은 〈서산난야시다가西山蘭若試茶歌〉[84]에서도 '백니적인'이라는

글이 보인다.

　김극기金克己는 〈한송정寒松亭〉 시를 통해 이곳이 사선四仙이 놀던 곳이라고 하며 과거 신선이 차를 마셨던 흔적을 읊고 있다.

仙去松亭在　　신선은 간 데 없어도 송정은 그대로고
山藏石竈存　　산속에 오래된 돌 부뚜막 아직도 남아 있네.

　위의 시를 통해 12세기에 차 끓일 때 썼던 다조茶竈가 한송정에 버려진 채 남아 있었음을 확인할 수 있다. 김극기는 "신선은 떠났지만, 그들이 즐긴 흔적은 아직도 남아 있다"고 했는데, 옛 사람은 가고 없지만 그가 남긴 흔적과 자연은 여전히 그 자리에 있다는 의미를 담고 있으며, 세월의 무상함과 동시에 변하지 않는 것에 대한 여운을 주는 표현이다. 이색의 아버지인 이곡李穀이 1349년 동해안 지방을 여행할 때 한송정에 대해 읊은 〈동유기東遊記〉에는 "한송정은 북쪽 15리에 있다. 동쪽으로 큰 바다에 닿아 있다. 예전에 천년 된 무성한 솔숲이 있어 찬 그림자가 푸르게 드리워지므로 이렇게 이름하였다. 정자 곁에 다천茶泉[차샘], 석조石竈[돌부뚜막], 석구石臼[돌절구]가 있는데, 바로 신라 때 선인들이 노닐던 곳이다"[85]라 하고 있다. 여기에 언급된 사선은 영랑永郎·술랑述郎·남랑南郎·안상安詳이다. 이인로李仁老도 〈천고선유원千古仙遊遠〉이라는 시에서 한송정에 관해 설명하고 있다.

千古仙遊遠　　오랜 세월 선인이 놀고 갔지만 아득히 멀어졌네
蒼蒼獨有松　　푸르름만 쓸쓸히 남아 오직 소나무만 서 있네.

| 但餘泉底月 | 다만 샘물 밑에 달만이 남아 있구나 |
| 髣髴想形容 | 어렴풋하게나마 얼굴과 모습을 그려보네. |

비록 한송정은 퇴락했지만, 그곳에 남아 있는 샘물에는 예나 지금이나 한송정의 차문화가 간직되어 있다고 읊고 있다.

이규보李奎報는 차에 관한 40~50여 수의 시를 지었다. 호를 백운거사白雲居士라고 할 만큼 백운을 벗하고 차 마시고 시 짓는 것을 좋아했던 문인 사대부이다. 호탕 활달한 시풍으로 벼슬에 임명될 때마다 즉흥시를 지었고, 시와 술, 거문고를 즐겨 '삼혹호선생三酷好先生'이라 자칭하였다. 다음의 시로 보아 당시 이규보가 지병인 당뇨를 치료하기 위해 차를 즐겨 마셨던 차인임을 알 수 있다. 그는 차에 효능이 있어 치료에 사용한다는 내용의 시를 많이 읊었다.

舊有文園病	예전부터 문원[86]의 병이 있었는데
盛夏復遠遊	한여름에 다시 멀리 유람 떠난다.
試嘗一甌茗	시험 삼아 한 잔의 차를 마셔보니
氷雪入我喉	얼음과 눈이 내 목구멍으로 들어오는구나.

"오랜 병으로 고생하는 몸으로 무더운 여름에 먼길을 떠나게 되었는데, 한 잔의 찻물이 목 안으로 스며들자 그 시원함이 마치 얼음과 눈 같구나"라는 의미로, 여행의 고단함과 더위를 차 한 잔이 단번에 날려버리는 상쾌함을 매우 효과적으로 표현한 시이다. 한여름인데 차를 얼음과 눈[雪]으로 비유한 것은 차의 찬 기운이 더운 화기火氣를 다스리는 효능을 말해주고자 하는 것이다. 차의 약

리적 효능을 알고 약용藥用으로 음용하는 양생적養生的 음다飮茶 사유를 볼 수 있다.

이규보의 〈잠시 감불사에서 노닐고 법당의 우두머리인 늙은 비구에게 드리다[暫遊感佛寺贈堂頭老比丘]〉라는 시에서는 차에 관한 다양한 언급이 보인다.

石鼎煎茶香乳白　　돌솥에 차를 끓이니 향기로운 우유 같은 흰색이네

塼爐撥火晩霞紅　　벽돌 화로에 불을 일으키니 석양같이 붉구나.

人間榮辱粗嘗了　　세상의 영화와 치욕은 대략 맛보았으니

從此湖山作浪翁　　이제부터 호수와 산을 벗 삼아 한가한 노인 되리.

차를 달이니 향기로운 젖[乳]이 희다고 한 것은 차유茶乳를 의미하며, 흰색으로 표현하였다. 찻잔에 떠다니는 차의 거품을 유乳, 세유細乳, 설화유雪花乳 등으로 표현하는데, 여기서는 합쳐 향유백香乳白이라고 표현하였다. 이규보가 절에 다니면서 스님과 찻자리를 자주 하는 것을 통해 세속의 시름과 즐거움을 잊으려는 모습이 보인다. 이 시는 벼슬길의 번잡함과 세속적인 명예를 뒤로하고, 자연 속에서 평화롭고 자유로운 여생을 보내고자 하는 은일隱逸의 정신을 잘 보여준다. 자신에게 주어진 상황을 차 한잔에 빗대어 이를 음미하는 것에서는 음다를 단순한 유흥의 행위가 아닌 삶에 대한 성찰의 행위로 인식하는 사유를 표현하고 있다.

이연종李衍宗은 〈사박치암혜다謝朴恥庵惠茶〉를 지었는데, 치암恥庵 박충좌朴忠佐(1287~1349)로부터 햇차를 선물 받고 그 고마움을 전하기 위해 지은 이 칠언고시에서 명전茗戰에 대해 언급할 정도로

차를 좋아했다.

少年爲客嶺南寺	소년 시절 영남사의 손님이 되어
茗戰屢從方外戲	세속을 벗어난 놀이인 명전를 자주 했네.
龍巖巖畔鳳山麓	용암의 바위 가, 봉산의 기슭에서
竹裏隨僧摘鷹觜	대숲에서 스님 따라 '응자차'를 땄다네.
火前試焙云最佳	화전에 만든 차가 가장 좋다고 하는데
況有龍泉鳳井水	용천과 봉정 물까지 있음이라.
沙彌自快三昧手	사미승의 솜씨에 삼매경에 빠진 듯하며
雪乳飜甌點不已	찻잔 속에 새하얀 거품을 쉬지 않고 마셨지.

차 품평과 관련된 명전에는 최고의 차와 물을 사용하는데, 위의 시에서 언급한 한식寒食 이전에 찻잎을 따서 만든 최상급에 해당하는 화전火前차에 용천龍泉과 봉정鳳井 샘물을 가지고 사마승의 날랜 솜씨로 새하얀 거품을 만드는 모습은 명전이 지금 눈 앞에 펼쳐지는 듯한 인상을 준다. 또한 차 한잔으로 낮잠에서 깨어나 정신이 맑아지는 것을 표현한 것은 차의 성분 중에 카페인의 효용을 보여주는 것이다. 고려시대에는 불교문화의 융성과 함께 차문화가 발전하였다. 특히 사원에서는 차와 좋은 물로써 승려 간에 유희 삼아 차를 내는 솜씨를 겨루는 명전茗戰이 많이 열리곤 했다. '투다鬪茶'[87]는 당대 말기에 복건 지방에서 시작되었던 것으로 '투시鬪試', '명전茗戰' 등으로도 불렀다. 그 방법은 다완에 가루차를 넣고 뜨거운 물을 조금씩 부어서 잘 섞어 차의 색, 거품의 색·향·맛을 겨루는 것이다.

투다의 유행과 더불어 제다 기술이 향상되고, 마시는 방법도 세련되었다. '투다'에 사용한 찻잎은 이 무렵에 생산된 산차가 아니라 병차餠茶이다. 당대에는 병차 가루를 솥에 끓여서 마셨는데, 송대에는 병차를 우려내는 방법으로 변하여 시대에 따라 달라진다.[88] 범중엄范仲淹(989~1052)의 〈투다가鬪茶歌〉는 송대의 유명한 다시로, 투다의 모습을 생생하게 묘사하고 있다.

北苑將期獻天子	북원에서 천자에게 바칠 차를 장차 기약하고
林下雄豪先鬪美	숲 아래 영웅호걸들이 먼저 차의 맛을 다투네.
鼎磨雲外首山銅	구름 밖의 수산의 구리로 풍로를 만들고
瓶携江上中冷水	항아리에 진강 중령전 물을 길어 왔네.
黃金碾畔綠塵飛	황금 빛 맷돌 가에는 녹색 찻가루가 날리고
碧玉甌中翠濤起	비옥 용기에는 푸른 물결 일어나네.
鬪茶味兮輕醍醐	투다에서 보는 맛은 제호보다 부드럽고
鬪茶香兮薄蘭芷	투다에서 향기는 난초와 지초보다 은은하다.
其間品第胡能欺	이런 가운데 등급을 어떻게 속일 수 있으랴
十目視而十手指	열 눈이 보고 열 손가락이 가리키는구나.
勝若登仙不可攀	이기면 신선이 되어 오를 수 없는 경지에 이르고
輸同降將無窮恥	진다면 패장처럼 끝없는 수치로다.

이 시에서는 투다하는 모습을 맷돌에 차를 가는 모습, 물맛이 상급인 중령천에 대한 언급, 투다의 맛과 차향 등과 연계하여 읊고 있어서 송대 투다 문화를 자세히 볼 수 있다. 또한 천자天子에게 차를 바치기 전에 차의 품질을 겨루어 보았음을 알 수 있다. 이

시에 언급한 녹진綠塵은 차의 고운 가루를 의미하는 것으로 옥진
玉塵, 옥색진玉色塵으로도 불린다. 전반적으로 고아高雅한 풍미風味
를 묘사하고 있다.

　송·원 시대의 투다 풍경을 묘사한 것으로 송대 유송년劉松年의
〈투다도鬪茶圖〉와 〈연다도攆茶圖〉, 원대 화가 조맹부趙孟頫의 〈투다
도鬪茶圖〉가 있다. 이 그림들은 당시의 투다 모습을 자세하게 묘사
하고 있다.

유송년의 〈투다도〉　　　　　　　조맹부의 〈투다도〉

　투다에 대해 채양蔡襄은 《다록茶錄》에서 그 방법을 상세히 설명
하고 있다.

건안 사람들이 투다할 때, 물 흔적이 먼저 생기는 자가 지고, 오래도록 지탱하는
이가 이긴다. 그래서 승부를 비교하여 말하자면, 탕수의 유화가 갈라져서 둘로
나뉘는 것에 있다.[89]

이런 언급과 같이, 투다의 승부는 찻잔 속 찻물이 닿는 부분에 물 흔적의 유무에 따라 결정되고, 격불 후 생긴 거품의 색이 백색白色인지와 거품의 지속되는 시간에 따라 판정된다.

고려의 차는 단차團茶와 잎차[葉茶]로 구분할 수 있는데, 고려시대에는 주로 단차가 많이 사용되었다. 고려의 차는 모양에 따라 덩이차, 잎차, 가루차 등으로 구분되며, 덩이차는 곱게 가루로 내어 말차末茶로 만들어 차유茶乳를 마시는 떡차[餅茶] 형태의 차를 말한다.

고려시대 차문화의 특징 중 하나는 명전茗戰 놀이라 할 수 있다. 이와 같은 놀이는 송대에 유행한 투다의 영향으로 가루차를 사용하여 격불擊拂 후 차의 거품[茶乳]을 품평하는데, 하얀색 거품과 그 거품이 오랫동안 없어지지 않고 지속되는 것을 최고로 인정하였다. 고려시대 사원에서 빈번하게 실시된 명전은, 당시는 연고차研膏茶 시기였으므로 중국의 영향을 많이 받았을 것으로 추정된다. 나라와 시대가 달랐지만 방법은 비슷하게 행해졌다. 명전에서는 '말발沫餑'[90]의 엉김이나 수각水脚[91]이 생기는 시간, '교잔咬盞'[92]의 형태, 잔과 탕수의 조화 등을 보기도 하고, 물·다품·다기·색·향·맛 등을 보기도 했다. 이 같은 명전은 차를 제대로 마시고 즐기기 위한 행위였다는 점에 의의가 있다.

이규보의 시 〈복용전운증지腹用前韻贈之〉에서도 사원에서 차 품평하는 것을 읊고 있다.

| 蕭然方丈無一物 | 방장은 쓸쓸해 아무 물건도 없구나 |
| 愛聽笙聲號鼎裏 | 솥 안에서 차 끓는 소리가 듣기 좋네 |

| 評茶品水是家風 | 차와 물을 품평하는 것이 불교의 풍류이니 |
| 不要養生千歲藗 | 양생하는 천년의 복령(茯苓)이 필요치 않네. |

　번잡한 세속을 떠나 담백하고 고요한 삶을 살며, 차를 마시고 자연의 소리를 즐기는 것 자체가 가장 소중한 가치라고 말하고 있다. 부귀나 장생을 바라기보다, 현재의 평화로운 정신적 만족을 '진정한 가풍'으로 삼는 높은 경지를 잘 보여주는 작품이다. 명전은 승려들이 주관하는 품다회品茶會의 일종으로, 차의 풍류에 해당한다. 아울러 점다點茶 행위를 예술로 승화시킨 것이라 하겠다. 명전 놀이는 대부분 사원을 중심으로 하되 문인들도 초청하여 차를 즐겼다. 좋은 차와 물이 있으면 귀한 소나무 버섯인 복령이 더 필요치 않다고 하는 것은 그만큼 차가 몸에 좋다는 것을 과장되게 표현한 것이다. 이규보의 다른 시 〈화숙덕연원和宿德淵院〉에도 차와 물을 품평하는 명전 놀이가 보인다.

| 老衲渾多事 | 늙은 중이 일부러 일을 만드네 |
| 評茶復品泉 | 차를 평가하고 또 샘물도 감별하니 |

　'늙은 중'은 세속적인 일에서 벗어나야 할 승려가 오히려 '차를 평가하고 물맛까지 감별하는' 세속적인 일에 관여하고 있음을 비유한다.
　이제현李齊賢은 지금의 조계산 송광사松廣寺인 수선사修禪寺의 경호선사景瑚禪師와 교류했는데, 해마다 경호선사가 보내주는 차에 고마움을 시로 표현했다. 〈송광화상松廣和尙이 햇차를 보내준 은혜에 대하여 붓 가는 대로 적어 방장에게 부쳐드린다[松廣和尙寄惠新茗, 順筆亂道, 寄묘丈下]〉라는 시에서 대를 이어 전해진 이 같은 풍류를 흐뭇해하고 있음이 엿보인다.

寄來佳茗致芳訊	좋은 차와 함께 보내주신 아름다운 안부에
報以長篇表深慕	깊은 사모의 정을 길게 써서 답장으로 표했네.
二老風流冠儒釋	두 늙은이[93] 풍류는 유학자와 승려에 으뜸가는데
百年存沒猶晨暮	백년의 생사란 아침과 저녁과도 같구나.
(중략)	
未堪走筆效盧仝	붓을 휘둘러 사례 글은 노동[94]을 본받기 어려운데
況擬著經追陸羽	하물며 육우를 따라 《다경》 쓰기를 흉내 내겠는가.
院中公案勿重尋	선원의 화두는 다시 찾지 말게
我亦從今詩入務	나 또한 이제부터는 시에 정진하리라.

이 시는 친구가 보내준 차와 안부 인사에 대한 답장으로, 두 노선비[儒]와 승려[釋]의 높은 경지를 칭송하면서, 인생의 덧없음[人生無常]을 아침과 저녁에 비유하여 깊은 여운을 주는 작품이다. 산사에는 차밭이 있어 햇차가 나오면 교유하는 지인에게 손수 만든 차를 보내주곤 하였다.

이제현은 경호선사가 좋은 차를 보내준 고마움에 보답하려 하나 아버지 동암東庵 이진李瑱같이 아름다운 시구로 사례를 표현하는 것이 어렵다는 것을 알고, 〈다가茶歌〉로 유명한 노동盧仝이나 《다경茶經》의 저자로 이름난 육우陸羽의 시나 문장을 흉내 낼 재주도 없으니 시 공부에 전념해야겠다고 다짐하는 모습이 보인다. 마지막 두 구절에서는 깨달음을 얻기 위한 선불교禪佛敎의 수행 방법인 공안[話頭]을 탐구하는 것에서 벗어나, 이제는 시詩 창작에만 전념하겠다는 다짐을 하고 있다. 차를 마신 것이 시 창작에 대한 새로운 결심을 하는 계기가 되었음을 알 수 있다. 이제현의 시에서 보듯 차와 시를 인연으로 맺어졌던 아름다운 교유는 대를 이어 전해졌고 시대가 다르고 종교가 달라도 여전히 그 아름다운 유풍은 유지되었다.

이렇게 승려들이 산속에서 재배한 차를 문인들에게 선물한 것이 차 전파에 중요한 역할을 하였다.[95] 그리고 이런 풍속은 조선조까지 지속되었다.[96] 불교가 핍박받던 조선에서도 초의가 추사나 다산 등의 유학자들과 차를 통해 교유한 것을 통해 이를 확인할 수 있다.

이상과 같이 고려시대의 차문화는 계층에 따라 그 모습이 달랐다. 왕실에서는 의식적儀式的인 행사에서 찻자리가 베풀어졌다. 사원에서는 불공과 수도용으로 사용되었고, 일반 선비 사회에서는 차 생활이 격식 없이 자유분방하였다. 고려시대 전반에 걸쳐 왕과 귀족, 선비와 일반 백성들 모두가 차를 즐겼다. 차가 일반 백성들에게 빨리 전파된 것은 불교의 영향이 크다. 이러한 음다飮茶 생활의 흔적을 가장 여실히 드러내 주는 것 중의 하나가 차를 주제나 소재로 한 다시茶詩 작품들이다.

3. 조선 사람들의 차문화, 중국과 어떻게 달랐을까

조선의 차문화는 자생적 차 재배의 한계와 지리적 인접성으로 인해 자연스럽게 중국 차문화의 영향을 받으며 형성되었다. 이에 조선의 문인 사대부들은 차를 즐기는 생활 속에서 시詩를 짓는 행위를 통해 자신의 정신 세계를 표현했으며, 이 과정에서 중국 다서茶書와 다시茶詩를 적극적으로 수용하고 인용하였다. 이제부터 중국 다서 및 다시의 역사적 흐름을 개관하고, 이것이 조선 차문화에 미친 구체적인 영향에 대해 알아보기로 하자.

중국 다서 수용 양상

조선시대 문인 사대부의 차문화는 고려시대와 여러 측면에서 차이를 보인다. 조선을 이끈 유학자들은 숭유억불崇儒抑佛의 이념 아래 정치·사회·문화를 주도했기 때문에, 불교가 융성하던 시대의 차문화와는 당연히 다른 양상을 띨 수밖에 없었다. 그러나 차를 매개로 한 여가와 문화적 향유라는 측면에서는 고려시대 문인 사대부들과 유사한 점도 있었다. 이와 관련하여 조선시대 유학자들이 다도를 통해 표현하고자 했던 차문화를 유가儒家와 도가道家 사상에 비추어 살펴볼 수 있다.

한국의 차문화는 중국으로부터 전래되어왔다. 먼저 중국 차문화와 관련된 주요 문헌을 개괄적으로 살펴보자. 당대唐代 육우陸羽의 《다경茶經》은 우리나라 차문화사에 큰 영향을 주었다. 《다경》뿐 아니라 오대십국五代十國 촉蜀 모문석毛文錫(907~960)의 《다보茶譜》, 송대宋代 채양蔡襄(1012~1066)의 《다록茶錄》과 휘종황제徽宗皇帝(1082~1135)의 《대관다론大觀茶論》, 명대明代 주권朱權(1378~1448)의 《다보茶譜》 등은 조선조 차문화 발전에 큰 도움이 되었다. 특히 당대에 육우가 《다경》을 쓰고 난 후 차를 마시는 법이 한국과 일본에 큰 영향을 주었다.

당대에는 차 가루를 탕관에 넣어 끓이는 전다법煎茶法이 유행하였다. 육우 《다경》에서는 전다煎茶 시에 물 끓이는 과정을 다음과 같이 설명하고 있다.

> 물이 끓기 시작하여, 고기 눈 같은 기포가 생기면서 가느다란 소리가 나면 첫째 끓음이 되고, 가장자리에서 기포가 연이어 구슬처럼 솟아오르면 둘째 끓음이며, 물결이 피도치듯 세차게 용솟음치며 끓어오르면 셋째 끓음이다. 이 이상 끓으면 노수가 되어 차를 우리기에 부적합하다.[97]

육우는 차를 끓일 때, 물이 끓는 과정에 따라 세 단계로 설명하고 있다. 첫 번째 단계는 물이 처음 끓기 시작하면 소금으로 약간 간을 하는데, 이는 차의 떫고 쓴 맛을 줄이고 단맛을 살리기 위함이다. 두 번째 단계는 본격적으로 물이 끓을 때 물 한 표주박을 떠낸 다음, 큰 젓가락으로 물을 저어 소용돌이를 만든 후, 그 중심에 적당량의 차 가루를 넣는다. 세 번째 단계는 물거품이 솟아오르면, 이때 아까 떠놓았던 물을 다시 부어 물의 기세를 급히 가라앉게 하는데, 이는 차탕의 정화精華를 살리고 보존하는 효과가 있다.

송대에는 단차團茶를 가루로 만든 후 다완茶碗에 넣고 끓는 물을 부어 차선茶筅으로 휘저어 거품을 내어 마시는 점다법點茶法이 유행하였다. 이 점다법의 구체적인 방법과 이론은 채양蔡襄의 《다록茶錄》과 휘종徽宗 조길趙佶의 《대관다론大觀茶論》에 상세히 기록되어 있다. 당대에 유행하던 전다법은 북송北宋에서도 성행하였으나, 남송南宋 후기로 오면서 점차 사라지게 되었다.[98]

"차는 고아한 것이 가장 으뜸이다"라는 육우의 《다경》에 담긴 이 정신은 시대와 국경을 넘어 고려와 조선의 문인 사대부들에게 깊은 울림을 주었다. 그들은 이 《다경》을 읽으며 차의 맛과 향보다 그 안에 서린 정신과 철학을 탐구했다. 그리고 서재에서, 정자에서, 다도를 실천하며 깨달은 경지를 수많은 시편에 녹여냈다. 이제 우리는 그들이 남긴 시詩의 세계를 통해, 책 속의 이론이 어떻게 생생한 예술적 정취로 피어났는지 들여다보려 한다.

목은牧隱 이색李穡은 여말선초의 학자이자 정치가, 문인이다. 20대에 원나라에서 일하던 아버지를 따라 국자감에서 《역경》을 배우고 성리학을 연구했으며, 한림편수관翰林編修官을 역임했다. 당시 중요한 학자였던 한림학사翰林學士 구양현歐陽玄에게 가르침을 받은 것도 이 시기였다. 목은은 차의 진미를 깊이 이해한 차인茶人이었으며, 그의 시집 《목은시고牧隱詩稿》에는 6,000여 편의 시가 수록되어 있으며, 이 중에 80~90여 수의 다시茶詩가 포함되어 있다. 목은은 〈조음사수朝吟四首〉에서 중국 다서茶書의 영향을 드러내며, 특히 육우의 《다경》을 인용하고 있어 그의 다학茶學에 대한 해박한 지식을 확인할 수 있다.

素塵棲竹簡	하얀 먼지는 죽간 속에 끼어 있고
雪水紀茶經	눈 녹인 물은 《다경》[99]에 적혀 있네.

목은은 '눈 녹인 물[雪水]'을 차 끓이는 물로 매우 선호하여, "눈 녹인 물로 끓인 차는 내가 마시는 바다"[100]라고 직접 밝힌 바 있다. 또한 그는 원나라에서의 생활 경험을 바탕으로 중국 차문화에 대한 구체적인 지식을 보여주었다. 대표적으로 중국 다성茶聖 육우가 일컬은 샘물[陸羽泉]을 언급한 "차를 마시니 육우의 샘물과 같네"[101]라는 시구가 있다. '육우천'은 중국 절강성 항주시 여항구 餘杭區 경산진徑山鎭 쌍계의 샘물로, 목은이 직접 마셔본 것으로 보인다. 《목은시고》의 〈산중사山中辭〉에서는 육우가 평한 차의 맛에 대해 직접 설명하기도 한다.

淙飛泉以瀉于崖兮	솟아나는 샘물이 절벽에 쏟아지니
淸肺腑而味甘	맑고 감미로워 폐부를 깨끗이 한다.
	(중략)
將敲火而煎茶兮	불을 피워 차를 달이니
鄙陸羽之口饞	차의 맛에만 집착한 육우의 모습이 비루하다.
羨盤谷之可沿兮	반곡 같은 곳 따라 살 수 있음을 부러워하니
矧其文爲我之指南	더구나 한유의 그 글이 나의 길잡이 됨이여.

목은은 차를 좋아하여 깊은 산골짜기의 솟아나는 샘물을 받아 차를 달였다고 한다. 이는 차에서 물의 중요성을 강조한 것으로, 그런 깨끗한 샘물이야말로 건강에도 좋고 맛도 뛰어나기 때문이

다. 부싯돌은 예로부터 불을 피우는 도구로 사용되었다. 세속을 벗어나 깊은 산속에서 차를 달이는 모습을 표현한 이 시를 통해 목은이 육우의 '다사茶事'를 단순히 답습하지 않고 자신만의 경지로 승화시켰음을 알 수 있다. '반곡盤谷'은 당나라 이원李愿이 세속을 떠나 자연 속으로 은거할 때, 한유韓愈(768~824)가 지은 〈송이원귀반곡서送李愿歸盤谷序〉에 등장하는 곳이다. 육우와 목은은 동시대 인물은 아니었지만, 목은이 《다경》을 읽고 육우의 '다사'를 참고하였음을 알 수 있다.

목은의 다음 시 〈영천靈泉〉에서는 모문석毛文錫의 《다보》를 잇는 자신만의 다서茶書를 저작하려는 의도를 설명하고 있다.

平生愛淸事	평생에 청정하고 고아한 일을 좋아하노니
有意續茶譜	《다보》를 이어 쓰고자 하는 뜻이 있네.
當携石鼎去	마땅히 돌솥을 가지고 가서
松梢看飛雨	소나무 가지 끝에서 내리는 빗발을 보리라.

목은 이색은 세속적인 번잡함을 벗어나, 자연의 한적한 곳에서 고상한 취미인 차茶를 즐기며 지내고 싶은 선비의 청아한 마음과 운치 있는 정취를 잘 담아내고 있다. "모문석의 《다보》를 이어 쓰고자 하는 뜻이 있네"라고 한 것은, 목은이 모문석의 높은 학식과 바른 인품을 깊이 이해하고 존경했기 때문으로 보인다. 모문석은 오대五代 전촉前蜀 시대의 인물로, 《다보茶譜》를 저술했다. 그는 전촉왕前蜀王 왕건王建을 섬기며 한림학사翰林學士, 내추밀사內樞密使, 문사전대학사文思殿大學士, 사도司徒 등의 고위 관직을 역임했는데,

이는 그의 학식과 인품이 인정받았음을 방증한다.

　목은과 모문석의 관계는 여러 각도에서 살펴볼 수 있다. 먼저, 차문화에 대한 공통된 관심을 들 수 있다. 목은이 즐겼던 '노아차露芽茶'는 모문석의 《다보》에 "건주 방산의 노아차와 자순차紫筍茶"라고 기록되어 있다.[102] 노아차는 복건성 복주 방산에서 생산되며, 이슬을 머금은 찻잎으로 만든 차이다. 자순차는 자줏빛을 띠는 차 싹으로, 육우의 《다경》에서는 "자색이 으뜸이고 녹색은 그 다음이다[紫者上, 綠者次]"라고 극찬한 명차이다.

　목은이 갑작스러운 죽음을 맞이하지 않았다면 말년에 한가로운 생활 속에서 '다사茶事'를 깊이 즐기며 모문석의 《다보》에 버금가는 다서를 남겼을지도 모른다. 그의 차문화에 대한 관심은 단순한 음미를 넘어선다.

　차를 달일 때 돌솥을 사용한 것은 다탕茶湯의 색·향·미를 추구하는 동시에 물 끓는 소리를 감상하고자 하는 의도가 있다. 자연과 하나 되고자 하는 이런 마음은 소나무 가지 끝에 맺힌 빗방울을 바라보려는 데서도 드러난다.

　사가정四佳亭 서거정徐居正(1420~1488)의 문집인 《사가집四佳集》에는 우리나라 문인 중 가장 많은 143수의 다시가 수록되어 있다.[103] 그는 노동盧仝의 시와 육우의 《다경》을 읽은 감회를 자신의 시 〈전다煎茶〉에서 이렇게 표현하고 있다.

龍團名第一	용단차는 제일 이름난 귀한 차로구나
雲脚雪芽新	구름발 같은 설아차는 새로움이 느껴지네.
活水煎初細	활수로 여린 차를 달이니

枯腸味更眞　　마른 창자에 그 맛이 더욱 진하도다.

盧詩吟轉苦　　노동의 시를 읊조리니 마음이 쓰라려지고

陸譜語皆陳　　육우의 《다경》은 모두 진부하게 느껴지고

司馬長年渴　　사마상여가 앓았던 오래된 소갈증을 가진 나는

惟宜自酌頻　　오직 혼자서 자주 따라 마시는 것이 마땅하구나.

이 시는 최고의 차[龍團, 雪芽]를 맑은 물로 끓여 혼자 마시는 과정을 통해, 지식인으로서의 고독하고 답답한 마음[枯腸, 長年渴]을 달래는 모습을 그렸다. 즉, 세속적인 명성이나 남의 이론에 얽매이지 않고, 고독 속에서 자신만의 참된 즐거움과 위안을 찾는 지식인의 초탈한 마음을 담은 시라 할 수 있다. 위에서 언급된 '설아雪芽'는 하얀 솜털이 돋아난 여린 찻잎으로, 그 모습이 마치 하얀 눈이 소복이 쌓인 것 같다고 하여 이런 이름이 붙었다. '설아차'는 중국 사천성 아미산峨眉山 지역의 고차수에서 채취한 찻잎으로 만든 고급 녹차의 일종이며, 이 이름은 차의 이름으로도 사용된다.

서거정은 노동의 시와 육우의 《다경》이 차에 관한 훌륭한 지침서라고 평했다. 그러나 그는 노동의 시를 읊조리니 마음이 괴로워지고, 육우의 《다경》마저도 자주 읽으면 내용이 새롭지 않다고 말했다. 이러한 평가를 통해 서거정이 이 저작들을 매우 자주 접했으며, 차에 대해 깊은 이해를 가진 차인茶人이었음을 알 수 있다.

또한 서거정은 소갈증에 차가 효능이 있음을 강조하며, 한대의 문인 사마상여司馬相如가 소갈증을 앓았던 일화를 빌어, 소갈증에는 자주 차를 마셔야 한다고 주장했다. 이러한 발언을 통해 그가 차의 약리적 효용까지도 잘 알고 있었음을 확인할 수 있다.

황제에게 바치는 공납품인 '용단龍團'은 '용봉단차龍鳳團茶'를 말하는 것인데 용과 봉황의 무늬를 찍어서 만든 단차이다. 서거정이 용봉단차를 언급한 것은, 이 차가 당대에 극히 희소하고 귀한 존재였기 때문에 의미가 깊다. 송나라 황실에 공납된 용봉단차는 연고차研膏茶라는 정성스러운 공정을 거쳐 만든다. 그 귀함은 소동파 시의 "자색의 병차 백 개에 만전의 비용이 들었네[紫金百餅費萬錢]"[104]라는 구절에서도 잘 드러나듯, 최고급 차로 인정받았다.

북송 시대 웅번熊蕃의 《선화북원공다록宣和北苑貢茶錄》에서는 용무늬, 봉황 문양 등 섬세하게 새겨진 용봉단차의 문양과 더불어 원형圓形, 방형方形, 장방형長方形, 마름모형[菱形] 등 그 다양한 형태에 대해서도 언급하고 있다. 한편, 연고차研膏茶는 찻잎을 시루에 쪄서 압착하여 푸른빛의 차고茶膏를 추출한 후, 이를 연륜研輪에 갈아서 분말로 만드는 과정을 거친다. 이렇게 만든 차 가루를 손으로 반죽한 후 특정 틀에 압입하여 형태를 성형한 차가 연고차다. 이러한 연고차의 제조 방법에 대해서는 모문석毛文錫의 《다보茶譜》를 통해 그 기록을 확인할 수 있다.

> 형주의 형산과 봉주의 서쪽 마을에서는 차를 갈아서 고(膏)를 짜서 만드는데, 모두 편차(片茶)로 둥근 달 모양과 같다.[105]

육유陸游의 다시에서는 여러 지역의 공차貢茶가 등장한다.[106] 송대에는 북원北苑의 어다원御茶園에서 연고차를 만들었으며, 그 연고차에 용龍과 봉鳳 모양의 금무늬를 새겨 용봉단차를 만들었다. 이는 이전 시기에서는 볼 수 없던 송대 공차의 특징이다. 송대에 성행하던 연고차의 제작 시기에 대해 《선화북원공다록宣和北苑貢茶錄》에서는 다음과 같이 기록하고 있다.

> 오대 말기 건안은 남당에 속해 있었다[남당의 보대 3년(945)에 왕연정을 사로잡아 그 지역을 얻었다]. 남당에서는 해마다 여러 고을의 백성들을 동원하여 북원에서 차를 따게 하였는데, 이때 처음으로 연고차를 만들기 시작했다.[107]

　명대에는 '용단' 제조 방식이 어려운 백성에게 고통을 주는 폐해가 있어, 황제의 칙령으로 '산차散茶'의 형태로 만들도록 하였다.[108] 이러한 '산차'는 덩어리 차가 아닌 잎차[葉茶]이며 현재의 녹차綠茶, 작설차雀舌茶, 우전차雨前茶 등이 그 예에 해당한다. 당시 점다點茶를 할 때 다완茶碗 표면에 구름처럼 떠올라 있는 것을 운각雲脚이라고 불렀는데, 그 상태가 적당해야 좋은 차로 쳤다. 주권의 《다보》〈점다點茶〉 편에는 "찻가루가 적고 물이 많으면 운각이 흩어지고, 물이 적고 찻가루가 많으면 운각이 죽면粥面처럼 빽빽하게 엉긴다"[109]고 기록되어 있다. 이처럼 차의 다양한 형태와 차유茶乳에 관한 기록들을 통해 당시의 차문화를 짐작해볼 수 있다. 또한 '운각'은 '운각차雲脚茶'라는 차명으로도 사용되었다.
　구봉령具鳳齡(1526~1586)은 육우의 《다경》을 읽고 깊은 감명을 받아 〈독다경讀茶經〉을 지었다. 이 시에서는 진한 차를 마시며 맑고 고운 경지에 도달하는 것을, 속세를 벗어나 신선이 되어 하늘로 오르는 경험에 비유하고 있다.

一讀通神靈	한 번 읽으니 신령과 통하고
再讀鍊精魄	다시 읽으니 정신이 단련되네.
因復啜玉乳	이에 다시 옥유를 마시니
習習風生腋	솔솔 산들바람이 겨드랑이에서 일어나네.
依然駕我仙	예전처럼 나를 태운 신선을 따라
飛上淸都月	하늘의 궁전으로 날아오르네.

　구봉령은 차를 마신 후의 신체적 변화를 〈독다경〉을 통해 묘사하며, 차를 마실 때 다서茶書의 중요성을 강조한다. 그는 육우의 《다경》을 읽고 나서 신령한 깨달음을 얻었다고 표현하며, 《다경》의 내용을 높이 평가하고 있다. 여기서 '옥유玉乳'는 찻잔에 차를 우려낸 후 생기는 거품의 맛을 젖에 비유한 것이며, 그 맑고 투명한 빛깔을 옥색으로 형상화한 것이다. 이는 차가 단순히 목마름을 해소하는 음료가 아니라는 의미를 담고 있다. 차는 자연의 청아한 정기를 간직하고 있어, 차를 마시면 겨드랑이에 바람이 스치는 듯한 상쾌함을 느끼며 선계仙界에 오른 듯한 경지를 체험하게 된다. 나아가 몸과 마음이 가벼워져 천제天帝가 사는 청도淸都의 세계, 즉 하늘의 궁전에 이를 정도로 그 효용이 극대화됨을 강조하고 있다.

　김창흡金昌翕(1653~1722)은 평생 차에 깊은 관심을 가졌다. 그는 특히 육우의 《다경》을 즐겨 읽으며 우리나라의 다속茶俗과 다른 점을 고치거나 중요한 부분을 따로 표시하는 데 힘썼다. 아울러 그는 차를 달일 때 물이 중요함을 잘 알고 있어, 가는 곳마다 좋은 물을 보면 곧장 차를 생각했다.[110] 이러한 김창흡의 차에 대한 안목과 철학은 그의 한시 〈죽엽차竹葉茶〉에 고스란히 담겨있다고 할 수 있다.

擷彼檀欒葉	그 아름답게 빼어난 대나무 잎을 따서
烹之淡泊泉	맑고 담백한 샘물에 달이네.
王維用不盡	왕유는 다 누리지 못했고
陸羽嗜甞偏	육우는 유난히 즐겨 마셨네.
細沸應文火	잔잔하게 끓이려면 느린 불이어야 하고
淸滋可玉田	맑은 기운 기름진 땅을 적셔주네.
靑烟蟠縷縷	푸른 연기 고리 지어 피어오르니
還與遠叢連	먼 숲의 대나무와 다시 이어지는구나.

이 시는 대나무 잎을 차로 달여 마시는 정경을 묘사한 한시이다. 중국 당나라의 시인 왕유王維(699~759)와 차의 성인 육우를 언급하며 차의 고아한 멋을 표현했다. 느린 불[文化]로 잔잔히 끓이는 차에서 피어오르는 연기가 마치 먼 숲의 대나무와 이어지는 듯한 모습을 통해 자연과의 조화를 그렸다. 차를 끓이는 데 맑고 깨끗한 물이 중요하다는 점도 드러나 있다. 좋은 차는 좋은 물과 만나야 그 진가를 발휘할 수 있기 때문이다.

예를 들어 왕유 시대에는 차에 대한 지식과 문헌이 부족해 차의 참맛을 제대로 누리기 어려웠다. 그러다 육우가 《다경》을 저술하며 차에 대한 식견을 넓힌 뒤에야 사람들은 다양한 지식을 바탕으로 차의 최상의 맛을 감상할 수 있게 되었다.

김창흡은 차의 맛을 내려면 약한 불로 끓이는 조화로움이 필요함을 설명한다. 여기서 '맑음[淸]'이란 속된 것을 벗어난 깨끗한 차의 본질을 의미한다. 맑은 샘물이 지닌 청아함, 그리고 어울리는 푸른 연기[靑烟]는 마치 숲속으로 스멀스멀 피어오르는 안개와도 같아, 마치 한 폭의 동양화를 보는 듯한 정경을 연출한다.

이만부李萬敷(1664~1732)는 모문석毛文錫의 《다보茶譜》를 읽고 차의 종류가 많다는 것을 말하고 그 효용으로는 체기를 해소할 수 있다고 설명하고 있다.

《다보》에는 차의 이름이 하나가 아니나 대체로 지금의 작설차 종류는 음식물을 소화시키고 기를 내리는 약제다.[111]

이만부는 모문석의 《다보》를 읽고 차가 예로부터 약제藥劑로 사용되었음을 알게 되었다. 모문석은 《다보》에서 "건주建州 방산方山의 노아露芽와 자순紫筍은 조각이 크고 단단하여, 끓는 물에 담가 불린 뒤에야 비로소 가루를 내어 두통을 치료한다"[112]고 설명하며 차의 생산지와 형태, 종류에 대해 상세히 서술하고 그 약효를 언급하고 있다.

성호星湖 이익李瀷(1681~1763)은 노년에 접어들어 거동이 어렵고, 노화로 인해 약봉지藥封紙가 늘 곁에 있을 만큼 쓸쓸하고 힘든 나날을 보내고 있었다. 그럼에도 그는 여전히 차茶에 대한 각별한 애정을 간직하고 있었는데, 육우陸羽의 《다경》을 늘 가까이 두고 탐독하는 모습에서 그러한 마음을 엿볼 수 있다.

鳴筇響屧不離鄕 지팡이 소리 발걸음 소리 향리 떠나지 않고
藥裹茶經共一牀 약주머니와 《다경》이 상 위에 같이 있네.

이 시구는 고향에서 지팡이를 짚고 편하게 거닐며, 건강을 챙기고[藥裹] 차를 마시며 책을 읽는 평화롭고 은둔적인 삶의 이상을 그린 것이다. 이익은 평소 육우의 《다경》을 지침 삼아 차를 즐기며 건강을 유지했다. 한편 신위申緯(1769~1845)는 초의선사가 보내준 차가 맛이 매우 여려서 제맛을 내기 위해 묵은 차와 새 차를 알맞게 배합하여 마셨다. 신위 자신이 차에 대한 품평 안목은 육우의 《다경》을 읽으며 습득한 것이라고 밝혔다.

評品得聞於鴻漸	품평은 육우에게서 들었네
氣味相投借壑源	기운과 맛이 학원차와 서로 통하니
此是藏收又一法	이는 또 다른 감춤과 보관의 방법이요
侍童秘勿俗人言	아이에게는 속인에게 발설하지 말라 하네.

여기서 언급하는 '학원차壑源茶'는 그 생산지인 '학원壑源'의 이름을 딴 명차이다. 송대의 차 서적인 《동계시다록東溪試茶錄》에는 동계 지역의 차밭 범위와 다배茶焙[차 공장]에 대해 기술하며, 학원과 엽원葉源 일대에 30여 곳의 다배가 있었다고 기록되어 있다. 이 학원차는 중국의 명차로, 초의가 보내준 우전차를 섞어 묵은 차와 신차의 조화를 이루어 깊고 은은한 '기묘한 맛[氣味]'을 낸다. 이처럼 적절한 비율로 차를 혼합하는 것은 차에 대한 조예가 깊은 전문가가 아니면 시도하기 어려운 방법이다.

"아이에게는 속인에게 발설하지 말라 하네"는, 육우에게 배운 걸로 보니 이 차는 학원차만큼 좋다, 이런 좋은 차는 세상 사람들에게 알리지 말고 비밀로 간직하는 게 최고의 보관법이라는 의미를 담은 시이다. 이처럼 차를 보관하고 다루는 방법이 쉽지 않음을 의미한다. 또한 그들에게 설명해도 이해하지 못할 경지라고 여겼기 때문이기도 할 것이다. 이 대목을 통해 신위가 차에 대해 얼마나 전문적인 지식을 갖추고 있었는지 알 수 있다.

이상적李尙迪(1804~1865)은 그의 시 〈읍다挹茶〉에서 육우의 《다경》과 노동의 시를 언급하고 있다.

萬緣了非眞	온갖 인연이 참되지 아니하니
焉喜焉足喝	무엇을 기뻐하며 무엇을 족하리.
經傳陸羽燈	《다경》을 읽어 육우의 등불을 전하고
詩咒玉川鉢	시는 옥천자의 의발(衣鉢) 받기 빌도다.

이 시는 세속적인 기쁨과 만족[喜, 足]이 덧없음[非眞]을 깨닫고, 그 대안으로 차茶와 함께하는 고요한 수행의 세계, 즉 경전을 공부하고 시를 짓는 깨달음의 삶을 훌륭한 인물인 육우와 노동의 이미지를 빌려 드높이고 있다. 여기서 육우의 등불은 육우의 정신을 이어가겠다는 의미이며, 옥천자의 의발衣鉢을 받는다는 것은 그의 제자가 되어 훌륭한 시를 짓고 싶다는 강한 표현을 한 것이다.

이상과 같이 중국의 다서는 우리나라 차문화에 큰 영향을 미치며 그 발전을 촉진하였다. 문인 사대부들의 작품 속에서 육우의 《다경》과 모문석의 《다보》가 적극적으로 수용·인용된 점은 이를 방증한다. 특히 육우의 《다경》은 현존하는 차에 대한 최고의 참고서이며 지침서라고 해도 과언이 아닌데, 우리나라 차문화에서도 이 책이 중추적인 역할을 담당했음이 명백하다.

중국 다시 수용 양상

조선조 문인 사대부는 중국의 다시茶詩를 일찍이 접해보고 그것에 대해 인용하거나 혹은 논평하기도 하였다. 조선조에 당나라에서 차 마시는 풍습이 성행한 것을 알게 된 것도 노동의 다시茶詩 덕분이라고 할 수 있다. 당나라 노동盧仝의 다시인 〈주필사맹간의기신다走筆謝孟諫議寄新茶〉는 차의 효능을 노래한 것인데, 이를 통해서 당시 차의 효능에 대해 어떻게 인식했는지 엿볼 수 있다.[113] 이 시의 시구詩句는 조선조 한재寒齋 이목李穆(1471~1498)의 《다부茶賦》, 이덕리李德履(1725~1797)의 《동다기東茶記》, 초의선사草衣禪師(1786~1866)의 《동다송東茶頌》 등에 영향을 주었고 여러 차례 인용되고 있다.

(상략)

一碗喉吻潤	첫 잔은 목구멍과 입술을 적시고
兩碗破苦悶	둘째 잔은 괴로움과 답답함을 깨치며
三碗搜枯腸	셋째 잔은 마른 창자를 찾아가니
惟有文字五千卷	오직 오천 권의 문자만 있구나
四碗發輕汗	넷째 잔은 가벼운 땀을 흘리게 하여
平生不平事	한평생의 불평스러운 일들이
盡向毛孔散	모두 땀구멍으로 흩어져 나가네.
五碗肌骨淸	다섯째 잔은 살갗과 뼛속까지 청아하고
六碗通仙靈	여섯째 잔은 신선의 경지에 통하네
七碗喫不得	일곱째 잔은 아직 마시지도 않았는데
唯覺兩腋	오직 양 겨드랑이에서 느끼는 것은

習習淸風生	신선한 청풍이 살살 일어나도다.
蓬萊山何在處	봉래산은 어디에 있는고.
我乘此淸風欲歸去	나 이 청풍 타고 돌아가고 싶다.

이 시는 차를 마심에 따라 오르는 경지를 신비롭고 우아하게 표현한 것이다. 차를 통해 정신적·육체적 해탈의 경지에 이르는 과정을 생동감 있게 그려냈다. 흔히 '칠완다가七碗茶歌'로 알려진 이 시는 차를 마시는 과정을 단계적으로 묘사한 작품이다. 시에서는 첫 잔부터 다섯 잔까지를 통해 차의 효능과 이를 마시며 신선의 경지에 점차 다가가는 과정을 그려낸다. 특히, 차를 마시면 갈증을 해소하고 번민을 잊게 되지만, 일곱 번째 잔에 이르면 신선이 될 수도 있다고 표현하여 차를 '선약仙藥'에 비유하기도 했다. 아름다운 시구와 차에 대한 깊은 애정이 담긴 이 시는 오랫동안 사람들의 입에 오르내렸을 뿐만 아니라, 차문화에 대한 대중의 관심을 크게 불러일으켰다.

이는 차의 효용성을 문학적으로 극대화한 사례로 볼 수 있다. 구체적으로, 여섯 잔을 마신 후에는 신선의 경지에서 유유자적하며 모든 잡념을 떨쳐내고, 마음으로부터 완전한 초월超越과 자유를 얻은 존재가 됨을 보여준다. 나아가 일곱 잔째는 실제로 마시지 않았음에도, 그 경지를 통해 이미 깨달음의 단계에 들어섰음을 표현하고 있다.

한재寒齋는 성균관成均館 유생儒生 출신이며 사림파士林派 유학자로서 김종직金宗直(1431~1492)의 문인이다. 그는 조정 관료로 재임할 당시, 진실보다 거짓이 만연하고 사특한 행위가 횡행하며 질박한 인품이 얕보이는 풍조에 대해 분노하며, 목숨을 걸고라도 이를 바로잡고자 했다. 이러한 강직한 성품과 개혁 의지 때문에 그는 의금부에 투옥되고 공주로 유배를 당하기도 했다.

결국 그는 연산군 4년(1498)에 발생한 무오사화戊午士禍에 휘말려 참형으로 생을 마감했다. 이 사화는 김일손金馹孫(1464~1498)이 그의 스승 김종직이 지은 《조의제문弔義帝文》[114]을 사초史草에 기록한 사건에서 비롯되었다. 이목은 이 사건에 연루되어 28세의 젊은 나이에 처형당했다.

젊은 시절에 지은 《다부》는 이목의 문학적 역량이 유감없이 발휘된 작품이자, 현존하는 한국 최초의 다서茶書로 평가된다. '내 마음의 차[吾心之茶]'[115]라는 핵심어는 단순한 음다飮茶 행위를 수양론의 경지로 격상시킨 점이 특징이다. 아울러 《다부》에 등장하는 이른바 '칠완다가七椀茶歌'에는 노동의 정서를 담은 시구가 인용되어 있음을 확인할 수 있다.

啜盡一椀	첫 번째 잔을 다 마시니
枯腸沃雪	마른 창자가 눈이 내리듯 씻겨 내려가고,
啜盡二椀	두 번째 잔을 다 마시니
爽魂欲仙	상쾌한 기운 돌아 신선이 될 것만 같구나,
其三椀也	그 셋째 잔을 마시니
病骨醒頭風瘳	아팠던 뼈마디가 깨어나고 두통도 낫는다.
其四椀也	그 넷째 잔을 마시면
雄豪發憂忿空	웅혼한 기운이 생기고 근심과 울분이 사라지네,
其五椀也	그 다섯 잔을 마시니

色魔驚遁	욕정의 마귀는 놀라 도망치고
餐尸盲聾	제수를 탐내는 시동(尸童)은 눈이 멀고 귀가 먹으니,
其六椀也	그 여섯 잔을 마시니
方寸日月	마음속[方寸]에 해와 달이 들어오고
萬類蘧篨	만물은 가치 없는 대자리로 보이니,
何七椀之未半	어떻게 일곱째 잔은 아직 반도 마시지 않았는데
鬱淸風之生襟	울연히 가슴에 맑은 바람이 일어나는구나

한재 이목은 《다부》의 '칠완다가'에서, 대여섯 사발의 차를 마신 뒤 상쾌한 정신으로 신선이 되려 하고 근심과 울분이 사라진다고 설명한다. 이는 차의 정신적 효능과 양생적 효용을 두루 표현한 것이다. 특히 차 다섯 사발을 마시면 여색을 밝히는 색마色魔를 떨쳐버릴 수 있다는 대목에서는, 유학자의 시각에서 차를 통한 수양론적 사유가 드러난다. 이는 곧 존천리存天理와 거인욕去人欲의 실천적 면모를 보여주는 예라고 할 수 있다. 나아가 제사 때 앞에 놓인 음식을 탐하던 시동尸童조차 제수祭需를 탐하지 않게 된다는 것은, 차를 마심으로써 물질적 욕심이 사라짐을 의미한다. 또한 '가슴 즉 겨드랑이에 맑은 바람이 일어나는구나'라는 표현은 심신의 번뇌가 모두 사라진 경지를 상징적으로 드러낸다.

목은牧隱 이색李穡이 〈대서답개천행재선사기다代書答開天行齋禪師 寄茶〉라는 시에서 '맑은 바람이 양 겨드랑이서 나오니'라고 한 것도 노동의 시를 인용한 것이다.

同甲老彌親	동갑 나이로 늙을수록 더욱 친하니
靈牙味自盡	영아차의 맛이 절로 진미로구려.
淸風生兩腋	맑은 바람이 양 겨드랑이에서 일어나
直欲訪高人	곧장 고상한 이를 찾아가고 싶구나.

목은은 차를 자주 마셨으며, 노년에 이르러서는 차와 더욱 깊은 정情으로 맺어졌다고 언급한 바 있다. 이는 그가 노동盧소의 〈주필사맹간의기신다走筆謝孟諫議寄新茶〉 중 '일곱째 잔은 아직 마시지도 않았는데, 오직 양 겨드랑이에서 맑은 바람이 일어남을 깨닫겠네[七碗喫不得, 唯覺兩腋習習淸風生]'라는 구절을 인용한 데서도 확인할 수 있다. 이러한 표현을 통해 목은이 은일隱逸적 삶을 살면서 신선처럼 고고하고 청아한 경지를 추구했던 심정을 엿볼 수 있다.

목은은 〈견가동색차어나전자遣家童索茶於懶殘子, 거후去後, 음성일수吟成一首〉라는 시에서 "꼬챙이에 메밀떡 구워 먹는 소박한 삶"을 통해 노동의 호인 옥천자玉川子를 떠올리며 노동을 만나고 싶은 심정을 내비치고 있다.

削竹串穿蕎麥餻	대나무 깎은 꼬치에 메밀떡을 꿰어
仍塗醬汁火邊燒	거기에 간장을 발라 불가에서 굽는다.
玉川欲得茶來喫	옥천자의 차를 얻어 마시고만 싶어라.
香積何憂食不消	향적이 소화 안 될까 어찌 걱정하랴.

이 시를 통해 목은은 메밀떡을 굽는 소박한 정경과 다도를 즐기는 여유로움을 표현하였다. 사찰 음식을 일컫는 '향적香積'이라는

단어에는 더 깊은 의미가 담겨있다. 이는 《유마경維摩經》의 '향적불품香積佛品'에서 유래했으며, 진리를 깨닫는 즐거움[法悅]을 소화하기 쉬운 음식에 비유한 것이다. 즉, '향적'은 몸에 좋은 음식이 아니라 마음의 양식이자 깨달음 그 자체를 상징한다.

목은은 〈홍시자가紅柿自歌〉라는 시에서도 음식을 먹는데 차가 생각난다고 했는데, 이는 그만큼 그가 차를 즐겨 마셨다는 것을 보여준다.

(상략)

笑殺喫茶老盧仝	차 마시던 늙은 노동이 무척 좋아한다.
七椀始得生清風	일곱 사발에 비로소 청풍이 일어난다.

차를 무척 즐기던 시인 노동에 관한 이야기인데, 노동의 시에 따르면 차 여섯 잔을 마셔야 비로소 속세의 속박에서 벗어나 맑고 청아한 경지에 이를 수 있다고 한다. 목은 이색은 시에서 "일곱 사발에 비로소 청풍이 일었다"는 경지를 언급하며 노동이 체험한 경지에 동질감을 느끼면서도, 목은만의 차 생활 경지를 드러내고 있다.

목은 이색은 그의 문집에 소식을 흠모하는 시를 다수 수록하고 있다. 그가 지은 〈술회述懷〉에서는 소식을 좋아하는 이유를, 그의 호방한 기상이 이 속세를 초월했기 때문이라고 서술하고 있다.

我愛東坡詩	내가 동파의 시를 좋아하는 것은
豪氣超塵裏	호방한 기상이 세속을 초월했기 때문이다.

| 至今吟不休 | 지금까지도 읊조리길 멈추지 않으니 |
| 朝來微破顏 | 아침이 와서야 살짝 미소 지었다네. |

소식 시의 호방하고 세속을 초월한 경지를 사랑하는 마음을 표현한 시이다. 목은은 그의 시집을 늘 곁에 두고 흉중에 새겨 읊으며, 아침에 이르러서야 비로소 만족스러운 미소를 짓는 모습을 그렸다.

목은의 〈동안정당한첨서同安政堂韓簽書〉라는 시에는 소식의 시에서 차용한 '가명佳茗'이라는 시구도 등장한다.

寥寥藥院負松巒	고요한 예원은 송악산을 등지고 있는데
龜谷重來猶壯顏	귀곡은 다시 와보니 여전히 왕성하네
	(중략)
慈恩寺裏又盤桓	자은사에서 다시 머물며
兒孫讀書尤可觀	아손의 글 읽는 모습이 더욱 보기 좋구나
堂頭愛客集朝冠	당두는 손님 좋아해 벼슬아치들이 모이는데
況我同志仍團圝	하물며 우리 동지가 다시 단란하게 모였구나
坐啜佳茗淸心肝	앉아 좋은 차를 마시니 마음속이 맑아지네
十字街上分馬還	십자 거리에서 말을 돌려 서로 돌아가누나

전체적으로 벗들과의 여유로운 사찰 방문, 차 나눔, 그리고 이별까지의 여정이 담담하고 우아하게 그려져 있다. 목은은 안정당安政堂[116], 한첨서韓簽書[117]와 함께 예원藥院이라는 사원寺院의 귀곡龜谷[118] 대선사大禪師를 방문하고 돌아오는 길에, 자은사慈恩寺의 우

세군祐世君[119]을 알현한 뒤 십자가十字街에 이르러 서로 헤어져 돌아왔다. 이때 좋은 차를 마시면 마음이 편안해지는 효과가 있다고 읊은 것은 차가 지니는 정신적 효용을 의미한다. 여기서 당두堂頭는 한 사찰의 주지를 가리킨다.

신광수申光洙(1712~1775)는 〈여성천원생與成川元生〉이라는 시에서 노동의 시에 언급된 "양쪽 겨드랑이에서 바람이 일어난다[兩腋淸風生]"고 한 것을 인용하였다.

三南昨年茶貴	삼남 지방은 작년에 차가 귀해서
十錢易十五葉	십 전에 겨우 열다섯 잎을 살 수 있었다 하니,
正苦乏絕	정말 물건이 귀해서 답답하기 그지 없었고
不堪胃敗	먹고 싶어도 어찌할 수 없었다.
此茶適到此際	마침 그때 이 차가 도착하니,
如喫玉川子九椀茶	마치 노동이 아홉 잔의 차를 마시고
兩腋幾欲習習	양쪽 겨드랑이에서 솔솔 바람이 부는 듯하다.

지난해처럼 차가 귀하고 몸이 안 좋을 때, 이렇게 좋은 차를 마시니 너무나 상쾌하고 기쁘다는 의미를 세련된 문장과 고사故事를 인용하여 표현한 글이다. 신광수가 '차가 귀하다'고 말하는 것은 우리나라의 생산량이 많지 않기 때문이었다. 당시에는 왕이 하사하거나, 중국에서 돌아온 지인에게서 조금 얻어 마시는 정도였다. 그는 채제공蔡濟恭(1720~1799)이 보내준 차를 마시며 감격한 마음을 어찌할 줄 몰랐다. 이 차를 마신 것을 두고, 노동盧소의 시에서는 '일곱 잔'을 표현한 반면, 신광수의 시에서는 '아홉 잔'이라

고 잘못 인용하였다. 이는 귀한 차를 많이 마셨다는 것을 과장하여 표현한 것으로 보인다.

앞서 살펴본 것처럼, 옥천자 노동의 '양액兩腋 청풍淸風'이나 소식의 '가명佳茗은 미인과 같다'는 표현을 인용한 시들을 통해, 우리나라 문인 사대부들이 중국의 차문화와 노동·소식의 시에서 느꼈던 시적 감동을 곳곳에서 확인할 수 있다.

중국처럼 차가 일상화되지 않고 다양한 차 품종이 생산되지 않았던 한국의 차문화는 중국 차문화의 영향을 많이 받았다. 일찍부터 차 관련 서적[茶書]과 다시茶詩가 발전한 중국의 차문화를 접한 문인과 사대부들이 이를 자연스럽게 흡수하여 한국 차문화에 접목시켰다. 특히 당나라 육우의 《다경》, 모문석의 《다보》, 송나라 채양의 《다록》을 비롯하여 송 휘종의 《대관다론》, 명나라 주권의 《다보》 등 수많은 다서를 수용하였다. 다시에서는 노동盧소, 육유陸游, 소동파[蘇軾], 백거이白居易 등의 영향을 많이 받아 문인들이 그들의 작품을 인용하기도 했다.

제1부의 주(註)

1 《詩經》, 〈大雅·緜〉, "周原膴膴, 菫茶如飴." 참조.
2 《詩經》, 〈邶風·谷風〉, "誰謂茶苦, 其甘如薺." 참조.
3 《詩經》, 〈豳風·七月〉, "採茶薪樗, 食我農夫." 참조.
4 《詩經》, 〈豳風·鴟鴞〉, "子手拮据, 子所捋茶." 참조.
5 《詩經》, 〈鄭風·出其東門〉, "出其闉闍, 有女如茶. 雖則如茶, 匪我思且." 참조.
6 《詩經》, 〈大雅·桑柔〉, "民之貪亂, 寧為茶毒." 참조.
7 《詩經》, 〈周頌·良耜〉, "以薅茶蓼, 茶蓼朽止, 黍稷茂止." 참조.
8 郝懿行, 《爾雅義疏》, "今茶字古作茶. … 至唐陸羽著《茶經》, 始減一畫作'茶'." 참조.
9 錢仲聯, 《陸游全集校注》卷3〈閑居書事〉, 杭州, 浙江教育出版社, 2011, p.85.
10 한대(漢代)이 악부민가(樂府民歌)는 송대(宋代) 곽무천(郭茂倩, 1084전후)이 편
집한 《악부시집(樂府詩集)》이라는 텍스트를 통하어 전헤진다. 본래 〈악부(樂府)〉
는 전한(前漢) 무제(武帝, B.C.140~B.C.87 재위) 때 설립되었다가 애제(哀帝,
B.C.6~B.C.1 재위) 때 폐지된 한대(漢代) 관청의 이름이다. 문인이 제작한 악부
가사를 구별하기 위해서, 민간에서 채취한 가사를 습관상 악부민가라고 칭했다.
11 徐陵, 《玉臺新詠》卷二, 左思, 〈嬌女詩〉, "吾家有嬌女, 皎皎頗白晳. 小字為紈素,
口齒自清歷. 其姊字惠芳, 面目粲如畫. 馳騖翔園林, 果下皆生摘. 貪華風雨中, 倏忽
數百適. 心為茶荈劇, 吹噓對鼎鑷."
12 張載, 〈登成都白菟樓詩〉, "重城結曲阿, 飛宇起層樓. 累棟出雲表, 嶢壁臨太墟. 高
軒啟朱扉, 回望暢八隅. 西瞻岷山嶺, 嵯峨似荊巫. 蹲鴟蔽地生, 原隰殖嘉蔬. 雖遇
堯湯世, 民食恆有餘. 鬱郁少城中, 岌岌百姓居. 街術紛綺錯, 高甍夾長衢. 借問揚子
舍, 想見長卿廬. 程卓累千金, 驕侈擬王侯. 門有連騎客, 翠帶腰吳鉤. 鼎食隨時進,
百和妙且殊. 披林采秋橘, 臨江釣春魚. 黑子過龍醢, 果饌逾蟹蝑. 芳茶冠六清, 溢味
播九區. 人生苟安樂, 茲土聊可娛."
13 《漢語大詞典》卷2, 漢語大詞典編輯委員會, 上海, 上海辭書出版社, 1986, p.43. :
"六清":《주례(周禮)·천관(天官)·선부(膳夫)》, "범왕지궤(凡王之饋) … 음용육청
(飲用六清)."이란 말이 나오는데, 정현(鄭玄)은 "수(水), 장(漿), 예(醴), 량(醇), 의
(醫), 이(酏)."라고 주석한다.
14 孫楚, 〈出歌〉: 李莫森 編注, 《咏茶詩詞曲賦》, 上海社會科學院出版社, 2006, p.12.

15 王微, 〈雜詩〉: 李莫森 編注, 《咏茶詩詞曲賦》, 上海社會科學院出版社, 2006, p.13.

16 封演, 《封氏聞見記》, "茶道大行, 王公朝士無不飲者." 참조. : 李莫森 編注, 《咏茶詩詞曲賦》, 上海社會科學院出版社, 2006, p.5.

17 封演, 《封氏聞見記》, "不問道俗, 都可投錢取飲." 참조. : 李莫森 編注, 《咏茶詩詞曲賦》, 上海社會科學院出版社, 2006, p.5.

18 李白, 〈族侄僧中孚贈玉泉仙人掌茶〉, "茗生此中石, 玉泉流不歇." 참조. : 李莫森 編注, 《咏茶詩詞曲賦》, 上海社會科學院出版社, 2006, p.14.

19 錢起, 〈與趙莒茶宴〉, "竹下忘言對紫茶, 全勝羽客醉流霞." 참조. : 李莫森 編注, 《咏茶詩詞曲賦》, 上海社會科學院出版社, 2006, p.23.

20 杜甫, 〈重過何氏五首之三〉, "落日平臺上, 春風啜茗時." 참조. : 李莫森 編注, 《咏茶詩詞曲賦》, 上海社會科學院出版社, 2006, p.18.

21 韋應物, 〈喜園中茶生〉, "潔性不可汙, 為飲滌塵煩." 참조. : 李莫森 編注, 《咏茶詩詞曲賦》, 上海社會科學院出版社, 2006, p.31.

22 白居易, 〈夜聞賈常州, 崔湖州茶山境會亭歡宴〉, "遙聞境會茶山夜, 珠翠歌鐘俱繞身." 참조. : 李莫森 編注, 《咏茶詩詞曲賦》, 上海社會科學院出版社, 2006, p.39.

23 盧仝, 〈走筆謝孟諫議寄新茶〉, "七碗喫不得, 唯覺兩腋習習清風生." 참조. : 李莫森 編注, 《咏茶詩詞曲賦》, 上海社會科學院出版社, 2006, p.5.

24 李莫森 編注, 《咏茶詩詞曲賦》, 上海社會科學院出版社, 2006, pp.5~6.

25 고대(古代)의 시(詩). 한시(漢詩)에서는 주로 후한(後漢) 이전(以前)의 시(詩), 시경(詩經)이나 문선(文選)에 딸린 시(詩)를 이른다. 평측(平仄)이나 자수(字數)에 제한(制限)이 없어 비교적 자유로운 형식의 한시(漢詩). 근체시(近體詩)와 상대(相對)되며, 사언(四言)·오언(五言)·칠언(七言)·잡언(雜言) 따위가 있다.

26 여덟 구(句)로 되어 있는 한시체(漢詩體). 한 구(句)가 다섯 자(字)로 되어 있는 것을 오언율시(五言律詩)라 하고, 일곱 자(字)로 되어 있는 것을 칠언율시(七言律詩)라 한다.

27 한시(漢詩)의 근체시(近體詩) 형식(形式)의 하나. 기(起)·승(承)·전(轉)·결(結)의 네 구(句)로 이루어졌는데, 한 구(句)가 다섯 자(字)로 된 것을 오언절구(五言絕句), 일곱 자(字)로 된 것을 칠언절구(七言絕句)라고 한다.

28 궁중(宮中)의 사물(事物) 풍경(風景)을 읊은 시(詩).

29 한 사람이 각각(各各) 한 구(句)씩을 지어 이를 합(合)하여 만든 시(詩). 중국(中國) 한(漢)나라 무제(武帝) 때부터 시작(始作)되었다고 한다.

30 시를 보내고 그것을 답하는 창화시(唱和詩). 백거이(白居易), 원진(元稹), 두목(杜牧) 등 당시 명망 있던 시인들과 많은 시적 교류를 하여 원진 및 백거이와 주고받은 많은 창화시(唱和詩)가 남아 있다.

31 보탑시(寶塔詩)란 글자가 차례로 늘어나 전체적으로 탑모양을 이루는 시를 말한다.

32 元稹, 〈一字至七字詩·茶〉, "'慕詩, 愛僧家', '沉盡古今人不倦, 將知醉後豈堪誇'."

33 錢時霖, 姚國坤, 高菊兒, 《歷代茶詩集成 － 宋金卷》上, 上海文化出版社, 2016, p.1.

34 沈德潛, 〈說詩晬語〉, "其筆之超曠, 等於天馬脫羈, 飛仙遊戲, 窮極變幻, 而適如意中所欲出."

35 富弼, 〈宋禪類鈔〉, "分寧一茶客.": 李莫森 編注, 《咏茶詩詞曲賦》, 上海社會科學院出版社, 2006, p.7.

36 黃庭堅, 〈雙井茶送子瞻〉, "我家江南摘雲腴, 落磑霏霏雪不如. 為君喚起黃州夢, 獨載扁舟向五湖." 참조. : 李莫森 編注, 《咏茶詩詞曲賦》, 上海社會科學院出版社, 2006, p.90.

37 蘇軾, 〈黃魯直以詩饋雙井茶次韻為謝〉, "江夏無雙種奇茗, 汝陰六一誇新書, 磨成不敢付童僕, 自看雪湯生璣珠, 列仙之儒癯不腴, 只有病渴同相如, 明年我欲東南去, 畫舫何妨宿太湖.": 李莫森 編注, 《咏茶詩詞曲賦》, 上海社會科學院出版社, 2006, p.7.

38 陸游, 〈蘭亭花塢茶〉, "湖上青山古会稽, 断云漠漠雨凄凄. 篮舆晚过偏门市, 满路春泥闻竹鸡. 蘭亭步口水如天, 茶市紛紛趁雨前, 烏笠遊僧雲際去, 白衣醉叟道傍眠, 陌上行歌日正長, 吳鹽捉績麥登場, 蘭亭酒美逢人醉, 花塢茶新滿市香."

39 李莫森 編注, 《咏茶詩詞曲賦》, 上海社會科學院出版社, 2006, p.7.

40 陸游, 〈晨雨〉, "揮汗驅蚊廢夜眠, 清晨一雨便翛然, 涼生池閣衣巾爽, 潤入園林草木鮮, 青翦雲腴開鬪茗, 翠甖玉液取寒泉, 飯餘一枕華胥夢, 不怪門生笑腹便."

41 陸游, 〈臨安春雨初霽〉: 李莫森 編注, 《咏茶詩詞曲賦》, 上海社會科學院出版社, 2006, p.101. 참조.

42 徐海荣, 《中國茶事大典》, 華夏出版社, 北京, 2000, p.244.

43 范仲淹, 〈和章岷從事鬪茶歌〉, "年年春自東南來, 建溪先暖冰微開, 溪邊奇茗冠天下, 武夷仙人從古栽, 新雷昨夜發何處, 家家嬉笑穿雲去, 露牙錯落一番榮, 綴玉含珠散嘉樹, 終朝採掇未盈襜, 唯求精粹不敢貪, 研膏焙乳有雅製, 方中圭兮圓中蟾, 北苑將期獻天子, 林下雄豪先鬪美, 鼎磨雲外首山銅, 瓶攜江上中冷水, 黃金碾畔綠塵飛, 紫玉甌心雪濤起, 鬪餘味兮輕醍醐, 鬪餘香兮薄蘭芝, 其間品第胡能欺, 十目視而十手指, 勝若登仙不可攀, 輸同降將無窮恥, 於嗟天産石上英, 論功不愧階前蓂, 衆人之濁我可清, 千日之醉我可醒, 屈原試與招魂魄, 劉伶卻得聞雷霆, 盧仝敢不歌, 陸羽須作經, 森然萬象中, 焉知無茶星, 商山丈人休茹芝, 首陽先生休采薇, 長安酒價減千萬, 成都藥市無光輝, 不如仙山一啜好, 泠然便欲乘風飛, 君莫羨, 花間女郎只鬪草, 贏得珠璣滿鬪歸."

44 楊萬里, 〈澹菴坐上觀顯上人分茶〉, "分茶何似煎茶好, 煎茶不似分茶巧. 蒸水老禅弄泉手, 隆兴元春新玉爪. 二者相遭兔甌面, 怪怪奇奇真善幻. 纷如擘絮行太空, 影落寒江能万变. 银瓶首下仍尻高, 注汤作字势嫖姚. 不须更师屋漏法, 只问此瓶当响答. 紫微仙人乌角巾, 唤我起看清风生. 京尘满袖思一洗, 病眼生花得再明. 叹鼎难调要公理, 策动茗碗非公事. 不如回施与寒儒, 归续茶经傅衲子."

45 盧仝,〈走筆謝孟諫議寄新茶〉,"一碗喉吻潤. 二碗破孤悶. 三碗搜枯腸, 惟有文字
五千卷. 四碗發輕汗, 平生不平事, 盡向毛孔散. 五碗肌骨清, 六碗通靈. 七碗吃不得
也, 唯覺兩腋習習清風生. 蓬萊山, 在何處? 玉川子乘此清風欲歸去. 山上群仙司下
土, 地位清高隔風雨. 安得知百萬億蒼生命, 墮在顛崖受辛苦! 便為諫議問蒼生, 到
頭還得蘇息否?"

46 耶律楚材,〈西域從王君玉乞茶因其韻七首〉,"啜罷江南一椀茶, 枯腸歷歷走雷車. 黃
金小碾飛瓊屑, 碧玉深甌點雪芽, 筆陣陳兵詩思勇, 睡魔卷甲夢魂賒. 精神爽逸無餘
事, 臥看殘陽補斷霞."

47 洪希文,〈煮土茶歌〉,"論茶自古稱壑源, 品水無出中泠泉. 莆中苦茶出土產, 鄉味自
汲井水煎. 器新火活清味永, 且從平地休登仙. 王侯第宅鬥絕品, 揣分不到山翁前.
臨風一啜心自省, 此意莫與他人傳."

48 謝宗可,〈茶筅〉,"此君一節瑩無瑕, 夜聽松聲漱玉華. 萬縷引風歸蟹眼, 半瓶飛雪起
龍牙. 香凝翠髮雲生腳, 濕滿蒼髯浪捲花. 到手纖毫皆盡力, 多因不負玉川家."

49 謝應芳,〈陽羨茶〉,"南山茶樹化劫灰, 白蛇無復銜子來. 頻年雨露養遺植, 先春粟粒
珠含胎. 待看茶焙春煙起, 篛籠封春貢天子. 誰能遺我小團月, 烟火肺肝令一洗."

50 高啓,〈采茶詞〉,"雷过溪山碧云暖, 幽丛半吐枪旗短. 银钗女儿相应歌, 筐中摘得谁
最多. 归来清香犹在手, 高品先将呈太守. 竹炉新焙未得尝, 笼盛贩与湖南商. 山家
不解种禾黍, 衣食年年在春雨." 참조.: 李莫森 編注,《咏茶詩詞曲賦》, 上海社會科
學院出版社, 2006, p127.

51 文徵明,〈煎茶〉,"嫩汤自候鱼生眼, 新茗还誇翠展旗. 谷雨江南佳节近, 惠泉山下小
船归. 山人纱帽笼头处, 禅榻风花绕鬓飞. 酒客不通尘梦醒, 卧看春日下松扉.": 李
莫森 編注,《咏茶詩詞曲賦》, 上海社會科學院出版社, 2006, p.130.

52 文徵明,〈煮茶〉,"花落春院幽, 风轻禅榻静. 活火煮新茶, 凉蟾堕圆影. 破睡策功多,
因人寄情永. 仙游恍在兹, 悠然入灵境." 참조.: 李莫森 編注,《咏茶詩詞曲賦》, 上
海社會科學院出版社, 2006, p.8.

53 陳繼儒,〈試茶〉,"綺陰攢蓋, 靈草試奇. 竹爐幽討, 松火怒飛. 水交以淡, 茗戰而肥.
綠香滿路, 永日忘歸."

54 王畿,〈逕山〉,"高登喜雨坐僧楼, 共话茶杯意更幽. 万丈龙潭飞瀑倒, 五峰鹤树湿云
收. 碑含御制侵苔碧, 径启县花拂曙秋. 还拟凌霄好风月, 海门东望大江流."

55 屠隆,〈龍井茶〉,"山海通眼蟠龙脉, 神物蜿蜒此真宅. 飞流喷沫走白虹, 万物灵源长
不息. 涼峥时谐琴瑟声, 澄渟冷浸玻璃色. 令人对此清心魂, 一漱如饮甘露液. 此山
秀洁变产茶, 谷雨霡霂抽新芽. 摘来片片通灵窍, 啜处冷冷馨齿牙. 采取龙井茶, 还
烹龙井茶. 一杯入口宿酲解, 耳畔飒飒来松风."

56 徐渭,〈某伯子惠虎丘茗謝之〉,"虎丘春茗妙烘蒸, 七碗何愁不上升. 青箬旧封题谷
雨, 紫砂新罐买宜兴. 却从梅月横三弄, 细搅松风炉一灯. 合向吴侬彤管说, 好将书
上玉壶冰."

57 錢希言,〈鬥茶時節〉,"鬥茶時節賣花忙, 只選頭多與乾長. 花價漸增茶漸減, 南風十

日滿簾香."

58 韓邦奇,〈富陽民謠〉,"富陽江之魚, 富陽山之茶. 魚肥賣我子, 茶香破我家. 采茶婦, 捕魚夫, 官府拷掠無完膚. 昊天胡不仁, 此地亦何辜. 魚胡不生別縣, 茶胡不生別都. 富陽山, 何日摧, 富陽江, 何日枯. 山摧茶亦死, 江枯魚始無. 山難摧, 江難枯, 我民不可蘇."

59 施潤璋,〈綠雪〉,"綠雪霏霏降, 青山點點浮. 不知春色晚, 猶自戀寒梅.": 李莫森 編注,《咏茶詩詞曲賦》, 上海社會科學院出版社, 2006, p.9.

60 王士禛,〈愚山侍講送敬亭茶〉,"敬亭綠雪產春岑, 小篚封來雲霧深. 忽憶白雲招隱句, 松風谡谡落空林.": 李莫森 編注,《咏茶詩詞曲賦》, 上海社會科學院出版社, 2006, p.9.

61 曹延棟,〈種茶子歌〉,"茶子茶子重茶子, 年年種茶山復山. 春風吹綠茶苗長, 秋雨潤根茶味香. 山中老農七十餘, 手種茶樹三千株. 不憂衣食不憂寒, 只憂茶賤傷農夫." 참조.: 李莫森 編注,《咏茶詩詞曲賦》, 上海社會科學院出版社, 2006, p.9.

62 陳章,〈採茶歌〉,"鳳凰嶺頭春露香, 青裙女兒指爪長. 渡澗穿雲採茶去, 日午歸來不滿筐. 催貢文移下官府, 那管山寒芽未吐. 焙成粒粒比蓮心, 誰知儂比蓮心苦." 참조.: 李莫森 編注,《咏茶詩詞曲賦》, 上海社會科學院出版社, 2006, p.149.

63 연심(蓮心), 연밥(연자, 蓮子) 안의 가늘고 길죽한 초록색 어린 싹

64 王士禛,〈幼孚齋中試涇縣茶〉,"不知涇邑山之涯, 春風邑此香靈芽. 兩莖細葉雀舌卷, 蒸焙工夫應不淺. 宣州諸茶此絕倫, 芳馨那遜龍山春. 一甌瑟瑟散輕蕊, 品題誰比玉川子. 共向幽窗吸白雲, 令人六腑皆芳芬. 長空靄靄西林晚, 疏雨濕煙客点返." 참조.: 李莫森 編注,《咏茶詩詞曲賦》, 上海社會科學院出版社, 2006, p.145.

65 乾隆,〈觀採茶作歌〉,"火前嫩, 火后老, 惟有骑火品最好. 西湖龙井旧擅名, 适来试一观其道. 村男接踵下层椒, 倾筐雀舌还鹰爪. 地炉文火续续添, 乾釜柔风旋旋炒. 漫炒细焙有次第, 辛苦功夫殊不少. 王肃酪奴惜不知, 陸羽《茶经》太精讨. 我虽贡茗未求佳, 防微犹恐开奇巧. 防微犹恐开奇巧! 采茶渴览民艰晓.": 李莫森 編注,《咏茶詩詞曲賦》, 上海社會科學院出版社, 2006, p.150.

66 乾隆,〈續觀採茶作歌〉,"山田穀雨纔耕罷, 又趁春陰事採茶. 一葉一槍挑在手, 綠雲翠浪滿天涯. 老幼勤勞雖樂事, 艱辛亦復可憐他. 慢煨蓋碗徐徐啜, 斟酌民情敢自誇.": 李莫森 編注,《咏茶詩詞曲賦》, 上海社會科學院出版社, 2006, p.9.

67 李莫森 編注,《咏茶詩詞曲賦》, 上海社會科學院出版社, 2006, p.9.

68 曹雪芹,(甲戌本)《紅樓夢》第二回,〈茶詩二首〉: 李莫森 編注,《咏茶詩詞曲賦》, 上海社會科學院出版社, 2006, p.9. 참조.

69 李莫森 編注,《咏茶詩詞曲賦》, 上海社會科學院出版社, 2006, p.9.

70 釋超全,〈武夷茶歌〉,"建州團茶始丁謂, 貢小龍團君謨. 元豐敕獻密雲龍, 品比小團更為貴. 無人特設御茶園, 山民終歲修貢事. 明興茶貢永革除, 玉食豈為遐方累. 相傳老人初獻茶, 死為山神享廟祀. 景泰年間茶久荒, 喊山歲猶供祭費. 輸官茶購自他山, 郭公青螺除弊. 嗣後岩茶亦漸生, 山中藉此少為利. 往年薦新苦黃冠, 遍探春芽

第1부 차문화의 길을 따라가다 81

三日內. 搜尺深山栗粒空. 官令禁絕民惠. 種茶辛苦甚種田. 耘鋤採抽與烘焙. 穀雨屆其處忙. 兩旬晝夜眠餐廢. 道人山客資爲糧. 春作秋成如望歲. 凡茶之産準地利. 溪北地厚溪南次. 平洲淺渚土膏輕. 幽谷高崖煙雨膩. 凡茶候視天時. 最喜天晴北風吹. 苦遭陰雨風南來. 色香頓減淡無味. 近時制法重清漳. 漳芽漳片標名異. 如梅斯馥蘭斯馨. 大抵焙時候香氣. 鼎中籠上爐火溫. 心開手敏工夫細. 岩阿宋樹無多叢. 雀舌吐紅霜葉醉. 終朝採採不盈掬. 漳人好事自珍秘. 積雨山樓苦晝間. 一宵茶話留千載. 重烹調山茗沃枯腸. 雨聲雜沓松濤沸."

71 陸廷燦, 〈詠武夷茶〉, "桑苧家傳旧有经. 弹琴喜傍武夷君. 轻涛松下烹溪月. 含露梅边煮岭云. 醒睡功资宵判牒. 清神雅助昼论文. 春雷催蒸仙岩笋. 雀舌龙团取次分."

72 《高麗史節要》第2卷. 穆宗 宣讓大王. "穆宗壬寅五年 秋七月. 敎日. 近覽侍中韓彦恭上疏言. 今繼先朝而使錢. 禁用麤布. 以駭俗. 未逢邦家之利益. 徒興民庶之怨嗟. 其茶酒諸店. 交易依前使錢外. 百姓等. 私相交易. 仕用土宜."

73 《高麗史》第11卷, 〈世家〉第11卷, "肅宗 肅宗九年八月乙巳 村婦 野老. 爭獻瓜果于路. 各賜布帛又出內府茶香. 衣襖. 施于路傍佛舍. 丙午. 駕次常慈院遣侍御史崔謂. 齋御衣·茶香. 禱雨于三角山僧伽窟." 《高麗史》, 89w, 〈志〉第36卷, "恭愍王五年. 王幸奉恩寺. 聽僧普虛說法. 公主從太 后繼至. 侍女·僧徒. 雜遝無別. 王又邀普虛于內殿. 公主·太后. 喜泣下霑襟. 親侑茶果. 公主施瑠璃盤·瑠璃匙等物."

74 대신들의 치상(治喪)때 하는 부의의 뜻으로서 관직을 높여주는 이외의 차, 곡식, 포 등을 하사하는 행위를 부의 또는 부의차(賻儀茶)라 한다.

75 《高麗史》, 〈列傳〉第7卷, "徐熙穆宗元年卒. 年五十七. 聞訃震悼. 賻布一千匹. 麥三百石. 米五百石. 腦原茶二百角. 大茶十斤. 栚香三百兩. 以禮葬之. 諡章威."

76 《高麗史》, 〈世家〉第4卷. "顯宗朝. 辛巳御毬庭. 集民男女年八十以上及篤疾者. 六百三十五人. 贈酒食布帛茶藥有差."

77 궁정에서 일어나는 의식 중 차가 들어가는 예(禮)를 '진다(進茶)'라고 하고, 이 진다의례(進茶儀禮)는 주로 가례, 길례, 빈례, 흉례 때에 행해졌다.

78 다시(茶時)는 사헌부 감찰들이 업무를 조율하기 위해 차를 마시던 자리를 말한다. 고려의 대관(臺官)은 언책(言責)만 맡고 서무(庶務)는 보지 않았다. 하루에 한 번씩 모여서 차를 마시는 자리를 베풀고 끝냈는데 국가의 제도가 점점 갖추어짐에 따라 대관도 송사(訟事)를 심리하는 일을 겸했다.

79 김방룡, 〈선승(禪僧)들의 차문화에 대한 일고(一考)〉, 《선학》Vol 21, 한국선학회, 2008, P.180.

80 정서경, 《고려 차시와 그 문화》, 이른아침, 2008, p.23.

81 《高麗史》第93卷, 〈列傳〉第6卷, "崔亮. 慶州人. 性寬厚. 能屬文. 光宗朝登第. 爲攻文博士. 十四年卒. 王痛悼. 贈太子太師. 賻米三百石. 麥二百石. 腦原茶一千角. 以禮葬之. 諡匡彬." 《高麗史》, 〈世家〉卷7, 文宗3年 "饗八十以上國老. 尙書右僕射崔輔成. 司宰卿趙顒. 太子詹事李澤成等於閤門. 王親臨賜酒. 仍賜輔成·顒等公服各一襲. 幞頭二枚. 腦原茶三十角. 澤成公服一襲. 許令閤門乘馬. 出正衙門. 三老固辭."

82 몽산차는 중국 10대 명차 중 하나이다. 쓰촨성의 명산과 아안현의 몽산(蒙山)에서 나는 차로서 공물로 황실에서 하늘과 조상에게 제사를 지낼 때 사용했던 최초로 공차(貢茶)이다.

83 草衣,《東茶頌》,"陸安之味蒙山藥." 참조.

84 劉禹錫,〈西山蘭若試茶歌〉,"何況蒙山顧渚春, 白泥赤印走風塵.":《禦定佩文齋廣羣芳譜》卷二十,〈茶譜〉茶三.

85 李穀,《稼亭集》,〈東遊記〉,"寒松亭. 在府北十五里. 東臨大海, 舊有千歲深松, 寒影蒼蒼, 因以爲號. 亭畔有茶泉, 石竈, 石臼, 卽新羅述郎仙徒所遊處."

86 문원(文園)의 병은 소갈병(消渴病)을 말한다. 문원은 한(漢)의 사마상여(司馬相如)을 뜻하는데, 그는 일찍이 효문원령(孝文園令)에 임명되었으므로 이렇게 불렀으며 늘 소갈병을 앓고 있었다.《史記 司馬相如傳》.

87 馮贄,《記事珠》,"鬪茶, 建人爲鬪茶爲茗戰." 참조. : 粘振和,〈鬪茶 -茶藝比賽之外的〈名茶〉身分〉,《漢學研究第》29卷 第1期, 2011, p.61. 참조

88 棚橋篁峰 著, 석도윤·이다현 共譯,《중국 차문화》, 하늘북, 2006, pp.174~175.

89 蔡襄,《茶錄》,"建安鬪試, 以水痕先者爲負, 耐久者爲勝, 故較勝負之說, 曰, 相去一水兩水."

90 차솥에 찻 가루를 넣어 거품을 만들어 마시는데, 이때 일으킨 거품을 뜻한다.

91 찻사발에 엉겼던 가루와 탕이 분리되어 갈라지는 금으로, 수흔(水痕)이라고도 한다. : 휘종,《대관다론(大觀茶論)》,〈점(點)〉,"운무수범(雲霧雖泛), 수각역생(水脚易生)."

92 잔 둘레에 거품이 엉겨 붙어 움직이지 아니한 것을 말한다. 이를 '잔물림'이라고도 하는데, 거품과 잔이 서로 맞물려 떨어지지 않는 상태이다. 이러한 유화(거품)를 나누어 마신다.

93 여기서 이노(二老)는 혜감국사(慧鑑國師)와 이제현의 아버지 이진(李瑱)이다. 이진의 호가 동암(東庵)이다. 해마다 혜감국사가 좋은 차를 동암에게 보내면서 안부를 물었고 동암은 그때마다 시로써 답하였다. 차와 시로 맺어진 유불(儒佛)의 교유였다. 차와 시로 맺은 인연은 대를 이어 동암의 아들 이제현과 혜감의 제자 경호선사 사이에서도 차와 시가 오고 갔던 것이다.

94 당나라 노동(盧仝)이 맹간의(孟諫議)가 보내준 차에 대하여 시를 지어 사례하였으므로 이제현이 이 고사를 보고 이른 말이다.

95 韓脩,《柳巷詩集》,〈嚴光大禪師寄惠芽茶〉,"煩師遠寄慰豫懷." 李崇仁,《陶隱集》,〈白廉使惠茶〉,"先生分我火前春.": 화전춘(火前春): 불을 금하는 한식 전에 법제한 좋은 차.

96 丁若鏞,《與猶堂全書》〈奇贈惠藏上人乞茗〉,"傳聞石廩底, 由來産佳茗, 時當晒麥天, 旗展亦槍挺.…祇因痃癖苦, 時中酒未醒, 庶藉已公林, 少充陸羽鼎, 檀施苟去疾, 奚殊津筏拯.….

97 陸羽,《茶經》, 五之煮,"其沸, 如魚目, 微有聲, 爲一沸, 緣邊如湧泉連珠, 爲二沸,騰波鼓浪, 爲三沸, 已上水老, 不可食也."

98　叢書編委會編撰,《中國茶文化》, 北京, 外文出版社, 2010, p.103.

99　육우의《다경》에는 적혀 있지 않다. 시에서 언급한《다경》은《속다경(續茶經)》을
　　의미하는 것으로 보인다. 당대 장우신(張又新)의《전다수기(煎茶水記)》와 청대 육
　　정찬(陸廷燦)의《속다경(續茶經)》에 육우가 물을 평가하여 20여 종으로 분류하였
　　다고 한다. 陸羽論水次第, 凡二十種, 盧山康王谷水簾水第一, 無錫惠山寺石泉水第
　　二, 蘄州蘭溪石下水第三, 峽州扇子山下蝦蟆口水第四, 蘇州虎邱寺石泉水第五, 盧
　　山招賢寺下方橋潭水第六, 揚子江南零水第七, 洪州西山瀑布泉第八, 唐州桐柏縣
　　淮水源第九, 盧州龍池山嶺水第十, 丹陽縣觀音寺水第十一, 揚州大明寺水第十二,
　　漢江金州上游中零水第十三, (水苦)歸州玉肯洞下香溪水第十四, 商州武關西洛水第
　　十五, 喬淞江水第十六, 天台山西南峰千丈瀑布水第十七, 柳州圓泉水第十八, 桐盧
　　嚴陵灘水第十九, 雪水第二十(用雪不可太冷).

100　李穡,《牧隱詩藁》卷14,〈上永嘉君權皐〉, "雪水茶甌我所啜." 참조.

101　李穡,《牧隱詩藁》卷28,〈晚歸馬上〉, "茗飲眞同陸羽泉." 참조.

102　毛文錫,《茶譜》, "建州方山之露芽紫筍." 참조. :《中國古代茶書集成》,〈毛文錫, 茶
　　譜〉, 上海文化出版社, 2010. 참조

103　이병인 외 2명,〈서거정과 김시습의 차시에 나타난 차생활 고찰〉,《한국차학회지》
　　29권 제4호, 한국차학회, 2023, p.13.

104　草衣,《東茶頌》註, "大小龍鳳團, 始於丁謂, 成於蔡君謨, 以香藥合而成餠, 餠上飾以
　　龍鳳紋, 供御者以金莊成, 東坡詩云, 紫金百餠費萬錢." 참조.

105　毛文錫,《茶譜》, "衡州之衡山, 封州之西鄕, 茶硏膏爲之, 皆片團如月."

106　陸游,〈自上灶過陶山〉, "蠶家忌客門門閉, 茶戶供官處處忙." : 錢仲聯,《陸游全集校
　　注》卷3, 杭州, 浙江敎育出版社, 2011, p.159.,〈大閱後一日作假〉, "小院鉤簾掃落
　　花, 公餘蕭散似山家, 下巖紫壁臨章草, 正焙蒼龍試貢茶." 참조. : 錢仲聯,《陸游全
　　集校注》卷3, 杭州, 浙江敎育出版社, 2011, p.221.

107　熊蕃,《宣和北苑貢茶錄》, "五代之季, 建屬南唐(南唐保大三年, 俘王延政, 而得其
　　地)歲率諸縣民采茶北苑初造研膏."

108　《明太祖實錄》卷212, "庚子詔. 建寧歲貢上供茶, 聽茶戶採進, 有司勿與. 敕天下產
　　茶去處, 歲貢皆有定額. 而建寧茶品爲上, 其所進者必碾而揉之. 壓以銀板, 大小龍
　　團. 上以重勞民力, 罷造龍團, 惟採茶芽以進. 其品有四, 曰探春, 先春, 次春, 紫筍.
　　置茶戶五百. 免其徭役, 俾專事採植. 旣而有司恐其後時, 常遣人督之, 茶戶畏其逼
　　迫, 往往納收, 上聞之, 故有是命."

109　朱權,《茶譜》〈點茶〉, "茶少則雲脚散, 湯多則粥面聚."

110　金昌翕,《三淵集》第5卷,〈續賦山雪用磻溪韻〉, "汲路何須掃洞天, 卽將庭積試茶
　　烟."

111　李萬敷,《息山集》,〈答李生問目〉, "茶譜, 茶之名目非一, 然大抵今雀舌之類, 消食降
　　氣之劑."

112 毛文錫,《茶譜》,"建州方山之露芽紫筍, 片大極硬, 順湯漫之, 方可碾, 治頭痛."

113 金貞熙,〈唐代 茶文化의 형성과 발전에 대한 考察〉,《중국학보》73, 한국중국학회, 2015, pp.270~271. 참조.

114 김종직이 지은 조의제문(弔義帝文)은 초한(楚漢)전쟁 당시 항우(項羽)에게 시해당한 초의제(楚義帝)를 기리는 글로서 1453년(단종 원년)에 세조가 단종의 왕위를 찬탈한 것으로 비유하여 지은 글이다.

115 李穆,《茶賦》,〈茶道之心〉, "是亦吾心之茶, 又何必求乎彼耶." 참조.

116 안정당(安政堂)은 상헌(常軒) 안진(安震, ?~1360)으로 추정한다. 정당(政堂)은 중서문하성(中書門下省)의 종2품 벼슬이다.

117 한첨서(韓簽書)는 유항(柳巷) 한수(韓脩, 1333~1384)이다.

118 귀곡은 고려 말기의 선승(禪僧) 각운(覺雲)의 법호(法號)이다.

119 우세군(祐世君)은 대자은종사(大慈恩宗師)이다. 스님의 휘는 자안(子安)이고 선계(先系)는 일선군(一善郡)에서 나왔다.

제2부

유가가 바라본 차문화

유가 수양론의 특징은 인간의 본성性을 천리天理의 구현체로 보는 인성론人性論에서 비롯된다. 그 실천 방법은 크게 두 축으로 나눌 수 있다. 첫째, 내면의 도리를 탐구하고 보존하는 '존심양성存心養性'과 '성찰省察'의 길이며, 둘째, 외부 관계 속에서 실천되는 '경敬'과 '성誠', '예禮'의 실천 윤리이다.

1. '군자다운 차 마시기'란 무엇인가

차를 대하는 과정에는 경敬과 성誠의 마음가짐이 필요하다. 경건한 마음으로 찻잎을 살피며 그 신묘한 기운을 느끼고, 채엽과 제다 과정에서는 차향茶香을 온전히 살려 차 고유의 품격을 온전히 누리도록 한다. 차를 우릴 때에는 차茶와 물[水], 불[火]의 조화를 이루는 데 정성을 다하며, 이를 통해 사람 사이의 조화로움을 추구한다. 조선의 사대부와 문인들은 각기 다른 목적의 모임을 통해 차를 즐기며 절제[節度]와 본분本分을 지키고, 차를 매개로 군자의 덕목을 본받고자 하였다. 고요한 가운데 마시는 한잔의 차를 통해 심신을 가다듬고 수양과 성찰의 기회로 삼고자 했던 것이다

'비덕' 사유의 차문화

중국 문화에서는 자연물을 군자의 덕성에 비유하는데, 이를 비덕比德이라 한다. 사군자를 비롯하여 옥玉을 군자[1]로 비유하는 것이 그것이다. 이러한 비덕의 사유는 차나무[茶木]에도 적용되었다. 육우의 《다경》에서 차나무를 '남쪽 지방에서 자라는 아름다운 나무[南方之嘉木]'라고 표현한 것은 단순한 식물로 생각하지 않았음을 의미한다. 여기서 '가嘉'는 단순한 아름다움을 넘어 '미적 가치'와 '덕성'을 함의하고 있기 때문이다. 이러한 차나무에 대한 가

목 인식을 바탕으로, 비덕의 관점에서 차를 체계적으로 규정한 인물은 바로 소식蘇軾이다.

소식의 〈조보가 보낸준 학원에서 만든 햇차에 차운하다[次韻曹輔寄壑源試焙新茶]〉에서는 좋은 차를 '가인佳人'에 비유하여 그 품격을 드높였다.

仙山靈草濕行雲	선산의 영초(靈草)가 구름을 적시고
洗遍香肌粉未勻	향기로운 몸 씻어 내고 분은 바르지 않아.
明月來投玉川子	밝은 달이 옥천자(玉川子)에게 던져지니
清風吹破武林春	상쾌한 바람이 무림(武林)의 봄을 흩뜨리네.
要知冰雪心腸好	얼음과 눈 같은 자태에 속마음도 좋으니
不是膏油首面新	기름으로 꾸민 얼굴이 신선한 게 아니라네.
戲作小詩君勿笑	장난삼아 지은 시니 그대는 웃지 마소
從來佳茗似佳人	예로부터 좋은 차는 가인과 같으니.

소식은 산속의 구름과 습기가 적셔 씻어내고, 단장을 하지 않은 여린 찻잎의 본래 자태를 아름다움 여인에 비유하고 있다. 시에서 무림산武林山[항저우의 별칭]의 봄을 푸르게 물들이는 차는, 고운 기름으로 꾸민 듯한 아름다움이 아니라 얼음과 눈같이 맑은 마음에서 우러나온 것이며 가인佳人처럼 사랑스럽다고 하였다. 이후 소식이 읊은 "예로부터 좋은 차는 가인과 같다[從來佳茗似佳人]"는 구절은 세월을 초월하여 전해지는 명구가 되었다.

원대元代 문인 양유정楊維楨(1296~1370)은 〈청고선생전淸苦先生傳〉에서, 자신이 겪은 고난과 고독 속에서 차문화에 대한 깊은 이

해와 애정을 드러낸다. 그는 글에서 차를 통해 삶의 고통을 극복하고 정신적 평안을 얻는 여정을 그려낸다. 나아가 그는 차가 지닌 청아하고 곧은 품성을 '군자君子'의 인격에 비유하며, 그 정신적 가치를 높이 추켜세웠다.

> 그러나 선생의 사람됨은 향기롭고 상쾌하며, 속세에 구애됨이 없는 대범함과 활달한 마음을 지니고 있어, 세속에 아첨하거나 천박하게 굴지 않았다.[2]

차를 '선생'이라 칭하는 것은 차를 존경스러운 인물로 의인화한 데서 비롯된다. 이러한 의인화를 통해 드러나는 고결한 인품과 세속에 영합하시 않는 기상이 바로 군자의 덕목이다.

> 그의 청렴하고 굳은 절개는 백이(伯夷)에 비교될 만큼 뛰어나 사람들이 그의 인격을 칭송할 정도였다.[3]

'청고淸苦'는 '맑을 청淸'과 '쓸 고苦'로 이루어진 말로, 가난하지만 청렴하게 살아가는 유교적 청빈淸貧 사상과 물질적 풍요보다 정신적 가치를 중시하는 태도를 나타낸다. 양유정은 '비덕比德'의 차원에서 차의 성품을 사소한 것에 구애받지 않고 청고하며 강직한 지조를 지닌 백이伯夷의 인품에 비유하였다.

소식의 〈엽가전葉嘉傳〉은 차를 의인화한 '엽가葉嘉'라는 인물을 내세워 차가 지닌 덕과 품격을 찬양한 작품이다. 여기서 '제세지재濟世之才'[4]는 엽가를 묘사하는 표현으로, 덕과 재능을 갖춘 인재가 세상을 구해야 한다는 유교적 정치 이념을 드러낸다. 이처럼 소식이 비덕적 관점에서 차를 가인佳人으로, 양유정이 청고선생淸苦先生으로 비유한 것은 차를 인격과 덕성에 비겨 표현한 대표적인 예라고 할 수 있다. 이러한 경향은 한국 차문화에서도 확인된다.

도은 이숭인李崇仁(1347~1392)의 시 〈차를 준 백렴사에게 감사하다[白廉使惠茶]〉에서 '가명'을 '가인'이라고 표현한 것이 그것이다.

先生分我火前春	선생이 나에게 나누어준 화전춘[5]
色味和香一一新	빛깔과 맛, 향이 하나하나가 새로워
滌盡天涯流落恨	하늘 끝에 흘러 떠도는 한을 씻어주나니
須知佳茗似佳人	모름지기 좋은 차는 가인과 같음을 알아야 하네.

백렴사白廉使가 이숭인에게 선물한 '화전춘' 차는 청명절淸明節 전에 채엽한 어린 햇차로, 그 색·향·맛이 모두 뛰어나다. 머나먼 타향[天涯]에서 느끼는 고향에 대한 한恨을 씻어낼 만큼 그 품질이 새롭고 뛰어나다는 극찬이 담겨있다. 이처럼 차가 주는 위로에 시인은 고향의 그리움을 잊게 해주는 '가인佳人'에 비유하며, 차를 아름답게 의인화하였다.

김상용金尙容(1561~1637)도 시 〈재용전운再用前韻, 정풍돈뫼楓墩〉에서 한잔의 차를 '가인佳人'으로 인격화하는 독특한 상상력으로 시적 경지를 열었다.

烏紗白葛稱閑身	검은 두건, 흰 베옷, 한가로운 이 몸에 어울리네
斗室翛然迥絕塵	작은 방은 편안하고, 세속 속된 일과 멀리 있네
萬軸牙籤爲勝友	수많은 책이 나의 가장 좋은 벗이 되고

一甌新茗當佳人　　한 사발 햇차는 가인과 비교되네.

　이 시는 벼슬과 명예 같은 세속적인 가치를 초월하여, 좁은 방과 책, 그리고 한 잔의 차 속에서 진정한 즐거움과 평안을 찾는 선비의 고고한 정신세계를 담고 있다. 김상용의 가문은 대를 이어 차를 즐기는 다풍茶風을 지켜왔으며, 4대 후손인 창흡昌翕 형제 때에 이르러 그 맥이 크게 꽃피웠다. 그의 시에 그린 풍경은 세속을 떠난 고요한 산골짜기, 책이 유일한 벗인 초라한 집에서 '가인' 같은 차와 나누는 담담한 여유로 가득하다.

　조선 후기 김명희金命喜(1788~1857)는 차茶에 대한 예술적 감상을 보여주는 시〈사다謝茶〉에서, 우수한 차가 지닌 고아高雅한 품격과 매력을 비유적 수사로 표현하였다. 그는 특히 '가인佳人', 즉 아름다운 여인에 빗대어 차의 고귀한 미덕을 형상화하였다.

自燕來者多贗品　　연경에서 들여온 차는 가짜가 많은데
香片珠蘭匣以錦　　향편이니 주란이니 비단 상자에 쌌다네.
曾聞佳茗似佳人　　일찍이 좋은 차는 가인 같다는데
此婢才耳醜更甚　　이 계집종은 더욱 추하기 짝이 없네.

　중국 명산지에서 온다는 차들은 대부분 가짜인데, 화려한 포장만 하고 있다. 좋은 차를 미인에 비유하던데, 이 차는 하찮은 재주에 추잡하기까지 한 하녀에 불과하다. 즉, 겉모습과 명성에 속아서는 안 되며, 진정한 가치는 실질적인 내용물에 있다는 풍자와 비판의 메시지를 담고 있다. 당시 조선은 차에 대한 지식이 부족해 진품과 가짜를 구분하기 어려웠다. 이 시를 통해 중국에서 수입한 차에 가짜가 많았다는 사실을 알 수 있다. 진품처럼 포장한 조악한 가짜 차가 유통될 정도였으니, 당시 차에 대한 수요가 매우 컸음을 짐작할 수 있다. 이는 조선 후기 차문화의 한 단면을 잘 보여준다.

좋은 차를 마시기 위해 요구되는 인품人品, 다품茶品, 수품水品에는 '청清'이 공통적으로 적용된다. '다품'에서 인품을 강조하는 것은 차를 단순한 음료로 보지 않음을 의미한다. 이는 차를 덕德에 비유하는 의인화를 통해, 문인들이 지향하는 고아高雅하고 탈속脫俗적인 군자의 인격을 투영한 것이다. 즉 문인들은 자신이 마시는 차를 통해 삶과 미의식을 드러내었으며, 이러한 차문화의 핵심 개념이 바로 '청'이다. 마가선馬嘉善의 〈이십사다품二十四茶品〉에서는 '다품'의 '청' 항목을 "자연의 신령하고 수려한 기운을 잡아 품고 있어 형과 색이 모두 맑은 것"으로, '수품'의 '청' 항목을 "수질이 맑고 순수하고 깨끗한 것"[6]으로 설명하여 이를 잘 보여준다.

당대의 배문裴汶은 《다술茶述》에서, 차가 지닌 본연의 성품[性]을 '정청精清하고 담결淡潔하다'라고 규정하며, 그 맑고 순수하며 담박하고 깨끗한 특성을 높이 평가했다.

차의 본성은 맑고 깨끗하며, 그 맛은 담백하고 청아하다. 그 효용은 번뇌를 씻어내고, 그 공은 조화를 이루는 데 있다. 차는 온갖 다른 물품과 어울려도 그 본질이 흐려지지 않으며, 모든 마실 것 가운데서도 가장 고상한 경지에 든다.[7]

배문은 차의 효능에 대해 "백 가지 물건과 함께 두어도 혼동되지 않으며, 사특함을 물리치고 정기를 돕는다"라고 하였다. 그는 차가 지닌 청아한 본성을 하늘이 부여한 순수한 기질로 보았으며, 이는 인간 본연의 '청淸'한 본성과 동일한 것임을 강조하였다.

차의 '청淸'한 신품神品을 대나무에 비유한 예는 차와 대나무가 공유하는 청아한 기품을 강조한 것이다. 조선 후기의 문신이자 다인茶人인 채복일蔡復一(1576~1625)은 그의 시 〈다사영茶事咏〉에서 "차의 신이 맑은 것이 대나무와 같다[茶神淸如竹]"[8]라고 명시하며, 차의 정신적 품격을 사군자四君子의 하나인 대나무에 빗대어 표현하였다. 이는 유교적 덕목을 중시하는 비덕比德의 관점에서 차가 지닌 고결하고 맑은 특성을 대나무의 청렴결백한 이미지에 비유한 것으로 이해할 수 있다.

목은 이색의 시 〈역방안대부이개성이계림각설작취귀歷訪安大夫李開城李雞林各設酌醉歸〉에는 국화의 이미지를 차용한 대목이 등장한다. 여기서 목은은 국화를 자신의 처지에 빗대어, 속세를 벗어난 은일자로서의 정체성을 드러내고 있다.

病翁身世兩悠悠	병든 노인의 신세와 몸 모두 막막한데
訪友城南得勝遊	성 남쪽 벗을 찾아가니 즐거운 나들이네.
黃菊滿籬方爛熳	노란 국화가 울타리에 한창 곱게 피어 있고
碧松當檻更颼颼	푸른 소나무 난간 앞에 바람소리 더 쓸쓸해.
烹茶靜坐追三省	차를 끓여 조요히 앉아 하루를 돌아보고
對酒高談散百憂	고상한 담소로 술 대하니 근심 날려 보내네.
薄晚歸來眞似畫	늦은 저녁 돌아오니 참으로 그림과 같으니
倦僮疲馬雪渾頭	지친 동자와 피곤한 말 머리에 눈이 내렸네.

목은이 지인 이개성李開城과 이계림李雞林을 찾아가 함께 술을 마시고, 돌아와서 지은 시이다. 나이 들어 병든 몸이 한가로워진 그가 지인을 찾아 심신을 달래는 모습이 엿보인다. 노란 국화, 푸른 소나무, 눈은 늦가을 초겨울의 아름다운 정경을 배경으로 한다. 친구와의 담소와 정적인 시간을 통해 온갖 근심을 잊는 모습에서 은일隱逸의 낭만과 인생의 여유를 느낄 수 있다.

염계濂溪 주돈이周敦頤(1017~1073)는 〈애련설愛蓮說〉에서 "도연명陶淵明은 오직 국화만을 사랑했다"라고 하며, "국화는 꽃 가운데 은일자隱逸者[9]라 하겠다"라고 평한 바 있다. 이처럼 국화는 은일의 상징으로 여겨져 왔으며, 목은牧隱 은 또한 시에서 국화와 같은 지조 있는 삶과 나무 가운데 군자라 할 만한 '청송장부심靑松丈夫心'[10]을 드러내며 자신의 기개를 비유하였다.

특히 목은은 홀로 조용히 차를 끓이며, 《논어》〈학이學而〉편에 나오는 "세 가지로 자신을 반성한다[三省]"는 가르침을 실천하는 모습을 보인다. 즉, "남을 위해 일을 꾀함에 충성스럽지 않았는가, 벗과 사귐에 신의 없지 않았는가, 전수傳受한 것을 제대로 익히지 않았는가"[11]를 되돌아보는 수신의 자세를 견지하였다. 이처럼 더딘 말을 탄 은일자의 모습은 욕심 없이 여유롭고, 늙어가는 자신을 되돌아보는 서정적인 풍경을 그려내고 있다.

이처럼 차를 '비덕比德'이라는 관점에서 '가인佳人'이라 하거나, 그 맑은 것을 대나무에 비유한 것을 알 수 있다. 이러한 인식은 차나무를 단순한 식물이 아니라 맑고 고결한 기상을 지닌 군자로 여겼음을 보여준다.

'사무사'에 기반한 차문화

유가에서 '성誠'은 진실무망眞實無妄, 즉 참되고 거짓이 없음을 의미한다. 《역경》 64괘 중 25번째 괘인 '무망괘無妄卦'는 하늘 아래로 비와 번개가 내리치는 형상으로, '망妄'이 '허망虛妄', 즉 '거짓됨'을 뜻함을 고려할 때 '무망'은 '거짓 없는 진실함'을 의미한다. 이는 공자가 말한 '사무사思無邪'와 그 의미가 통한다. 무망괘의 핵심은 정도를 지켜야 '거짓이 없음'을 이룰 수 있다는 점에 있다.

이처럼 '성誠'의 의미는 '성의誠意'에서 시작하여 '정심正心'으로 확장된다. 성의와 정심은 수신修身의 근간이 된다. 이러한 유가의 사유는 다도茶道에서 강조하는 '사무사思無邪'와도 연결된다. 차를 마신 후 생각에 사특함이 없어진다는 것은, 차문화가 궁극적으로 지향하는 군자적 인간상으로 나아감을 의미하기 때문이다.

《논어論語》〈위정爲政〉 편에서 공자는 "《시경詩經》 삼백 편의 뜻을 한마디로 요약하면, '생각에 사특함이 없다[思無邪]'라고 할 수 있다"[12]고 말했다. 여기서 주자朱子는 '사무사'에 대해 "'시詩'의 말이 선한 말은 선한 마음을 일깨워주고, 악한 말은 방탕한 마음을 경계하게 하여, 궁극적으로 사람들로 하여금 바른 성정을 되찾고 순수지선純粹至善의 본성으로 회복하게 하는 데 그 의미가 있다"[13]고 주석하고 있다. '사邪'의 의미는 '사私', 즉 사사로움과도 연결된다. 차를 마신 후 정신이 맑아지고 생각에 사특함이 없어진다는 사무사思無邪의 정신은 다도에 중요한 의미를 부여한다.

《역경易經》〈문언전文言傳 건괘乾卦〉 '구이효九二爻'에서는 "평소의 말도 미덥게 하고, 행실도 삼가며, 사특함[邪]을 막아 그 성실함[誠]을 보존한다[庸言之信, 庸行之謹, 閑邪存其誠]"는 말이 나온다. 여기서 '한사존기성閑邪存其誠'은 진실된 마음인 '성誠'을 실현하는 핵심 방법을 제시한다. 이 '성'은 망령됨이 없이 진실한 상태, 즉 '진실무망眞實無妄'을 의미한다. 이러한 성誠을 구현하기 위해서는 몇 가지 요소가 필요하다. 첫째, 진실함은 참되어야 한다. 즉, 마음속 생각과 외부로 나타나는 행동이 일치하는 내외합일內外合一의 상태여야 한다. 둘째, 관념觀念에만 머물러서는 안 된다. 추상적인 개념으로 그쳐서는 안 되고, 구체적인 실천과 행위를 통해 구현되어야 한다. 셋째, 상황에 맞게 조화를 이루어야 한다. 지나치거나 모자람 없이 중용[中]의 원칙에 따라 발현되어야 한다. 그런데 이 '성'을 보존[存誠]하는 것이 어려운 이유는 사邪 때문이다. 여기서 '사邪'란 단순히 도덕적으로 그른 것뿐만 아니라, 상황에 맞지 않는 것, 최선을 다하지 않는 것, 알맞게 구현하지 못하는 것 등 '진실무망'의 상태를 해치는 모든 것을 포괄한다.

오징吳澄(1249~1333)은 《논어》의 '사무사思無邪'와 《역경》 '건괘 문언전'의 '한사閑邪'에 쓰인 '사邪'의 의미가 다르다고 구분하였다. 그는 "이것은 《역경》〈전傳〉에서 말하는 '한사閑邪'의 사邪이지, 《논어》의 '사무사思無邪'의 사邪가 아니다"[14]라고 명시했다. 오징에 따르면, '사무사'의 '사'는 순수하게 도덕적 편벽됨을 의미하는 데 반해, '한사'의 '사'는 도덕적 그릇됨은 물론 상황에 맞지 않는 부적절한 생각이나 행위까지를 포함하는 폭넓은 개념이다. 이와 관련하여 정이程頤(1033~1107)는 《심경부주心經附註》〈경이직내장敬以直內章〉에서 사심私心에 가리워지지 않은 상태에서 '사무사'와 '무불경毋不敬'의 경지에 이르러야 함을 강조하고 있다.

그러므로 도(道)와 이(理)가 있으니, 하늘과 사람이 하나라 다시 나누어 분별하지 않는다. 호연지기(浩然之氣)는 곧 나의 기운이니, 이를 길러 해치지 않으면 천지에 가득 차지만, 한번 사사로운 마음에 가리워지면 줄어들고 작아짐을 알게 된다. '생각에 거짓이 없음[思無邪]'과 '공경하지 않음이 없음[無不敬]', 단지 이 두 구절을 따라 행하면 어찌 어긋남이 있겠는가. 어긋남이 있다면 모두 공경하지 않고 바르지 않기 때문이다.[15]

정이程頤는 '경敬'을 사특한 것을 막는 '도道'라고 말하며, 사특함을 막는 구체적인 방법으로 '지경持敬'을 강조한다. 나아가 사특함이 차단되면 '성誠'이 보존된다고 주장한다.

경은 사사로움을 막는 도이다. '사특함을 막고 그 진실무망(眞實無妄)함을 보존한다'라는 것은 비록 두 가지 일처럼 보이지만, 사실은 한 가지 일이다. 사특함을 막으면 '성(誠)'은 저절로 보존되기 때문이다.[16]

정이는 사특함을 막아내면 진실무망眞實無妄의 '성誠'이 드러난다고 말한다. 명대 진계유陳繼儒(1558~1639)는 《만보전서萬寶全書》에서 이렇게 강조했다. "차는 그 본연의 참향과 참맛, 참색을 지니고 있다. 조금이라도 다른 것에 물들면, 그 참다움은 바로 사라져 버린다[茶自有眞香眞味眞色, 一經他物點染, 便失其眞]."

이는 차가 지니는 청아함과 참된 본성을 중시하는 관점으로, 인간의 마음에 빗대어 보면 '사무사思無邪', 즉 일에 사특함이 없어야 한다는 정신과도 통한다. 주희는 하늘로부터 부여받은 본성을 보존하려는 방법으로 성찰省察을 강조했다. 사욕을 따르거나 잘못을 저지른 적이 있다면 끊임없이 반성하고, 도덕적 각성 상태를 유지하려 애써야 한다는 것이다. 이러한 사유는 차를 대함에 있어 추구되는 사무사의 정신과 그 맥을 같이한다고 할 수 있다.

목은 이색은 〈차를 마시고 난 후에 읊음[茶後小詠]〉에서 노아차露芽茶를 마시며 정신이 맑아져 그릇된 생각이 사라지는 '사무사思無邪'의 경지를 이야기한다. 이를 통해 차 생활을 통해 마음을 다스리고 수양하는 군자의 모습을 보여주고 있다.

小瓶汲泉水	작은 병에 샘물을 길어서
破鐺烹露芽	깨진 솥에 노아차를 끓이네.
耳根頓淸淨	귀가 갑자기 맑아지고
鼻觀通紫霞	코를 보니 보랏빛 노을과 통하네
俄然眼翳消	문득 눈의 흐려짐이 사라지고
外境無纖瑕	바깥 경계에 조그만 티끌도 없구나.
舌䑛喉下之	혀로 맛보고 목으로 넘기니
肌骨正不頗	살과 뼈가 바르게 되어 기울어지지 않네.
靈臺方寸地	방촌의 마음이 깨끗해져서
皎皎思無邪	밝고 맑으니 생각에 사특함이 없네.
何暇及天下	어느 겨를에 천하를 다스리겠는가
君子當正家	군자는 마땅히 집안을 바르게 해야 하네.

'작은 병'에 '샘물'을 긷는다는 표현은 작은 것에도 만족할 줄 아는 삶의 지혜를 담고 있다. '깨진 솥' 또한 군자의 욕심 없이 질박한 마음을 보여주는 시어로 읽힌다. 여기서 '노아露芽'는 이슬을 머

금은 어린 새순으로 만든 차를 의미하며, 세속의 영향에서 벗어난 생명 본연의 경지를 상징한다. 이처럼 작은 솥에 생명의 진수를 끓여 정성을 다해 마신 차는 마음을 평상심으로 되돌리고, 영혼의 자리를 맑게 하여 편안함을 준다. 차를 마신 후 귀·코·눈의 감각이 맑아지고 세상이 더욱 선명해진다는 것은 차가 주는 정신적 맑음과 깨달음의 경지를 말한다. 목은은 차를 통해 세속의 번뇌를 씻어내고 마음의 평안과 밝음을 추구하며, 맑은 정신과 사특함이 없는 경지에 이르는 수양적修養的 의미를 노래하고 있다.

목은은 군자의 수양이 자신을 지키는 데서 출발한다는 관점에서, "마음을 지키지 않고서는 몸을 온전히 보존할 수 없다"라고 보았다. 그는 "나의 학문은 다른 별다른 방법이 없으며, 평생 이 마음을 검속하는 일이니, 털끝만큼도 함부로 할 수 없다[我學無他術, 平生檢此心, 一毫何敢肆]"[17]고 말했다.

이 시에서 말하는 '천하를 다스리는 군자'는 먼저 자신의 가정을 바르게 다스리기 위해 '바른 마음가짐'과 '올바른 자세'를 갖추어야 한다. 목은은 차를 대할 때에도 '경敬'과 '성誠'을 다해, 세속의 티끌과 같은 속세를 벗어나 새로운 경지의 세계를 추구했다. 목은에게 있어 한 잔의 차를 통해 '생각의 그릇됨'이 없어진 군자는 '집안을 바르게 다스린[齊家]' 후에야 '나라를 다스리고[治國]', '천하를 화평하게[平天下]' 하는 유교의 실천적 가르침을 설명하고 있다.

유건집은 다인茶人이었던 목은 이색이 지닌 '차의 정신'에 대해 그 특성을 다음과 같이 서술하였다.

그가 유학자이기에 수신, 제가, 치국, 평천하를 잊은 적이 없었을 것이다. 그것의 바탕을 차에서 찾았다. 차를 마시면 귀로는 골짜기의 냇물 소리와 솔바람 소리를 듣고, 코로는 아름다운 향기를 맡으며, 혀로는 감로(甘露)의 맛을 보고 눈은 나쁜 것을 보지 않으니, 마음은 저절로 사악함이 가시고 맑아진다. 이것이 자기를 바르게 하는 길이다. 정심(正心)과 수신(修身), 제가와 평천하는 다른 데서 구할 것이 아니라 다성(茶性)에서 찾아야 군자심(君子心)을 길러 목적하는 바에 이를 수 있다고 생각했다.

목은 이색이 차를 통해 지향하고자 하는 바를 적절히 풀이하였다고 평가한다. 그가 차를 직접 끓여 마시는 행위 속에서 수양의 핵심인 정심正心과 수신修身, 그리고 제가齊家를 실천하려 했던 점은 매우 의미 깊다. 이는 유학의 근본 목적인 '수기치인修己治人'의 길을 차茶라는 매개체를 통해 구체화한 것이기 때문이다.

목은은 그의 시 〈즉사卽事〉에서 '수신과 제가는 격물치지에서 비롯됨을 비로소 믿노라[始信修齊由格物]'라고 하여, 사물의 이치를 궁구하는 '격물치지格物致知'가 수기치인修己治人의 출발점임을 명확히 했다. 따라서 그가 일상에서 차를 다례茶禮에 맞게 끓이고 마시는 과정 자체를 '격물치지'의 실천으로 보고, 이를 통해 마음을 바르게 하고[正心] 몸과 가정을 다스리는[修身齊家] 수양의 길로 삼았을 것으로 유추해 볼 수 있다. 그의 차 사상이 단순한 기호나 여가를 넘어 유학의 실천적 수양론과 깊이 연관되었다는 점에서 그 의의를 찾을 수 있다.

율곡栗谷 이이李珥(1537~1584)는 《성학집요聖學輯要》에서 경敬의 실천을 통해 사욕과 사심을 제거하면 성誠의 경지에 이를 수 있다고 주장한다.

'성(誠)'은 하늘의 실리(實理)이며 마음의 본체이다. 사람이 그 본심을 회복할 수 없는 까닭은 사욕과 삿됨에 가려졌기 때문이다. '경(敬)'을 주로 삼아 사욕과 삿됨을 모두 없애면 본체가 온전하게 된다. '경'은 수양의 요체이며, '성'은 공(功)을 거두는 바탕이다. '경'에서 비롯하여 '성'에 이르러야 한다.[18]

이이가 하늘의 이치이고 본심을 가리는 사욕과 삿됨을 제거하는 '경'의 공부를 통해 '성'에 이르고자 한 것은 다도에서 요구하는 마음가짐의 근간이 된다. 왜냐하면 우주의 수기秀氣를 머금은 찻잎은 살아 있는 생명체로서, 그 안에 담긴 수기를 온전히 살려 마시기 위해서는 '경'의 자세가 필요하기 때문이다.

육우의 《다경》〈삼지조三之造〉에서는 찻잎 채취에 관한 금기 사항을 언급하며, 차를 대하는 정성을 강조하고 있다. 즉, "따는 날에 비가 오면 따지 않고[其日有雨不採], 날씨가 개었더라도 구름이 끼어 있으면 따지 않는다[晴有雲不採]"라고 규정하고 있다.

북송 휘종황제의 《대관다론》〈채택採擇〉에서는 "찻잎은 해뜨기 전 여명黎明에 따기 시작하여 해가 뜨면 멈춰야 한다. 차를 딸 때는 차 싹을 손가락으로 문질러 따지 말고 손톱으로 끊어야 한다. 이는 땀이나 기운이 찻잎에 스며들어 차의 신선함과 깨끗함을 해치지 않도록 하기 위함이다. 따라서 차를 따는 사람들은 대부분 길어온 맑은 물에 차 싹을 딴 즉시 담근다"[19]고 하며 좋은 차를 만들기 위한 찻잎 채취[採茶] 금기사항과 바른 방법을 설명하고 있다.

명대 장원의 《다록茶錄》에는 찻잎 수확의 적기를 다음과 같이 규정한다. "찻잎은 따는 시기가 중요하다[採茶之候, 貴及其時]. 너무 일찍 따면 맛이 온전하지 못하고[太早則味不全], 늦으면 다신茶神이 흩어진다[遲則神散]."²⁰ 이처럼 그는 시기의 중요성을 강조하였다.

육우의 《다경茶經》〈육지음六之飮〉에서는 "차에는 아홉 가지 어려움이 있다. 첫째는 차를 만드는 법이요, 둘째는 품질을 감별하는 법이요, 셋째는 용기[器]요, 넷째는 불이요, 다섯째는 물이요, 여섯째는 불에 굽는 법이요, 일곱째는 가루 내는 법이요, 여덟째는 끓이는 법이요, 아홉째는 마시는 법이다[茶有九難: 一曰造, 二曰別, 三曰器, 四曰火, 五曰水, 六曰炙, 七曰末, 八曰煮, 九曰飮]"라고 하였다. 이는 차의 수기秀氣를 온전히 보존하기 위해서는 정성을 다해 이러한 어려움을 하나하나 극복해야 함을 설명하는 내용이다.

또한 육우는 "하늘이 만물을 만들고 기르는 데에는 지극히 오묘한 이치가 담겨있다. 그러나 사람들은 얕은 지식과 쉬운 일만을 좇을 뿐이다[天育萬物, 皆有至妙. 人之所工, 但獵淺易]"²¹라고 지적하며, 사람들이 가벼운 것에만 치중하는 태도의 한계를 비판하고, 차를 대할 때에도 진심 어린 정성과 깊은 마음가짐을 가지고 임해야 함을 강조하고 있다.

한재 이목의 《다부》에서는 차의 정기를 이렇게 묘사한다. "혹은 산차散茶 혹은 편차片茶로, 어떤 것은 음지에서 어떤 것은 양지에서 자라나, 천지의 정수精粹한 기운을 머금고 해와 달의 훌륭한 좋은 빛을 들이마신다[或散或片, 或陰或陽, 含天地之粹氣, 吸日月之休光]." 즉, 하늘과 땅으로부터 품부 받은 수기를 간직하고 있으므로, 이를 인간이 흡수하기 위해서는 정성을 다해야 한다는 것이다.

초의는 《동다송》에서 차를 다루는 모든 과정, 즉 찻잎을 채취[採茶]하여 우리는[泡茶] 데 이르기까지 정성을 다해야 함을 강조한다. "찻잎의 채취에는 그 묘함을 다하고[採盡其妙], 제다에는 그 정

精을 다하고[造盡其精], 물은 참된 것을 얻어야 하고[水得其眞], 우리는 것은 그 중정中正을 얻어야 한다[泡得其中]"라고 설명한다.

주자는 마음의 본체本體를 바르게 유지하라는 '성정지정性情之正'[22]을 언급한다. 《서경書經》〈대우모大禹謨〉에서는 순舜임금이 인심人心, 도심道心에 대해 "인심은 위태로울 뿐이고 도심은 잘 안 드러날 뿐이니 오직 정밀하게[精] 깨끗이 가려 한결같이 하여 진실로 그 중용[中]을 잡아야 한다[人心惟危, 道心惟微, 惟精惟一, 允執厥中]"라고 하며 도심을 주체로 삼아 인심을 잘 다스려야 함을 강조한다.

주자는 《중용장구서中庸章句序》에서 이를 보다 구체적으로 설명한다. "마음의 허령虛靈, 지각은 하나뿐인데 '인심'과 '도심'의 다름이 있다고 한 것은 혹은 형기形氣의 사사로움에서 나오고 혹은 성명性命의 올바름에 근원하여 지각을 한 것이 똑같지 않기 때문이다. … '도심'은 '인심' 사이에 섞여 나와 미묘하여 보기가 어려우므로, 반드시 정精하게 살피고 한결같이 지킨 뒤에야 '중中'을 잡을 수 있다."[23] 이와 같은 인심과 도심에 관한 수양론은 아취雅趣를 추구하는 문인 사대부의 차문화에도 적용된다.

야나기 무네요시[柳宗悅, 1889~1961]는 일본 민예 운동의 창시자이자 미술평론가로, 조선 공예의 미를 찬탄하고 조선백자의 아름다움에 깊이 매료된 인물이다. 그의 대표 저서로는 《다도와 일본의 미美》,《묘호인》등이 있다. 그는 《다도와 일본의 미》에서 "사私에 집착하여 아름다움을 맛본다는 것은 모순"이라고 지적하며, "그것은 소유욕이지 아름다움을 존중하는 마음이 아니다"라고 말한다. 그는 차를 대하는 예절의 참된 공덕이 "기물을 소중하게 다루고 이에 애정을 갖는 생활을 사람들에게 알려주는 것"이라면서도, "그러나 그것은 어디까지나 기물에 대한 존경을 의미해야만 하는 것이고, 단지 소유욕으로 끝난다면 기물을 오독汚瀆하는 것이 될 것"이라고 경고한다.[24] 결국 "기물에 대한 사랑은 자기를 깨끗이 하는 것이어야 한다"라는 그의 말은, 차문화의 핵심이 '사私의 배제'에 있음을 보여준다.

이러한 관점에서 보면, 차와 관련된 일을 하는 사람이 값비싼 '대명물大名物'만을 좇는 행위는 물질에 대한 사욕에 불과하며 차의 본질을 이해하는 데 걸림돌이 된다. 또한 한 잔의 차를 마실 때 그 고유한 향과 맛보다 분위기, 기물器物에 대한 감상을 우선시하는 것도 내용보다 형식에 치중하는 허례허식虛禮虛飾에 빠진 것이라 유의해야 한다. 무엇보다 중요한 것은 차를 대하는 마음가짐이다. 이처럼 기물과 차 자체에 대한 경외심을 바탕으로 한 '지경持敬'의 자세로 차를 대하고, 끓이고, 마셔야만 비로소 차가 지닌 청아한 기운, 즉 '청기淸氣'를 온전히 체득할 수 있다.

전승업全承業(1547~1596)은 그의 〈다창위부茶槍尉賦〉에서, 차를 마시면 속된 마음을 씻어내고 사특한 생각이 없어지며 마음이 평정하게 된다고 설명하고 있다.

飮來驅妖魔	차를 마시니 요망한 마귀가 달아나고
蕩蕩思無邪	마음이 탁 트여 생각에 조금도 삿됨이 없네.
世情於我何	세상의 인정 따위가 나와는 무슨 상관이냐
俗念那能加	속된 생각이 어이 내 마음에 침범할 수 있을까.
身在茅茨下	내 몸은 초라한 초가집에 머물고 있지만

逸興凌雲霞	넘치는 흥취는 구름과 노을을 넘노는구나.
區區學仙子	부질없이 신선의 방술을 배우지만
彼獨何人耶	저 사람은 과연 어떠한 사람이던가.

이 시는 차를 마심으로써 세속적인 번뇌와 욕심에서 벗어나 맑고 자유로운 경지에 이르렀음을 노래한다. 초가집에 사는 비천한 현실과는 달리 마음은 하늘을 나는 선인仙人과 같이 자유로워진다. 그러나 마지막 구절에서는 선인의 경지에 도달할 수 있는지에 대한 의문을 제기함과 동시에 선인의 본질적 존재에 대한 회의적인 물음을 던지며 긴 여운을 남긴다. 차는 사무사思無邪의 정신으로 구현된다. 그 힘은 잡된 마음을 쫓고 몸과 마음을 바르게 하여, 가난 속에서도 도道를 즐기는 안빈낙도安貧樂道의 경지에 이르게 한다. 이처럼 차를 통해 얻는 내적인 충족과 흥취는, 허구적인 신선의 방술方術을 추구할 필요가 없음을 일깨워준다. 결국 차의 신성함은 외부의 초월적 힘이 아닌, 유가가 지향하는 군자의 '도道'를 실현하는 데에 담겨 있다.

《다부》를 지어 차의 철학적 의미와 실용적 가치를 심도 있게 논한 한재 이목은 〈허실생백부虛室生白賦〉를 저술했다. 이 〈허실생백부〉의 내용은 《다부》가 추구하는 차의 정신과 깊이 연관되어 있다. 특히 마음 수양에 관한 논의에서 두 작품은 많은 공통점을 보인다.

한재는 성인의 가르침이 점차 사라지고 각종 잘못된 주장이 난무하는 현상의 근본 원인을, 마음이 '허실생백虛室生白'의 경지에 이르지 못한 데서 비롯된 부정적 상황으로 진단했다. 이에 그는

〈허실생백부〉를 통해 텅 비고 맑은 마음[虛靈] 속에서 현묘玄妙한 진리를 찾고자 했다.

나의 일생이 우매함을 번민하니, 텅 빈 마음에서 현묘함을 찾는다. 머무를 곳을 알지 못하는데 어찌 정해진 방향이 있으리오, 고요히 눈길을 거두고 도리어 듣는다.[25]

삶의 우매愚昧함을 초월하는 길을 모색한 한재는 〈허실생백부〉를 통해 그 해답이 '허령虛靈'과 '현묘玄妙'의 경지에 있음을 설명한다. 한재는 〈허실생백부〉에서 최종적인 결론을 이렇게 제시하며 글을 마무리한다.

탁월한 저 선각들이 이 마음의 하늘을 밝혔으니 경(敬)으로써 그것을 지키고 성(誠)으로써 그것을 주로 삼을지어다.[26]

'허실생백'의 경지에 도달한 한재는 그 자체에 머무르지 않고, '경敬'으로써 이를 지키고 '성誠'으로써 채워나가야 함을 강조했다. 이는 마음에 선천적으로 내재된 성선性善의 심체를 밝혀 '허실생백'이 비록 이루어졌다 하더라도, 지속적인 수양과 사회적 실천을 통해 구체적으로 현실에 구현해 나가야 함을 뜻한다. 이를 위해서는 마음가짐과 삶의 태도를 끊임없이 유지하고 다져 나가는 것이 필요하다.

한재는 〈허실생백부〉에서 《시경》의 다음과 같은 구절을 인용하여 군자의 바른 자세를 표현하고 있다.

盍吾書紳而佩服兮　　어찌 내가 띠[紳]에 써서 몸에 지니지 않으리요

期屋漏之無愧　　　　옥루에도 부끄러움이 없기를 바라노라.

이 시는 "중요한 도리道理를 몸소 실천하여, 남이 보지 않는 나의 마음속까지도 떳떳하고 부끄러움이 없게 살겠다"는 수양修養과 성찰省察의 강한 결의를 담은 고전적인 표현이다. 여기서 '띠[紳]에 써서 몸에 지닌다'는 것은 가르침을 허리띠에 적어 몸에 지니고 다니며 몸소 실천하는 굳은 다짐을 표현한 것이다. '옥루屋漏'는 방의 모퉁이를 가리키며, 집 안에서도 가장 깊숙하고 어두운 곳을 의미한다. 이러한 공간에서도 부끄러움이 없어야 한다는 점을 강조하고 있는데, 이는 《중용》 제33장의 "《시경》에서 말하기를 '네가 방 안에 홀로 있을 때에도 오히려 옥루를 부끄럽게 여기지 않는다'라고 하였다[詩云, 相在爾室, 尚不愧于屋漏]"라는 구절에서 인용된 것이다. 이는 '불기암실不欺暗室', 즉 '어두운 방 안에서도 자신을 속이지 않는다'는 말과 같은 의미다.

송나라 학자 서산西山 채원정蔡元定 또한 "홀로 걸을 때는 자신의 그림자를 볼 때 부끄럽지 않고, 홀로 잠을 잘 때도 이불을 볼 때 부끄럽지 않다"[27]라고 말한 바 있다. 이 또한 같은 맥락의 생각이다. 남이 보든 보지 않든, 군자는 항상 사심 없고 바른 행동을 지향해야 한다는 가르침이다.

한재 이목은 '차를 마시면 시름을 달래줄 수 있고, 호방한 기개가 피어나고 근심과 울분이 사라진다'고 하였다. 이는 차가 번뇌와 잡념을 없애고 마음의 평정을 찾아 맑은 정신을 유지하게 해준다는 의미이다. 이러한 관점은 꾸준한 다도 생활을 통해 심신의

안정을 얻고, 사특함이 없는 군자심을 기를 수 있다는 철학적 사유에 해당한다.

> 비어 있는 것만이 가득 차게 되고, 이미 가득 찬 것은 비워지지 않음을 나는 고정(考亭, 주희)에게서 들었노라. 열 손가락이 엄숙히 가리키니, 어두운 곳이라 해서 누가 속일 수 있으리오.[28]

한재는《대학》〈성의誠意〉장에 "증자가 이르기를, 열 눈이 쳐다보는 바이며 열 손가락이 가리키는 바이니 무섭구나"[29]라고 한 구절을 인용하면서 차 한 잔에 깃든 수양론적 의미를 극대화하고 있다.

이에 한재는 세속의 사람들을 보니 양심을 저버리고 사특한 것을 꾀하는 것을 안타까워하며 내면을 채워야만 하는 수양의 필요성을 얘기하고 있다.

> 바야흐로 모든 것이 '하나[一]'로 돌아가는 이치를 통해 만물을 보니, 어찌 참된 것[眞]은 드물고 거짓된 것[僞]만 가득한가. 세상 사람들은 진실로 겉모습만 꾸미고 내면의 본질은 버린 채, 사특한 꾀를 다투어 꾸미고 순수한 본성만을 깎아내는구나. 하물며 잘못된 학설이 분분하게 퍼져 있으니, 도리어 사람들이 귀먹고 눈멀게 하는구나.[30]

이 시에서 '하나로 돌아가는'이라는 표현은 천리天理를 깨달았다는 의미이다. 천리로써 만사를 보니 참과 거짓을 보게 된다고 표현하고 있다.

김창협金昌協(1651~1708)의 집안은 차의 명문가이다. 그는 〈윤삼월초육일기사閏三月初六日記事〉라는 시에서 차를 가까이 두고 마시며 책을 읽으니 사특함이 없다고 표현하고 있다.

何以陶玆辰	무엇으로 이 시간을 즐겨볼까나
無酒也有茶	술은 없으나 차가 있기에
一啜讀我書	한 모금 마시며 책을 읽으니,
庶幾思無邪	사특함이 없는 경지에 이르렀구나.

김창협은 차의 효용을 몸소 체험한 후 그 효능을 구체적으로 설명하고 있다. 술 대신 차를 마시면 마음에 변화가 생겨 사사로운 욕심이 사라진다고 한다. 술을 마시고는 책을 읽기 어려운 반면, 차는 정신을 맑게 하여 독서에 도움을 준다. 술은 기쁜 자리에서 마시기도 하지만, 속세의 어려움으로 인해 접하는 경우도 많다. 후자의 경우 술에 취한 동안에는 근심이 잠시 잊혀질 수 있으나, 깨고 나면 여전히 그대로인 경우가 많다. 반면 차는 심신을 안정시키고 긴장을 완화하는 효과가 있어 마음의 근심을 치유하고 정신적 안정을 찾는 데 도움이 된다. 차를 한 모금 마시며 책을 읽으니, 마음에 사특한 생각이 없이 순수하고 맑은 경지에 이른 것 같다. 공자가 《시경》을 평하며 한 '사무사思無邪'를 인용하여, 독서와 차 마시는 행위가 가져다주는 마음의 평화와 수양을 표현했다. 이처럼 김창협은 항상 차를 가까이하며 책을 읽는 문인 사대부로서, 차를 통해 사무사思無邪의 경지를 지향하는 삶을 노래하고 있다.

초의도 추사의 동생인 산천도인山泉道人 김명희金命喜에게 보낸

다시 茶詩 〈봉화산천도인사차奉和山泉道人謝茶〉에서 차를 좋아하는 것은 그 성품이 '사무사思無邪'를 추구하는 군자의 성품과 같다고 한다.

古來聖賢俱愛茶	예로부터 성현들은 모두 차를 사랑하니
茶如君子性無邪	차는 군자와 같아 그 성품에 삿됨 없다.
人間艸茶差嘗盡	세상의 온갖 차는 거의 다 마셔보았지만
遠人雪嶺探露芽	먼 설령으로 들어가 노아차를 따네.
法製從他受題品	법제는 그로부터 전수하여 평가받으니
玉壜盛裏十樣錦	옥항아리에 담긴 귀한 차 같구나.
水尋黃河最上源	물은 황하의 맨 위 근원을 찾고보니
具含八德美更甚	여덟 가지 덕을 갖춰 더욱더 훌륭하다.

초의는 성현들이 차를 사랑했다는 점과 차의 성품이 마치 군자와 같아 삿됨이 없다는 확고한 견해를 펼친다. 즉, 차의 성품을 군자의 성품에 비유하며 그 순수함을 강조한다. 이 시는 세상의 평범한 차를 넘어, 최상의 환경[雪嶺]에서 딴 최고의 찻잎[露芽]을, 최고의 전통[法製]에 따라 빚어, 가장 순수한 물[黃河最上源]로 우려내어 그 완성도가 '여덟 가지 덕[八德]'을 갖춘 경지에 이르렀음을 노래한 차茶에 대한 찬사 시이다. 차를 군자에 비유하고, 모든 과정에 있어 가장 순수하고 귀한 것을 추구하는 선비의 기품이 잘 드러나 있다.

《서역기西域記》에서 현장玄奘은 "황하의 근원은 아욕달지阿耨達池에서 비롯되며, 이 물은 여덟 가지 덕을 지니고 있다. 가볍고, 맑고, 차고, 부드럽고, 아름다우며, 냄새가 없고, 마실 때는 그 맛이 알맞으며, 마신 뒤에도 병이 생기지 않는다[黃河之源, 始發於阿耨達池, 水含八德. 輕淸冷軟美, 不臭, 飮時調適, 飮後無患]"라고 말한다. 이는 물을 인간의 덕에 비유하여 그 품성을 드러낸 것으로, 이러한 물로 차를 끓여 마시는 삶 속에서 맑고 고운 기운을 느낄 수 있다. 음다飮茶를 통해 나쁜 기운은 온데간데없이 사라지고, 맑고 밝은 정신으로 깨달음의 경지에 이르고자 한다.

차는 하늘로부터 품부 받은 자연의 수기秀氣와 청기淸氣를 머금고 있어, '사무사思無邪'를 추구하는 군자의 성품과 닮았다. 차를 마시면 본심을 가리는 사욕과 삿된 마음을 제거하는 데 도움이 된다고 여겨진다. 차를 통해 번뇌와 잡념을 없애고 마음의 평정을 찾으면 맑은 정신을 유지할 수 있다. 즉, 다도를 꾸준히 실천하면 심신이 안정되고 생각에 사특함이 없는 군자의 마음을 기를 수 있다는 것이다.

2. 차가 이어주는 관계와 검덕의 문화

차 마시는 것은 관계를 원만하게 유지하고 친목을 다지기 위한 모임의 성격을 띠기도 한다. 나아가 문인들은 차를 마시며 청담清談을 나누고 시를 짓기도 했다. 이처럼 차는 인간관계를 조화롭게 이어주는 매개체 역할을 한다. 상대에게 차를 대접할 때 예법을 지키며 공경恭敬의 마음을 담는다면, 상대방은 그 마음에 감동하고 감화될 것이다. 따라서 차를 함께하는 자리에서는 서로를 배려하고 존중하며, 공경하는 마음으로 조화를 이루는 것이 중요하다.

'도화(導和)'에 기반한 차문화

유가 사상에서 '조화[和]'[31]는 인간관계뿐만 아니라 개인의 감정 표현에 이르기까지 핵심적인 덕목이다. 《논어》와 《중용》 등 유가 경전은 예禮의 실천에서 조화를 가장 소중히 여기며[禮之用 和爲貴], 감정이 발현되어도 절도에 맞출 때[發而皆中節] 비로소 조화를 이룰 수 있다고 보았다. 나아가 군자는 조화를 이루되 남과 같이 하지 않고[和而不同], 소인은 같이하면서 조화는 이루지 못한다[同而不和]고 설명하여, 조화가 단순한 일치가 아님을 분명히 한다.

이러한 조화의 원리는 인간 사회를 넘어 우주 만물의 존재 방식 그 자체이자, 생명의 근본 원리로 확장된다. 대자연이 조화와 절제를 통해 그 항상성을 유지하는 것처럼, 송대 유학자들은 조화를 생명의 생성과 소멸을 가르는 기준으로 해석했다. 정이程頤는 "만물은 조화롭게 참여하고 교감하면 살고, 조화를 이루지 못하고 흩어지면 죽는다[凡物參和交感則生, 不和分散則死]"[32]고 말하며 생명 현상의 본질을 조화에서 찾았다. 주희 역시 "온화하고 텅 빈 깨끗한 기운[溫和沖粹之氣]이 바로 천지가 만물을 살리는 마음[天地生物之心]"[33]이라고 하여, 조화로운 기운이 곧 생명의 원천源泉임을 역설하였다.

《예기禮記》〈악기樂記〉의 "조화로우므로 만물이 모두 변화 생장하고, 조화로우므로 만물이 그 본성을 잃지 않는다[和, 故百物皆化. 和, 故百物不失]"는 구절은 조화가 만물의 생성과 보존을 동시에 가능하게 하는 힘임을 잘 보여준다. 이러한 관점은 《중용中庸》 첫 장에서 "중화中和를 극치에 이르게 하면, 천지가 제자리를 잡고 만물이 길러진다[致中和, 天地位焉, 萬物育焉]"라는 말로 집약된다. 이는 천지 만물의 정상적인 생명 활동과 질서 유지에 '중화', 즉 조화의 실현이 얼마나 근본적인지를 압축적으로 강조한 결론이라 할 수 있다.

유가의 화해사상和諧思想[34]은 인간 심령의 내적 화해를 출발점으로 삼아, 궁극적으로 우주와의 조화로운 일체감을 지향한다. 즉, 자신의 본성을 온전히 조화롭게 다스릴 수 있다면, 비로소 마음을 다해 천지의 본성을 깨닫고 우주와의 대융합을 실현할 수 있다는 것이다. 따라서 개인과 사회, 그리고 우주를 관통하는 화해의 근원은 형식적인 법칙이 아니라 생명 그 자체이다. 이처럼 화해는 심신을 가다듬는 수양의 공부이므로, 반드시 자신의 마음을 다스

리는 데서 시작해야 한다. 결국 화해는 외부에서 강제하는 규범이
아니라, 생명 자체를 일구어가는 내적인 실천이다.[35] 이러한 사유
를 바탕으로, 예술적 훈련과 미적 체험은 화해의 경지에 도달하는
중요한 길이 된다. 이러한 철학적 관점은 차문화 속에서도 그대로
확장되어 적용되고 있다.

'화和'는 서로 다른 이질적 요소가 조화를 이루는 상태를 의미한
다. 이는 인간관계에서 중요한 요소이며, 군자의 삶과 밀접하게
연관되어 있다. 그런 연유로 상대방과 공존하며 조화를 이루되,
무리하게 파당을 짓거나 자신의 정체성을 잃는 것은 경계해야 함
을 의미한다. 이런 '화'의 사상이 차문화와 관련된 이론서에서는
어떻게 전개되고 해석되었는지 우선 살펴보기로 하자.

송宋나라 휘종徽宗이 저술한 차 전문서적 《대관다론大觀茶論》은
유가적 맥락에서 집필한 다서茶書로, 황제로서 바른 정치를 통해
천하를 안정시키고 백성을 화합和合시키고자 하는 정치적 의도를
차문화에 반영하고 있다. 《대관다론》〈서序〉에는 '더할 나위 없이
지극히 잘 다스려지는 세상'[36]을 만들고자 하는 통치 철학이 차에
적용되어 있음을 볼 수 있다.

휘종은 《대관다론》 서문에서 차가 "절강성浙江省 동부 지역인 구
甌와 복건성福建省 지역인 민閩의 빼어난 기운을 간직하고, 산천의
신령스러운 품수稟受를 모았다"고 묘사하며, 그 효용으로 "마음에
쌓인 것을 씻어내고[祛襟滌滯], 맑음을 이루고 조화로움을 이끈다
[致淸導和]"고 한다. 이어서 그는 이러한 차의 진정한 가치는 "평범
한 사람이나 어린아이[庸人孺子]가 알 수 있는 일이 아니다"[37]라고
단언하는데, 이는 당시 차문화가 일반 백성의 일상적 음료를 넘어

선비 계층의 정신적·예술적 경지를 추구하는 고급문화였음을 의미한다. 특히 '조화로움[和]'이라는 개념은 유가 사상의 핵심 가치로, 여기서는 단순한 마음의 평안을 넘어 휘종이 꿈꾸던 사회의 질서와 정치적 안정을 상징한다. 따라서 차를 통한 '마음의 씻음'과 '조화의 추구'는 개인의 수양을 넘어, 궁극적으로는 조화롭고 안정된 통치 상황으로 나아가는 길임을 이 글은 암시하고 있는 것이다.

이 같은 휘종의 인식은 그가 그린 〈문회도文會圖〉에서 신하들과 다연茶宴을 베푸는 장면에서도 찾아볼 수 있는데, 차를 매개로 한 신하들과의 화합을 통해 조화로운 정치를 실현하고자 하는 그의 정치적 지향이 이 장면에 잘 표현되어 있다고 하겠다.

일본 다도의 다성茶聖인 센노리큐[千利休, 1522~1591]는 '와비차わび茶'를 정립하여 일본 다도의 전통을 완성한 인물로 평가받는다. '와비侘び'는 다도의 핵심 정신으로, 부족하고 검소한 가운데서 삶의 본질적 의미와 아름다움을 발견하는 사상을 의미하며, 여기서 '모자람의 미학'이 비롯된다.

리큐는 다도 정신을 '화경청적和敬清寂'으로 제시했다. '화和'는 서로 조화롭고 사이좋게 어우러지는 마음, '경敬'은 서로를 존중하고 공경하는 태도, '청淸'은 깨끗하고 맑은 마음과 환경, '적寂'은 어떤 상황에도 흔들리지 않는 고요하고 담담한 마음가짐을 뜻한다.

특히 리큐는 '화和'를 가장 중요한 가치로 여겼다. 이는 값비싼 차나 화려한 도구보다, 주인과 손님이 마음을 나누고 서로 통하는 데에서 참다운 만족이 생긴다는 믿음에서 비롯된다. 따라서 다회茶會에서는 만남 자체를 소중히 여기고, 서로를 존중하며 조화

휘종의 〈문회도〉

를 이루는 자리를 만들어야 한다는 의미가 담겨 있다. 이러한 '화和'의 정신은 다회의 분위기뿐만 아니라, 차를 준비하고 내는 모든 과정에도 깊이 반영되어 있다.

육우는 《다경》〈오지자五之煮〉에서 "차의 본성은 검소한 것이니 물을 많이[廣] 넣으면 마땅치 않다. 그렇게 되면 차 맛이 떨어지고 싱겁기 때문이다[茶性儉, 不宜廣. 廣則其味暗澹]"라며, 차의 맛을 내기 위해서는 물의 양을 적절히 조절해야[中和] 한다고 강조한다. 이는 차를 끓일 때 물의 양과 온도를 차의 성질에 맞게 적절히 조절해야 최상의 풍미를 얻을 수 있기 때문이다.

특히 유가 사상을 존중한 문인들은 차를 마실 때에도 '중용中庸'의 덕목을 실천해야 한다고 보았다. 주자朱熹는 《중용장구中庸章句》에서 '중中'이란 "치우치거나 기울어지지 않으며, 지나치거나 모자람이 없는 상태[中者, 不偏不倚無過不及之名]"라고 정의했으며, '용庸'은 "변함없이 항상 그러한 평상심[庸, 平常也]"이라고 규정했다.

이러한 '중용'의 덕을 그는 차에 비유하여 설명하기도 했다. 《주자어류朱子語類》〈잡류雜類〉에 "건차建茶는 마치 '중용'의 덕과 같고, 강차江茶는 백이 숙제와 같다"[38]는 그의 말이 실려 있다. 여기서 주자는 고급차인 건차가 지니는 조화로운 맛과 향을 '중용' 즉, 군자의 덕에 비유한 반면, 강차는 그 맑고 강직한 기품을 청렴결백한 인물인 백이와 숙제의 '청덕淸德'에 빗댄 것이다.

주자가 차를 마시고 난 후 말하였다. "달콤한 것은 먹고 나면 반드시 시큼한 맛이 남고, 쓴 것은 오히려 단맛을 남긴다. 차는 본래 쓴 것인데 마신 후에는 오히려 단맛이 느껴진다." 제자가 "이러한 이치는 무엇입니까?"라고 묻자, 주자가 답하였다. "이 또한 하나의 이치이다. 이는 마치 근심과 수고로움으로 시작하여 안락과 즐거움으로 마치는 것과 같으며, 질서가 바로 선 뒤에 조화로움이 이루어지는 것과 같다. 대체로 예(禮)란 본래 천하에 가장 엄숙한 것이지만, 그것을 행함에 있어 각자가 그 분수에 맞게 실천하면 지극한 조화에 이르게 된다"라고 하였다.[39]

주자는 차의 맛에 비유하여, 신맛과 단맛 그 자체보다는 두 맛이 균형을 이룬 상태를 높이 평가했다. 이것은 어느 한쪽으로도 치우치지 않는 조화의 가치를 역설한 것이다.

중화中和의 사상은 불의 온도 조절, 즉 '화후火候'에도 그 원리가 적용된다. 명대 장원張源은 그의 저서 《다록茶錄》〈화후火候〉편에서, 차를 달이는 불을 다룰 때 바로 이 '중화'의 미묘한 경지를 실현해야 함을 강조하였다.

차를 끓이는 데에 중요한 것은 화후(火候), 즉 불 다스림이 첫걸음이다. 화로에 불
이 온통 붉게 달아오르면 비로소 다표(茶瓢), 즉 찻주전자를 올린다. 부채질은 가
볍고 재빠르게 하되, (물이 끓기 시작하는) 소리가 나면 조금씩 무겁고 빠르게 한다.
이것이 약한 불[文火]과 센 불[武火]을 조절하는 요령이다. 불기운이 너무 약하면 물
의 성질이 늘어지고, 늘어지면 물이 차의 맛을 끌어내지 못한다. 불기운이 너무 세
면 불의 성질이 사나워지고, 사나워지면 차가 물의 맛에 눌려버린다. 이 모두 중화
(中和)의 경지에 이르지 못한 것으로, 차를 아는 이가 지향하는 바가 아니다.[40]

'차 우리기'에서는 적절한 불 조절이 중요하다. 잡념을 버리고
오롯이 집중해야 한다. 화후火候에 정성을 다해야 비로소 깊고 맛
있는 차를 완성할 수 있기 때문이다. 초의가 《동다송》에서 강조
했듯, 차를 만들 때 역시 불을 다루는 데 있어 '중화中和'의 조화를
맞추어야 비로소 현묘하고 미묘한 최상급 차의 맛과 향을 누릴 수
있다.

새로 딴 찻잎에서 늙은 잎[老葉]을 골라내고, 달군 솥에 덖는다. 솥이 아주 뜨거
워지길 기다렸다가 찻잎을 넣고 재빨리 볶는다. 이때 불 세기를 늦추어서는 안
된다. 알맞게 덖어지면 바로 광주리에 부어 넣고, 가볍게 주무르며 뭉친 것을 풀
어낸다. 다시 솥에 넣어 서서히 불을 줄여가며 말리는 것을 원칙으로 한다. 이
과정에 담긴 현묘하고 미묘한 이치는 말로는 다 표현하기 어렵다.[41]

불을 조절하는 데에도 '성誠'을 다하는 마음과 '중화中和'의 사유

가 함께해야 한다. 그렇게 완성된 차에서 비로소 느껴지는 진한 향기, 참된 빛깔, 그리고 진솔한 맛이 곧 진향眞香, 진색眞色, 진미眞味다.

추사秋史 김정희金正喜는 차를 덖을 때 불의 온도 조절이 중요하다는 것을 알고서 초의차草衣茶 제다製茶에서의 미흡한 점을 이렇게 지적한다.

> 차를 보내주셔서 가슴이 시원해지는 것을 느낍니다. 다만, 매번 차를 덖을 때 조금 지나쳐서 차의 정기가 다소 침윤(沈淪)된 것 같습니다. 만약 차를 다시 만든다면, 불조절[火候]을 조심하는 것이 어떨지요.[42]

추사가 제주도 유배 중 초의선사에게 차를 부탁하며 쓴 〈걸명소乞茗疏〉에는 단순히 차를 달라는 요청을 넘어, 좋은 차를 만들기 위한 세심한 조언이 담겨 있다. 특히 그는 매번 차를 덖을 때 불의 온도를 세심히 조절할 것을 강조했다. 지나친 온도는 좋은 차의 맛과 향을 해칠 수 있기 때문이다. 이처럼 추사는 단순한 차 애호가를 넘어, 한 잔의 차를 대할 때도 정성과 깊은 관심을 기울여야 한다는 철학을 보여주었다. 그의 이러한 조언은 초의의 차 완성에 지대한 영향을 끼쳤을 것이라 여겨진다. 이런 점은 초의의 《다신전茶神傳》〈화후火候〉 중 '차 달이기[烹茶]'의 요지를 설명하면서 적당한 물과 불의 조절이 필요하다고 말한 것에서 확인할 수 있다.

> 문(文)이 지나치면 물이 유약하고 물이 유약하면 물이 차를 지운다. 무(武)가 지나치면 불기운이 거세며 불이 거세면 차가 물을 제압한다. 모두 중화에는 부족하니

차 다루는 이의 요체가 아니다.[43]

차를 마시기 위해서는 차·물·불이 삼위일체三位一體의 조화를 이루는 중화中和가 필요하다는 점을 그는 문무文武의 조화와 중화로 불의 조절을 설명하고 있다.

전승업全承業은 〈다창위부茶槍尉賦〉에서 '문무지화文武之火'[44]에 대해 이렇게 말했다.

語服法之有術	차 마시는 방법이 있다고 하면서,
學良方而後能	좋은 방법은 배운 후에 능히 할 수 있다.
乃撥文武之火	이에 비로소 문무(文武)의 불을 다스린다.

좋은 차를 마시는 방법은 문무文武이 화후火候를 아는 데서 비롯된다. 문무는 주나라 문왕文王과 무왕武王을 비유한 것으로, 문왕이 문文으로 적을 다스렸듯 약한 불을, 무왕이 무武로써 했듯 세찬 불을 적절히 사용하는 것을 의미한다. 너무 세거나 약하지 않은 문무의 불로 물을 끓이면, 차와 물과 불이 조화를 이루어 '중中'의 상태에 이른다. 이렇게 조화로운 기운, 즉 '화和'를 얻었을 때 비로소 차의 참맛이 잘 우러나오며, 이는 곧 차를 다루는 과정에서 중도中道를 실천하는 길이다.

차의 진정한 맛과 향, 즉 그 신묘함을 제대로 누리기 위해서는 모든 과정에 정성[誠]을 다하고 조화로움을 추구해야 한다. 초의는 《다신전茶神傳》에서 차의 향기를 네 가지로 구분하였다.

• 진향(眞香) : 차 자체가 지닌 본연의 향기

- 난향(蘭香) : 불기운이 고르게 되어 나는 은은한 난초 같은 향기
- 청향(清香) : 날 것도 아니고 너무 익지도 않은, 청아하고 깨끗한 향기
- 순향(純香) : 겉과 속이 한결같은 순수한 향기

이 중 진향은 찻잎이 지닌 가장 근본적인 향으로, 곡우穀雨 전과 같은 알맞은 시기에 채엽採葉을 하고, 제다 과정에서 다른 향을 섞지 않아야만 그 참모습을 온전히 보존할 수 있다.

조현명趙顯命(1690~1752)은 여러 번의 정치적 굴곡을 겪으며 낙향하여 지내는 일이 많았다. 그 덕분에 차를 벗 삼아 깊은 안목을 키울 수 있었다. 그는 〈운산졸변익로래색별시雲山倅邊翼老來索別詩〉라는 시에서 불의 세기를 적절히 조절하여 이루어내는 '문무文武의 화和'를 이렇게 강조했다.

心驚宦海風濤立	벼슬길이 내친 파도처럼 사나워서 두려워하고
興在糟丘日月消	모두 술잔 속에 던져버리고 세월을 흘려보내네.
醉問茶奴香熟未	취해서 다동에게 '차가 우러났는지' 묻는다
也須斟酌武文樵	모름지기 불의 세기에 마음 써야 하느니.

이 시는 벼슬살이의 힘들고 위험한 현실[宦海風濤]을 한탄하며, 그 고민과 두려움을 술로써 달래고 잊으려는 선비의 모습을 그렸다. 술과 더불어 차가 늘 같이 하고 다동에게 '차는 다 잘 우러났느냐'고 묻는다. 차를 마시는 올바른 방법은 문무의 조화가 잡힌 중용中庸의 불을 피워, 강하지도 약하지도 않게 다루는 데 있다. 이를 통해 비로소 찻물이 고르게 우러나 자연스러운 조화, 즉 중

도中道의 경지를 실현할 수 있다. 주희가 차의 신맛과 단맛을 빌어 '중中'의 이치를 설파한 것도, 이와 같은 균형의 미덕이 다도茶道의 근본에 자리 잡고 있음을 드러내기 위함이었다.

제다製茶는 조화로움을 중요한 요소로 한다. 이러한 조화로움을 통해 차를 마시면 응어리진 마음을 편안하게 하고, 맑고 조화로운 경지에 이를 수 있다. 차의 맛을 내기 위해서는 물의 양과 온도를 적절히 맞추는 조화로움이 중요하다. 차의 성질에 따라 적당한 물의 양과 알맞은 온도를 유지해야 최고의 차 맛을 낼 수 있기 때문이다. 이처럼 '화和'에 기반한 차문화는 관계지향적 차문화의 핵심이기도 하다.

'정검(精儉)'에 기반한 차문화

'정精'과 '검儉'에 대한 개념은 유가 고전 곳곳에 언급되고 있다. 《서경書經》〈대우모大禹謨〉 '인심도심장人心道心章'에는 요堯임금이 순舜임금에게 "인심은 위태로울 뿐이고 도심은 잘 안 드러날 뿐이니 오직 정밀하게[精] 깨끗이 가려 한결같이 하여 진실로 그 중용[中]을 잡아야 한다[人心惟危, 道心惟微, 惟精惟一, 允執厥中]"는 말이 나온다. 여기서 '정精'은 사욕을 정성들여 가다듬고 정밀하게 걸러내는 수양의 과정을 의미한다. 《논어論語》〈향당鄕黨〉 편에 "밥은 정精한 것을 싫어하지 않으신다[食不厭精]"는 말이 있다. 여기서 '정'은 쌀을 도정하여 정결하게 만든 상태, 즉 정성을 기울여 꼼꼼하게 다듬은 흰쌀을 뜻한다. 이처럼 '정'은 끊임없는 수양과 다듬음을 통해 자신을 갈고닦으라는 가르침으로 이해할 수 있다.

'검儉'에 대해서는 《논어》〈자한子罕〉 편에 "삼으로 짠 관을 쓰는 것이 예법이지만, 지금 사람들은 실로 짠 것을 쓰니 검소[儉]하다"[45]는 말이 나온다. 굵은 실로 짠 면관은 삼베 실로 짠 것보다 품이 훨씬 덜 든다. 이런 연유로 사람들은 절약하는 뜻에서 굵은 실로 짠 것을 선호한다고 말한다. 따라서 공자는 절약의 의미인 '검'을 중시하여, 예법보다는 실용적인 대중의 방식을 따르는 것이 타당하다고 판단한 것이다. 《맹자孟子》〈이루장離婁章〉에서 말하기를 "공손한 사람은 다른 사람을 모욕하지 않고, 검소한 사람은 다른 사람에게서 빼앗지 않는다[恭者不侮人, 儉者不奪人]"고 하였는데 여기서도 '검'은 검소의 의미다.

《역경易經》〈비괘否卦〉 '상전象傳'에서는 "군자는 검덕儉德으로써 난을 피하고, 영예로움을 녹으로써 추구하지 않아야 한다[君子儉德辟難, 不可榮以祿]"라고 하고 있다. 비괘否卦는 천지가 막힌 난세의 상태를 상징하는데, 군자가 재능과 덕을 드러내면 필연적으로 시기와 질투로 박해를 받게 되므로 재능과 덕을 감추고 명예와 봉록에 초연함으로써 화를 피하도록 해야 한다.[46] 이때의 검儉은 은일隱逸하는 자가 지조와 절개를 지키며 때가 오지 않을 때는 차분하게 기다리고 나서지 말아야 한다는 것이다. 이처럼 '정'과 '검'을 통해 자신을 수양하고 검소함으로 세속에 초연할 것을 말하고 있다.

육우陸羽는 《다경茶經》〈일지원一之源〉에서 "차는 성질이 지극히 '차가우므로[寒]', 행실이 바르고 '검소[儉]'한 덕을 지닌 사람이 마시기에 가장 적합하다[茶之爲用, 味至寒, 爲飮, 最宜精行儉德之人]"고 하며 차와 관련된 검덕과 정행을 강조한다. 이는 행동이 훌륭하고 검소한 덕이 있는 사람이 차 마시기에 어울린다는 의미이다. 《다경》〈오지자五之煮〉에서는 차를 굽고 물을 끓이는 일을 설명하면서 "차의 성품은 검소하므로 물을 너무 많이 넣어서는 안 된다[茶性儉, 不宜廣]"라고 한다. 물을 지나치게 많이 넣으면 차의 맛이 옅어지고 싱거워지기 때문이다. 즉, '차의 성품은 검소하다'는 말은 다도茶道 정신이 '검儉'에 있음을 보여주며, 과하지 않은 적절함과 절제를 중시하는 소박함을 강조하고 있다.

누노메 초우는 "검儉은 사람의 숫자가 적은 것만을 말하는 것이 아니고 검소儉素한 덕을 지닌 사람에게 어울린다는 것이다. 이는 차를 달이는 사람의 덕을 말하는 것이다. 만약 육우식의 다도가 있다고 하면 그 정신은 '검儉'이라고 해야 할 것이다. 즉 검儉은 은둔자에게 어울리는 덕德임을 알 수 있다"[47]고 하였다. 이는 곧 차를 마시기에 알맞은 사람은 행실이 단정하고 겸허한 덕망을 갖춘 사람이라는 의미로 풀이된다. 검소하고 결백한 인간이 차를 마실 때에야 비로소 본성을 회복하고 덕성을 바르게 할 수 있다는 것이다.

김수온金守溫(1409~1481)은 〈낙장落張〉이라는 시에서 부원군府院君이라는 신분이지만 청빈淸貧하고 검소함이 몸에 밴 고고함을 표현하고 있다.

枯吻時時只點茶	마른 입술에 가끔 차 달여 마시고
撐腸麥飯午交加	한낮에 배를 채우는 것은 보리밥이네.
淸貧徹骨猶依舊	청빈이 여전히 예부터 뼈에 사무쳤으니
莫道封侯府院家	권세 있는 부원군 집이라 말하지 마시오.

이 시는 극심한 가난 속에서도 변치 않는 지조를 지키는 모습을

그린다. '차와 보리밥'이라는 소박한 음식으로 하루를 버티는 삶이 '뼈에 사무칠 정도'로 고통스럽지만, 그럼에도 권세와 부를 바라지 않는 청렴한 마음을 강조하고 있다. 마지막 구절에서는 "권세 있는 부원군 집이라 말하지 말라"며 그런 것에 마음이 흔들리지 않겠다는 의지를 다지고 있다. 김수온은 보리밥에 차 한 잔으로 깨끗하게 살아가는 모습에서 안빈낙도安貧樂道의 정신을 보여준다. 《논어》〈술이述而〉편에는 "거친 밥을 먹고 물을 마시며 팔을 굽혀 베고 누워도 즐거움은 그 안에 있다. 의롭지 못한 방법으로 얻은 부와 귀함은 나에게 뜬구름과 같다[子曰, 飯疏食飮水, 曲肱而枕之, 樂亦在其中矣, 不義而富且貴, 於我如浮雲]"라는 공자의 말이 실려 있다. 김수온은 부귀영화를 누릴 수 있는 지위에 있음에도 오히려 보리밥을 먹고 차를 달여 마시는 청빈하고 검소한 삶을 노래하고 있다.

초의가 유산酉山 정학연丁學淵(1783~1859)에게 보낸 시 〈유산에게 삼가 화답함[奉和酉山]〉에서는 다음과 같이 '세 가지 즐거움'을 표현하고 있다.

茶烟夜浥三淸露	차 연기가 밤에 맑고 순수한 이슬에 젖고
窓日朝含五色雲	창밖의 아침 햇살이 오색구름을 머금는다.
三樂人間兼亨了	인간 세상의 세 가지 즐거움을 누렸으니
何曾更使利名奔	어찌 다시 이익과 명예를 좇아가겠는가.

이 시는 "진정한 행복은 자연과 더불어 사는 평안한 삶에 있으며, 세속적인 출세와 부富에는 의미가 없다"는 메시지를 전달하고

있다. '삼락'에 대해 맹자는 "군자에게는 세 가지 즐거움이 있는데 부모님이 살아 계시고 형제들이 모두 별 탈 없이 지내는 것이 첫 번째 즐거움이며, 우러러 하늘에 부끄럽지 않고 아래로 굽어보아 사람들에게 부끄럽지 않은 것이 두 번째 즐거움이며, 천하의 영재를 얻어 가르치는 것이 세 번째 즐거움이다"[48]라고 말한다. 이미 초의는 '삼락'을 누린 상태에서 더 이상의 부귀나 욕심을 추구하지 않는다는 검박함을 강조하고 있다.

이원李原(1368~1429)은 〈우차명정암시又次明正庵詩〉라는 시에서 차 마시는 행위를 통해 담박하고 자유로운 탈속적 삶과 진세모화塵世慕華와 기심망상機心妄想에 사로잡힌 속된 삶을 대비시키며 그 이상을 형상화했다.

生活本來從淡薄	삶이란 본래 담박함을 따랐으니
肯於塵世慕華劇	세속에 빠져 화려함만을 그리워했네.
機心妄想已消盡	욕심과 헛된 망상은 이미 다 사라지고
饑食困眠聊自適	굶주리면 먹고 졸리면 자며 스스로 적응하네.
月下敲門訪道人	달빛 아래 문 두드려 도인을 찾아가고
松陰下榻邀詩客	솔 그늘에 자리를 펴고 시객을 초대하네.
喫茶相對頓忘歸	마주 앉아 차를 마시다 돌아갈 일을 잊고
十笏禪房抱虛白	작은 선방에 밝은 달빛 가득하네.

시 전체는 속세의 번잡함을 벗어나 담백한 자연 속에서 평안을 찾은 은자의 마음과 생활을 매우 절제된 언어로 그려내고 있다. 욕망과 망상이 심신을 사로잡는 일도 없다. 이처럼 세속적 물욕에

서 벗어나니, 남는 것은 한가로운 시간뿐이다. 달이 뜨면 잠도 자지 않고 도인을 찾아 차를 마신다. 차를 마시다 보니 이런 삶이 더없이 좋아 돌아갈 생각조차 나지 않는다. 선방에 달빛이 가득하듯, 내 마음도 달빛처럼 맑고 환해진다. 한 점 세속의 기운 없이 청아하기만 하다. 이 글은 세속의 사욕과 헛된 망상을 잊어버리고, 한가로움 속에서 소박함을 추구하는 문인의 음다飮茶 문화를 전형적으로 보여주고 있다.

이수광李睟光(1563~1628)은 차와 관련된 시편을 다수 남겼고, 그의 가문은 후손들이 이 취향을 이어받아 차의 명문가를 이루었다. 그는 〈한거閑居〉라는 시에서 정치 권력에서 벗어나 스스로 은거하며 작고 소박한 초옥草屋이나 암자庵子에서 살고자 하는 뜻을 이렇게 노래했다.

山中富貴金銀草	산속에서 금은초를 귀한 것으로 여기고
路畔風流女妓花	길가에서는 여기화가 풍류라 여겼지만,
興罷歸來林影夕	흥이 깃든 뒤에 돌아오니 숲 그늘에 해가 지네.
呼童汲水試新茶	아이 불러 물 길어 오게 하여 햇차를 달인다.

이수광은 "산중의 부귀는 금은초이고 길옆의 풍류는 여기화"라며, 물질적 가치보다는 주변에서 쉽게 만날 수 있는 풀과 꽃의 진정한 아름다움을 강조했다. 세속의 부와 즐거움은 덧없는 것이며, 그 모든 것에서 벗어나 고요한 자연으로 돌아와 평안하게 차를 마시는 삶이야말로 진정한 풍류라는 메시지를 전하고 있다. 이를 통해 그는 소박하고 검소한 삶의 방식을 소중히 여기는 철학을 표현

하고 있다.

매월당 김시습은 세조世祖 즉위 후 단종端宗 복위 운동에 가담했다가 희생된 사육신의 묘를 정성껏 수습했다. 그러나 골육상쟁骨肉相爭으로 얼룩진 왕조의 현실에 깊이 실망한 그는 우울한 나날을 보내다, 결국 방외인의 길을 선택했다. 경주 남산의 용장사지茸長寺址에 작고 소박한 초막을 짓고, 차를 마시며 청빈한 여생을 보낸 것이다. 그의 시 〈송심은상인귀고산시권送尋隱上人歸故山詩卷〉에 이런 정황이 잘 표현되어 있다.

碧山深處結茅菴	푸른 산 깊은 곳에 띠풀 암자 짓고 사니
菴下澄澄萬丈潭	암자 아래는 맑고 깊은 만 길 못.
行處嬾從雲共去	걸을 때는 구름과 함께 게을리 걷고
住時閑與月同龕	머물 때는 한가로이 달과 함께 절에 있네.
煎茶小室煙生廚	차 달이는 작은 방 부엌에는 연기 나고
采藥遠峯雲滿籃	약초 캐는 먼 산에는 구름이 가득하네.

이 시는 산속 은둔자의 고고하고 한가로운 삶을 그린 것이다. "구름과 함께 걷다", "달과 함께 절에 있다"는 표현은 자연과 하나된 은자의 초탈한 모습을 잘 보여준다. "먼 산에는 구름이 가득하다"는 산꼭대기가 구름 속에 잠겨 있는 모습을 매우 시적으로 표현한 부분이다. 매월당은 금오산 용정사에 두 세평 남짓한 금오산실을 짓고 거주하면서 차나무를 직접 심어 키우는 등 한적한 삶을 누렸다. 앞의 시에 나오는 모암茅菴은 곧 초암草庵인데, 매월당은 모재茅齋[49]라고도 표현하고 있다. 매월당은 이 소박한 초암에서

초암차를 만들었다. 매월당은 또 초가를 봉호蓬戶라고도 표현하고 있다. 그는 다시茶詩에서 이런 자신의 음다 공간을 말할 때 대체로 '내 오두막[吾廬]', '작은 오두막[小廬]', 한 칸 방이란 표현을 쓰고 있다. 수락산에 기거할 때는 '부서진 집', '궁한 집'이라는 표현을 쓰기도 했다. 모두 청빈함을 상징하는 시어들이며, 이것이 바로 '초암草庵'의 특성이다.[50] 이 초암차는 김시습이 추구한 소박한 공간과 의식을 잘 보여주고 있다.

조선 시대 문인들은 작고 소박한 다실과 검약한 다구로 차를 마시며 안분지족安分知足의 삶을 지향했다. 여기서 '검儉'은 은둔하는 선비의 지조와 절개를 상징하며, 때가 이르기까지 조용히 기다리는 지혜를 내포하고 있다. 차 자체가 지닌 검소하고 결백한 성품은 이러한 공간의 운치를 더했을 뿐만 아니라, 문인들에게 검소儉素한 마음을 갖게 해주었다. 결국, 검박한 삶을 지향한 그들은 차와 하나 되는 경지에 이르고자 했으며, 이는 고요함 속에서 마음을 수양하고 나아가 고아한 품격에 도달하려는 삶의 태도라 할 수 있다.

문인 사대부들은 차를 '비덕比德'의 관점에서 '가인佳人'에 비유하거나, 그 맑은 기운을 대나무에 견주기도 했다. 이는 차나무를 맑고 고결한 인품을 지닌 군자에 비유한 것이라 할 수 있다. 차는 하늘로부터 부여받은 자연의 수기秀氣와 청기淸氣를 간직하고 있어, '사무사思無邪'를 지향하는 군자의 성품과 같다고 여겼다. 또한 차를 마시면 사욕과 삿된 마음을 제거하는 데 도움이 된다고 말했다. 고요함 속에서 느껴지는 운치는 곧 심신의 안정과 내면 수양의 가능성을 의미한다. 이러한 차 생활은 불교에 전해지는 차문화

의 유풍遺風과는 구별되는 점으로, 불교적 전통과 다른 유교만의
고유한 정신적 실천으로 간주된다. 이처럼 검소하고 담박한 차문
화가 현실의 삶 속에서 더욱 적극적으로 펼쳐질 때, 그것은 일정
정도 도가적 지향을 띤 차문화로 발전하기도 한다.

제2부의 주(註)

1 《詩經》〈秦風·小戎〉, "言念君子, 溫其如玉." 참조.

2 楊維楨, 《東維子集》卷8, 〈淸苦先生傳〉, "然先生之爲人, 芬馥而爽朗, 磊落而疏豁, 不媚于世, 不阿于俗."

3 楊維楨, 《東維子集》卷8, 〈淸苦先生傳〉, "其淸苦狷介之操類如此, 或者比倫之, 以伯夷之亞."

4 蘇軾, 《蘇軾文集》, 〈葉嘉傳〉, "葉嘉, 閩人也. … 曰, 臣邑人葉嘉, 風味恬淡, 淸白可愛, 頗負其名, 有濟世之才, 雖羽知猶未詳也."

5 한식(寒食) 이전에 찻잎을 따서 만든 최상급에 해당하는 차이다.

6 조민환, 《동양 문인의 예술적 삶과 철학》, 예문서원, 2022, p.391.

7 裴汶, 《茶述》, "其性精淸, 其味淡潔, 其用滌煩, 其功治和. 參百品而不混, 越衆飮而獨高."

8 蔡復一, 《遯庵詩集》, 〈茶事咏〉, "茶神淸如竹." 참조.

9 〈愛蓮說〉, "陶淵明, 獨愛菊 … 予謂菊 花之隱逸者也." 참조.

10 《推句》, "綠竹君子節, 靑松丈夫心." 참조.

11 《論語》, 〈學而〉, "吾日三省吾身, 爲人謀而不忠乎, 與朋友交而不信乎, 傳不習乎."

12 《論語》, 〈爲政〉, "子曰, 詩三百, 一言以蔽之, 曰, 思無邪."

13 《論語》, 〈爲政〉의 朱子(註), "凡詩之言, 善者, 可以感發人之善心, 惡者, 可以懲創人之逸志, 其用, 歸於使人得其情性之正而已."

14 《易經》, 〈乾卦 文言傳〉, 吳澄(註), "此易傳所謂閑邪之邪, 非論語無邪之邪也." 참조.

15 《心經附註》〈敬以直內章〉, "程子曰, 故有道有理, 天人一也. 更不分別, 浩然之氣, 乃吾氣也. 養而不害, 則塞乎天地, 一爲私心所蔽, 則欿然而餒, 知其小也. 思無邪, 無不敬, 只此二句, 循而行之, 安得有差. 有差者, 皆由不敬不正也." 참조

16 《二程全書》卷18, 〈劉元承手編〉, "敬是閑邪之道. 閑邪存其誠. 雖是兩事, 然亦只是一事, 閑邪則誠自存矣." 참조

17 李穡, 《牧隱詩稿》卷14, 〈偶題〉.

18 李珥, 《栗谷全書》第21卷, 〈聖學輯要〉, '正心', "誠者, 天之實理, 心之本體. 人不能復其本心者, 由有私邪爲之蔽也. 以敬爲主, 盡去私邪, 則本體乃全. 敬是用功之要, 誠是收功之地, 由敬而至於誠矣."

19 徽宗,《大觀茶論》,〈采擇〉, "擷茶以黎明, 見日則止. 用爪斷芽, 不以指揉. 慮氣汗薰漬, 茶不鮮潔. 故茶工多以新汲水自隨, 得芽則投諸水."

20 張源,《茶錄》, "採茶之候, 貴及其時. 太早則味不全, 遲則神散." 참조.

21 陸羽,《茶經》,〈六之飮〉, "天育萬物, 皆有至妙. 人之所工, 但獵淺易." 참조.

22 《朱子大全》, 卷40,〈答何叔京 31〉, "主於減者, 以進爲文, 主於盈者, 以反爲文, 中間便自有箇恰好處, 所謂性情之正也."

23 朱子,《中庸章句序》, "朱子曰, 心之虛靈知覺一而已矣, 而以爲有人心道心之異者, 則以其或生於形氣之私, 或原於性命之正, 而所以爲知覺者不同. … 道心, 雜出於人心之間, 微而難見, 故必須精之一之而後, 中可執."

24 야나기 무네요시, 구마쿠라 이사오 엮음, 김순희 옮김,《다도와 일본의 미(美)》, 도서출판 소화, 1996, p.143.

25 李穆,《李評事集》卷1,〈虛室生白賦〉, "悶余生之愚昧兮, 索玄妙於虛靈. 迷所止而奚定兮, 靜收視而反聽."

26 李穆,《李評事集》卷1,〈虛室生白賦〉, "卓彼先覺, 明此天分, 敬以守之, 誠爲主兮."

27 《宋史》卷434,〈蔡元定傳〉, "獨行不愧影, 獨寢不愧衾." 참조.

28 李穆,《李評事集》卷1,〈虛室生白賦〉, "虛者能盈, 而盈者不能虛兮, 吾聞之於考亭, 儼十手之攸指兮, 孰云幽之可欺."

29 《大學》,〈誠意章〉, "曾子曰, 十目所視, 十手所指, 其嚴乎."

30 李穆,《李評事集》卷1,〈虛室生白賦〉, "方歸一而視萬兮, 何寡眞而皆僞. 世固飾外而遺內兮, 競圖邪而斲朴, 矧異說之紛靡兮, 反聾瞽其耳目."

31 《論語》,「學而」, 第12 "有子曰, 禮之用, 和爲貴, 先王之道斯爲美, 小大由之, 有所不行, 知和而和, 不以禮節之, 亦不可行也.";《論語》,「述而」, 第31, "子與人歌而善, 必使反之, 而後和之.";《論語》,「子路」, 第23, "子曰, 君子和而不同, 小人同而不和.";《論語》,「季氏」, 第1, " 孔子曰, 求, 君子, 疾夫舍曰欲之, 而必爲之辭. 丘也聞, 有國有家者, 不患寡而患不均, 不患貧而患不安, 蓋均, 無貧, 和, 無寡, 安, 無傾.";《論語》,「子張」, 第25, "夫子之得邦家者, 所謂立之斯立, 道之斯行, 綏之斯來, 動之斯和, 其生也榮, 其死也哀, 如之何其可及也.";《中庸》, 第1章, "喜怒哀樂之未發, 謂之中. 發而皆中節, 謂之和, 中也者, 天下之大本也. 和也者, 天下之達道也 致中和, 天地位焉, 萬物育焉.";《中庸》, 第10章, "君子, 和而不流, 强哉矯, 中立而不倚, 强哉矯, 國有道, 不變塞焉, 强哉矯, 國無道, 至死不變, 强哉矯.";《中庸》, 第15章, "君子之道, 辟如行遠必, 自邇, 辟如登高必自卑. 詩曰, 妻子好合, 如鼓瑟琴, 兄弟旣翕, 和樂且耽. 宜爾室家, 樂爾妻帑.";《孟子》,「公孫丑·下」第1, "孟子曰, 天時不如地利, 地利不如人和.";《孟子》,「萬章·下」, 第1, "孟子曰, 伯夷, 聖之淸者也, 伊尹, 聖之任者也, 柳下惠, 聖之和者也, 孔子, 聖之時者也." 참조.

32 《二程遺書》卷六,〈二先生語六〉.

33 《朱子語類》卷六,〈性理三〉.

34 方東美,《中國人의 人生 哲學》, 탐구당, 1989, P.108.

35 朱良志,《中國美學十五講》, 北京大學出版社, 2006, pp.305~306. 참조.

36 徽宗皇帝,《大觀茶論》,〈序〉, "嗚乎, 至治之世, 豈惟人得以盡其材." 참조. :《中國
    古代茶書集成》,〈徽宗皇帝, 大觀茶論〉, 上海文化出版社, 2010. 참조.

37 徽宗皇帝,《大觀茶論》,〈序〉, "至若茶之爲物, 擅甌閩之秀氣, 鍾山川之靈稟, 祛襟
    滌滯, 致淸導和, 則非庸人孺子, 可得而知矣." 참조. :《中國古代茶書集成》,〈徽宗
    皇帝, 大觀茶論〉, 上海文化出版社, 2010. 참조.

38 《朱子語類》,〈雜類〉, "建茶如中庸之爲德, 江茶如伯夷叔齊." 참조.

39 《朱子語類》,〈雜類〉, "先生因吃茶罷日, 物之甘者, 吃過必酸, 苦者吃過却甘, 茶本苦
    物, 吃過卻甘. 問此理如何, 曰也是一箇道理. 如始於憂勤, 終於逸樂, 理而後和, 蓋
    禮本天下之至嚴, 行之各得其分, 則至和."

40 張源,《茶錄》,〈火候〉, "烹茶旨要, 火候爲先. 爐火通紅, 茶瓢始上. 扇起要輕疾, 待
    有聲稍稍重疾, 斯文武之候也. 過于文則水性柔, 柔則水爲茶降, 過于武則火性烈, 烈
    則茶爲水制. 皆不足于中和, 非茶家要旨也."

41 草衣,《東茶頌》,〈造茶〉, "新採揀去老葉, 熱鍋焙之. 候鍋極熱, 始下茶急炒, 火不可
    緩. 待熟方退, 徹入筐中, 輕團挪數遍, 復下鍋中, 漸漸減火, 焙乾爲度. 中有玄微,
    難以言顯."

42 金正喜,《阮堂全集》卷5,〈與草依〉, "茶品荷此另存, 甚覺醒肺, 每炒法稍過, 精氣
    有稍沈之意. 若更再製, 輒戒火候, 如何如何, 戊戌佛辰."

43 草衣,《茶神傳》,〈火候〉, "過于文, 則水性柔, 柔則水爲茶降, 過于武, 則火性烈, 烈
    則茶爲水制, 皆不足於中和, 非烹家要旨也." 참조.

44 문화(文火)는 약한 불, 무화(武火)는 강한 불을 말한다. 불의 조절을 적절하게 한다
    는 의미이다.

45 《論語》,〈子罕〉, "麻冕, 禮也, 今也純, 儉, 吾從衆." [註解], 麻冕, 緇布冠也. 純, 絲
    也, 儉, 謂省約. 緇布冠, 以三十升布爲之, 升八十縷, 則其經, 二千四百縷矣. 細密
    難成, 不如用絲之省約."

46 쑨 잉퀘이·양 이밍 지음, 박삼수 풀이,《周易》, 현암사, 2007, p.205.

47 누노메 초후 지음, 정순일 옮김,《중국 끽다문화사》, 동국대학교출판부, 2012,
    p.200.

48 《孟子》,〈盡心章〉, "父母俱存, 兄弟無故, 一樂也. 仰不愧於天, 俯不怍於人, 二樂
    也. 得天下英才而敎育之, 三樂也." 참조.

49 金時習,《梅月堂詩集》卷之三,〈贈峻上人〉, "松下茅齋紫綬輕." 참조.

50 박정진 지음,《茶의 인문학 1》, 茶의 세계, 2021, p.118.

제3부

도가가 사랑한 차의 세계

조선시대 문인 사대부들은 시대적 상황에 따라 관료의 신분에서 벗어나
형식과 제도에 얽매이지 않는 자유로운 기상을 추구하며, 명철보신明哲
保身을 위해 은일隱逸의 삶을 지향하기도 하였다. 이처럼 은일자적隱逸自
適한 삶을 추구하는 선비[高士]는 차를 즐기고 청담淸淡을 나누는 유유자
적한 삶을 지향하였다. 이러한 삶의 태도와 정신적 배경은 결국 도가적
성향의 독특한 차문화로 발전하게 되었다.

1. 자연 속에서 홀로 즐기는 차 – 은일의 미학

《시경詩經》에서는 왕조 시대의 특성에 대해 "천하에 왕의 땅이 아닌 곳이 없고, 땅끝까지 왕의 신하가 아닌 이가 없다"[1]고 하였다. 그러나 이러한 상황 속에서도 은일을 추구한 인물들은 왕후王侯를 섬기지 않고 자기 몸과 마음을 보전하기 위해 세속을 벗어나 고고한 삶을 지향하였다. 이러한 은일적 삶에 대한 갈망은 특히 어지러운 시대에 두드러지게 나타난다. 은일자가 궁극적으로 누리는 행복은 권력과 명예, 재물 등 세속적 가치에 얽매이지 않는, 초월적 자유로움에 있을 것이다.

'탈속' 지향의 차문화

조선시대 문인들의 차문화에는 '다삼매茶三昧'의 심미의식이 잘 드러나 있다. 은일을 추구하던 문인 사대부들은 유가와 도가 사상이 묘합된 풍류로운 삶을 지향하며, 이를 그림으로 표현하거나 친목 모임을 통해 누렸다. 또한 차를 마시며 도를 체득하고, 문방청완文房淸玩을 통하여 품격과 아취雅趣를 보여주고, 시詩·서書·화畵 감상, 탄금彈琴, 바둑, 문향聞香, 괴석怪石 감상 등으로 한가로운 여유를 즐겼다. 이처럼 은일을 소재로 한 작품에서는 차를 끓이는 다동의 모습이 빈번히 등장한다.

도연명陶淵明(365~427)은 〈귀거래사歸去來辭〉를 통해, 봉급인 오두미五斗米에 얽매인 속세의 삶을 거부하고 자연으로 돌아가 자유롭게 살고자 하는 뜻을 피력했다.[2] 관직을 떠난 도연명은 특히 〈음주飮酒〉 20수 중 다섯 번째 시에서 "사람 사는 곳에 집을 지었는데 수레와 말의 시끄러움이 없다. 어떻게 이것이 가능한가 물으니, 마음이 멀리 있으면 거처도 한가로워진다"[3]라고 읊었다. 이 시구는 세속의 권력과 명예, 재물에서 벗어나 마음의 거리를 둠으로써 비로소 여유로운 삶을 누릴 수 있음을 보여준다. 이처럼 '심원心遠'의 경지는 물질적 속박을 벗어나 정신적 자유를 얻고자 한 도연명 사상의 핵심이다.

은일隱逸을 추구한다는 것은 관료적 삶을 포기하는 대신 자신의 참된 뜻을 따르겠다는 결심이다. 은일자는 시간에 쫓기지 않고 하고 싶은 것을 하며 살아간다. 이런 삶의 여정에서 차茶는 그들에게 마음의 여유와 평안을 더해주는 존재로 다가온다.

조선시대 문인 사대부들은 시대적 상황에 따라 관료의 신분에서 벗어나 형식과 제도에 얽매이지 않는 자유로운 기상을 추구하며, 명철보신明哲保身을 위해 은일隱逸의 삶을 지향하기도 하였다. 이처럼 은일자적隱逸自適한 삶을 추구하는 선비[高士]는 관직의 봉록에 구애받지 않았으나, 이는 단순한 현실 도피가 아니었다. 그들은 권력, 명예, 재물과 같은 '세속의 티끌[塵埃]'을 멀리하며 자신만의 청정한 삶을 꾸리고자 하였다. 이러한 은일적 삶의 태도는 특히 사화士禍 등 시대가 혼란스러울 때 두드러지게 나타났다. 어지러운 세상에서는 오히려 관직에서 물러나 속세를 벗어나는 삶을 통해 마음을 지키고 본성을 기르는[存心養性] 데 주력하였다.

백거이白居易는 은사를 '대은大隱', '중은中隱', '소은小隱'으로 구분했다.[4] '대은'은 조정과 시가지에 살며 시장에서 돈을 많이 버는 상인이지만 은둔을 꿈꾸는 것이며, '중은'은 경제적 문제점을 해결하기 위해 어쩔 수 없이 관료적 삶을 살지만 은일적 삶을 동시에 추구하는 것이며, '소은'은 벼슬을 버리고 산림에 묻혀 은거하는 것이다. 백거이는 중앙정부인 장안長安에서의 복잡한 관직 생활에서 벗어나 중은의 삶을 추구하였다. 지방 강주江州에서 한적한 관리 생활하면서 은자처럼 자연과 일상에서 유유자적한 한적함을 통해 '무우무락無憂無樂'하며 마음의 평안을 누렸다.

왕유王維는 초기에 '겸제천하兼濟天下'의 포부를 품었으나, 안록산의 난 이후 정치적 환멸을 겪으며 '역관역은亦官亦隱'의 생활로 전향했다. 백거이 또한 현실 정치의 한계를 절감하고 완전한 은둔을 거부하며, 관직에 머물되 속박에서 벗어나는 '중은中隱'의 철학을 주창하였다.

도연명陶淵明은 오랜 관직 생활을 끝내고 세속적인 삶을 벗어나, 부와 명예가 보장된 관료의 길을 뒤로한 채 고향으로 돌아와 전원에서 안빈낙도하는 삶을 살았다. 그는 물질적 가난 속에서도 마음의 평안과 한적함을 누렸기에, 후대 수많은 문인이 그를 흠모하는 대상으로 삼았다. 세속을 떠나 은둔하며 살아가는 심정을 시로 형상화 한 〈귀전원거歸田園居〉 6수는 진晉나라 안제安帝의 의희義熙 2년, 즉 406년 봄에 지어진 작품으로, 도연명이 팽택현령彭澤縣令 자리를 사임하고 낙향한 첫해에 쓴 것이다. 이때 그의 나이는 42세였다.

[제1수]

少無適俗韻	소년 때부터 세속에 맞는 운치가 없어
性本愛邱山	성품은 본래 산과 들을 좋아하였네.
誤落塵網中	잘못하여 세속의 그물에 빠져들어
一去三十年	떠난 지 삼십 년이 되었구나.

[제3수]

種豆南山下	남산 밑에 콩을 심었는데
草盛豆苗稀	잡초는 무성하고 콩 순은 듬성듬성하네.
晨興理荒穢	이른 아침에 일어나 거친 풀을 다듬고
帶月荷鋤歸	달빛을 어깨에 이고 호미 들고 돌아오네.

　제1수는 속된 관료 생활에서 벗어나 자연으로 돌아가고자 하는 시인의 간절한 소망을 잘 보여주는 낭구이다. 도연명이 은일적 삶을 선택한 이유를 밝히며 산과 숲을 본래 좋아했음을 표현하고 있다. 공직 생활을 '그물'에 비유하며 지난 30년을 허송세월로 여기는 회한을 드러내고 있다. 제3수에서는 관직의 번잡함을 떠나 자연으로 돌아와 농사를 지으며 사는 은일隱逸 생활의 고된 즐거움과 평안함을 노래한 도연명의 대표적인 작품이다. 남산 기슭에 콩밭을 가꾸는 모습을 그리는데, 아침 일찍 잡초를 뽑고 달빛 아래 괭이를 멘 채 집으로 돌아가는 농부의 평범한 일상에서 진정한 자유를 찾는 은자적인 삶의 고결함과 아름다움을 잘 표현하고 있다. 이러한 도연명의 삶의 방식은 후대 차를 즐기며 은일적 삶을 지향한 문인 사대부들에게 하나의 전형이 되었다.

자하紫霞 신위申緯의 〈기사오난설寄謝吳蘭雪〉에는, 관직에 있으면서도 한가로운 삶의 여유를 즐기는, 이른바 '중은中隱'의 경지가 잘 드러나 있다.

吾廬瀟洒隱王城　내 집은 왕성에 숨어 있으나 소박하고 한가하네
廡下南山紫翠橫　마루 아래 남산은 자줏빛 푸른빛으로 들었다네.
伴石墨池含雨氣　반석에 있는 검은 연못엔 비 기운을 머금네
當窓蘆葉助秋聲　창가의 갈댓잎은 가을 소리를 더해주네.
客來茶屋孤烟起　손이 오면 다실에 외로운 연기 피어오르고
公退苔庭二鶴迎　퇴근하면 이끼 뜰에서 학 두 마리 맞이하네.
莫笑軟紅塵送老　속세에서 늙어간다고 비웃지 말게
冷卿居止似諸生　냉경아, 네가 사는 모습이 한낱 선비 같구나.

묵지墨池에 머금은 비 기운이 시각적 이미지라면, 갈댓잎의 소리는 시심詩心을 울리는 청각적 정수이다. 단풍과 가을 소리가 선사하는 깨끗한 이미지 속, 시인은 바람에 흔들리는 갈댓잎 소리를 들으며 필봉筆鋒을 휘두른다. 퇴근길에 맞이하는 '학 두 마리'는 은일隱逸을 동경하는 문인 화폭에 자주 등장하는 상징이며, '이끼 낀 뜰'의 이끼는 외부인의 발길이 끊긴 오랜 세월의 흔적으로, 고고한 은일의 공간을 상징한다. 다우茶友와 차를 마시며 학처럼 고고하게 살고자 하는 지향이 여기에 담겨 있고, 마지막을 장식한 '냉경冷卿'은 벼슬 중에서 권세는 없으나 명예로운 자리를 가리키는 말로, 시인이 자신을 지칭한 것으로 보인다. 겉으로는 벼슬을 하지만, 그 생활과 마음은 검소하고 담백하다는 의미이다. 이는 청

빈한 선비의 삶, 즉 은일적 삶의 정수를 함축하고 있다. 이 시는 비록 한직閑職의 벼슬살이로 속세에서 살지만, 그 속세에 얽매이지 않는 초연한 은자의 삶을 노래하고 있다. 결국 이 작품은 시심詩心과 다향茶香이 어우러진 고적古寂한 풍경 그 자체이다.

이원李原은 〈증허상인贈虛上人〉이라는 시에서 자연 속의 은거 생활, 특히 산야에서의 약초 캐기와 대를 태워 차를 끓이는 고고하고 청아한 정취를 읊는다.

寂歷春山裏　　고요한 봄 산속에서

逍遙意味多　　소요하는 정취가 무한하네.

穿林晨採藥　　아침에 숲속 헤쳐 약초를 캐고

燒竹夜煎茶　　밤에는 대나무를 태워 차 끓이네.

幽鳥弄遲日　　한가로운 새들이 늦은 볕에 놀고

輕風吹落花　　산들바람이 불어서 꽃잎을 날리네.

從今數來往　　부디 자주 왕래하며

促席共吟哦　　가까이 마주 앉아 함께 시를 지어 보세.

이 시는 고즈넉한 봄 산속의 정경과 은일隱逸의 생활을 담담하게 그려낸다. '적력寂歷', '소요逍遙' 같은 단어가 만들어내는 고요하고 유유자적한 분위기가 인상적이다. 아침에는 약초를 캐고, 밤에는 차를 달이는 소박한 일상, 그리고 새소리와 바람에 흩날리는 꽃잎이라는 자연의 정경이 조화를 이룬다. 이원이 고요한 산속에서 은거하며 밤에 차를 마시는 것은 잠을 쫓는 행위이자, 아침에 일찍 일어나 관청에 갈 일이 없는 은일적 삶을 상징한다. 마지막 구절에서는 긴 봄날 꽃이 지는 늦봄 시절, 다우茶友와 차를 마시며 시를 짓고 싶은 마음을 한 폭의 그림처럼 표현하고 있다. 이원의 〈숙관음사宿觀音寺〉에는 깊은 산속에서 고요히 지내며 세속의 일을 잊은 채, 우유優遊하게 노니는 차인茶人의 모습이 그려진다.

千山一條路	천 봉우리 깊은 산 한 줄기 길
步步獨來尋	걸음걸음 홀로 찾아왔네.
地僻人難到	땅은 외지고 사람 오기 어려운 곳,
峯高日易沈	봉우리는 높아 해도 쉽게 저무네.
瀑流鳴亂石	폭포는 들쑥날쑥 돌에 울리고
寒磬出疏林	찬 풍경 소리 성긴 숲 사이로 흐르네.
寂寂無塵想	고요히 속세 생각 일 다 잊고
煎茶對月吟	차를 달여 달을 보며 시를 읊조리네.

'깊은 산 한 줄기 길'은 이 공간이 세속과 단절되었음을 보여준다. 외진 곳으로 통하는 길 역시 외롭게 뻗어 있다. 높은 봉우리에 가려 '해가 일찍 지는' 풍경은 그만큼 산이 높고 깊다는 것을, 그리고 곳곳의 폭포는 사람의 발길이 닿기 어려운 깊은 산중임을 다시 한번 확인시켜 준다. 이렇게 깊은 산속에 들어와 세속과의 거리를 두자니, 차 한 잔 마시며 고요함에 잠기고 싶은 은자의 마음이 자연스럽게 피어난다. 그런데 그 고요함 속에서도 폭포수가 세차게 들려오는 것은, 오히려 그곳이 아주 고요한 곳임을 역설적으로 알려주는 소리이다. 고요한 숲을 통해 들리는 풍경소리는 수행의 공간인 사찰이 가까워졌음을 알려준다.

시간이 흘러 밤이 되면, 모든 고요함 속에서 세속의 근심을 온전히 잊을 수 있다. 밝은 달빛 아래 차를 마시는 이 정경에서 시흥詩興은 저절로 일어난다. 이때 홀로 마시는 차는 그 자체로 모든 속박을 벗어난 무한한 자유의 경계이다. 달을 친구로 삼아 시를 읊조리는 이 풍경 앞에서는, 세속을 떠난 신선의 삶도 더 이상 부럽지 않다. 이 모든 것은 시와 차가 떼려야 뗄 수 없는 관계임을 여실히 보여준다.

성리학과 시문, 외교 문서에 능통했던 이숭인도 〈차민망운次民望韻〉에서 차 한 잔이 주는 탈속적 의미를 노래한다. 궁벽한 시골살이지만, 은둔적 삶을 살며 시를 짓고 고치다 때가 되면 밥을 먹고 차를 마시는 평범한 정경을 읊조린다. 그는 차 한 잔을 마실 수 있는 이 같은 일상에서 무한한 재미와 즐거움을 누렸다. 그러한 삶을 살다 보니, 세속의 공명功名은 자연스레 멀어지게 된다.

誰道村居僻	누가 시골살이가 쓸쓸하다고 하는가
眞成適我情	참으로 내 마음에 꼭 맞는구나.
雲閑身覺懶	구름이 한가로우니 몸이 게을러지고
山好眼增明	산이 좋으니 눈은 점점 밝아지네.
詩藁吟餘改	시고는 읊은 뒤에 고치고
茶甌飯後傾	밥 먹은 뒤에 찻잔을 기울이네.
從來知此味	지난날 이 맛을 알았더라면
更別策功名	다시는 공명을 꾀하지 않았을 것을.

위 시는 전통적인 다시에서 흔히 볼 수 있는 주제인 '은일隱逸'과

'안빈낙도安貧樂道'를 다루고 있다. 화자는 세속적인 영달[功名]보다는 자연 속에서의 한가롭고 평화로운 삶이 진정한 즐거움임을 노래하고 있다. 궁벽한 시골살이지만, 은일적 삶을 살면서 시를 쓰고 고치다 때가 되면 밥을 먹고 차를 마신다. 차 한 잔을 마실 수 있는 이 풍경 속에서 무한한 재미와 즐거움을 누린다. 이숭인은 자연의 공간과 소리가 있는 은일적인 시골 생활이 마음을 편안하게 한다는 사실을 늦게야 깨달아 후회하지만, 이런 삶을 살다 보니 이제 세속의 명예는 저 멀리 사라진다. 비록 외지고 궁벽하지만 조용한 이곳에 차와 시가 있어 삶의 가장 좋은 순간을 노래하고 있음을 표현하고 있다.

이숭인은 〈남악의 총선사 방에 제하다[題南嶽聰禪師房]〉라는 시에서도 은일을 선호하는 자신의 모습을 다음과 같이 멋지게 표현하고 있다.

泉甘宜煮茗　샘물이 달아 차 끓이기 좋고
日永好看山　날이 길어 산 구경 하기 더없이 좋다.
慙愧靈師語　영사(靈師)의 말씀을 부끄럽게 여기니
休官便此還　벼슬을 그만두면 곧장 여기에 돌아오리라.

자연의 아름다움과 한가로움을 벼슬길의 번잡함과 대비하며, 은일隱逸의 삶에 대한 동경을 표현한 작품이다. 이숭인이 '영사靈師에게 해 준 말'로서 인용한 것은 한유韓愈의 《한창려집韓昌黎集》〈송영사送靈師〉 중 "지금 그대를 우리의 도로 끌어들여, 삭발한 머리에 선비의 관을 씌워주고 싶구려[方將斂之道, 且欲冠其顚)]"라는 구절이다. 이는 승려를 유학의 길로 끌어들여 유자儒者의 관을 씌우고자 했던 한유의 배불적排佛的 입장을 드러내는 것으로, 기존의 삶(승려의 길)에서 새로운 변화(유자의 길)를 추구하는 의지를 상징한다. 이숭인은 이 표현을 인용하여, 오히려 자신이 벼슬(유자의 길)이라는 '관'을 벗어던지고 승려처럼 탈속하여 은자隱者의 삶을 살고자 하는 간절한 염원을 역설적으로 표현하였다.

한편, 차인茶人으로서 그의 이러한 은일 사상은 차茶를 소재로 한 다른 시에서도 빈번히 나타난다. 그의 시 〈백렴사혜차白廉使惠茶〉에서는 "좋은 차는 가인과 같다"[5]라고 했는데, 이는 좋은 차를 '가인'에 비유한 소식蘇軾의 명구를 인용한 것으로, 단순한 차의 미덕을 넘어 세속의 권력과는 거리를 두는 고고한 지조의 의미를 내포한다. 이는 이숭인에게 차를 달이는 행위는 벼슬을 버리고 산중에서 찾고자 했던 청정한 이상 세계를 구현하는 은유적 행위이자, 탈속적 삶에 대한 구체적 실천으로 이해될 수 있다.

조선시대 선비나 문인들은 한정된 공간을 벗어나 자연에서 시서화詩書畵를 즐기며 차를 마셨다. 새소리와 계곡물 소리가 은은히 들리고, 누구에게도 구속받지 않는 자연과 자신이 하나 되는 장소라면 더욱 좋았다. 산기슭 계곡가에 자리 잡은 은일隱逸 공간에서 자연을 즐기며 유유자적한 생활 속에서 다사茶事 활동을 했다. 비록 좁은 공간이고 살림집은 누추하더라도, 생활에 부족함은 없었다. 임하林下에서의 삶이 즐거울 뿐, 그 이상을 바라지 않았다.

문인 사대부들은 '벼슬에 나아갈 것인가 물러나 숨어 지낼 것인가[出處]'라는 갈림길에서 선택의 고민을 하였다. 조선 초기 훈구

파와 신진사대부가 대립하던 중, 〈조의제문弔義帝文〉이 사초史草에 실린 문제로 무오사화戊午士禍가 일어났고, 이어 갑자사화甲子士禍가 발생하며 사림파士林派의 젊은 학자들이 많이 희생되었다. 이에 따라 많은 사대부가 죽거나 물러나게 되면서 한때 꽃피었던 선비들의 차문화[茶風]도 위축되었다. 그럼에도 임하林下에 묻혀 지내는 선비들이 계회契會와 같은 모임을 통해 차 나눔을 이어갔다는 점에서, 그들이 산림 속에서 꽃피운 음다飮茶 문화는 이러한 시대적 상황과 무관하지 않다.[6] 매월당梅月堂 김시습金時習의 행적에서도 이러한 정황이 잘 드러난다.

매월당 김시습은 세속의 구속에서 벗어나 전국을 유랑하던 중, 1455년(세조 1) 수양대군의 왕위 찬탈 소식을 듣고 철원에 은거하였다. 이때 지은 〈자규사子規詞〉에는 왕위 찬탈을 규탄하고 단종의 죽음을 애도하는 그의 심경이 잘 드러나 있다. 이후 김시습은 승려가 되어 전국을 유랑하며, 사육신이 처형되던 날 그 시신을 수습하여 노량진에 임시로 매장했다는 이야기도 전해진다. 이후 관서 지방을 유람하며 쓴 시문들은 《매월당집梅月堂集》과 《탕유관서록宕遊關西錄》에 실려 있다.

서울 남산의 칠휴거사七休居士를 방문했을 때는 〈남산방칠휴南山訪七休〉를 지어, 자연과 하나 된 차 즐기기의 정취를 노래했다. 이 시에서는 '운산화월雲山花月'과 '시주향다詩酒香茶'를 통해 칠휴거사의 삶에 동참하고 싶은 그의 마음을 엿볼 수 있다.

七休居士休休者　칠휴거사는 쉬기를 좋아하는 사람이라

得休休處便休休　쉴 만한 곳을 얻으면 바로 쉰다네.

雲山花月長爲伴　구름 낀 산과 꽃과 달은 오랜 벗이요

詩酒香茶自買憂　시, 술, 향기로운 차는 스스로 근심을 사네.

翦燭夜飮淸夜永　촛불을 끄고 밤에 마시니 맑은 밤 영원하고

銷沈宵短繼宵遊　밤이 짧더라도, 깊어갈수록 밤놀이를 이어가네.

欲知七休遨遊處　칠휴거사가 노니는 곳을 묻는다면

風滿池塘五月秋　바람 만연한 연못, 오월의 가을이네.

　모든 것에 쉼을 갖는 철학을 추구하는 은자가 세속의 번잡함을 벗어나 자연과 하나 되어 자유롭고 평안하게 사는 선비의 모습을 담아낸 시이다. '칠휴거사'는 매월당과 동시대를 산 손순효孫舜孝 (1427~1497)의 호이다. 권별權鼈의 《해동잡록海東雜錄》에 "칠휴거사는 남산 산기슭에 조그마한 초가집을 짓고 그 옆에 연못을 파서 연꽃을 즐기며 살았다"[7]고 한다. 이 시의 마지막 구절에 등장하는 '지당池塘'은 바로 칠휴거사의 초가 옆에 파놓은 이 연못을 가리킨다. 따라서 이 시는 매월당이 서울 남산에 살고 있는 칠휴거사를 찾아가, 구름 낀 산, 꽃과 달을 벗 삼고, 시와 술, 향기로운 차로 즐거움을 나누는 정경을 노래한 것임을 알 수 있다. 서거정이 칠휴거사가 대사헌 직에서 파면되었을 때 장난삼아 바친 시 〈손칠휴파헌장孫七休罷憲長, 희정戱呈〉이 있다.

可休休日休方好　쉬어야 할 때에 쉬는 것이 참으로 좋도다.

休不休時休亦羞　쉬어야 할 때 쉬지 않으면 쉼 또한 부끄럽게 되네

三四休幷七休客　세 번, 네 번 쉬고 일곱 번 쉬는 나그네여

休休今復更休休　쉬고 또 쉬어라, 지금 다시 또 쉬고 또 쉬어라.

이 시는 '쉼'의 중요성과 때에 맞는 휴식의 지혜를 노래하고 있다. 즉, "무리하지 말고, 제때 쉬라"는 삶의 지혜를 담은 시이다. 향과 차가 함께 어우러진 찻자리는 마음을 편안하게 하는 아름다운 공간이다. 거기에 구름, 산, 꽃, 달, 시, 술, 차와 더불어 향이 들어가서 '여덟 가지 아름다움[八休]'이 더욱 완벽하게 어울린다.

매월당 김시습은 시 〈우후雨後〉에서 한 솥에 담긴 햇차와 한 줄기 향처럼, 세속을 벗어난 자유로운 삶의 경지를 그린다. 시인이 바라는 것은 오직 고요한 차와 향뿐이다.

生涯點檢無拘束　삶을 되돌아보는데 거침이 없구나
一鼎新茶一炷香　한 솥의 새로 우린 차와 한 줄기 향이로다.

이 시는 자신의 과거와 현재를 꾸밈없이 자유롭게 되짚는 모습을 표현했다. 새로운 차를 마시고 향을 피우며 사는 명상적이고 여유로운 분위기를 그렸다. 이는 마음을 가라앉히고 정화하는 상징적인 행위로, 사색에 잠기기에 좋은 환경을 말한다. 부귀영화로부터 탈피하고 세속의 구속으로부터 자유를 추구한 매월당은 은거하면서 차를 마시고 향을 사른다. 매월당은 〈자다이수煮茶二首〉에서도 남이 보지 않는 공간에서 혼자 시 쓰고 차 마시는 삶을 이렇게 노래하였다.

自怪生來厭俗塵　스스로 괴이하게 여기네, 태어나 세속을 싫어함을
入門題鳳已經春　들어가는 문에 봉(鳳)자를 쓴 지 이미 봄이 지났네.
煮茶黃葉君知否　차를 끓이는 누런 잎사귀, 그대는 아는가

却恐題詩洩隱淪　오히려 시 쓰다 숨은 삶이 드러날까 두렵구나.

　이 시는 세상을 등지고 은둔하여 사는 선비의 마음을 담고 있다. 즉, "세상일은 싫어하고 은둔하며 사는 내 삶이 벌써 오래되었다. 자네 같은 벗과 함께 차나 마시며 지내는 이 삶이 좋지만, 이걸 시로 지어내면 오히려 세상 사람들이 내 은둔지를 알아버릴까 걱정이다"라고 하는, 속세를 떠난 선비의 고상한 마음과 약간의 우울함을 담은 시이다. 위 시에서 '봉鳳' 자를 언급한 것은《세설신어世說新語》〈간오簡傲〉 편에 나오는 '봉鳳' 자에 대한 고사故事와 관련이 있다. 중국 위나라 때, 혜강嵇康(223~262)은 여안呂安과 매우 친한 친구 사이였다. 여안은 혜강이 그리우면 천리나 되는 먼 길도 마다하지 않고 찾아갈 정도였다. 어느 날 여안이 혜강을 찾아갔지만, 마침 혜강은 집에 없었다. 그때 혜강의 형 혜희嵇喜가 문으로 나와 여안을 맞이하자, 여안은 집 안으로 들어가지도 않고 대문 위에 '봉鳳' 자字를 써 놓은 뒤 그냥 돌아가 버렸다. 혜희는 여안이 자기를 '봉황'에 비유한 것이라고 생각하며 기뻐했다.

　그러나 혜강이 돌아와서 문에 붙은 글자를 보고는, '봉鳳' 자를 '범조凡鳥', 즉 '평범한 새'로 파자破字하여 읽었다. 이는 혜희가 평범한 인물이므로 여안과 더불어 사귈 만한 상대가 못 된다는 뜻을 은유적으로 표현한 것이었다. 이 고사로 인해 '봉' 자는 누군가를 찾아갔다가 만나지 못하고 돌아올 때를 뜻하는 말로 널리 쓰이게 되었다.[8]

　'누런 잎새에 시를 쓴다'는 '황엽제시黃葉題詩'는 당나라 선종 때 사인舍人 노악盧渥이 우연히 궁궐로부터 흘러나오는 개천에서 단풍잎 하나를 주웠는데 거기에 한 수의 오언절구가 쓰여 있었다는 고사와 관련이 있다. 이는 궁녀 한韓씨의 작품으로 단풍잎에 부친 시라 하여 '홍엽제시紅葉題詩'라 불리는데 이 '홍紅'을 '황黃'으로 바꾼 것이다.[9] 그렇다면 간절한 마음을 잎새에 실어 물에 띄우는 일은, 닿을지 알 수 없는 누군가를 향한 애틋한 기대였을 것이다. 하지만 때로는 그 마음조차 세상에 드러내기 겁나는 법. 속세를 벗어나 시를 쓰고 사는 고독한 삶이 들킬까 두려워, 그 누런 잎을 차에 넣어 끓여버렸다.

매월당 김시습은 현실을 등지고 은자의 삶을 살아온 청춘이 아쉽기도 하지만 그럼에도 더욱 은자로서의 자기 수양과 완성에 매진하고자 하였다.[10] 그는 세조 즉위 후 단종 복위 운동에 가담한 사육신의 묘를 수습하고 천하를 주유하게 된다. 이 과정에서 그는 왕조에 대한 불신을 느끼게 되었고, 이로 인해 초암에 은거하며 울분 가득한 삶을 살았다. 그의 시에 등장하는 '황엽黃葉'은 깊어가는 가을을 상징하며, 인생의 쇠락과 세월의 무상함을 나타낸다. 낙엽이 결국 땅에 떨어지는 것처럼 모든 것이 덧없는 존재임을 드러내는 이 소재는, 세속을 등지고 자연 속에 은둔한 매월당의 내면을 반영한 것으로 볼 수 있다.

결국 매월당은 현실을 외면하고 은자로 살아가는 청춘의 삶이 아쉽기도 했지만, 그럼에도 오히려 그런 삶에 더욱 매진하여 은자로서의 수양과 자기완성에 몰두하고자 하였다. 차 한 잔을 통해 자연과 인생의 진리를 깨닫는 그의 깊은 사유는, 은일적 삶이 외부에 알려지는 것을 꺼렸던 그의 모습과 맞닿아 있다. 그에게 세속을 벗어나 은거하며 차를 마신다는 것은, 누구의 간섭도 받지 않고 고요히 자신을 수양하는 경지 그 자체였다.

　매월당은 〈장안사長安寺〉라는 시에서 차를 마신 후 정신적으로
안정되는 효용성에 대해서도 말한 적이 있다.

　　曉日升時金殿耀　아침 해가 떠오를 때 금빛 전각 빛나고

　　茶煙颺處蟄龍翔　차 연기 흩날리는 곳엔 움츠린 용이 비상하네.

　　自從遊歷淸閑境　한번 청량하고 한가한 경지에 노닌 뒤로는

　　榮辱到頭渾兩忘　세상의 영광과 치욕이 모두 똑같이 잊히네.

　이 시는 번잡한 세속을 벗어나 차茶를 마시며 명상에 잠기는 청
렴한 경지를 표현했다. 매월당은 해 뜨는 일출에 어울리는 차 연
기가 용이 승천하는 모습이라고 표현하였다. 그의 모습에서 세속
의 영욕을 잊고 한가로이 지내는 삶이 엿보인다. 《명심보감明心寶
鑑》〈성심省心〉 편에서는 '청한淸閑'에 대해 "하루 동안 마음이 맑고
한가하면 하루 동안 신선이 된 것이다[一日淸閑, 一日仙]"라고 말한
다. 하루라도 깨끗하고 한가로운 마음을 갖는다는 것은 세속을 벗
어난 은일의 삶에서 비롯되는 여유다. 새벽부터 차를 한 잔 마시고
한가로이 노닐며 세속의 영욕을 잊는 삶을 추구하는 것, 그것이 바
로 신선이 되는 길인 것이다.

　매월당이 남긴 시 중에는 일상적인 차 생활이 묘사된 것도 있
다. 그의 〈종릉산거 시를 화운하다[和鍾陵山居詩]〉라는 시가 바로
그것으로, 승려 관휴貫休(832~912)의 〈종릉산거鍾陵山居〉에 화답한
작품이다.

雀舌香芽手漫煎	작설의 향기로운 차 싹을 손수 천천히 달이니
此間滋味頗陶然	요즘 맛에 매우 흠뻑 취하네.
誰爲四海棲棲者	누가 천하를 두고 바쁘게 산다고 하는가
我已平生蕩蕩焉	나는 평생을 마음 편안히 여유롭게 살았는데.
道學只從心上得	도의 학문은 오직 마음속에서 얻을 수 있으니
天機肯向語中傳	천기를 어찌 말 속에서 전하겠는가.
顏瓢點瑟無人會	안회 표주박과 증점 비파를 아는 이는 없지만
自有風流滿眼前	내 눈앞에는 가득히 풍류가 펼쳐져 있네.

이 시는 세상의 분주함을 떠나 차 한 잔의 여유 속에서 진정한 도道와 즐거움을 찾는 선비의 마음을 잘 보여주고 있다. 안회의 '단사표음簞食瓢飮'을 상징하는 표주박과 증점의 비파를 거론한 이 시는, 자연과 더불어 사는 아름다운 경치[美景]를 통해 유가와 도 가의 경계에 선 풍류를 노래하고 있다.

공자의 제자 증점曾皙(BC 546~?)은 《논어》〈선진先進〉편에서 "늦은 봄에 봄옷을 갖춰 입고, 갓을 쓴 어른 대여섯 명과 어린이 예닐곱 명과 함께 기수沂水에서 목욕하고 무우대舞雩臺에서 바람을 쐬며 노래를 부르면서 돌아오겠다"[11]라는 '욕기영귀浴沂詠歸'로 대 표되는 숭아崇雅 추구의 방내적方內的 놀이문화를 읊은 적이 있다. 이 시에는 작설차를 달여 마시는 과정에서 느끼는 즐거움과 편안 한 삶, 그리고 세속과 거리를 두는 호방한 풍류가 담겨 있어, 도 가적 삶과 연결되는 차문화의 정수를 보여주고 있다.

다산 정약용은 오랜 강진康津 유배 생활 동안 임하林下에 다산초 당茶山草堂을 짓고 수백 권의 저술을 남겼다. 어려서부터 차를 마

다산초당 정석

시기 시작했고, 청소년기부터 익힌 차에 대한 지식은 유배 생활
동안 아암兒庵 혜장惠藏(17/2~1811)을 만나며 더욱 폭넓고 깊어졌
다. 다산은 초당 앞에 음다를 위해 다조茶竈를 조성하고, 서쪽 푸
른 돌 병풍에 정석丁石을 새겼으며, 다천茶泉도 만들었다. 그의 시
〈다조茶竈〉에는 임하에서 차를 끓여 마시는 모습이 상세하게 그려
져 있다.

靑石磨平赤字鐫	청석을 편편히 갈아 붉은 글자를 새기고
烹茶小竈草堂前	초당 앞 작은 부뚜막에서 차를 끓이네.
魚喉半翕深包火	물고기 아가미 반쯤 열려, 깊이 불을 품고
獸耳雙穿細出烟	짐승 귀 쌍으로 뚫려, 가는 연기 나오네.
松子拾來新替炭	솔방울 주워 새로 숯을 대신하고

梅花拂去晚調泉	매화 꽃 털어내고 저녁에 물을 준비하네.
侵精瘠氣終須戒	정기 해치고 기운을 고갈하는 것 끝내 경계하고
且作丹爐學倣仙	잠시 단로가 되어 신선 닮는 것을 배운다.

이 시는 전통적인 다도茶道와 선仙의 경지를 묘사한 다시이다. 속세의 번뇌와 신체를 해치는 것을 경계하고 선도의 경지에 이르고자 하는 마음을 읊었다. 여기 등장하는 '물고기와 짐승 모양의 고정古鼎'은 육우의 《다경》에 기술된 풍로風爐의 형상과 그 철학적 의미를 구현한 것으로 보인다. 이 풍로에는 '감상손하이어중坎上巽下離於中'의 원리가 새겨져 있으며, 이는 《다경》〈사지기四之器〉편에서 "손괘巽卦는 바람을, 이괘離卦는 불을, 감괘坎卦는 물을 주재한다. 바람이 불을 일으키고, 불이 물을 끓이니, 그 세 괘를 풍로에 갖춘 것이다[巽主風, 離主火, 坎主水, 風能興火, 火能熟水, 故備其三卦焉]"라고 설명한 내용과 일치한다.

이를 통해 다산이 육우의 《다경》을 직접 읽고 그 사상을 수용했음을 확인할 수 있다. 강진 유배라는 고된 상황에서도 다산은 차를 끓여 마시는 행위를 통해 세속의 번뇌를 잊고 초탈한 경지에 이르고자 했다. 그의 다도茶道 실천에는 현실의 구속에서 벗어나 정신적 자유를 얻고자 하는 한가로움[閑]의 철학이 깃들어 있다. 이때 감괘坎卦[물]와 이괘離卦[불]는 각각 음과 양을 상징하며, 이들의 상호작용[불이 물을 끓임]은 음양의 조화를 통한 천지의 운행 원리를 차문화茶文化에 응용한 것이라 할 수 있다.

다산은 《다암시첩茶盦詩帖》에서 이괘離卦와 감괘坎卦를 운용한 시를 읊는다.

甃甓小茶竈	벽돌로 쌓아 올린 조그만 다로에
離火巽風形	이괘는 불이고 손괘는 바람의 모양 갖추었네.
茶熟山童睡	차는 다 끓는데 다동은 졸고 있고
裊烟猶自靑	푸르게 오롯이 피어오르는 연기만이 여전하구나.

이 시는 고요한 산중에서 벽돌로 만든 다로에 불을 지피고 차를 달이는 아름답고 고요한 정경을 그렸다. 차가 다 익을 때쯤이면, 차를 돌보던 다동茶童은 지쳐 잠이 들었지만, 다로에서는 파랗게 피어오르는 연기만이 고요하게 이 정경을 지키고 있다. 이는 바쁜 세속의 일상과는 완전히 단절된 모습과 초연하고 평화로운 선禪의 경지를 잘 보여주는 장면이다.

조선시대 많은 문인 사대부는 첨예한 정치적 갈등과 좌절, 유배 생활 속에서도 자신의 소신을 굽히지 않았다. 그들은 초연하게 세속을 벗어나 은둔하며, 한직한 거처[閑居]에서 차 한 잔을 마시는 삶을 지향했다.

관료적 삶의 굴레에서 벗어나 자연의 품으로 돌아간 이들은 명철보신明哲保身의 지혜를 지키며 은일隱逸의 삶을 살았다. 그들은 시서화詩書畫를 벗 삼고, 차茶를 마심으로써 내면의 평정을 다졌다. 이처럼 은일을 추구한 문인들의 차문화에는 세속을 초월한 탈속적脫俗的 즐거움이 깃들어 있었다.

'허심' 지향의 차문화

조선시대 문인 사대부가 추구한 차문화에는 허심虛心을 지향하는 정신이 담겨 있다. 《노자老子》16장에서는 "마음을 텅 비운 지극함에 이르고, 고요함을 지키어 돈독히 하라[致虛極, 守靜篤]"라고 말한다. 노자 수양론의 기본은 바로 마음을 비우는 데 있다. 이러한 사유는 자연 속에서 유유자적하는 은자들의 삶 속에 깃든 무욕염담無慾恬淡의 경지로 이어졌으며, 이는 곧 은일 문화의 바탕이 되었다.

문인 사대부들은 자연과 더불어 은일隱逸하며 살아가는 데 있어, 오직 작고 소박한 도구만이 필요했다. 그들은 검소한 순백색의 작은 찻잔과 활동하기 편리한 작은 화로火爐를 통해, 속세를 벗어난 은자隱者의 차 생활을 추구했다. 조선시대 문인들은 잎차를 우려 마실 때, 그 맑은[淸] 탕색湯色을 감상하기 위해 백색白色 찻잔을 사용했다. 여기서 백색은 무욕과 순수를 상징하는데, 이는 은거隱居하여 벼슬하지 않는 선비를 일컫는 '백학선자白鶴仙子'라는 호칭과 그 맥을 같이한다.

무욕염담'은 장자가 말한 심재心齋와 좌망坐忘의 경지와 깊이 연관되어 있다. 이러한 관련성은 결국 장자의 '허실생백虛室生白' 사유로 귀결된다고 할 수 있다. '허실생백'은 《장자莊子》〈인간세人間世〉 편에서 공자가 제자 안회顏回의 '심재'에 대한 질문에 답하는 대화 속에 등장한다. 공자는 "저 빈 곳을 보아라. 빈방이 밝아지니 행복도 그 빈 곳에 머무른다[瞻彼闋者, 虛室生白, 吉祥止止]"라고 말한다. 이어서 "만약 마음이 잠시도 머무르지 않는다면, 이를 '좌치'라 한다[夫且不止, 是之謂坐馳]"라고 덧붙인다. 공자가 안회의 '심재'에 대한 질문에 답하는 내용이 아래에 나와 있다.

너의 뜻을 하나로 하여라. 귀로 듣지 말고 마음으로 듣고, 마음으로 듣지 말고

기(氣)로 들어라. 귀는 다만 소리만 들을 뿐이요, 마음은 다만 현상에 반응할 뿐이지만, 기(氣)는 마음을 비워 만물을 받아들이리라. 도는 오직 마음을 비우는 곳에 머무르니, 마음을 비우는 것이 곧 '마음의 재계[心齋]'이니라.[12]

공자는 안회에게 재계齋戒의 중요성을 강조하며, 먼저 '심재心齋'를 이루어야 함을 말한다. 이는 잡념을 없애고 마음을 비우는 동시에 '기氣로 듣는' 경지에 이르는 것을 의미한다. '심재'는 기를 바탕으로 한 수양 방법으로, '기氣로 듣는다'는 것은 도를 인식하는 데 방해가 되는 잡념, 지각, 사려를 버린 상태를 가리킨다.[13] 마음의 분별과 집착을 버리고 기의 허령虛靈한 상태로 나아가는 과정을 강조한다. '허虛'는 고정된 사유를 버린 상태이기에, 모든 만물을 있는 그대로 수용할 수 있다. 변화무쌍한 만물과 하나로 어우러지는 명합冥合의 경지에 도달하기 위해서는 일체의 잡념과 분별지分別智를 버리고 '허'의 상태가 되어야 한다.

심재는 '좌망坐忘'과 통한다. 《장자莊子》〈대종사大宗師〉에서는 '좌망'에 관해 다음과 같이 말하고 있다.

공자가 깜짝 놀라며 몸을 곧추세우고 물었다. "무엇을 좌망이라고 하는가?" 안회가 답했다. "손발이나 몸을 잊고, 귀나 눈의 작용을 물리치고, 육체의 형체를 벗어나 지식의 분별을 버려 막힘이 없이 크게 통달한 경지와 하나가 되니, 이것을 좌망이라고 합니다."[14]

'손발이나 몸을 잊는다는 것'은 형체를 떠난다는 것이다. '귀나 눈의 작용을 물리친다'는 것은 지식의 분별을 버리는 것과 같다.

이는 몸과 마음과 관련된 감각기능의 잘못된 인식이나 분석적이고 개념적인 지식 활동을 배제하는 것이다. 결국 우리를 얽매이게 하는 욕망과 지식의 굴레에서 벗어날 때 맑은 정신은 도와 합일되는 경지에 오를 수 있음을 말한다.[15]

'심재心齋'와 '좌망坐忘'이 추구하는 마음의 상태는 《노자》 제16장에서 말하는 수양의 경지와 그 맥을 같이한다. 이처럼 '허실생백, '심재', '좌망' 등으로 표현되는 '허정虛靜'의 상태는 예술 창작의 근본 토대가 된다. 나아가 《관자管子》 〈백심白心〉 편에서는 마음의 함양과 심령心靈의 정화가 바로 '허정'에 그 근본을 둔다고 말한다.

> 항상적인 법도를 세워 존재[道]를 확립하고, 허정(虛靜)을 근본으로 삼으며, 때[時]를 맞음을 보배로 여기고, 바른 정치[政]를 법도로 삼아야 한다. 그러면 조화로워져서 오래갈 수 있다. 나의 법도에 맞지 않으면 이로울지라도 하지 않으며, 나의 상법에 맞지 않으면 이로울지라도 행하지 않는다. 나의 도에 맞지 않으면 이로울지라도 취하지 않으며, 가장 높은 경지는 하늘의 도[天道]를 따르는 것이고, 그다음은 사람의 마음[人心]을 따르는 것이다. 사람들이 권유하지 않으면 화응[和]하지 않으며, 하늘이 먼저 시작[始]하지 않으면 따르지[隨] 않는다. 그러므로 그의 말은 폐기되지 않고, 그 일은 실패하지 않는 것이다.[16]

마음을 기르는 방법인 심령 정화의 근본은 허정虛靜에 있다. '백심白心'이란 마음을 청정하게 가다듬는 것을 의미한다. 만일 고요함[靜]을 근본으로 삼고, 때[時]를 소중히 여기며, 바른 법도[儀]로 다스림을 삼아 이 세 가지를 조화롭게 갖추면, 심신을 보전하여 생명[命]이 장수하게 된다. 마음을 기르는 것[養心]이 곧 양생養生

의 핵심이다.

동기창董其昌(1555~1636)은 《화선실수필畵禪室隨筆》〈잡언雜言〉에서 심령 정화의 근본이 허정虛靜에 있음을 논하며, 작품 창작에 임하는 환경과 마음가짐에 대해 다음과 같이 논했다.

"빈방에서 밝은 빛이 생겨나니, 길하고 상서로운 것[吉祥]이 그곳에 머문다"는 말을 나는 가장 좋아한다. 무릇 사람이 사는 곳이 깨끗하고 티끌로 더럽혀지지 않으면 신명이 그 집에 머물러 온다. 바닥을 쓸고 향을 피워 고요하게 하면 마음이 맑아지고 세속에서 멀어져, '망령된 마음[妄心]'도 저절로 사라진다. 옛사람이 마음이 어수선하고 뒤숭숭할 때 먼저 책상을 정리했던 것에는 본디 따로 깊은 뜻이 있었다.[17]

동기창은 작품을 창작하기 전, 심신의 안정을 위해 그림을 그리는 주변 환경을 깨끗이 정돈할 것을 강조한다. 환경적 요소가 마음의 상태에 직간접적으로 영향을 미치기 때문이다. 작가가 의도하는 형상을 온전히 담아낼 때, 좋은 작품은 비로소 '심수쌍응心手雙應'의 경지에 이를 수 있다. 여기서 '허실虛室'은 단순히 물리적으로 비어 있는 공간을 의미하는 것이 아니라, '허정지심虛靜之心', 즉 텅 비고 고요한 마음의 상태를 상징한다.

한재 이목이 《다부》에서 말한 '오심지차吾心之茶'는 '마음을 절제[制心]'하는 수양의 경지를 깨달은 후에 비로소 얻을 수 있는 즐거움을 의미한다. 그는 이를 〈허실생백부虛室生白賦〉에서는 '허실생백虛室生白'으로 표현하고 있다.

무릇 방이 비어야 빛이 들어오고, 그 빛은 비어 있기 때문에 생기는 것이다. 이를 빗대어 말하자면, 마음[心體]의 본바탕이 원래 맑고 밝다는 것을 표현하는 것보다 더 적절한 것이 없다.[18]

한재는 그의 부賦 〈허실생백부〉에서 《장자》의 '허실생백' 개념을 유교 성리학의 관점에서 재해석한다. 그는 '텅 빈 방[虛室]'을 사욕과 잡념이 제거된 마음의 상태로, 그 안에서 생겨나는 '빛[白]'을 마음의 본래적인 밝음과 지혜[心體之本明]가 발현된 경지로 풀이한다. 이를 통해 그는 외부 지식을 추구하기에 앞서 내면의 마음을 수양하고 밝히는 공부의 중요성을 강조하고자 했다.

유가(儒家)가 장자(莊子)를 배척하는 것은 그의 학설이 괴이하기 때문이다. 그러나 그의 이론 중 괴이하지 않은 것이 있다면 성현(聖賢)이라도 절대 버리지 않았을 것이다. 하물며 나와 같은 이에게야 더 말할 나위가 있겠는가. 그『장자』「인간세」편에 등장하는 '허실생백(虛室生白)'의 설은 괴이하지 않으며, 그 요지를 따져보면 맹자의 '호연지기(浩然之氣)'나 주자(朱子)의 '허령불매(虛靈不昧)'와 같다. 어떤 사람이 나에게 이를 힐난하자, 이미 그렇게 답하였고, 스스로를 위해 다음과 같이 풀이하였다. "대체로 방이 비어야[虛] 순백[白]할 수 있다. 순백해짐은 비어 있음이 이루어내는 것이다. 이를 가지고 (유학에서 말하는) 마음의 본체[心體]가 본디 밝음을 형용함에 이보다 적절한 것은 없다." 이에 부(賦)를 지어, 사소한 것[細]에서 큰 것[大]에 미치고, 드러난 것[顯]에 근거하여 은미한 것[微]을 비유함으로써, 스스로를 살피고자[自省] 한다.[19]

한재는 〈허실생백부〉에서 《장자》의 '허실생백虛室生白' 개념을

유학적 관점, 특히 주자의 '허령불매虛靈不昧' 및 맹자의 '호연지기'
와 결부하여 '심心'의 수양 방법을 체계적으로 논하고 있다. 그는
'허실생백'이란 마음이라는 방[室]을 비움[虛]으로써 청명한 빛[白]
이 생겨나는 상태, 즉 잡된 생각과 욕망이 사라진 마음의 본연지
성本然之性이 발현되는 경지로 이해한다. 이러한 '마음 비우기'는
단순한 공부가 아니라, 오랜 수양을 통해 '마음을 다스리고 통제
[制心]'한 결과 달성할 수 있는 것이다.

이 과정에서 한재는 주자의 '허령불매'를 '마음을 비워 신령하
게 하여 어둡지 않음'의 상태로 해석하며, 이를 '허실생백'을 실현
하는 구체적인 수양 방법으로 삼는다. '허령불매'의 상태에 이르
러야 비로소 마음의 근본이 원래부터 지닌 밝음[明]을 회복할 수
있다고 보는 것이다.

나아가 그는 이러한 마음의 수양이 맹자가 말한 '호연지기'를 함
양하는 기반이 된다고 주장한다. 호연지기를 기르기 위해서는 양
심에 거리낌이 없고, 비도덕적인 것을 배격하며 도의를 실천할
'진정한 용기'가 필요한데, 이 용기는 바로 '허령불매'의 상태, 즉
청정하고 맑게 비워진 마음에서 비롯된다는 것이다.

한재는 이처럼 정신[神]이 기운[氣]을 주재하는 관계를 매우 중
요하게 여긴다. 그는 〈허실생백부〉에서 "마음이 신령神靈한 데 통
하면 만물을 감동하게 하고, 정신이 기운을 움직이면 미묘한 경지
에 든다[精通靈而感物兮, 神動氣而入妙]"라고 서술하며, 정신이 청정
해져 기운을 올바르게 움직일 때 비로소 우주와 삶의 미묘한 이치
[妙理]를 깨달을 수 있음을 역설한다. 결론적으로, 한재에게 '허실
생백'과 '허령불매'는 마음 수양의 방법론이며, 이를 통해 확립된

청정한 정신은 호연지기의 발현과 현묘한 도리에의 통찰을 가능하게 하는 유기적 과정이다.

목은牧隱 이색은 〈산재山齋〉에서 '허실생백'에 대해 노자가 말한 '현빈玄牝'과 연계해 읊은 적이 있다.

山齋歲云暮	산속의 집에 한 해가 다 저물어가니
山人心更寂	산에 사는 사람의 마음 더욱 고요해지네.
	(중략)
閉戶守玄牝	문을 닫고 현빈을 지키니
虛室自生白	텅 빈 방에 절로 흰빛이 생기네.
我欲從其居	나는 그 산 집에 눌러살고 싶건만은
傲此百代客	영원한 나그네를 거만히 여기네
只恐負吾初	다만 내 초심을 저버릴까 두려워
歸來居安宅	돌아와서 안택에서 살리라.

목은이 문을 닫고 현빈을 지키니 텅 빈 방에 흰빛이 생긴다는 것은, 이제 마음이 세속적인 것에 얽매이지 않는 맑고 허령한 경지에 이르렀음을 뜻한다. 다만 유학자로서 세상을 바르게 하고자 하는 뜻을 아직 버리지 못해, 본래 '허실생백'의 경지를 누릴 수 있었던 산재에 머물고 싶었으나, 오히려 그곳에서 속세와 유리됨으로 인해 초심을 잃을까 걱정되어 결국 집으로 돌아왔다고 한다.

매월당 김시습은 자연 속에서 음다하는 모습을 읊은 〈효의曉意〉에서 텅 빈 방에 햇빛이 비치고 있다고 표현하고 있다.

昨夜山中雨	어젯밤 산에 비가 내리더니
今聞石上泉	오늘은 돌 위에 흐르는 샘물 소리 들리네.
窓明天欲曙	창문이 밝아오니 하늘은 막 날이 샐 듯하고
鳥聒客猶眠	새들은 지저귀지만, 손님은 아직 잠들어 있네.
室小虛生白	방은 좁으나 햇빛이 밝게 비치고
雲收月在天	구름 걷히니 달이 하늘에 높이 떠 있네.
廚人具炊黍	요리하는 사람이 기장밥을 지어 준비하니
報我嬾茶煎	나에게 차 달이는 일 게으르다고 하네.

매월당 김시습은 어려서부터 시에 능한 신동으로 그 탁월한 재능을 인정받았다. 그러나 혼란한 정치 상황과 더불어, 내세울 만한 정치적 입지가 약했을 뿐 아니라 그의 가치관도 경국제민經國濟民의 포부와는 맞지 않았다. 결국 그는 세속적 질서와 규범에 얽매이지 않는 자유로운 삶을 선택했다. 그리하여 그는 자신의 삶과 사회, 자연에 대한 내밀한 심상을 풍부하게 형상화한 많은 시편을 남겼다.[20]

앞의 시는 산속에서 아침을 맞이하는 고요하고 여유로운 정경을 잘 그려내고 있다. 어젯밤 비로 씻긴 산의 상쾌함, 새 소리에도 굳이 깨어나지 않는 나그네의 여유, 그리고 정겨운 투정을 하는 부엌 사람의 모습까지 담아내며 사랑스러운 아침 풍경을 완성한다. 자연과 하나 된 삶을 지향하는 차인茶人의 여유롭고 풍류로운 태도를 잘 보여준다. 이처럼 작은 다실은 소박한 차 생활을 추구한 김시습의 '허생백虛生白' 경지와 잘 어울린다.

'허실虛室'은 문자 그대로 '텅 빈 방'을 의미하지만, 본질적으로는 마음의 모든 잡념을 비워내어 맑고 고요한 상태, 즉 '허정虛靜'의 경지에 이른 것을 상징한다. 이는 곧 무욕無慾과 담박淡泊을 삶의 근본으로 삼은 은자隱者들이 지향하는 마음가짐과 그 맥을 같이한다.

자연과의 조화를 통해 은일隱逸적 삶을 추구했던 문인 사대부들은 이러한 정신적 이상을 일상에서 실천하고 표현하기 위해, 소형 화로火爐나 작은 찻잔과 같이 단순하고 소박한 도구들을 중시하였다. 이처럼 '비움'의 미학을 응축한 경구가 바로 '허실생백虛室生白'이다. 빈 공간만이 진정한 빛을 담을 수 있다는 이 사상은 청정淸靜한 삶을 지향하는 은자의 이상이자, 차문화茶文化의 핵심 정신을 관통하는 원리로 자리 잡았다.

2. 몸과 마음을 위한 차 – 건강과 수련의 지혜

차는 긴장 완화와 심신 안정에 도움을 주어 마음의 병을 치유하는 효능을 지닌다. 따라서 차를 일상에 가까이하고 이를 통해 섭생攝生을 실천하는 것은 뛰어난 양생법 중 하나라 할 수 있다. 이러한 차의 효능은 그만의 독특한 성분인 테아닌(Theanine)에 기인한다. 테아닌은 신경계를 안정시키고 심신을 이완시켜, 마음을 가다듬고 본성을 기르는 데 필요한 수양의 상태로 이끄는 역할을 한다. 즉, 차는 단순한 음료를 넘어, 심신의 안정을 통해 수양에 이르는 중요한 매개체가 됨을 알 수 있다. 이에 지금부터는 차에 내재한 성분에 따른 양생적 효용과 정신적 효능을 집중적으로 알아보고자 한다.

차 성분적 양생

차에 대한 관점은 시대에 따라 변화해 왔다. 전통적으로 차는 물질적 차와 정신적 차로 구분되었다. 물질적 차는 단순히 차를 우리고 마시는 행위를, 정신적 차는 차를 매개로 수양과 깨달음의 경지에 이르는 것을 의미했다. 반면, 현대에는 차의 약리적 효능에 주목한 과학적 연구가 두드러지게 부상하였다.

차의 효능에 대한 논문을 몇 가지 살펴보자. 전남 농업기술원

차 시험장 박장현 외 4명이 발표한 〈기능성 GABA차의 고혈압 강하 효과〉라는 논문에서는 차의 효능에 관해 《본초종신本草從新》에서는 차가 머리를 맑게 해주고 오장의 기를 돋우어 주고, 간을 강하게 하며, 열을 내리고 체내의 노폐물을 씻어주며, 신장 내 독소를 씻어주고 소화작용, 갈증을 해소하는 약효가 있음을 기술하고 있다. 최근에는 차의 약리적 효능에 대한 메카니즘이 밝혀지면서 차에 대한 가치가 재인식되고 있다. 차의 기능성에는 항암, 항산화, 노화 억제, 고혈압 억제, 동맥경화 억제, 항비만 효과 및 항균작용 등이 있으며, 이 중 혈압 강하 또는 혈압상승 억제에 대한 원인 및 예방 그리고 치료 효과에 관한 연구가 꾸준히 계속되고 있다."[21]고 설명하고 있다.

서울대학교 의과대학 정진호가 발표한 〈사람의 피부에서 녹차 EGCG의 자외선에 의한 피부 손상 및 노화〉라는 논문에서는 "녹차 카테킨의 주 구성 성분인 EGCG는 정상 피부세포의 성장 촉진 효과, 자외선에 의한 홍반 반응 억제 효과, 자외선에 의한 세포 사멸 억제 효과, 피부 기질 단백질 조절 효과(주름살 개선 효과), 피부조직 내 카탈라제(catalase) 발현 증가 효과 등으로 광 방어(Photoprotection), 항암, 항노화 작용이 기대된다"[22]고 하며 녹차의 효능 중에 항노화를 설명하고 있다.

충북대학교 약학대학 박상기 외 4명이 발표한 〈녹차 추출물과 테아닌 복합물의 신경전달물질 조절을 통한 항 스트레스 효과〉라는 논문에서는 "녹차 추출물과 테아닌은 복합물이 불안증 및 호르몬 조절 작용을 통하여 그 유발 원인을 억제함으로써 우수한 항불안, 항 스트레스 기능성 물질로 개발할 수 있겠다고 판단된다"[23]

는 연구 결과를 내고 있다. 이런 연구를 통해 근심 걱정 등의 스트레스 해소에도 차가 효능이 있음을 알 수 있다.

한중韓中 문인들은 그들의 시편에서 차가 양생養生에 좋음을 노래했다. 차는 오랜 옛적부터 약초로서 인간의 병을 치료하고 건강을 지켜왔다. 《신농식경神農食經》에서는 차의 옛 이름에 해당하는 '도명茶茗'을 오랫동안 마시면 "사람으로 하여금 원기元氣가 왕성하게 하고 뜻을 기쁘게 한다"[24]는 기록이 있다. 《구당서舊唐書》〈이옥전李玉傳〉에는 "차는 음식물로서 쌀이나 소금과 다르지 않아 사람들이 의지하는 필수품이 되었고, 먼 지방이나 가까운 곳을 막론하고 차를 마시는 풍습이 보편화되었다. 피로와 허기를 풀어주기 때문에 잠시도 끊기 어려우며, 농촌과 마을에서는 차를 즐기는 경향이 더 두드러진다"[25]는 기록이 있다. 차의 이런 효능에 대해 이덕형李德馨(1561~1613)은 "천지차天地茶는 체한 음식을 소화해 주니, 식후에 복용하면 좋다"[26]고 하였다. 이는 차를 마시면 소화에 효능 있음을 표현한 것이다.

중국 삼국시대 위나라의 장읍張揖(230년 전후)이 지은 《광아廣雅》에는 "형파荊巴 지구에서 가노의 잎을 구워 콩잎·귤껍질 등을 넣어 명茗(차)을 만들어 마셨다. 이것을 마시면 술이 깨고, 잠이 오지 않게 한다"[27]는 말이 나온다. 차가 숙취를 해소하고 잠을 깨는 데 탁월한 효과가 있음을 기록하고 있다. 이러한 차의 효능에 대한 인식은 당대를 거치며 더욱 확산해, 송대에 이르러서는 양생養生을 위한 필수품으로 자리 잡게 되었다. 육우 《다경》〈일지원〉에서는 차의 효능을 제호醍醐와 감로甘露에 비유한 적이 있다.

열이 나고 갈증이 나거나, 가슴이 답답하고 머리가 아플 때, 눈이 침침하거나 팔다리에 기운이 없을 때, 관절 마디마디가 잘 펴지지 않을 때, 몇 번만 마셔도 그 효과는 제호(醍醐)나 감로(甘露)에 견줄 만하다.[28]

이는 차를 마신 후 신체에 나타나는 긍정적 변화를 보여줌으로써, 차가 건강 관리에 도움이 됨을 설명하고 있다.

명나라 주권朱權의 《다보茶譜》〈논다論茶〉에서도 차의 효능에 관해 설명하고 있다.

차를 마시면 대장에 아주 좋고 열기를 가라앉히고 가래를 완화한다. 잠에서 깨게 하고 술의 영향을 경감시키며 음식을 소화하고 번뇌를 없애고 살도 빼주며 흥취를 돋우고 정신을 맑게 한다.[29]

이런 주장들은 모두 차가 우리 몸에 미치는 약리학적 효능을 상세히 설명한 것에 해당한다. 원명택袁名澤은 〈주권농학사상고론朱權農學思想考論〉에서 주권이 차에 관한 연구와 소비를 중시하게 된 이유 두 가지를 든다. 한 가지는 도교의 경신과욕輕身寡欲 사상思想의 영향을 받은 것이다. 다른 한 가지는 차의 기능과 역할로 서문에 쓴 것과 같이 차는 시흥을 돋우고, 수마를 쫓고, 청담을 배가시키고, 대장에 아주 좋고, 열을 내리며, 가래를 녹여 내리게 하며, 술을 깨게 하며, 음식을 소화시키고, 번뇌를 없애는 작용을 하였기 때문이라고 한다.[30] 차의 효용성을 다양한 측면에서 거론한 주권은 도교 의학에도 이해가 깊은 인물이었다.

주권은 《호천신은기壺天神隱記》에서 신은거실神隱居室의 환경을 거론하며 다도와 도교 수행의 관계를 이렇게 언급하였다.

그 골짜기의 동쪽에 굴 하나가 있으니, 이름하여 '동천(洞天)'이라 한다. 깊은 곳 안에 일장(一丈) 정도의 땅이 있고, 여덟 개 기둥에 세 개의 서까래가 있는 오두 막이 있다. 한 장(丈) 남짓한 땅을 파서 소나무를 심고 물을 끌어와, 난초를 심고 돌을 쌓아 강과 한수(漢水)와 구름 낀 산의 정취를 본떴다. 약로차(藥爐茶) 아궁이, 거문고 하나, 한 마리의 학, 경전을 외우고 차를 끓여, 이로써 수양하고 생계를 꾸려나가는 곳이다. … 내가 세상을 살아가는 것은 오로지 고요하고 담담함을 즐 거움으로 삼는다. 그러므로 벼슬아치의 관복과 면류관[袞冕]을 쓸 뜻은 없고, 다 만 거친 옷[裘褐]을 입고 살고자 하는 마음이 있을 뿐이다. … 그 방의 이름은 '신 은(神隱)'이라 한다.[31]

주권이 선택한 차를 마시는 장소는 산중의 작은 땅이다. 소나무 와 난초를 심고 돌을 겹쳐 정원을 만들어 신선이 노닐만한 정취를 조성하였다. 이곳에서 금을 연주하며 학과 놀고, 독서를 하며 차 를 끓이는 것은 양생을 위함이라고 하였다. 이렇게 살다 보니 홀 로 곤면袞冕에 뜻이 없고 구갈裘褐에 마음이 있게 된다. 이런 정황 에서 속세를 멀리하고 담박함을 추구하며 차를 즐기는 한가로움 을 지향하고 있다. 그 차실茶室을 신은神隱이라 부르면서 즐긴 주 권의 차문화는 양생적 차문화와 더불어 은일지향적 차문화의 정 수를 보여준다.

초의는 《동다송》에서 '수문제의 고사故事'[32]를 들어 차 성분에 의 한 효용성을 설명하고 있다. 초의로부터 초의차를 받은 김명희金 命喜가 감사의 뜻을 담아 초의에게 보낸 〈사차謝茶〉 시에는 '학질에 걸려 차를 사용'[33]했다는 내용이 나온다. 이 시를 지을 당시 김명희는 이미 63세의 노인이었다. 초의의 다풍茶風을 계승한 범해梵海 각안覺岸(1820~1896) 스님은 〈다약설茶藥說〉에서 차를 이질과 학질에 사용하였으며 차를 마신 후 몸이 회복되었다고 말한다.

첫 잔을 마시니 속이 조금 편안해지고, 두 잔을 마시니 정신이 맑아졌다. 서너 잔을 마시니 온몸에서 땀이 흐르고, 맑은 바람이 뼛속까지 스미는 듯했다. 온몸이 상쾌해져 마치 애초부터 아픈 곳이 없었던 것 같았다.[34]

차의 효능은 다양한 몸의 변화를 통해 알 수 있다. 범해는 차의 효능과 공덕에 대해 다음과 같이 말한다.

아! 차는 땅에 있고 사람은 하늘에 매였으니, 이는 하늘과 땅이 서로 감응한 것이로다. 약은 형에게 있고 병은 동생에게 있으니, 이는 형제가 서로 감응한 것인가. 어찌 이처럼 신묘한 효험이 있을 수 있단 말인가. 차로 어머니를 살리고, 차로 동생을 살렸으니, 효도와 우애의 도리가 여기에 지극히 다해졌구나. 안타깝도다! 병이 심하지 않았다면, 어찌 반드시 죽으리라고 알았을 것이며, 정이 두텁지 않았다면, 어찌 반드시 살 수 있으리라고 알았겠는가. 이를 통해 그들이 평소에 나누던 정분이 어떠했는지를 알 수 있구나.[35]

범해는 차를 마신 후, 그 효능이 몸에 직접적으로 미치는 현상을 설명한다. 이는 단순한 이론이 아닌 체험을 통해 확인된 효능을 생생하게 드러내고 있다.

초의는 《동다송》에서 중국이 다양한 품종과 생산지를 갖춘 것과 대비되게, 우리는 녹차만을 지닌 현실 속에서도 우리 차의 우수성과 효능을 부각한다. 특히 차가 지닌 양생적 효용에 주목하며 그 가치를 강조하고 있다.

東國所産元相同	우리나라에서 나는 차는 본래 서로 같아
色香氣味論一功	색향기미를 논함에 한 가지 공력을 다하였네.
陸安之味蒙山藥	육안차는 맛으로 몽산차는 약효로 유명한데
古人高判兼兩宗	옛사람들은 우리 차는 둘 다 겸했다고 높이 평가하네.

초의는 우리나라 차는 근본은 같지만, 그 빛깔, 향기, 냄새, 맛을 완벽하게 갖추기 위해 정성을 다함을 가장 큰 장점으로 강조한다. 우리 차는 중국의 육안차陸安茶와 몽산차蒙山茶의 특성을 겸하여 뛰어난 맛과 건강 효능을 모두 갖췄다고 말할 수 있다.

다산 정약용은 강진에서 귀양살이 중에 아암兒庵 혜장선사惠藏禪師에게 차를 요구하는 〈기증혜장상인걸명奇贈惠藏上人乞茗〉이라는 '걸명소乞茗疏'에서 대둔산 석름봉에 좋은 차가 난다는데, 그 차가 자신의 현벽병痃癖病 치료에 효능이 있으니 보내달라고 부탁하고 있다.

傳聞石廩底	전해 들으니 석름봉 산 아래에는
由來産佳茗	예로부터 좋은 차가 난다고 하네
時當晒麥天	때는 보리를 말리기 좋은 시절이라
旗展亦槍挺	찻잎이 펴지고 차 싹도 돋는다네
	(중략)

秖因痃癖苦	단지 오래된 병고에 시달려
時中酒未醒	때때로 취한 듯 정신이 맑지 않네.
庶藉己公林	이공(己公)의 차를 빌려
少充陸羽鼎	육우[다산茶山]의 솥에 조금 채워본다.
檀施苟去疾	보시하여 진실로 이 병을 물리친다면
奚殊津筏拯	뗏목으로 물 건너줌과 무엇이 다르랴.

    듣자하니, 예로부터 석름산 밑에서는 본디 좋은 차가 생산된다더라고 했다. 이어 보리를 말리기 좋은 계절이니, 차나무에서 찻잎도 펼쳐지고 싹도 곧게 서 있으리라고 했는데, 이는 찻잎이 자라 기운이 충실히 응축된, 생명력을 지닌 상태임을 표현하고 있다. 이어지는 구절에서는 지병으로 고생하는 화자가 차를 마심으로써 병고를 조금이나마 달래고 위안을 얻는 모습을 그렸다. 즉, "지병 때문에 늘 괴롭고 정신이 맑지 않다. 다행히 좋은 차를 육우의 다구茶具에 우려내 마셔본다. 이 차가 베풂처럼 내 병을 낫게 해 준다면, 이는 마치 강을 건너게 해 주는 뗏목과 같은 구원이다"라는 의미가 된다.

    정약용이 유배 생활 중 앓던 병을 차로 치유하고자 했던 것은, 그가 차의 건강에 대한 효용성을 잘 알고 있었기 때문이다. 이와 관련된 기록인 〈걸명소乞茗疏〉는, 다산茶山 정약용과 가까이 지내던 윤시유尹詩有의 집안에 전해오는 필사본 《항암비급航菴祕笈》[36]에도 차를 구하는 〈이아암선자걸명소貽兒菴禪子乞茗疏〉로 실려 있다. 다산이 차를 청하는 이유는 명산名山의 진액으로 병을 치료하고자 함이며, 체기滯氣를 내리는 효능이 차에 있기 때문이다.

살펴보건대 명산의 고액(膏液)은 '서초괴(瑞草魁)'로 몰래 옮겨 오고, … 이 나그네는 근래에 다도(茶饕)가 되었을 뿐 아니라, 차를 약으로도 쓰고 있네. … 막힌 것을 뚫고 쌓인 것을 없애는, 이찬황(李贊皇)의 버릇[癖]을 얻었다고 하겠소.³⁷

다산은 자신의 병에 신통한 효능이 있는 차를 사용하였음을 보여준다. 그는 당대唐代 두목杜牧(803~853)의 시 〈제다산題茶山〉에 나오는 "산은 실로 동오의 아름다움을 지녔고, 차는 서초괴瑞草魁라 일컬어진다[山實東吳秀, 茶稱瑞草魁]"라는 구절을 인용하였다. 다산은 병든 몸을 위해 명산의 진액이 응축된 '상서로운 풀의 으뜸'인 차를 가리켜, 자기를 '다도茶饕'라 칭했다. '도饕'는 '도철饕餮'에서 유래한 것으로, 탐욕이 많고 난폭한 성격으로 알려진 상상의 동물을 의미한다. 따라서 '다도'라는 표현은 그가 차에 대해 남다른 집착과 욕심을 지니고 있음을 드러내는 말이다.

이 시에 언급된 '이찬황李贊皇의 버릇[癖]'에서 '이찬황'은 당나라 때 재상을 지낸 이덕유李德裕(787~849)를 가리킨다. 《중조고사中朝故事》에는 이덕유가 차가 음식을 소화하는 효능이 있음을 실험한 글이 있다. "이덕유가 말했다. '이 차는 술과 음식의 독을 없앨 수 있다.' 곧 명하여 차를 끓여 고기에 붓고 은합을 닫도록 하였다. 다음 날 아침에 보니 고기는 물로 변해 있었다. 많은 사람이 넓은 식견에 탄복하였다."³⁸는 것이 그것이다. 다산은 차가 체기를 내리는 신통한 효과가 있는 것을 거론하면서 이찬황이 그랬던 것처럼 차에 버릇[癖]을 얻었다고 말할 정도로 차를 즐겨 마셨다.

정홍명鄭弘溟(1592~1650)은 항상 가까이에 차를 두고 마시는 차인茶人이었다. 그는 차를 약용으로 마신 것을 강조하여, "아침저

녁으로 섭생을 위해 차를 달인다[朝暮茶湯試攝生]"[39]고 할 정도로 차를 통한 양생을 꾀하였다. 정홍명은 〈득원제우약회산방得原諸友約會山房 임행臨行 불보아지不報我知 작차희지作此戲之〉에서 지인들이 자신에게 알려주지 않은 좋은 차, 즉 단약丹藥으로 표현하는 차를 마신 경험을 읊고 있다.

聞君有約會仙家	듣자니 그대 신선과의 만날 약속이 있다지
來往尋眞路不賒	오가면 진리를 찾는 길 멀지 않네.
金地暗求丹竈藥	신성한 땅에서 은밀히 단약 구하니
寶床時啜雪山茶	보배로운 자리에서 가끔 설산차 마시네.

이 시는 속세를 벗어나 신선과 어울리고, 진리를 찾는 길을 가는 벗의 고고하고 우아한 삶을 찬양하는 내용이다. "단약을 구한다"는 적극적인 수행의 모습과 "설산차를 마신다"는 여유롭고 청아한 모습이 대비를 이루며, 도교적 이상향을 그린 아름다운 그림 같은 시이다. 정홍명은 바쁜 세속의 일상에서도 여유를 잃지 않고 좋은 차를 찾아 마시고자 했다. 진정으로 차를 마시기 좋은 곳은, 풀벌레 소리가 들리고 맑은 물이 흐르는 자연과 하나 될 수 있는 곳일 것이다. 차는 그 자체로 달콤한 안식이며, 차를 대하고 마시는 과정의 즐거움 그 자체로도 양생의 참뜻을 이룰 수 있다.

목은牧隱 이색은 〈점다點茶〉에서 차로 오열을 다스리고 사특한 것을 쓸어낼 수 있다고 말한다.

冷井才垂綆	찬 우물에 방금 두레박 줄을 더 내리고
晴窓便點茶	맑게 갠 창 앞에서 차를 달이네.
觸喉攻五熱	목을 축이니 오장 열을 물리치고
徹骨掃群邪	뼛속까지 스며들어 온갖 사기 쓸어버리네.
寒磵月中落	찬 시내는 달 속에 떨어지고
碧雲風外斜	푸른 구름은 바람 밖에서 기울어지네.
已知眞味永	이미 진미가 무궁함을 알았으니
更洗眼昏花	다시 또 흐려진 눈을 씻어본다네.

이 시는 맑고 차가운 차를 마시는 경험을 통해 육체적·정신적 더러움과 열기를 씻어내고, 맑고 고요한 경지에 도달하는 깨달음을 노래하고 있다. 단순한 음미를 넘어 선계[仙境] 같은 자연의 이미지와 결합하여 심신의 청정함을 추구하는 선비의 마음을 잘 보여주고 있다.

목은 이색이 정성껏 차를 끓이는 모습을 볼 수 있다. 이렇게 차에만 온전히 집중하는 '점다삼매點茶三昧'의 경지는, 모든 것을 잊는 '좌망'의 무아경지로 이어진다. 이를 통해 세속의 욕심과 마음의 덧없는 생각을 씻어내고, 몸과 마음의 병을 치유하는 새로운 경험을 하게 된다. 결국, '점다삼매'에 이르러 세상의 번뇌와 마음의 병을 치료해주는 유일한 약이 차임을 깨닫게 된다.[40] 산속에 달과 구름을 벗 삼아 함께하는 찻자리에는 '진미의 무궁함'을 알 수 있다. 소식蘇軾은 "'설화차雪花茶와 우각차雨脚茶' 따위를 어찌 말할 것이 있겠느냐. 건차建茶 한 잔 마시니 '진미의 무궁함을 알겠다'"[41]고 말한 적이 있다.

최명길崔鳴吉(1586~1647)은 〈총수산蔥秀山〉에서 감천 물로 늦게
딴 차를 달여 병을 다스린다고 하였다.

汲來岩下甘泉水	바위 아래 맑은 샘물 길어 와서
煮取江南晚採茶	강남에서 늦게 딴 차를 달이네
一椀頓驚蘇病脚	한 잔을 마시니 병이 놀라 달아나고
欲將藜杖試平沙	청려장 짚고 모래 들판을 걸어보고 싶네
	(중략)
山店投來日欲斜	산촌의 객점에 석양이 비스듬히 비추고
掃苔安鼎自煎茶	이끼 닦아 솥을 걸어 차를 달이네
岩間積雪藏深壑	바위 사이 쌓인 눈은 깊은 골을 감추고
氷底寒流瀉淺沙	얼음 밑 찬 시내는 얕은 모래를 적시네.

이 시는 맑은 샘물과 늦게 딴 차를 우려 병든 몸과 마음이 회복
되는 기쁨을 표현한 것이다. 아팠던 다리가 나아서, 비로소 지팡
이를 짚고 모래밭을 걸을 수 있게 되었다는 것은 삶의 활력과 의욕
을 되찾은 희열을 상징적으로 잘 드러내고 있다. '늦게 딴 찻잎은
떫고 쓴맛이 있지만, 그윽한 향을 더하고 병을 다스리는 효능이 있
다'라는 표현을 통해, 그는 차에 대한 각별한 사랑을 드러낸다.

다음 시는 해 질 녘의 고적한 산속에서 벗어나 홀로 자연과 하
나 되는 듯한 고아한 정취와 고요함이 느껴지는 시이다. 눈이 쌓
인 깊은 골짜기, 얼음 아래 찬물이 흐르는 계절에 한 잔의 따뜻한
차는 그 어떤 명약보다도 뛰어난 효능을 지닌다.

박영보朴永輔(1808~?)는 암행어사로 이름이 높았던 박문수朴文秀

의 후손으로, 문인이자 차를 즐겼던 인물이다. 스승 신위를 통해 초의艸衣 스님의 차를 접한 후 그는 《남다병서南茶幷序》를 지었다. 박영보는 이 저술에서 차를 달일 때 좋은 물의 중요성을 강조한다. 이는 차의 '체體', 즉 본질적 바탕을 이루는 물이 '진정한 차[眞茶]'를 빚어내는 데 얼마나 중요한지 보여준다. 또한 그는 《남다병서》에서, 초의 스님의 차를 마시고 싶은 간절한 마음을 '빈 잔[空椀]'에 비유하여 표현하기도 했다.

伊來三月抱空椀	삼월 내내 빈 잔만 안고 지내니
臥聽松雨出饞涎	누워서 물 끓는 소리만 듣자, 군침이 도네.
今朝一灌洗腸胃	오늘 아침 한 번 들이켜니, 장과 위를 씻기는 듯
滿室霏霏綠霧烟	방 안에 푸른 안개 연기 자욱하게 피어나네.
只煩桃花乞長老	도화차(桃花茶) 심으려고 장로에게 청하노니
愧無菊虀酬樂天	국화 나물 없어 낙천에게 대접 못함을 부끄럽다.

이 시는 오랜만에 차를 마시게 된 기쁨과 상쾌함을 '푸른 안개'라는 강렬한 이미지로 표현하고, 마지막에는 차를 보내준 스님[長老]에 대한 감사와 함께, 자신의 검소한 삶을 백거이에게 빗대어 겸손하게 나타내고 있다. 박영보의 《남다병서》는 '병서幷序'와 7언 40구로 이루어진 글이다. 이 글을 통해 초의草衣가 북학파 계열의 경화사족京華士族과 활발히 교류했으며, 그들에게 '초의차草衣茶'를 제공했다는 사실을 확인할 수 있다. 글의 내용을 살펴보면, 박영보는 차 한 잔의 효능을 노래하는가 하면, 자신이 '다벽茶癖', 즉 차에 대한 깊은 애착과 습관이 있을 정도로 차를 사랑했던 인물임

을 드러낸다. 그는 마시던 차가 떨어져 석 달이나 차를 마시지 못하던 중, 마침내 초의차를 마시게 되었을 때의 간절한 기쁨을 이렇게 표현한다. "물이 끓는 소리만 들어도 군침이 흐른다." 이 생생한 묘사는, 차를 그리워하는 마음이 몸의 본능적 반응과 하나가 되었음을 보여준다. 이를 통해 박영보는 단순히 차를 즐기는 것을 넘어, 차와 자기 몸과 정신이 완전히 융합된 경지에 이르렀음을 강조하고 있다.

박영보는 초의草衣에게 초의차를 걸명하는 것을 소동파蘇東坡가 대야장로大冶長老에게 도화차桃花茶를 부탁하여 자신의 정원에 심고 〈대야장로에게 물어 도화차를 청해 동쪽 언덕에 심다[問大冶長老乞桃花茶栽東坡]〉[42]라는 시로서 비유하였다. 또한 당대 풍지馮贄의 《운선잡기雲仙雜記》에 실린 〈차와 바꿔 술을 깨다[換茶醒酒]〉에서 "백낙천白樂天이 관직에 새로 부임했을 때, 유우석劉禹錫이 심한 숙취에 시달리고 있었다. 이에 유우석은 국화 순 나물, 순무, 젓갈 등 해장 음식을 보내주었고, 백낙천은 육반차六班茶 두 주머니를 보내 답례하며 숙취를 깨우는 데 도움이 되도록 하였다"[43]는 고사를 끌어다 쓰면서 국화 순 나물을 대접하지 못하는 아쉬움을 표하며 초의에게 차를 걸명하고 있다.

이상에서 살펴본 바와 같이 차는 질병 치료에 효과가 있고, 꾸준히 마시며 건강을 관리하는 것이 양생養生에 매우 유익함을 알 수 있다. 차는 항암, 항산화, 노화 방지, 고혈압 및 동맥경화 예방, 항비만, 항균 작용 등 다양한 기능성을 갖추고 있으며, 이는 여러 연구를 통해 그 효능이 입증되고 있다.

차 정신적 양생

《동의보감東醫寶鑑》〈내경편內景篇〉의 '몽몽夢' 항목에는 차를 약재로 처방하는 내용이 등장한다. 여기서는 차에 대해 "졸음을 덜 오게 하며, 따뜻하게 마시면 졸음을 쫓아준다[令人少睡, 溫服除好睡]"라고 설명한다.

또 〈외형편外形篇〉 '두頭' 항목에서는 "작설차[臘茶]는 머리와 눈을 맑고 시원하게 한다. 달여서 자주 마시며, 차 싹과 잎도 효능이 같다[臘茶也, 能淸利頭目, 煎湯常飮之, 茗, 葉同功]"라고 밝히며 차의 효능을 자세히 설명하고 있다.

차는 심신을 수양하는 데 도움이 되는 중요한 매개체이다. 차에 함유된 테아닌(Theanine)은 심신을 안정시키고 수양하는 데 효과적이어서, 차를 마실 때는 긴장이 완화되고 마음이 안정되는 효과를 느낄 수 있다. 테아닌은 다른 식물에서는 발견되지 않는 차만의 독특한 성분이다. 너 나아가 테아닌은 부정적인 기질을 선한 기질로 바꿀 수 있어 수양하는 데 효능이 있다.

연구에 따르면, 테아닌을 함유한 기능성 차나 음료를 섭취하면 뇌의 측면과 후두엽 부분에서 알파(α)파波가 현저히 증가한다. 이는 테아닌이 신경계를 안정시키고 심신 안정과 긴장을 이완시키는 효능이 있어 차를 마시면, 마음의 병을 치유할 수 있고, 정신 안정을 할 수 있음을 의미한다.[44] 또한 테아닌을 함유한 기능성 음료를 마시면, 테아닌이 뇌파를 자극하여 정신적 이완 및 집중력에 관련하는 뇌파인 알파(α)파 생성生成을 증가시켜 긴장 감소에 도움이 된다.[45] 테아닌 섭취를 통한 이러한 심신 안정 효과는 궁극적으로 '수심양성修心養性', 즉 마음을 닦고 본성을 기르는 데 기여한다. 마음의 동요와 신체의 긴장이 가라앉은 평안한 상태는 자기반성과 내면 수련의 기초가 된다. 따라서 차를 마시는 행위는 일상에서 정신을 안정시키고 마음의 병을 고치며, 꾸준한 수양을 실천하는 하나의 방법이 될 수 있다.

당대 순종 때의 환관이자 품다品茶의 명인으로 알려진 유정량劉貞亮(?~813)은 〈음다십덕飲茶十德〉에서 차의 덕목을 '십덕十德'으로 정리해 다음과 같이 말한 것으로 전해진다.

以茶散鬱氣   차로 울적한 기운을 흩어지게 하고

以茶養生氣   차로 생기를 기르고

以茶驅睡氣   차로 졸음을 몰아내고

以茶除病氣   차로 병기를 제거하며

以茶表敬義   차로 공경의 뜻을 나타내고

以茶利禮仁   차로 예의와 인덕을 도우며

以茶養身體   차로 몸을 기르고

以茶可雅志   차로 고상한 뜻을 기를 수 있으며

以茶嘗滋味   차로 진미를 맛보고

以茶可行道   차로 도를 행할 수 있다.

이는 차茶가 단순한 음료를 넘어 정신적, 육체적, 사회적 교류에 이르기까지 다양한 측면에서 긍정적인 역할을 한다는 의미를 담고 있는 경구이다. '다도茶道'라는 용어가 함축하듯, 차는 건강에 도움을 줄 뿐 아니라 수신의 길로 이끄는 매개체이기도 하다. 나아가 차를 마시는 과정에서 예禮와 도道를 지극히 추구하는 정신은 바로 다도의 본질이라 할 수 있다.

　당대唐代 '육우'와 차문화를 논했던 음다집단飮茶集團에 속했던 봉연封演이 '다도茶道'라는 용어를 최초로 사용했다. 봉연은 이에 관한 내용을 《봉씨문견기封氏聞見記》 제6권 〈음다飮茶〉 편에서 다음과 같이 기록하였다.

　　육우가 논의한 바가 더욱 다듬어지고 보완되자, 다도(茶道)가 크게 유행하였다.
　　왕으로부터 조정의 관리에 이르기까지 차를 마시지 않는 이가 없었다. … 옛사람
　　들도 차를 마셨으나, 오늘날의 사람처럼 심히 빠졌는지는 모르겠다. 밤낮으로 마
　　시는 것이 하나의 풍속을 이루었으며, 당나라 중앙에서 시작되어 변경 밖까지 퍼
　　져 나갔다.[46]

　다도가 행해졌다는 사실은 이미 차 마시는 방법과 원리가 체계적으로 정립되었음을 의미힌다. 본문을 통해 당나라 시기에 차문화가 전국적으로 확산되었음을 알 수 있다. 석교연釋皎然(704~785)은 〈음다가초최석사군飮茶歌誚崔石使君〉에서 최초로 '다도'의 개념을 아래와 같이 언급하였다.

一飮滌昏寐	한 번 마시니 꿈인 듯 깨어나고
情來朗爽滿天地	정 떠오르니 천지가 환희 밝아지네.
再飮淸我神	두 번 마시니 내 정신이 맑아지고
忽如飛雨灑輕塵	문득 비를 뿌려 가벼운 먼지를 씻어낸 듯하네.
三飮便得道	세 번 마시자 문득 다도(茶道)를 얻었으니
何須苦心破煩惱	어찌 애써 번뇌를 깨뜨리려 고심하랴.

교연은 차를 '세 번 마시니 문득 도를 얻게 되네'라고 노래하며, 차를 마시는 행위를 단순한 기호를 넘어 정신적 청량과 철학적 깨달음의 경지로 승화시켰다. 이는 역사적으로 '다도茶道'의 정신적 핵심 개념을 최초로 명확히 언급한 것으로 평가받으며, 후대 중국과 일본 차문화茶文化의 발전에 지대한 영향을 미쳤다. 이는 다도라는 개념을 통해 세속의 사욕으로 인한 번뇌와 고심이 사라지는 차의 정신적 효능을 강조한다. 차를 마실 때마다 그 효용성을 읊고 있는 이 시에서 말하는 다도는 봉연이 말한 다도와 차이가 있다. 봉연의 다도는 차 마시기 방법이라면 교연의 다도는 차에 깃든 효용성과 관련된 도리로 이해된다.

육우는《다경》〈육지음六之飮〉에서 차의 정신적 효용성을 다음과 같이 말하고 있다.

> 새는 날개로 날고, 짐승은 털로 뛰며, 사람은 입을 벌려 말한다. 이 셋은 모두 하늘과 땅 사이에 태어나 먹고 마시며 삶을 이어간다. 그렇기에 '마신다'는 행위의 의미는 실로 깊다. 목마름을 해소하려면 물을 마시고, 근심과 분노를 씻어내려면 술을 마시며, 정신을 맑게 하고 잠을 깨우려면 차를 마신다.[47]

육우는 술과 차의 본질적 기능을 정서적 차원에서 구별하여 설명한다. 그에 따르면 술은 '우분憂忿'이라는 근심과 분노에서 벗어나려는 소극적 목적을 지녔지만, 차는 정신을 맑게 하고 잠을 쫓는 적극적 기능을 수행한다. 전자가 우울과 울분 같은 내적 갈등을 일시적으로 망각하게 하는 데 주력한다면, 후자는 정신의 기복起伏을 진정시키고 마음의 평정을 회복시켜 청명한 정신 상태를 지속시키는 역할을 한다. 이러한 대비적 논의를 통해, 차는 육우의 사유 체계 안에서 단순한 기호품이 아닌 양생養生과 정신적 수양修養의 도구로서 의미를 지님을 알 수 있다.

《다경》의 〈칠지사七之事〉에서는 유곤劉琨의 《여형자남연주자사연서與兄子南兗州刺史演書》의 예를 들어 차를 통한 정신적 양생 차원의 치유에 대해 말하였다.

> 마음이 복잡하고 번민이 깊어질 때면, 나는 언제나 진차(眞茶)를 마시며 그 속내를 풀어놓곤 한다.[48]

번민과 착잡함이 마음에 가득할 때면, 진차 한 잔에 모든 것을 맡겨 마음의 병인 정신적 문제를 해결하였다는 것이다.

당唐나라 현종玄宗(712~756) 시대인 개원(713~741) 연간에 당나라 사신 이조李肇기 지은 《당국사보唐國史補》[49]에는 티베트와 관련된 흥미로운 기록이 있다.

> 상노공(常魯公)이 서번(西蕃)에 사신으로 가서 장막에서 차를 끓이자 찬보(贊普, 티베트 왕)가 "이것은 무슨 물건입니까?" 하고 묻자, 노공이 "번뇌를 씻어주고 갈증을 풀어주는 차라고 한다"고 대답하였다.[50]

이 책에는 당나라 사신 상노공常魯公이 티베트에 파견되었을 때의 일화가 실려 있다. 토번의 왕인 찬보贊普가 처음 보는 차에 관해 물음에, 상노공常魯公이 "이는 차로, 번뇌를 씻어내고 갈증을 없애는 역할을 한다"라고 대답했다는 내용이다. 이 기록은 중국 차문화가 당대에 이미 티베트 지역에 전파되는 과정을 보여주는 중요한 사료로 평가된다.

명나라 주권은 《다보》에서 차는 수양하는 데 도움이 되는 정신적 양생의 매개체로 설명하고 있다.

> 부뚜막에서 차 끓이는 즐거움을 얻으려는 것은 아니었고, 장차 내가 수양하는 길에 보탬이 되도록 했다. 차의 그 맑고 깨끗함이여.[51]

보다 구체적으로 말하면 차의 성분에 있는 테아닌 효능으로 차를 마시면 긴장 이완과 심신 안정이 되는 정신적 효과로 인해 수양하는 데 도움이 된다는 것이다.

명나라 육수성陸樹聲(1509~1605)은 《다료기茶寮記》〈다훈茶勳〉에서 차의 다양한 효능을 아래와 같이 표현하였다.

> (차는) 번뇌를 없애고, 막힌 것을 뚫으며, 술을 깨게 하고, 졸음을 쫓아내며, 책을 읽다 지쳐 생긴 갈증을 풀어주니, 이 모든 것이 한 잔의 차가 세운 공로다.[52]

차에 함유된 L-테아닌(Theanine)은 뇌파 중 알파파를 증가시켜 긴장을 완화하고 심리적 안정감을 주는 것으로 알려져 있다. 따라서 차 한 잔은 복잡한 생각을 정리하고 마음의 평정을 찾는 데 효과적이다. 차는 단순한 음료를 넘어, 우리의 내면과 외부 세계를 연결하는 고요한 다리와 같다. 한 잔의 차가 주는 효용을 정신적, 양생적, 인문적 차원에서 조명해 보면 그 깊이가 더욱 선명해진다.

사숙재私淑齋 강희맹姜希孟(1424~1483)은 〈이평중에게 답하는 글

[答李仲平書]〉에서 "기운이 더욱 맑고 건실해지니, 차의 성질을 모르더라도 비리고 더러운 기운을 깨끗이 씻어준다[氣益淸健, 殊不知茶性蕩滌腥穢]"고 하였다. 차가 가져오는 '기운의 변화'에 대한 강조는, 차를 마시는 행위를 단순한 기호를 넘어 인간의 정신과 기질을 개선할 수 있는 수양의 사유로, 기질 변화의 가능성을 제시한다.

이식李植(1584~1647)은 차인 집안 출신으로 차에 대한 지식이 깊고 넓었다. 〈추차총수산창화운追次蕙秀山唱和韻〉에서 '오래 산 자 누구인가?' 등의 양생과 관련된 시구와 차를 연계하여 말한다.

老向煙霞契已成	늙도록 자연과 맺은 인연 깊어
溪山迎路且留行	개천과 산길 나를 맞아 머물라 하네.
森沈似與鬼神會	깊고 고요하고 어두컴컴한 곳 신령과 마주할 듯
淅瀝疑聞風雨聲	실바람 빗소리 들리는 듯 의심스럽구나.
試使瀹茶誰第一	차 우리는 솜씨 누가 세일인지 시험해 보자
便求湌髓孰長生	차의 정수(精髓)를 마시고 오래 산 자 누군가
黃塵百里昏昏眼	먼지 낀 세상 백리 길에 눈도 침침하니
暫借靈源洗得明	잠시 영험한 샘물로 씻어 맑게 하네.

이 시는 깊은 산중의 차나무와 샘물을 찾은 시인의 감회를 읊은 것이다. 즉, 세속의 번잡함[黃塵百里昏昏眼]을 벗어나 자연의 아름다움과 차를 끓인 물[靈源]을 통해 마음의 청정과 안식을 얻는다는 것이 이 시의 핵심 주제이다. 늙어서 고요한 산수山水 사이로 돌아간다는 것은, 은거隱居하고자 하는 마음을 표현한 것이다. 계곡의 물소리를 비바람에 빗대어 깊은 산속의 고요함을 드러내고, 맑은

계곡물을 정수精髓에 비유하여 양생養生의 이로움을 말한다. 차茶 한 잔이 육신을 보함에 그치지 않고, 결국 마음의 청명清明함을 얻게 됨을 보여주고 있다.

이정귀李廷龜(1564~1635)는 일본과 중국을 여러 번 다녀오며《조천기행록朝天紀行錄》을 썼고 신흠申欽, 이식李植, 장유張維(1587~1638)와 함께 한학 사대가로서 다수의 다시茶詩를 남겼다. 그의 시는 여행 중에 만나는 사람들과 청담을 나누면서 차를 마신 것에 관해 쓴 것이 많다. 〈경신조천록庚申朝天錄 상上〉을 보면, 상공相公 왕손번王孫蕃은 보정保定 지방의 거인擧人으로 황제의 외손을 가르치기 위해 북경에 와 있었는데 그 숙부 왕몽조王夢祖와 함께 특별히 찾아와서 만나기를 청하며 한 편의 시를 적은 부채와 새로 빚은 차를 보내왔기에 그 시에 차운하여 사례하였다.

龍團佳茗碧芽鮮	용단[53] 명차의 푸른 싹이 고왔는데
軍將敲門起玉川	군장이 문을 두드리니 옥천자가 깨어났네.
小鼎松風驚晚睡	작은 솥에 솔바람 소리, 저녁 잠을 깨우니
一甌春色試新泉	한 잔의 봄색(차)을 새 샘물에 달여 보네.
枯腸滌盡聊排悶	마른 창자 씻어내니 잠시 번뇌 사라지고
渴肺蘇來可引年	목마른 폐 소생되어 장수할 수 있겠네.
詩箑淸香兼勝貺	시 적은 부채와 차의 향기 더불어 받은 선물
雙珠多荷俟聯翩	두 구슬의 은혜, 잇따라 고맙구나.

이 시는 고급스러운 새 차를 받아 달여 마시며 느끼는 기쁨, 상쾌함, 그리고 선물을 보낸 사람에 대한 감사를 우아하고 함축적인

언어로 담아낸 작품이다. 이정귀는 선물받은 '용단'이라는 명차를 맑은 샘물에 달여 마셨다. 그 순간, 모든 근심이 사라지고 가슴과 폐가 다시 살아나는 듯하여, 이를 통해 장생長生에 이를 수 있겠다는 감흥을 시로 표현했다. 여기서 '옥천玉川'은 차를 사랑했던 당대 시인 노동盧소의 호 '옥천자'에서 비롯된 말로, 차를 깊이 사랑하는 이정귀 자신을 빗댄 것이다. 또한 마지막 구절의 '쌍주雙珠', 즉 '한 쌍의 진주'는 풍채와 재능이 뛰어난 두 인물, 곧 왕손번王孫蕃과 그의 숙부 왕몽조王夢祖를 지칭한다.

윤형규尹馨圭(1763~1840)는 〈다설茶說〉에서 차의 효용성에 대해 다음과 같이 설명하고 있다.

온몸이 문득 몹시 피곤하고 무겁게 느껴지며, 정신과 기운은 답답해서 견디지 못한다. 이럴 때 시험 삼아 차 한 사발을 마시면, 장과 위가 시원스레 씻겨내려 정신이 맑아지고 기운이 굳세져서, 움직이는 것이 편하고 순조로워지게 한다.[54]

차를 마시면 번뇌와 잡념이 가라앉고 마음이 평온해진다. 이로 인해 정신이 맑아지고, 몸의 피로도 회복되어 전반적인 건강에 도움이 된다. 이러한 효과는 차가 비교적 빠르고 뚜렷하게 나타나는 효능을 지니고 있기 때문이다.

이식李植은 〈성중신화자다省中新火煮茶〉에서 음다 후에 근심이 없어지고 맑은 정신적 효능을 보인다고 표현하고 있다.

新茶一椀浣新愁	햇차 한 잔에 새로운 시름 씻어내니
忽憶東江昨夢遊	문득 어제 꿈에 동강을 유람한 일이 생각나네.

| 兩岸桃紅春漲闊 | 두 언덕에 복사꽃 붉고 봄 강물 넘쳐흐르고 |
| 風爐竹碾倚歸舟 | 풍로와 죽연 싣고 돌아오는 배를 기대하네. |

이식은 찻잔에 시름을 씻어 내리고, 어젯밤 꿈속에서 고향 동강을 유람했던 아름다운 기억을 떠올린다. 꿈속의 풍경은 생생하고 아름답다[兩岸桃紅春漲闊]. 도연명의 〈도화원기桃花源記〉가 연상될 만큼, 복사꽃 물든 강은 끝없이 흐르고, 풍로와 죽연을 가득 실은 작은 배. 그가 거닐고 있는 모습에서, 세속을 벗어난 은사의 삶에 대한 그리움이 고스란히 드러난다.

담백한 삶을 지향했던 신위는 오직 차茶에만 욕심을 부렸다. 이러한 그의 모습은 《남다시병서南茶詩并序》에 잘 드러나 있다.

吾生澹味癖於茶	내 일생 담박한 맛에 차를 특히 좋아하니
飮啜令人神氣華	마시는 사람으로 하여금 정신이 환하네.
龍團鳳尾摠佳品	용단차와 봉미차[55] 모두 다 좋은 차이지만
酪漿金盤空太奢	양젖이 있는 금쟁반은 너무나 사치스러워라.
假此一甌洗粱肉	이 한 잔의 차로 기름진 음식 씻어내니
風腋來從玉川家	겨드랑이 이는 바람 옥천가로부터 오는구나.

신위가 차에 빠지게 된 것은 화려한 맛보다는 담백한 차茶를 특히 사랑했기 때문이라고 말한다. 차를 마시면 정신이 맑아지고 기운이 고양된다고 노래한다. 그는 값비싼 용봉단龍鳳團 차를 구하거나 화려한 그릇에 우유를 타는 등의 사치는 소박한 자신의 성격과 맞지 않는다고 여겼다. 그에게는 한 잔의 순수한 차로 충분했으

며, 이를 통해 그의 검소하고 담백한 삶의 태도를 엿볼 수 있다.

김명희는 〈사차謝茶〉에서 초의차를 마신 경험을 바탕으로, 해당
차가 번뇌를 씻어내는 데 효능이 있음을 밝혔다.

草衣忽寄雨前來	초의가 갑자기 우전차를 보내와
篛包鷹爪手自開	대껍질로 싼 응조차를 손수 개봉했다네.
消壅滌煩功莫尙	막힘 풀고 번뇌 씻어내는 효과가 뛰어나
如霆如割何雄哉	우레 치듯 칼로 베듯 기운이 어찌나 웅장한지.

이 시는 차를 마시는 경험을 매우 역동적으로 표현하고 있다.
'대껍질'은 차의 포장을, '응조차'는 고급 차의 모양을 형상화했다.
특히 후반부에서는 차가 주는 개운하고 강렬한 효과를 '우레'와
'날카로운 칼'에 비유하여 그 생생함을 극대화하고 있다. 초의선
사의 다시茶詩에 등장하는 '응조차鷹爪茶'는 매 발톱처럼 생긴 여린
싹으로 만든 산차散茶이다. 시에서는 "막힌 것을 뚫고 답답한 열기
를 씻어내는 효능이 우레와 같고 칼과 같다"고 표현하여, 그 효용
성을 극대화하여 강조하고 있다. 이 시를 통해 초의가 당시에 떡
차와 산차를 함께 제조했음을 알 수 있다.

문인 사대부는 은일자적隱逸自適한 삶을 통해 자유롭고 고고한
경지를 추구하였으며, '허실생백虛室生白'이라는 비움의 미학은 청
정하고 고요한 삶을 지향하는 은자의 이상이자 차문화의 핵심적
가치였다. 차는 양생과 정신 수양에 도움을 주는 것으로 알려져
있는데, 차를 마시면 마음과 몸이 가벼워지고 정신이 맑아지기 때
문이다. 한 잔의 차를 통해 세속의 번뇌를 씻어내고 정신을 맑게

하며 기운을 단련한다는 것은, 차가 지닌 양생적 효능과 정신적 음료로서의 특성을 극대화한 표현이라 할 수 있다. 이러한 차문화에 담긴 사유에는 도가적道家的 세계관이 깊이 내재해 있음을 확인할 수 있다.

제3부의 주(註)

1. 《詩經》,〈小雅・北山之什・北山〉, "普天之下, 莫非王土, 率土之濱, 莫非王臣." 참조.

2. 《宋書》, 卷93,〈列傳53·隱逸〉, "陶潛, 字淵明, 或云淵明, 字元亮, 尋陽柴桑人也. … 郡遣督郵至, 縣吏白應束帶見之. 潛嘆曰, 我不能爲五斗米, 折腰向鄕里小人. 卽日解印綬去職. 賦歸去來."

3. 陶淵明,《酒仕二十樹詩》,〈飮酒(五首)〉, "結廬在人境, 而無車馬喧, 問君何能爾, 心遠地自偏, 探菊東籬下, 悠然見南山, 山氣日夕佳, 飛鳥相與還, 此中有眞意, 欲辯已忘言." 참조.

4. 白居易,〈中隱〉, "大隱住朝市, 小隱入丘樊, 丘樊太冷落, 朝市太囂喧, 不如作中隱, 隱在留司官."

5. 李崇仁,《陶隱集》卷3,〈白廉使惠茶〉, "須知佳茗似佳人." 참조.

6. 류건집,《韓國茶文化史》上, 도서출판 이른아침, 2009, p.291.

7. 權鼈,《海東雜錄》卷 ・,〈孫舜孝〉, "七休常戒子弟云, 吾家起於卓萊, 無傳舊業, 唯以淸白傳之足矣. 嘗罷官, 構草堂於終南山下, 鑿雙池種蓮, 日以敎誨後生自娛."

8. 劉義慶,《世說新語》,〈簡傲〉, "嵇康與呂安善, 每一相思, 千里命駕. 安後來, 値康不在, 喜出戶延之, 不入. 題門上作〈鳳〉字而去. 喜不覺, 猶以爲欣, 故作.〈鳳〉字, 凡鳥也."

9. 盧渥,〈題紅葉〉, "流水何太急, 深宮盡日閑. 殷勤謝紅葉, 好去到人間."

10. 이병인 외 2명,〈서거정과 김시습의 차시에 나타난 차생활 고찰〉,《한국차학회지》 29권 제4호, 한국차학회, 2023, p.19.

11. 《論語》,〈先進〉, "對曰, 異乎三子者之撰. 子曰, 何傷乎, 亦各言其志也. 曰, 莫春者, 春服旣成, 冠者五六人, 童子六七人, 浴乎沂, 風乎舞雩, 詠而歸. 夫子喟然歎曰, 吾與點也."

12. 《莊子》,〈人間世〉, "若一志. 無聽之以耳, 而聽之以心. 無聽之以心, 而聽之以氣. 聽止於耳, 心止於符. 氣也者, 虛而待物者也. 唯道輯虛, 虛者心齋也."

13. 심재(心齋)에 대한 성현영(成玄英) 소(疏), "心有知覺, 猶起攀緣. 氣無情慮, 虛柔任物. 故去彼知覺, 取此虛柔. 遣之又遣. 漸階玄妙也."

14. 《莊子》,〈大宗師〉, "仲尼蹴然曰, 何謂坐忘. 顔回曰, 堕肢體, 黜聰明, 離形去知, 同于大通, 此謂坐忘."

15 조민환, 《동양예술미학산책》, 성균관대학교 출판부, 2018, p.591. 참조

16 《管子》, 〈白心〉, "建常立有, 以靖爲宗, 以時爲寶, 以政爲儀, 和則能久. 非吾儀, 雖利不爲. 非吾常, 雖利不行. 非吾道, 雖利不取. 上之隨天, 其次隨人. 人不倡不和, 天不始不隨, 故其言也不廢, 其事也不隨."

17 董其昌, 《畫禪室隨筆》卷4, 〈雜言〉, "虛室生白, 吉祥止止. 予最愛斯語. 凡人居處, 潔淨無塵溷, 神明來宅. 掃地焚香, 蕭然淸遠, 旣妄心亦自消磨. 古人於散亂時, 且整頓書幾, 故自有意."

18 李穆, 《李評事集》卷1, 〈虛室生白賦〉, "夫虛室則能白, 白者, 虛之所爲也. 以之爲形容, 心體之本明者, 莫切焉."

19 李穆, 《李評事集》卷1, 〈虛室生白賦〉, "儒必斥莊子, 爲其說之怪也. 或有不怪者, 則聖賢必不棄矣. 況如吾者乎. 其人間世篇虛室生白之說, 不怪矣, 要其歸則猶孟子之言浩然, 朱子之言虛靈不昧也. 客有詰余者, 旣以此答, 且自解曰, 夫室虛則能白. 白者, 虛之所爲也. 以之爲形容心體之本明者, 莫切焉. 於是賦之, 由細而及大, 據顯而喩微, 以自省焉."

20 박영주, 〈매월당 김시습의 문학세계〉, 《泮橋語文硏究》12, 泮橋語文學會, 2000, p.64.

21 박장현 외 4명, 〈기능성 GABA차의 고혈압 강하효과〉, 《藥作誌(Korean J. Medicine Crop Sci)》 제10권 1호, 한국약용작물학회지, 2002.

22 정진호, 〈사람의 피부에서 녹차 EGCG의 자외선에 의한 피부 손상 및 노화〉, 《제6회 국제 녹차 심포지엄》, 한국식품과학회, 2001.

23 박상기 외 4명, 〈녹차추출물과 테아닌 복합물의 신경전달물질 조절을 통한 항스트레스 효과〉, 《약학회지》 제53권 제5호, 대한약학회, 2009.

24 《神農食經》, "茶茗久服, 令人有力, 悅志."

25 《舊唐書》, 〈李玉傳〉, "茶爲食物, 無異米塩, 於人所資, 遠近同俗, 旣祛竭乏, 難舍斯須, 田閭之間, 嗜好尤甚."

26 李德馨, 《漢陰文稿》卷10, 〈答金昌遠書〉, "天池茶導滯消食, 食後服之快好, 一封送表, 幸領悰, 金醫卽還送矣."

27 張揖, 《廣雅》, "荊巴間炙檟茶之葉, 加入菽蕭橘子等爲茗而飮之, 其飮醒酒, 令人不眠."

28 陸羽, 《茶經》, 〈一之源〉, "若熱渴, 凝悶, 腦痛, 目澁, 四肢煩, 百節不舒, 聊四五啜, 與醍醐, 甘露抗衡也."

29 朱權, 《茶譜》, 〈論茶〉, "一云早取爲茶, 晚取爲茗. 食之能利大腸, 去積熱, 化痰下氣, 醒睡, 解酒, 消食, 除煩, 去膩, 助興, 爽神."

30 袁名澤, 〈朱權農學思想考論〉, 《農業考古》, 2012.

31 朱權, 《壺天神隱記》, 〈醉裡乾坤〉上卷 頁5, "其谷之東, 有竇一焉, 曰洞天. 深處內有地一丈, 有八構三椽之茅. 鑿方丈之地, 植松引流, 栽蘭疊石, 取象乎江漢雲山之趣. 藥爐茶竈, 一琴一鶴, 誦經煮茗, 以爲養修治生者焉. … 吾之處世也, 獨以恬澹爲樂, 故無袞冕之志, 而有裘褐之心. … 其室曰神隱."

32　草衣, 《東茶頌》, "隋文帝微時, 夢神易其腦骨, 自爾而痛, 忽遇一僧云, 山中茗草可治, 帝服之有效."

33　草衣, 《草衣詩藁》, 〈附原韻〉, "老夫平日不愛茶, 天憎其頑中瘴邪, 不憂熱殺憂渴殺, 急向風爐瀹茶芽."참조.

34　梵海覺岸 著, 김재희 譯, 《梵海禪師文集》, 〈茶藥說〉, "一椀腹心小安, 二椀精神爽塏, 三四椀, 渾身流汗淸風吹骨, 快然若未始有病者也."

35　梵海覺岸, 《梵海禪師文集》, 〈茶藥說〉, 010-1080a, "吁, 茶在地, 人在天, 天地應. 藥在兄, 病在弟, 兄弟應歟. 何神效之如此. 以茶救母, 以茶活弟. 孝悌之道盡矣. 傷心哉, 病不甚重, 何知必死, 情不甚厚, 何知必生哉. 可知其平生情分之如何."

36　다산의 시문은 강진 시절 다산과 가깝게 지낸 윤시유의 집안에 전해온 《항암비급 (航菴祕笈)》이란 필사본에 수록된 것이다. 서항재인(書航齋印)이란 소장인이 찍힌 이 필사본에는 다산초당 시절 다산이 지은 시로 문집에 빠진 작품이 다수 수록되어 있는데 이 책의 맨 끝에 〈걸명소〉가 실려 있다.

37　丁若鏞, 《與猶堂全書補遺》, 〈航菴祕笈〉, 〈貽兒菴禪子乞茗疏〉, "竊以, 名山膏液, 潛輸瑞草之魁, …旅人, 近作茶饕, 兼充藥餌. …而消甕破癖, 終有李贊皇之癖."

38　尉遲偓, 《中朝故事》, "李曰, 此茶, 可以消酒食毒, 乃命烹一, 沃于肉食, 以銀合閉之, 詰旦視其肉, 已化爲水矣, 衆服其廣識."

39　鄭弘溟, 《畸庵集》卷5, 〈病中斷酒〉.

40　이진미, 〈麗末鮮初의 茶文化 樣相 硏究 -牧隱 李穡의 境遇-〉, 《차문화·산업화》 제38집, 국제차문화학회, 2017, p.116.

41　蘇軾, 《蘇軾詩集》, 〈和錢安道寄惠建茶〉, "雪花雨脚何足道, 啜過始知眞味永."

42　蘇軾, 《蘇軾詩集》, 〈問大冶長老乞桃花茶栽東坡〉, "周詩記苦茶, 茗飮出近世, 初緣厭粱肉, 假此雪昏滯, 嗟我五畝園, 桑麥苦蒙翳. 不令寸地閑, 更乞茶子藝, 飢寒未知免, 已作太飽計, 庶將通有無, 農末不相戾, 春來凍地裂, 紫笋森已銳, 牛羊煩訶叱, 筐筥未敢睨. 江南老道人, 齒髮日夜逝, 他年雪堂品, 空記桃花裔."

43　馮贄, 《雲仙雜記》卷2, 〈換茶醒酒〉, "樂天方入關, 劉禹錫正病酒, 禹錫乃餽菊苗虀蘆菔鮓, 換取樂天六班茶二囊以醒酒."

44　박화문 외 1인, 〈발달장애아의 신경안정과 녹차테아닌(Theanine)의 효능〉, 《한국초등특수교육학회》 제15권 제1호, 한국초등특수교육학회, 2013, p.157.

45　송찬희 외 3인, 〈L-theanine을 함유한 기능성 음료의 정신적 이완 및 피로도 자각 효과〉, 《가정의학회지》 제23권 제5호, 대한가정의학회, 2002, p.643.

46　陳彬藩 主編, 《中國茶文化經典》, 北京 光明日報出版社, 1999, 32쪽. 封演, 《封氏聞見記》, 6卷〈飮茶〉, "又因鴻漸之論廣潤色之, 於是茶道大行, 王公朝士無不飮者 … 古人亦飮茶耳, 但不知今人溺之甚. 窮日盡夜, 殆成風俗, 始于中外, 流于塞外."

47　陸羽, 《茶經》, 〈六之飮〉, "翼而飛, 毛而走, 呿而言. 此三者俱生於天地間, 飮啄以活. 飮之時義遠矣! 至若救渴, 飮之以漿, 蠲憂忿, 飮之以酒, 蕩昏寐, 飮之以茶."

48 陸羽,《茶經》,〈七之事〉, 劉琨,《與兄子南兗州刺史演書》, "吾體中潰悶, 常仰眞茶."
49 청의 건륭제 시절 편집한 중국의 대표적 해제서인 《사고제요(四庫提要)》에 의하면 《당국사보(唐國史補)》는 개원 연간(713~741)부터 장경 연간(821~824)의 기사이다.
50 李肇,《唐國史補》, "常魯公, 使西蕃, 烹茶帳中, 贊普問曰, '此爲何物' 魯公曰, '滌煩療渴, 所謂茶也.'"
51 朱權,《茶譜》, "得非遊心於茶竈, 又裝有神於修養之道矣. 其惟淸哉."
52 陸樹聲,《茶寮記》,〈茶勳〉, "除煩雪滯, 滌醒破睡, 潭渴書倦, 是時茗碗策勛."
53 송나라 때 만들어진 최고급 품질의 차로, 둥근 떡처럼 생겼다 하여 용봉원차(龍鳳圓茶)라고 한다.
54 尹馨圭,《戲齋雜錄》,〈茶說〉, "渾身頓覺因重, 神氣不堪闐薄. 于斯時也, 試進一椀茶, 疎滌腸胃, 則神淸氣健, 運用便利."
55 봉미(鳳尾)차는 청대 육정찬(陸廷燦)의 《속다경(續茶經)》 권하 〈팔지출(八之出)〉에서는 복건성(福建省) 무이산(武夷山)에서 생산된 차로, 주로 평지에서 생산되는 주차(州茶)의 한 종류이다.

제4부

사람과 사람을 잇는 유가적 차문화

유가 사상은 '하학이상달下學而上達'과 '방내方內'의 문화를 중시하며, 이것은 곧 인간관계의 중요성으로 이어진다. 이러한 관계 중심의 삶에서는 인의예지仁義禮智에 기반한 예법이 핵심적인 의미를 갖는데, 이러한 특성은 차문화에도 고스란히 적용된다. 유가의 차문화는 차를 함께 마시며 상대와 원만한 관계를 쌓아가는 것에 그 본질이 있다.

1. 차가 만들어내는 사회적 연결

　문인 사대부들의 차 모임에서는 일반적으로 시를 짓고 차를 마시며 인간관계를 돈독히 한다. 유가 사상에서 차는 조상을 공경하고 그 은혜에 감사하는 제사 의례와도 깊은 관련이 있다. 예의禮儀 측면에서 볼 때, 선조와 후손 간의 긴밀한 관계는 제사를 통해 이어진다. 제사 의례에서 차를 올릴 때 가장 기본적으로 요구되는 마음가짐은 '경敬'이며, 실천적 행위인 의례와 의식 속에서 '경외심'의 태도는 매우 중요하다.

음다와 시적 정취 제고

　시와 차의 관계를 볼 때 차로 인해 시흥詩興이 일어나고, 차는 시로 인해 그 문화가 더욱 윤기가 있게 된다. 다풍茶風과 시풍詩風은 서로 도와가며 서로의 효용성을 잘 드러냈다. 유가는 시를 매우 강조한다. 시를 배우면 자신의 감정을 상황에 따라 적절하게 표현할 수 있고, 일상적 삶 속에서 요구되는 풍부한 지식과 바람직한 행동거지를 실천할 수 있다. 이런 차원에서 문인 사대부들은 '시언지詩言志'[1]를 강조하면서 시를 통해 자신이 말하고자 하는 뜻과 정서 및 세계관을 표현하고자 하였다.[2] 시가 감정 표현과 수양에 미치는 영향은 유가 경전인 《논어論語》에서 직접적으로 찾아볼 수 있다.

공자는 《논어》〈양화陽貨〉 편에서 "시詩 삼백 편을 요약하여 말하면, 생각에 사특함이 없다[一言以蔽之 曰 思無邪]"라고 하여 시의 순수함과 교화의 기능을 강조했다. '사무사思無邪'는 인간관계에 있어 자신의 욕망과 감정을 절제하여 상황에 맞게 드러내고, 더 나아가 공공선公共善을 실천하는 인간으로 살아가라는 가르침이다.

따라서 올바른 시의 습득이 중요한데, 특히 《시경詩經》〈국풍國風〉에 수록된 〈주남周南〉과 〈소남召南〉을 가장 중시한다. 공자가 그의 아들 백어伯魚에게 "〈주남〉과 〈소남〉을 익히지 않으면, 마치 사람이 담장을 마주 보고 서 있는 것과 같다[人而不爲周南召南, 其猶正牆面而立也與]"라고 말한 것에서 이를 확인할 수 있다.

공자는 제자들에게 "어찌 시를 배우지 않겠는가?"라고 반문하며, 시를 익히는 것이 단순한 학문이 아닌 삶을 풍요롭게 하는 핵심 교양임을 강조한다. 그 구체적인 이섬은 다음과 같다.

제자들아, 왜 시를 배우지 않느냐? 시를 배우면 자신의 뜻하고자 한 것을 펼칠 수 있고, 사물을 봤을 때 그것의 좋고 나쁜 것을 알 수 있고, 다른 사람과 조화를 이루면서 적절한 관계를 맺을 수 있고, 원망하는 마음이 있지만 화내지 않을 수 있고, 가까이는 부모를 섬기는 일과 멀리는 군주를 섬기는 등의 인륜의 도를 다할 수 있고, 그뿐만 아니라 조수와 초목에 관한 이름도 많이 알 수 있는데 말이다.[3]

이처럼 시의 효용성을 강조하는 공자는 또한 《논어》〈계씨季氏〉 편에서는 "시詩를 배우지 않으면 말을 할 수 없다[不學詩, 無以言]"

라고 말하며, 시가 언어 표현과 사회적 소통의 기초가 됨을 명시했다. 아들 리鯉에게 시를 배웠느냐고 질문하고, 아직 배우지 않았다고 답변하는 아들에게 "시를 배우지 않으면 상황에 맞는 적절한 말을 할 수 없다"[4]고 한다. 여기서 '말할 수 없다[無以言]'라는 것은 시를 배우지 않으면 대화를 할 때 합리적이고 적절한 표현을 할 수 없다는 것이다. 공자는 〈태백泰伯〉 편에서 "시詩에서 자신의 감흥을 일으키고, 예禮에 맞게 자기 행동을 취하고, 악樂에서 자신을 완성한다[興於詩, 立於禮, 成於樂]"고 하여 유가 문인들이 갖추어야 할 문화적 소양과 자질 함양에 대해 말한 적이 있다.

당대 두보杜甫는 754년 봄 장안에 머물 때 하何 장군의 별장을 다시 찾아 〈거듭 하씨를 스쳐가며[重過何氏五首]〉를 지었다. 그중 세 번째 시에서는 풍류 있는 주인과 함께 차를 마신 후 시흥이 일어나, 신선한 시구를 오동나무 잎에 써 내려갔다고 전해진다.

落日平台上	지는 해 누각 위에서
春風啜茗時	봄바람에 차를 마실 때
石闌斜点筆	돌난간에 기대어 붓을 놀리고
桐葉坐題詩	오동나무 잎에 앉아 시를 쓰네.
翡翠鳴依桁	비취 새는 서까래에서 지저귀고
蜻蜓立釣絲	잠자리는 낚싯줄에 앉았구나.
自逢今日興	오늘 이런 흥취를 만났으니
來往亦無期	자주 오고 가지 못할 것이 아쉽구나.

이 시는 한적한 오후, 봄날의 아름다운 정경과 시인의 여유로운

모습을 그린 것이다. 지는 해와 부는 바람, 돌난간과 오동잎, 비취새와 잠자리까지, 주변의 모든 정경이 고요하고 평화롭게 다가온다. 마지막 구절에서는 이렇게 마음에 드는 날과 장소를 자주 찾을 수 없다는 아쉬움을 표현하며, 현재 이 순간의 소중함을 더욱 돋보이게 한다. 이런 봄철 날씨 좋은 날 벗을 만나 차를 마시니 시흥이 떠오르고, 글귀가 떠오르니 만나는 즐거움이 배가 될 것이다.

한중 문인들이 읊은 다시를 보면 뜻이 맞는 사우士友나 동문수학한 학우學友, 사제師弟 간에 주고받은 내용들을 제재로 한 작품들이 적지 않다. 특히 격의 없이 차운次韻한 시詩는 교유한 인물들의 인품을 알 수 있게 하고 나아가서 당시의 문풍과 생활상을 엿볼 수도 있다.[5] 맹자는 일찍이 "한 고을의 훌륭한 선비는 그 고을 동류의 선비를 벗 삼는다"[6]고 하고, 《예기禮記》〈단궁하檀弓下〉에서는 친구들이 결점이 있더라도 옛 친구의 우정을 잊지 말아야 한다고 강조하면서 "친한 자는 그 친함을 기억해야 하고, 오랜 벗은 그 오래된 정을 잃지 말아야 한다[親者, 不失其爲親也, 故者, 不失其爲故也]"고 말하고 있다. 이처럼 선비나 벗 사이의 진실한 교류에는 항상 차가 함께하였고, 차를 매개로 다시茶詩를 지으며 교유交遊를 나누었다.

명나라 주권은 《다보》에서 차는 시흥을 돕고 청담을 배가시켜주니 차의 공로가 실로 크다고 한다.

차라는 것은, 시상(詩想)이 떠오르는 것을 돕고서는 구름 낀 산을 순간적으로 맑게 하며, 잠의 마귀를 쫓아내고서는 천지의 형상을 잊은 경지에 이르게 한다. 또 맑은 담소를 더불어 나누게 하고서는 삼라만상이 고요한 경건함에 잠기게 하니,

차의 공로는 실로 크다 할 수 있다.[7]

주권이 차가 시상을 돕고 구름 낀 산속을 청명하게 깨우고, 잠을 쫓아 천지와 하나 되는 경지로 이끌며, 맑은 담론을 깊게 하여 삼라만상이 숨죽여 경이로움에 잠기게 하니, 그 공력이 참으로 지대하다고 한 것은 차문화에 일대 전기를 마련한 발언에 속한다.

원천석元天錫(1330~?)은 여말선초의 학자이자 은사隱士로, 자신의 문집 《야산독좌집野山獨坐集》에서 차를 마심으로써 시상詩思이 맑아지고 솟아난다고 언급한 '음다飮茶의 명수'였다. 그의 다음 시 〈선차 이사백이 차를 보낸 것에 사례하다[謝弟李宣差師伯惠茶]〉에서도 음다 후의 효용성으로 시상詩想이 떠오른다고 했다.

枯腸潤處無查滓	마른 창자가 적셔지는 곳에 찌꺼기 없고
病眼開時絕眩花	병든 눈이 떠질 때 현기증이 사라졌다.
此物神功誠莫測	이 차의 신비한 공덕 헤아리기 어렵고
詩魔近至睡魔睽	시상이 떠오르니 졸음이 달아나누나.

이 시에는 차를 마시니 메마른 마음이 촉촉해지고 더러운 것이 없어지며, 아픈 눈을 떠도 눈앞이 아찔하지 않다고 한다. 차의 신비로운 효과는 참으로 알 수가 없다. "시의 마귀[詩魔]는 다가오는데 잠의 마귀[睡魔]는 멀리 도망치는구나"라는 구절에서는, 차가 주는 맑고 깨끗한 정신 상태가 피로로 인한 졸음까지 쫓아내 결국 좋은 시를 쓰는 토대가 됨을 역설하고 있다.

조찬한趙纘韓(1572~1631)은 〈봉생정사상량문鳳笙精舍上梁文〉에서 찾는 이 없는 유정幽靜한 삶에서 떠오르는 시정을 읊고 있다.

茶竈日長無客到	차를 준비하고 긴 낮을 보내도 찾는 이 없고
幾番幽興好詩題	고상한 흥취가 일어나니, 좋은 시의 제목 되네.

　이 시는 한적하고 고요한 여름날의 정경을 잘 보여준다. '손님이 오지 않는 외로운 상황'을 한탄하는 것이 아니라, 그러한 고요함 속에서만 느낄 수 있는 시적인 영감과 즐거움을 표현한 시다. 자연이 빚은 산수山水 사이로 시상詩想이 스멀스멀 피어오르고, 홀로 차를 마시며 그를 맞이하는 즐거움이 있다는 것을 표현하고 있다.
　최석정崔錫鼎(1646~1715)은 〈차수촌유태증문백운次水村柳台贈文伯韻〉에서 아름다운 호수 위의 청산에서 차를 마시고 시를 읊는다고 했다.

閉門非著子雲書	문 닫고서 신선의 글 쓰지 않아도
湖上青山畫不如	호수 위 푸른 산은 그림보다도 아름답네.
滿塢茶煙春睡後	언덕 가득한 차 연기, 봄날 낮잠 깬 뒤
一簾松月夜吟餘	발에 드리운 소나무 사이 달빛, 시 읊을 때.
消憂缸面開新釀	근심 씻어내고 새 술 항아리 뚜껑 열고
當肉盤中薦晚蔬	고기 대접하듯 접시에 저녁 나물을 올리네.
此樂君應先我識	이 즐거움 그대는 나보다 먼저 알았으니
從前恨未卜隣居	이전에 이웃에 살지 못한 것 한스럽네.

　자연 속의 나른한 어느 봄날, 낮잠에서 깨어나 차를 한 잔 하고,

소나무 사이로 걸쳐 있는 달을 바라보니 시흥詩興이 절로 흐른다. 쌓여 있던 세속의 근심을 씻어내려 술을 마시니, 비록 고기는 없어도 나물만으로도 안주는 충분하다. 이렇게 고적하되 풍류 있는 즐거움을 이제야 알게 되니 아쉽기 그지없다. 마지막 구절에서는 이런 삶을 일찍이 누리고 있는 친구를 부러워하며, 왜 더 일찍 그와 이웃이 되지 못했나 하는 아쉬움을 드러낸다.

정홍명은 〈이생기서과래李生寄西果來〉에서도 늦은 시각 차를 마실 때 일어나는 시흥을 이렇게 표현하고 있다.

病肺不須尋藥裏	병든 폐에 약봉지 찾아 달이지 않고
呼童休復捧茶甌	아이 불러 찻사발 가져오게 하네.
晚來偏覺吟詩助	저녁이 되니 시 읊는 데 더 도움이 되는구나
齒頰清風一陣秋	이와 볼 사이로 맑은 바람 한 줄기 스치네.

정홍명은 송강松江 정철鄭澈(1536~1593)의 아들로, 문인이자 고문古文에 밝은 차인茶人이었다. 그는 지병을 약으로 다스리기보다 늘 차로써 섭생하였다. 그 결과, 차가 시상詩想을 떠오르게 하여 시를 짓는 데 도움을 준다는 것을 깨달았다. 차를 마셔 시흥詩興이 일어나는 그 마음의 상태는 마치 가을바람처럼 시원하게 밀려오는 것 같았다. 청풍淸風 또한 시흥을 돕는 힘이 있음을 그는 느낄 수 있었다.

이헌경李獻慶(1719~1791)의 〈수종묘서이령酬宗廟署李令〉에서는 차를 마신 후에 시흥이 끊임없이 일어나는 모습이 보인다.

茶煎御井偏知爽	어정의 물로 차 달이니 시원함 알고
詩和凉蟬不輟吟	쓸쓸한 매미 소리에 시를 짓고 계속 읊조린다.

위의 시구는 귀한 물로 우린 차가 주는 시원함으로 마음속의 번뇌가 사라진 청명한 정신 상태를 의미한다. 자연과 교감하는 즐거움[詩和凉蟬]이라는 선비다운 여름을 즐기는 낙樂을 매우 우아하고 함축적인 언어로 표현한 시이다. 여기에 끊임없이 울어대는 매미 소리가 더해져 시의 정취를 한층 깊게 이어간다.

채제공蔡濟恭은 〈유공회留公會, 염읍취운拈挹翠韻〉에서 평소 차를 즐겨 마셨고, 시를 쓰기 위해 차를 가까이 하였다고 읊고 있다.

詩腸導滯親茶椀	시를 짓다 막힐까 봐 찻잔을 가까이하고
書癖成癡進燭華	책 읽기에 미쳐 촛불을 켜놓고 밤을 새웠네.
惟有留君供拭目	오직 당신을 만나고 니니 눈이 번쩍 뜨이고
邇來文藻頓能加	요즘 와서 내 글이 갑자기 빛을 더하게 되었네.

채제공은 차인茶人이었다. 시상이 떠오르지 않을까 늘 찻잔을 곁에 두었다. 밤이 깊어도 잠들지 않고 촛불을 켠 채, 차를 마시며 문득 떠오르는 시상과 글귀를 적어 내려갔다. 한 글자도 소홀히 하지 않고 정성을 들이다 보니, 글솜씨도 함께 자라나는 것을 느꼈다. 이 모든 것이 차 덕분이다.

홍길주洪吉周(1786~1841)는 가족들이 모여 오랜만에 시회詩會를 베푼다. 〈연구聯句〉에서 어머니의 손맛은 기억에서 잊히지 않는다고 하며 오늘은 차를 마시며, 마음껏 시의 정취에 빠져보려 한다.

| 供膳和晶鹽 | 맛있는 음식과 맑은 소금이 옛 맛 그대로네 |
| 茶熟詩腸潤 | 익은 차는 시를 짓는 마음을 적셔주네. |

이 시는 차와 음식을 통해 시적 영감이 샘솟는 은유적 표현으로, 고전적인 한시의 우아한 정취를 담고 있다. 홍길주는 어머니 영수합令壽閤 서씨庶氏와 형제인 석주奭周, 현주顯周, 누나인 유한당 幽閒堂 원주原周 모두 시를 즐겼다. 특히 어머니 서씨와 누나 원주는 각자 200여 편의 시를 남길 만큼 뛰어난 재능을 보였으며, 가족들은 차를 매우 좋아했다. 이들은 종종 한자리에 모여 음식을 나누고 차를 마시며, 연구連句 형식으로 시를 지어 가며 풍류를 즐겼다.

정극인丁克仁(1401~1481)은 〈불우헌음不憂軒吟〉에서 차를 마시는 정경을 읊으면서 시흥을 북돋는다.

雪水烹茶漲綠雲	눈 녹인 물로 차를 달이니 푸른 구름 넘치고
梅牎日映對桐君	매화 창가에 햇살 비치니, 거문고와 어울리네
光搖銀海堪吟賞	햇빛이 은빛 바다에 어리니, 시를 읊고 감상하고
乘興何須訪戴云	흥이 났는데 어찌 대안도(戴安道)[8]를 방문하랴.

정극인은 조선시대 최초의 가사歌辭인 〈상춘곡賞春曲〉을 지은 인물이다. 눈이 내리는 겨울, 차를 달이니 푸른 연기가 방 안에 가득하다. 봄을 기다리며 피어난 매화 너머로 들려오는 거문고 소리가 어우러져 아름다운 풍경을 빚어낸다. 천천히 고개 들어 눈 덮인 바다를 바라보는 가운데 시를 읊조리니, 이보다 더 흥취 나는

것이 없다. 햇빛이 눈 덮인 세상을 은빛 바다처럼 반짝이게 하니 시가 절로 읊어지는 경지를 보여준다. 눈 내리는 정취 속에서 창가에 곱게 핀 매화와 은빛 바다는 자연의 조화를 이루고, 그 안에서 차를 음미하며 풍류를 즐기던 문인들의 시심이 고스란히 녹아들어, 한 편의 시처럼 아름답게 펼쳐진다. 외부로 찾아 나서지 않고도, 이 순간과 공간 안에서 충만한 흥과 아름다움을 느끼고 만족하는 고상한 정신세계와 은일隱逸의 삶을 노래하고 있다.

자하紫霞 신위申緯는 초의草衣와 빈번하게 교류했다. 초의는 추사秋史 김정희金正喜 및 다산茶山 정약용丁若鏞과도 깊이 연관된 인물로, 당대 최고의 지식인들과 교유 관계를 형성하고 있었다. 자하는 불교 사상에 깊이 심취하여 당시 사대부 사회의 일반적인 관행을 넘어서 승려인 초의와 가까이 지냈다. 이러한 교유 관계 속에서 그들은 차를 마시며 시를 지어 화답하는, 고상한 정신의 교류를 이어갔다. 자하의 〈초의차미대눈草衣茶味太嫩〉에서는 평생 차와 같이 생활하는 모습을 그려내고 있다.

戀情刊落略無痕	세속의 정 지워버려 흔적도 없이 사라졌지만
未足平生茗事存	평생 차 마시는 일은 여전히 남아 있구나.
香積飯過淸佛座	사찰의 밥 냄새가 불좌를 맑게 하고
松風湯熱淨詩魂	차 물 끓는 열기가 시혼을 맑게 하네.

이 시는 덧없이 사라져 버린 인간사의 연모지정과 변함없이 마음의 위안과 청정함을 주는 소박한 일상의 즐거움을 대비시키며, 진정한 평안은 외부의 덧없는 감정이 아닌 내면의 수행과 일상 차

마시기에 있음을 노래하고 있다. 자하는 이미 속세를 벗어나 은일하는 삶에 익숙해져 있다. 차 일에만 집중하는 모습이 보인다. 송풍松風은 솔바람 같이 물 끓는 소리다. 차를 마시기도 전에 물 끓는 소리만 들어도 시상을 불러일으키고 마음이 맑아진다.

이상적李尙迪은 〈다연茶煙〉에서 죽로竹爐에는 쇠 탕관보다 돌 탕관이 더 잘 어울린다고 하였다. 겨울 차를 좋아하던 그는 눈 내리는 날, 녹인 눈물로 차를 달이는 정취를 특히 즐겼다. 이처럼 아취雅趣를 펼치기 위해 그는 푸른 소나무 아래 푸르른 냇가를 가장 선호하였다.

竹罏石銚雅相宜	죽로와 돌 탕관은 고아하게 서로 어울려
活火新烹雪水時	활화에 갓 녹인 눈물을 끓일 때
一榻風輕縈鬢影	평상에 앉아 가벼운 바람에 수염 날리는데
重簾雨細綴花枝	겹겹이 친 발에 가는 비가 꽃 가지 적시네.
淸於煮酒初回夢	꿈에서 막 깨니 자주(煮酒)보다 맑은 빛
韻似燒香半入詩	그윽함은 향을 반 피울 때 시정에 드네.
領略幽情何處好	이 그윽한 정취를 잘 느낄 곳은 어디일까
蒼松陰裏碧溪涯	푸른 소나무 그늘 속 푸른 시냇가 옆이지.

이제 겨울에서 봄으로 넘어가는 계절, 이슬비 내린 뒤 막 핀 꽃 가지를 흔들며 낮잠에서 깨어나 차를 마신다. 차를 마시니 문득 시정이 떠오른다. 차를 마실 때는 먼저 찻물의 색色을 보고, 차의 향기[香]를 맡고, 마지막으로 그 맛을 음미[味]한다. 이 시에서는 차의 맛을 느끼기도 전에 향기에 시흥이 일어나는 모습을 읊었다.

차의 맛을 더욱 좋게 하려면 불의 선택과 조절이 중요하다. 그래서 예로부터 '활화活火'를 중시했으며, 숯은 그런 활화를 얻기에 더없이 좋은 재료였다.

명나라 도륭屠隆은 《고반여사考槃餘事》에서 활화에 대해 자세하게 설명하고 있다.

무릇 차를 덖을 때는 불을 약하게 하고 우릴 때는 활화(活火)로 해야 한다. 활화란 숯불에 불꽃이 있는 것을 말한다.[9]

이 글에서 '활화活火'는 숯불이 완전히 타오르며 맑고 강렬한 불꽃을 말한다. 잘 타오르는 숯은 냄새도 없고 화력火力도 좋아 물을 끓이는 데 특히 적합하다. '활수活水'를 '활화'로 알맞게 끓여내면 물에서 좋은 기운이 넘쳐나며, 차를 즐길 때 그윽한 멋과 향기를 만끽할 수 있다. 눈을 녹인 물로 차를 끓인다는 표현은 중국 고전 시에서도 종종 보이는 정경이다.

백거이는 〈음원낭중백수시겸음설수다인제벽상吟元郎中白鬚詩兼飮雪水茶因題壁上〉에서 '눈 녹인 물[雪水]'로 차를 만들어 지인인 원진元稹에 대한 우정 어린 마음을 표현하고 있다.

吟咏霜毛句	백발을 노래하는 시를 읊조리며
閑賞雪水茶	한가로이 눈 녹인 물로 끓인 차를 즐기네.
城中展眉處	성중에서 마음 편히 펴고 웃을 수 있는 곳은
只是有元家	오로지 원진 그대 집뿐이로구나.

이 시에서는 겨울에만 맛볼 수 있는, 눈을 녹여 끓여 마시는 '설수차雪水茶'를 소개하고 있다. 백발白髮이 된 백거이가 흰머리를 읊조리는 것은 진솔한 자신의 모습을 드러내는 것이고, 눈 녹인 물로 차를 마시는 것은 속된 세상과 다른 고상한 우정의 공간을 의미한다. 결국 시인이 찾는 것은 화려한 유흥이나 세속적 즐거움이 아니라, 진정한 친구와 나누는 정신적 교류와 위안이다. 또한 그는 추운 겨울 설수차를 마시며 원진과 함께 이 차를 나누며 이야기할 수 있기를 바라는 간절한 마음을 토로하고 있다.[10] 이를 통해 백거이와 원진의 깊은 교우 관계를 알 수 있다.

이상과 같이 차와 시는 떼려야 뗄 수 없는 관계였다. 문인 사대부들은 차를 마시며 떠오른 시상을 읊조리기도 하고, 때로는 친구들과 교류하기도 하였다. 이처럼 그들이 차와 시를 함께 즐기며 추구한 삶은 곧 '아취雅趣' 있는 삶의 전형이었다.

헌다와 제례 의식

중국에서는 유교의 '예禮' 정신, 즉 인간관계의 예의와 조상 공경을 중시하는 가치관에 따라 차茶가 일찍부터 의식과 의례의 영역에 도입되었다. 송·명 시대에는 《가례家禮》에 근거한 '다례茶禮'가 정립되어 제사와 손님 접대 같은 중요한 자리에서 그 예법이 준수되었다.

중국에서 행해진 의식과 의례에 차를 사용한 풍습은 우리나라에 전해졌는데, 그 사례는 《조선왕조실록朝鮮王朝實錄》, 《격몽요결擊蒙要訣》, 《사례편람四禮便覽》 등 여러 문헌에서 볼 수 있다.

제례에서 헌다獻茶할 때 기본적으로 요구되는 마음 상태는 경敬

이다. 공자는 남을 대할 때 '몸가짐을 공손히 하고 상대방을 존경하는 태도'[11]를 가지는 공경의 도道를 제자들에게 가르쳤다. 경敬은 사람을 공경하고 겸손한 마음으로 섬기라는 의미이다. '경'에 대해서 정자程子는 '정제엄숙整齊嚴肅, 수렴성성收斂惺惺, 주일무적主一無適'으로 설명하고, 주자朱子는 〈경재잠敬齋箴〉을 지어 그 의미를 이렇게 밝히고 있다.

> 마음을 한결같고 집중되게 하여 만 가지 변화를 살펴라. 이를 실천하는 것이 경(敬)을 지킴이니 동(動)이나 정(靜)을 막론하고 어기지 말고, 밖이나 안이나 서로 바르게 하라.[12]

주자는 마음을 한결같이 하여 모든 변화를 살피는 실천을 통해 경을 지킬 수 있다고 한다. 움직일 때나 고요할 때나 잊지 말고, 밖으로 드러나는 모습과 안에 간직된 마음이 서로 바르게 하라고 강조하고 있다. 이상 거론한 정자와 주자의 경에 관한 논의를 보다 구체적으로 보자. 정이程頤는 소계명蘇季明에게 '경'에 대해 다음과 같이 말하였다.

> "'경(敬)'을 실천하여 잘못이 없으면 곧바로 '중(中)'의 경지에 이른다"고 하였다. 또한 "도(道)에 들어감에 '경'보다 더 중요한 것은 없으며, '치지(致知)'를 이루는 일도 '경'에 근거하지 않음이 없다"고 말했다. 이어 "마음을 함양(涵養)함에는 반드시 '경'을 해야 하며, 학문을 나아가게(進學) 하는 것은 '치지'에 있다"고 한 것도 바로 이 때문이다.[13]

'경'의 상태에서 마음을 주재하여 동動·정靜을 일관되게 하고, 마음을 기르는 것이 중中을 이루며, 학문으로 나아가 치지致知를 이루게 된다고 한다. 북계北溪 진순陳淳(1159~1223)은 "마음은 몸을 주재하고, '경'은 마음을 주재한다"[14]고 했다. 이는 '경'으로 마음을 다스려 각성시키고 바르게 한다는 의미이다. 《역경易經》〈곤괘坤卦〉에서는 군자의 수양에 대해 이르기를, "군자는 '경敬'으로 마음을 바르게 하고 '의義'로 행실을 바르게 한다. 경건함과 의로움이 확립되면 그 덕德은 외롭지 않다. 이는 '곧고 바르고 큰 덕성[直方大]'이니, 특별히 익히지 않아도 이롭지 않음이 없으며, 자기 행동을 의심하지 않게 된다"[15]고 말하는데, 정이는 다음과 같이 말한 적이 있다.

'경(敬)'을 확립하면 마음이 곧아지고, '의(義)'가 드러나면 행실이 바르게 된다. 여기서 '의가 드러난다' 함은 외부에 존재하는 것을 의미하는 것이 아니라, 내면의 의리가 밖으로 발현되는 것이다.[16]

정이는 "'주일主一'을 한다는 것을 '경'이라 하니, 안을 곧게 한다는 것이 '주일'의 뜻이다"[17]라고 하고, "마음이 공경하면 안이 저절로 곧아진다"[18]고 하였다. 이 같은 경의 사유는 헌다와 의식에도 적용된다. 마음을 바르게 하여, 상대를 공경하는 마음으로 차를 올릴 때 '경이직내敬以直內' 차원의 의례가 실천될 수 있다. 실제 차 의식 과정에는 '거경居敬'의 자세가 필요하며 '경'의 마음으로 차를 다루어야 한다.

《주자가례朱子家禮》에서는 "정월 초하루, 동지, 매월 초하루와 보름에 참배한다"[19]고 하고 "정월 초하루와 동지 및 매월 초하루에는 신위마다 찻잔과 술잔을 각각 하나씩 놓고 주인은 술을 따르고 주부는 차를 따라 올린다"[20]고 했다. 그리고 "매달의 보름에는 술을 진설하지 않고 신주도 내놓지 않고 주인이 차를 올린다"[21]고 하였다. 이와 같이 보름의 사당 참배에는 간략한 의식으로 차만 썼다는 것을 알 수 있고 "차를 올리는 간단한 예禮"라는 뜻에서 차례茶禮라고 하였다. 현재 우리나라 차례 절차는 무축단헌無祝單獻, 즉 축문을 읽지 않고 술은 한 잔만 올린다. 차茶는 중국에서는 보편화 되어 있지만, 우리 형편에는 맞지 않아서 우리의 예학자들이 《주자가례》를 우리의 형편에 맞게 수정하였는데, 《사례편람四禮便覽》에서는 "차는 중국에서 쓰는 것이고 우리나라 풍속에는 쓰지 않는다"[22]라고 하는 내용으로 보아 차보다는 물(숭늉)을 올렸음을 알 수 있다.

이이의 《율곡전서栗谷全書》〈세의초祭儀鈔〉에서도 "주인과 주부는 차를 받들어(혹은 더운물로 대신하기도 함) 고위考位와 비위妣位 앞에 올리고 국그릇을 거두고 물러선다"[23]라고 하였다. 차례의 특징은 첫째, 음식은 간단히 그 계절의 음식으로 올린다. 둘째, 무축단헌으로 지낸다. 셋째, 의례의 형식이 간략하다.

조선시대 국가 의례로 규정되어 국왕 주체로 시행되었던 접빈接賓 다례는 중국의 칙사를 대상으로 하는 다례가 핵심이었다. 그 접빈 다례는 《세종실록世宗實錄》 오례五禮의 〈가례嘉禮〉와 〈빈례賓禮〉에서 의례 체제가 갖추어졌고, 《국조오례의國朝五禮儀》에서 자세하게 체계화되었다.[24]

다례 의식은 연회宴會와 달리 간소하지만, 황제皇帝의 명命을 받

들어 온 사신을 대접하는 데에는 극진한 정성을 다했다. 국왕國王
이 주재하는 접빈 다례는 조선 전기에는 태평관太平館에서, 후기
에는 남별궁南別宮에서 국왕과 문무백관文武百官이 함께하는 중요
한 의례로 거행되었다. 의식에서는 먼저 조선 국왕이 중국 황제의
안부를 묻고, 사신은 황제를 대신하여 국왕의 안부를 묻는 순서
로 진행되었다. 이를 통해 황제의 사신이나 칙사를 맞이하는 접빈
다례 의식이 예법에 따라 공경과 정성을 다해 진행되었음을 알 수
있다.

조선 전기 《국조오례의》 빈례인 '연조정사의宴朝廷使儀'에 나타난
다례茶禮 의식을 살펴보자.

사자(使者)의 좌석을 태평관(太平館) 정청(正廳)의 동벽(東壁)에 서향(西向)하여 설치
하고 액정서(掖庭署)에서 전하(殿下)의 좌석은 서벽(西壁)에 동향(東向)하여 설치한
다. 향안(香案)을 북벽(北壁)에 설치하고 사준원(司樽院)에서 주탁(酒卓)을 청(廳) 안
남쪽 가까이 북향(北向)하여 설치한다. 전하(殿下)가 태평관에 이르러 편전(便殿)
에 들어간다. 시각이 되면 좌통례(左通禮)가 부복하고 꿇어앉아 외판(外辦)을 아뢰
어, 전하가 여(輿)를 타고 나오는데, 산(繖)과 선(扇)으로 시위하기를 평상시의 의
식과 같이 한다. 좌우통례(左右通禮)가 전하를 인도하여 중문(中門)에 이르러 여에
서 내리게 한다. 사자가 문을 나오면, 전하가 읍양(揖讓)을 하고, 사자도 또한 읍
양을 한다. 사자는 문에 들어와서 오른쪽으로 가고, 전하는 문에 들어와서 왼쪽
으로 가서 정청(正廳)에 이르러, 사자는 동쪽에 있고, 전하는 서쪽에 있어 읍을 하
면, 사자도 답하여 읍양을 한다.[25]

태평관은 사신을 접대하기 위해 마련된 공간으로, 예법에 따

라 좌석을 배치하였다. 즉, '사자의 자리는 동쪽 벽을 등지고 서쪽을 향하였으며, 액정서掖庭署에서 마련한 전하의 자리는 서쪽 벽을 등지고 동쪽을 향하였다.' 이는 예법에서 동쪽을 상석上席으로 여기기 때문이다. 사자는 황제를 대표하는 존재이므로 상석에 배치하여 존중을 표했다. 향안香案을 북쪽 벽[北壁]에 설치한 것은 예법에 따라 향이 술보다 귀하고 신성한 것으로 여겨졌기 때문이다. 따라서 향은 북쪽에, 술은 남쪽에 배치하였으며, 의례에서 향은 가장 먼저 올려지는 것이 관례이다. 이는 음양의 원리에 따른 차별화를 반영한 것이다. 전하가 중문에 도착하자 사자가 문을 나오면 먼저 읍양을 했고, 사자도 읍양으로 답하였다. 정청正廳에 도착했을 때도 전하가 읍을 하자 사자 역시 읍을 하였는데, 이는 황제의 사신으로서 사자의 지위를 인정하고 국왕으로서 예법을 갖춘 행동이었다.

의례에 따라 사신들을 맞이한 후 나음과 같이 차를 내는 행사에도 예법에 맞는 의식이 있었다.

사옹원(司饔院) '제조(提調)'[26] 1인은 다병(茶瓶)을 받들고, 1인은 다종(茶鍾) 쟁반[盤]을 받들고 모두 들어와서 주정(酒亭)의 동쪽에 선다. '제거(提擧)'[27] 2인은 과실 쟁반을 받드는데 1인은 정사(正使)의 오른쪽에서 북쪽 가까이 남향(南向)하여 서고, 1인은 부사(副使)의 왼쪽에 남쪽 가까이 북향하여 선다. 제조가 과실 쟁반을 받들고 전하의 오른쪽에 남쪽 가까이 북향하여 서자, 제조가 종(鍾)으로써 차를 받아 꿇어앉아 전하에게 올리면, 전하와 사자는 조금 앞으로 나와 선다. 전하가 종을 쥐고 정사 앞에 나아가 차를 건넨다. 정사가 종을 받아 임시로 통사(通事)에게 준다. 제조가 또 종을 받아 꿇어앉아 전하에게 올리면 전하는 종을 쥐고 부사 앞에 나가서 차를 건넨다. 부사가 종을 받으면, 전하가 조금 물러난다. 제조가 또 종으로써 차를 받아 정사에게 올리면, 정사가 종을 쥐고 전하 앞에 나아가 차를 올린다. 전하가 종을 쥔다. 통사가 임시로 받은 다종(茶鍾)을 서서 정사에게 올리면, 정사가 도로 종을 쥔다. 사자가 좌석에 나아가고 전하가 좌석에 나아가서 차를 든다.[28]

제거 1인은 정사正使의 오른쪽에서 남향을 향해 서고, 1인은 부사副使의 왼쪽에서 북쪽을 향해 선다. 이는 예법에 따른 배치로, 동쪽 벽을 등지고 서쪽을 향해 앉을 때 상석上席은 북쪽, 즉 정사의 자리이며, 부사의 자리는 그 남쪽이기 때문이다. 전하殿下께서 잔[鍾]을 들고 정사 앞으로 나아가 먼저 차를 권하는 것은, 그가 황제의 사신이라는 점을 존중하여 예법을 따르는 것이다. 정사가 종을 받아 임시로 통사에게 준다. 다시 제조가 종을 받아 꿇어앉아 전하에게 올리면 전하는 종을 쥐고 부사 앞에 나아가서 차를 건네는 것은 차를 올리는 의식으로 공경恭敬을 바탕으로 한 정제엄숙整齊嚴肅한 성향이 있다.

정사가 종을 쥐고 전하 앞에 나아가 답례答禮의 의미로 잔을 올리는 것은 차를 올리는 예법에 따른 것이다. 차를 내는 행사에는 예법에 맞는 의식이 갖추어져야 하고 절제와 품위가 유지되어야 한다. 황제의 사신이나 칙사를 맞이하는 접빈 다례茶禮 의식에서는 공경을 바탕으로 예양禮讓을 다한다. 그 과정에 경외敬畏의 마음가짐은 가장 기본이 된다. 예법을 근간으로 하는 행례行禮 의식을 통해, 차문화가 엄격하고 격식 있는 다례 의식임을 알 수 있다.

《조선왕조실록朝鮮王朝實錄》에는 차로 제사를 지내는 의례를 기록하고 있다. 예컨대《성종실록成宗實錄》에 "대왕대비大王大妃와 인수왕비仁粹王妃와 왕대비王大妃가 광릉光陵에 가서 친히 제사하고, 봉선전奉先殿에 가서 다례茶禮를 지냈다"고 기록되어 있다. 이때 "임금이 우승지右承旨 유지柳輊를 보내어 문안하였다"[29]고 하며, 《중종실록中宗實錄》에는 임금이 전교하기를 "광릉을 친히 참배하려면 봉선전에 다례를 거행해야 한다"[30]고 하여 제사와 더불어 차를 올렸음을 보여준다.《고종실록高宗實錄》37권에서는 "'경효전景孝殿'[31]에 나아가 '조상식朝上食'[32]을 올리고 '주다례晝茶禮'[33]를 행하고 '석상식夕上食'[34]을 올렸다. 황태자皇太子도 따라 나아가 예를 행하였다"[35]고 했다. 이를 통해 상식上食과 다례를 행하였음을 알 수 있다.

이와 같이 조선에서 사신들에게 차를 대접한 의식 이외에 '혼전魂殿'[36]이나 '산릉山陵'[37]에서 낮에 차를 올리는 제식祭式이 있었다. 정영선은 "이조왕실에 흉례凶禮의 섬심 제사인 주다례가 정착된 후, 주다례가 아닌 '소제사小祭祀'를 뜻하는 '차례'라는 용어도 쓰이기 시작한다"[38]고 하였다.

의례를 행하는데 사람을 공경하고 겸손한 마음으로 섬기며, 경敬을 실천하는 것이 유가 차문화에서 요구하는 수양론修養論의 핵심 중 하나이다. 실천적 행위인 의례와 의식에는 '경'의 자세가 중요하며, 이러한 행위를 올바르게 수행하기 위해서는 격식에 맞는 차 도구와 향 도구가 갖추어져야 하고, 엄숙한 절차에 따른 예법이 따라야 한다.

《예기禮記》〈제통祭統〉에서는 제사의 의미에 대해 아래와 같이 말한다.

무릇 사람을 다스리는 도리에는 예(禮)보다 더 급한 것이 없으며, 예에는 오경(五經)이 있으나 제사보다 더 중요한 것은 없다. 무릇 제사라는 것은 외부에서 생겨난 것이 아니라, 내면에서 발현되어 마음에서 비롯되는 것이다. 마음이 경건함으로 느껴 이를 예로써 받들기에, 오직 어진 사람만이 제사의 참된 의미를 다할 수 있다.[39]

제사는 인류와 자연의 근본에 대한 은덕에 감사드리는 것이다. 이상과 같은 천지와 선조에 관한 섬김이 예의 측면에서는 '보본반시報本反始' 사유로 귀결된다. 인간을 있게 한 근본에 대한 경애로움과 그 처음으로 돌아갈 것을 말하는 제사의 핵심이 '보본반시'이다.

만물은 하늘에 근본을 두고 있고 사람은 조상에 근본을 두고 있다. 그러므로 조상신인 상제에게 배향하는 것이다. '하늘에 대한 제사[郊]'는 크게 보답하고 시초로 돌아가려는 것이다.[40]

이상과 같은 제사 및 제례를 행하는 데 차가 수반되었다. 소자현蕭子顯의《남제서南齊書》에는 제사에 차를 사용한 기록이 있다.

동물을 제물로 살아 있는 상태로 바치는 풍습을 금지하였다. 대신 떡, 차, 밥, 술, 포와 같은 음식으로만 제사를 지내도록 하였다. 이 법도는 지위의 높고 낮음과 관계없이 모든 사람이 따라야 할 규정으로 정해졌다.[41]

여기서 언급된 바와 같이 일찍이 차가 제사용품으로 사용되었음을 알 수 있다. 이런 현상은 추후 우리나라에도 전파되어 사대부가에서는 제사에 차를 사용하였다.

이와 관련하여 중국 다서에서 구체적인 사례를 찾을 수 있는데, 육우 《다경》〈칠지사七之事〉에 '《이원異苑》[42]에 나오는, 진무陳務의 처가 영혼에 차로써 제사 지낸 이야기'를 인용한 것이 그것이다.

섬현(剡縣, 절강성 소재)에 사는 진무의 아내는 젊은 나이에 두 아들과 함께 과부로 살았으며, 차(茶) 마시기를 좋아하였다. 집 안에 오래된 무덤이 있는데, 차를 마실 때마다 반드시 먼저 그 무덤에 제사를 지냈다. 두 아들이 "오래된 무덤이 어찌 사람의 정성을 알겠습니까? 애써 정성을 쓸 뿐입니다"라며 무덤을 파버리려고 하였으나, 어머니는 애써 말렸다.

그날 밤, 그녀는 꿈에 한 사람이 나타나 말했다.

"내가 이 무덤에 누운 지 삼백여 년이 넘었습니다. 그대의 두 아들이 항상 훼손하려 할 때마다 그대가 보호해 주셨을 뿐만 아니라, 오히려 좋은 차까지 내려주셨으니, 비록 땅속에 묻힌 썩은 뼈라고 할지라도 어찌 '예상(翳桑)의 보은(報恩)[43]'을 잊을 수 있겠습니까."

날이 밝자 그들은 뜰에서 엽전 십만 냥을 발견했다. 그 돈은 오랫동안 땅속에 묻혀 있었던 듯했지만, 꿰미[貫]는 새로 만든 것 같았다. 어머니가 이 꿈 이야기를 두 아들에게 하니, 아들은 부끄러워하였고, 그 후로는 그 무덤에 음식을 바치고 제사를 모시는 예를 더욱 극진히 하였다.[44]

《이원》에 실린 이 이야기는 믿을 수 없는 것으로 보일 수도 있고, 제사에 직접적으로 차를 올린 기록은 아니지만, 결과적으로 제사의 예에 차가 사용된 것을 보여준다. 차와 관련한 상대의 정성[誠]에 보답하는 보은을 설명한 것이다.

밀암密庵 이재李栽(1657~1730)는 〈답족질여빈答族姪汝彬〉에서 차의 효능과 사용을 제례와 연계하여 이렇게 설명하였다.

> 살펴보면 차라는 것은 … 달여 마시면 체내에 쌓인 것들이 씻겨 내려가기 때문에, 옛사람들이 귀히 여겨 손님을 대접하거나 제례에 사용하였다. 다만 중국에서만 생산되는 것이 아니라, 우리나라의 영남과 호남 지방에서도 많이 생산되어 해마다 나라에 바친다.[45]

이재는 차를 마음에 쌓인 나쁜 기운을 씻어내는 효용이 있다고 언급하면서, 동시에 손님 대접이나 제례祭禮에 사용된다고 설명하여 차가 제례에 쓰였음을 알려준다. 또한 우리나라의 영호남 지역에서 차가 많이 생산되는 점도 보여주고 있다.

이만부李萬敷는 중국 사람들이 작설차를 높이 평가하면서 제례에 사용했다는 사실을 이렇게 기록했다.

> 대체로 오늘날의 '작설차' 같은 것은 음식물을 소화하고 기를 내리는 효능이 있는 약제이다. 중국 사람들이 이를 매우 귀하게 여겨 선조의 제사에 사용했으며, '점(點)'이라는 것은 찻잔에 차를 따르는 것을 말한다.[46]

헌다와 제례에서 사용된 '점點'이라는 표현은 차를 잔盞에 따르는 행위를 의미하는 것으로 해석된다.

조경趙絅(1586~1669)은 〈정유구일丁酉九日〉에서 중양절重陽節에 차를 의식에 사용한 것을 보여주고 있다.

重陽茶禮行家廟　　중양절에 사당에서 차의 예를 올리고

復採黃花壽北堂　　국화 다시 뜯어 어머니 오래 사시길 비네.

조경이 중양절에 사당에 차와 국화를 바치며 어머니의 장수를 기원한 것은, 이러한 전통 의식에 차가 사용되었다는 것을 보여준다. 중양절에 조상과 어머니를 공경하는 효와 전통 예절을 담고 있다.

박세채朴世采(1631~1695)는 보름날 차가 제례 의식에 사용된다는 것을 설명하는데, 중국과 달리 우리나라 형편에 맞는 의식을 제시하고 있다.

《가례》〈참례〉 조에 이르기를, "보름[望日]에는 술을 차리지도 않고 신주(神主)도 모시지 않으며, 주인이 점다(點茶)하고 장자가 옆에서 돕는다. 나머지는 위에 있는 의식과 같다"고 하였다. … 부주(附註)에서 주사(朱子)가 발하기를, "초하루 아침[朔旦] 가묘(家廟)의 제사에는 술과 과일을 쓰고, 보름날 아침[望旦]에는 차를 쓴다"고 하였다. 요컨대 《격몽요결》에서 말하기를, "지금 우리나라 풍속에는 차를 쓰는 예법이 없어서, 보름을 당하면 신주를 모시지 않고 주독(主櫝, 신주를 모신 함)만 연다"고 한다.[47]

중국에서는 초하룻날에 술과 과일 등을 사용하고 보름날 아침에는 '참례'에 차를 사용한다고 하였다. 율곡 이이의 《격몽요결》에서는 우리나라에는 차를 쓰는 예가 없어 신주도 내지 않고 주독主櫝만 연다고 하였지만[48] 앞에서 언급한 바와 같이 이재李栽, 이만부李萬敷, 이이李珥 등의 문인 사대부들은 제례에 차를 사용한 사례를 확인할 수 있다.

제사는 인류와 자연의 근본에 대한 은혜에 감사드리는 의미를 지닌다. 천지와 조상에 대한 섬김은 예의 측면에서 '보본반시報本反始'의 사유로 귀결된다. 앞서 살펴본 바와 같이, 차를 사용하여 조상에게 올리는 제사와 헌다獻茶는 경건한 마음으로 이루어져 왔다. 이러한 제례 의식은 공경하고 겸손한 '경敬'의 마음으로 예법에 따라 구현되어야 하는데, 이러한 원리가 차문화에도 그대로 적용되었음을 알 수 있다. 이는 유가 사상이 차문화에 깃든 특성을 잘 보여주는 사례에 해당한다.

2. 차가 주는 마음공부와 자기 수양

다도를 통한 수양은 음다飮茶 행위를 통해 몸과 마음을 바르게 하고자 하는 것이다. 다도 수양으로 욕심에 찬 마음을 비우면 참된 마음이 들어와 상대를 이해하고 배려하는 정도正道를 실천할 수 있다. 이기적인 마음과 물질적 풍요를 추구하는 욕망은 근심, 번뇌, 삿됨, 잡념, 걱정을 수반하기 때문이다. 이에 문인 사대부들은 다도를 통한 수양으로 몸과 마음을 바르게 하고자 하였다.

음다에는 차, 물, 불이 적절히 조화를 이루는 삼위일체三位一體의 중화中和, 즉 중정中正이 필요하나. 물의 체體와 차의 신神이 서로 조화를 이루어야 차의 진실함인 건健과 차의 정기인 영靈이 한 잔에 드러나기 때문이다.[49]

음다와 기질변화

주자학에서는 천지에 리理와 기氣가 함께 존재한다고 본다. 그리고 그 본성[性]은 바로 '리'에 해당한다.[50] 즉 '성즉리性卽理'라는 명제가 성립한다. 한편 '기'에는 맑은 기질[淸氣]과 탁한 기질[濁氣]이 있다. 주자학적 수양론에서는 기질의 변화, 곧 탁한 기질을 맑고 좋은 기질로 전환하는 것을 중요한 과제로 여긴다. 차는 자연이 내린 빼어난 기운[秀氣]을 간직한 것으로, 다른 표현으로는 맑은 기[淸氣]를 지닌 것이라 할 수 있다. 따라서 차를 마심으로써 몸속의 탁기를 제거하고 기질을 변화시킬 수 있다고 보았다. 차가 지닌 '청淸'의 의미는 세속적인 권력이나 명예와 같은 외적인 가치를 초월한, 맑고 깨끗한 경지를 의미한다.

주권은 《다보》에서 차에 대해 다양한 측면에서 '청' 자의 의미를 강조하고 있다.

나는 두 눈을 들어 푸른 하늘을 바라보고, 맑은 샘물을 길어 살아있는 불로 차를 달이며 스스로 다짐하였다. '하늘과 마주하여 내 마음과 뜻을 넓히고 크게 하리라.' … 이 또한 수양의 길에 도움이 되리니, 그 근본은 차가 지닌 '맑고 깨끗한 본질'에 있다.[51]

주권은 차가 갖는 '청'의 의미를 수양의 차원에서 설명하고 있다. 수양 차원에서의 '청'의 의미를 확장하여 말하면 수양을 통한 기질 변화와 관련이 있다는 것이다. 원대 진원보陳元輔(?~?)는 차의 품성이 '청' 하다는 점을 유가의 성선론과 연계하여 논하고 있다.

차에 성(性)이 있음은 사람에게 성이 있는 것과 같다. 사람의 성은 선(善)한 것이고, 차의 성은 청(淸)한 것이다. 또 살피건대, 찻잎은 땅의 맑은 기운을 품었으며, 아울러 초봄의 생발(生發)하는 기운을 얻었다. 그러므로 그 주된 효능은 모두 맑고 엄숙하게 하는 것을 공통으로 지니고 있다.[52]

진원보는 차가 지닌 성품을 유학의 성선설에 빗대어 설명하고 있다. 즉, 차는 인간의 본성처럼 선한 기질을 지니고 있으며, 차를 마심으로써 인간의 탁한 기질을 청량하고 맑은 기질로 변화시킬 수 있다는 것이다. 유학의 관점에서 '청淸'은 선善과 연결되고, '탁濁'은 악惡과 연결되는데, 차는 봄에 싹을 틔울 때 땅과 자연의 청기를 흡수하여 본질적으로 청한 성품을 지니게 된다. 따라서 청한 성품을 가진 차를 마시면 인간의 기질도 청하고 선한 방향으로 변화할 수 있다는 것이다.

인간은 이기적인 마음과 물질적 풍요로움에 대한 집착에서 욕심이 생겨난다. 이러한 집착은 결국 근심, 번뇌, 삿된 마음, 잡념, 걱정 등을 동반하게 된다. 따라서 다도를 통해 몸과 마음을 바르게 다스리는 것이 필요하다. 본연의 마음을 찾기 위해 정좌와 명상을 통해 이기적인 마음과 집착을 내려놓고, 각성과 성찰을 이루어야 하는데, 다도를 통한 수양은 이러한 과정에 큰 도움을 준다. 앞서 차의 효용성으로 논의한 바와 같이, 양생 및 정신 수양과 연결된 다도는 청기를 통해 탁기를 없애 욕심과 근심, 걱정을 치유하고, 마음의 안정과 평온을 끌어낼 수 있다.

율곡栗谷 이이李珥는《동호문답東湖問答》에서 "간사함을 분별하는 데에는 이치를 탐구하는 것보다 나은 것이 없고, 현인을 알아보는 데는 공평한 마음보다 나은 것이 없으니, 이치를 탐구하고 마음을 공평하게 하는 데는 욕심을 적게 하는 것을 근본으로 삼아야 한다"[53]고 하였다. 이는 사물의 원리를 궁구하여 지식을 확립하는 격물치지格物致知를 통해 사람을 분별하고 이치를 탐구하며, 마음을 공평하게 유지하는 데는 욕심을 절제하는 것이 근본이 되어야 함을 강조한 것이다.

성선性善의 본연지성을 이루기 위해서는 기질을 다스리는 수양이 필요하다. 초의는 《동다송東茶頌》에서 한 번이라도 삿된 생각으로 오염되면 참된 성품이 사라짐을 우려한다.

綵莊龍鳳轉巧麗	비단 장식한 용봉단차는 점점 더 화려해져
費盡萬金成百餅	만금을 다 써서 떡차 백 개를 만들었다.
誰知自饒眞色香	누가 알랴, 스스로 갖춘 참다운 색과 향이라도
一經點染失眞性	조금이라도 오염되면 참된 본성을 잃는 줄을.

겉모습을 화려하게 꾸미기 위해 큰 비용과 공을 들이지만, 오히려 본래의 진한 아름다움과 특성을 잃게 된다는 의미다. 자연 그대로의 가치를 강조하는 내용이다. 만금이라는 거액으로 겨우 떡차 백 개를 만들었다는 것은 차가 귀하고 비싸다는 것을 의미한다. 그런데 차의 고급화만을 추구하면 본질이 왜곡될 수 있다. 용봉단차는 공차貢茶로 황실에 진공이 되었는데 '다색귀백茶色貴白'으로 흰색의 차를 귀하게 여겼다. 그런 연유로 차 싹의 진액[茶膏]을 짜버려 최대한 흰색을 얻었지만 차 고유의 향은 사라졌다. 향을 보충하기 위해 용뇌, 사향, 침향 같은 고급 향료로 보충했지만, 본연의 차향은 없어지고 오염되고 변질되어 차의 진성을 잃어버리게 되었다. 차의 진정성과 순백성을 아쉬워하며 참다운 색과 향을 추구하기를 강조한 것을 인간에게 적용하면 지나친 외적 꾸미기와 욕심은 본래의 아름다운 본성을 망가뜨린다는 의미로 받아들일 수 있다. 허영과 잡된 마음을 버리고, 순수한 인간 본연의 성선을 회복하라는 것이다.

주권은 《다보》에서 본성을 그르치는 병차餅茶와 고형차固形茶에 대해 문제점을 아래와 같이 지적하면서 '잎차[葉茶]'를 통한 자연 본성을 이룰 것을 말한다.

하늘과 땅이 만물을 낳아 각자 그 본성대로 살아가게 하지만, 그 본성을 가장 잘 드러내는 것은 잎차와 같은 것은 없다. 차를 달여서 마시는 것으로 마침내 그 자연의 본성을 이룬다.[54]

주권은 차의 형태를 변형하거나 향을 첨가하지 말고, 잎차 그대로 달여 마시는 것이 자연의 본성을 그대로 담아내는 것이라고 주장했다. 아름답게 포장되고 장식된 차가 반드시 귀하거나 맛있는 것은 아니라는 것이다. 즉, 자연이 부여한 본연의 기운을 간직한 차를 인위적인 꾸밈으로 그 본래의 색·향·미를 바꾸어서는 안 된다는 뜻이다. 차의 진정성은 포장과 같은 인위적이고 가공적인 요소에서 비롯되는 것이 아니라, 자연 그대로의 성품이 드러날 때 비로소 발현되기 때문이다.

주원장은 병차와 고형차 제작으로 인해 고통받는 농민들의 처지를 고려하여, '단차[團茶] 폐지령'을 내려 단차 생산을 금지했다. 이 조치는 차를 본래의 형태인 잎차, 즉 산차[散茶] 형태로 제조하고 마시도록 유도하기 위함이었다.

목은 이색은 〈송광사의 화상이 차와 부채를 보내준 데 대하여 받들어 답하다[奉答松廣和尚惠茶及扇]〉에서 차가 주는 마음의 변화에 대해 다음과 같이 말했다.

扇以涼我肌	부채는 내 몸을 시원하게 하고
茶以淸我肝	차는 내 간을 맑게 하네.
初逢滅毒火	처음엔 몸속의 독한 기운을 꺼주고
漸覺通玄關	차츰 선(禪)의 경지[玄關]를 깨닫는다네.
欲令乘淸風	바라건대 맑은 바람 타고
颯爾超塵寰	쏴 소리 내어 세속의 굴레를 벗어나고 싶구나.
身心永安穩	몸과 마음은 영원히 편안하고 안정되어
不復憂恫癏	다시는 걱정과 병들에 시달리지 않기를.
稽首到深謝	깊이 고개 숙여 감사함을 전하노니
相望天地寬	바라보니 천지가 한없이 넓구나.

송광사의 한 승려가 목은 이색에게 차와 부채를 보냈음을 알 수 있다. 이는 당시 송광사 인근에 차밭이 있었고, 승려가 직접 차를 만들어 친분이 있는 지인에게 선물했음을 시사한다. 더운 여름날, 부채를 부치고 차를 마시는 평범한 행위를 통해 얻은 육체적·정신적 안정과 깨달음의 경지를 묘사한다. 시 전체에서 '청량淸涼', '안정[安穩]', '초월[超]'이라는 느낌이 매우 잘 드러난다. 목은 이색은 차를 통해 세속의 번뇌와 욕망을 제거하고 선禪의 경지에 도달할 수 있다고 여겼다. 마음[心]은 본래 맑고 밝은 것이므로, 욕심을 버리고 마음을 다스리는 수양의 과정에서 차가 중요한 역할을 한다. '현관玄關'은 불교에서 진리에 이르는 현묘한 길의 관문을 의미하며, 선학禪學의 세계로 들어가는 출입구를 뜻한다.

차를 매개체로 유자儒者의 수양을 거론한다면, '예가 아니면 차를 마시지 말라[非禮勿茶]'는 말을 들 수 있겠다. 주자는 '물勿'에 대한 질문에 이렇게 답하였다. "비례非禮의 마음이 생겼다고 생각되면 곧바로 '물勿' 자를 들어 일도양단一刀兩斷 하여 사사로운 마음을 제거해야 한다. 사사로운 마음이 제거되면 예禮로 돌아가 인仁을 이룰 수 있다. 이 모두는 스스로 힘써야 할 일이지, 남에게서 얻을 수 있는 것이 아니다. 그러므로 인仁을 이루는 것은 오로지 자신에게 달려 있을 뿐, 남에게 달린 것이 아니다"[55]라고 하였다. 즉, 마음에 '예'가 아닌 생각이 생기면 즉시 끊어내야 하며, '인'을 이루는 것은 오직 자신의 노력에 달려 있다는 것이다. '비례물다非禮勿茶'는 예禮가 아닌 상황에서는 차를 끓이지도, 대접하지도 말라는 뜻으로, 차를 대하는 모든 과정을 공경[敬]의 마음으로 예법에 맞게 하라는 가르침이다.

《대학》1장은 대학의 핵심 가르침을 '밝은 덕[明德]을 밝히는 것[明明德]', '백성을 새롭게 하는 것[新民]', '지극히 선한 상태에 머무는 것[止於至善]'으로 규정한다. 이는 인간이 타고난 선한 본성[明德]이 기질적 편견과 물욕으로 흐려지거나 가려지는 것을 매일 경계하고 수정하여, 하늘로부터 부여받은 본래의 순수한 상태를 회복해야 함을 의미한다. 이러한 자기 수양을 거친 후에야 비로소 백성을 교화하고 새롭게 하여[新民], 궁극적으로 성선性善의 본질이 완전히 구현된 '지선至善'의 경지에 이를 수 있다고 본다.

이 과정에서 '성誠', 즉 '진실되고 거짓이 없음[眞實無妄]'의 상태를 이루는 것이 중요하다. 이는 곧 사사로운 욕망[人欲]을 버리고 하늘의 이치[天理]를 보존하는 '존천리存天理 거인욕去人欲'[56]의 실천을 통해 가능하다. 예禮를 갖추고 공경하는 마음으로 이 원칙을 실천하는 이런 정신은, 차문화의 정신적 기반과 그 궤를 같이한다고 할 수 있다.

추강秋江 남효온南孝溫은 〈은 솥에 차를 달이며[銀鐺煮茗]〉에서 외물外物로 상징되는 권력·명예·재물 등의 세속적인 욕망을 추구하는 심화心火를 진정시키는 효용을 음다飮茶 차원에서 허실생백虛室生白 의미와 연계하여 이렇게 설명하고 있다.

曾向世間馳東西	한때는 세속에서 동서분주로 뛰어다녔네
十年枯腹飢鳶啼	십 년간 빈속으로 굶주린 솔개가 우는 듯했지.
呼童煮茗暮江寒	아이 불러 저문 강가의 차가운 물로 차 달이라 하네
醫我渴肺心火低	나의 폐를 치료하고 불타는 내 마음을 가라앉히려네.
百慮漸齊虛室明	온갖 걱정이 가지런해져 마음이 밝아지니
日長烏几收視聽	긴 낮에 검은 책상 앞에서 보는 것과 듣는 것을 거두니
東華門外競是非	동화문 밖에서는 시비와 다툼이 벌어지지만
呹呹聒耳不聞聲	수다스럽게 심하게 지껄여도 그 소리를 듣지 않네.

이 시는 '동서분주', '굶주린 솔개' 같은 강렬한 이미지를 통해 권력과 명예, 생계를 위해 치열하게 살아온 자신의 과거를 돌아본다. 그 속에서 느꼈던 정신적 공허함과 갈증을 '목마른 폐', '불타는 마음'에 비유한다. 이와 대조적으로, 그는 고요한 강가에서 차를 마시며 명상에 잠긴다. 모든 걱정과 잡다했던 생각이 정리되고 마음이 맑아진 '허실虛室'의 경지를 통해, 세속의 시비是非에 연연하지 않고 사는 삶의 경지를 드러낸다. 욕심으로 더럽혀진 양심을 반성하고 인간 본래의 성품으로 돌아가는 '복초復初'의 길은, 차를 통해 얻은 이 맑고 텅 빈 마음, 즉 '허실'의 상태를 통해서야 비로

소 완성된다.

이원李原은 〈차고인운次古人韻〉에서 "빈집에서 마음이 밝아진다"는 심정을 나타내고 있다. 이는 물질에 대한 사욕을 가지면 번뇌와 고민이 생기고, 이기적 마음을 내려놓으면 본연의 마음을 구현할 수 있다는 것이다.

日日渾無事	날마다 아무 하는 일도 없구나
乾坤謝此生	이 넓은 세상에 내가 태어난 것을 감사히 여기네.
名途衆眼白	명리 좇는 길에는 세상 사람들이 백안시하지만
虛室寸心淸	텅 빈 방에선 내 작은 마음만은 맑구나.
葉赤秋深岸	붉은 단풍은 가을 깊은 강가에
松靑霜後城	서리 내린 성에 소나무가 푸르네.
吟詩曾未已	시를 읊조리는 일은 한 번도 그친 적 없는데
月露獨關情	달빛과 이슬만이 유독 내 마음을 움직이는구나.

이 시는 세속적인 명예와 성공[名途]에서 벗어나, 고요한 자연 속에서 맑은 마음을 유지하며 사는 은일隱逸의 삶을 노래하고 있다. 하는 일 없이 무위자적無爲自適하게 지내는 삶에 대한 만족과, 세상의 냉대[衆眼白]와는 상관없이 자신만의 맑은 마음[寸心淸]을 지키는 모습을 그렸다. 가을 깊은 강가의 붉은 단풍과 서리가 내린 후 푸르른 솔잎이라는 대비되는 자연 경치를 통해 시간의 흐름과 변하지 않는 가치를 암시한다. 마지막으로, 달과 이슬이라는 청아淸雅한 자연물에만 마음을 빼앗기는 시인의 고고한 정서를 잘 표현하고 있다. '허실虛室'은 빈 곳 즉, 방 안에 물건을 비우면 빛

이 가득 찬다는 뜻이다. 또한 인간을 혼란하게 하는 마음속에 있는 부정적인 기운과 잡념, 욕망을 제거하여 고요하고 맑은 투명한 마음을 의미한다. '백白'은 때 묻지 않은 순수한 순백, 햇빛이 비치는 맑은 순백, '도道'[57]로 이해된다.

성현成俔은 유가儒家의 입장에서 '허실생백虛室生白'을 해설하면서, '밝다[明]'라고 말하지 않고 '희다[白]'라고 말한 데 대하여, "비어 있으면 빛나고[光], 빛나면 밝음[明]이 생긴다"라고 풀이하였다. 그는 밝음과 흰빛이 본질적으로 같지만, '흰빛'이야 말로 '밝음'의 극치에 이른 경지라고 단정한다. 그러므로 결론적으로, "내 마음이 이미 '허虛'와 '백白'의 경지에 이르렀다면, 그 공간이 방[室]이든 정자[亭]이든 무슨 상관이 있겠는가"[58]라고 한다.

성현은 마음을 비운 상태[虛]가 지니는 효용성을 강조한다. 〈허실생백부〉에서 "비록 텅 비었다고 하나 실은 가득 차 있다"[59]는 구절은 '허'의 진정한 의미를 규명한 것에 해당한다. 여기서 '허'란 단순한 공무空無가 아니라, 맹자가 말한 '호연지기浩然之氣'와 같이 도덕적 신령한 기운으로 가득 찬 상태를 의미한다. 호연지기는 양심에 거리낌 없이 도덕적으로 행동할 수 있는 용기로, 꾸준한 인격 수양을 통해 길러지는 도덕적 기운이다.

《맹자》〈공손추公孫丑 상上〉에서는 호연지기에 대해 다음과 같이 말하고 있다.

나는 나의 호연지기를 잘 기른다. 그 기운은 지극히 크고 지극히 굳세어, 곧은 마음으로 길러 해치지 않으면 천지 사이에 가득 차게 된다. 이 기운은 의로움과 도리에 맞닿아 있어, 이것이 없으면 약해지고 만다. 이 호연지기는 꾸준히 의로

운 행실을 쌓아 생겨나는 것이지, 단번에 의로움을 외부에서 취해 얻는 것이 아니다.[60]

이 말을 차에 적용하면, 허실의 마음 상태에서 차를 마시면 집의集義가 되어 호연지기가 우러나온다는 것이다. 한재 이목이 《다부》의 일명 '칠완다가'에서 차를 마시면 "맹자의 호연지기浩然之氣를 기르게 된다"[61]라고 한 것은 이런 점을 말해준다.

인간의 욕심과 집착은 이기심과 물질적 풍요에서 비롯된다. 이로 인해 근심, 번뇌, 삿됨과 같은 잡념과 걱정이 따라온다. 차가 지닌 청량한 기운과 순수한 기운은 이러한 악한 기질을 선한 기질로 변화시킬 수 있다. 차는 수양의 매개체로, 그 고유한 기운으로 정신적 안정과 심신의 평온을 가져다준다. 이를 통해 인간은 하늘로부터 부여받은 본연의 선한 참모습을 되찾을 수 있다.

음다의 중정 지향

공자는 "예禮여! 예여! 무릇 예는 절도節度를 세워 중정中正을 이루는 것이다"[62]라고 하였다. 여기서 '중정'은 한쪽으로 치우치지도 모자라지도 않은 무과불급無過不及의 상태를 의미한다. 《중용》 1장에서는 "기쁨, 노여움, 슬픔, 즐거움[喜怒哀樂]이 아직 발현되지 않은 상태를 '중中'이라 하고, 발현되어 모두 절도에 맞는 상태를 '화和'라 한다"[63]고 설명한다. 감정이 드러날 때 절도에 맞는 '화'를 이루기 위해서는, 아직 발현되지 않은 마음의 움직임이 없는 미발未發의 '중'이 전제되어야 한다. 이 미발의 '중'은 마음이 사물과 접촉하기 전의 고요한 상태를 의미한다. 즉, 미발의 '중'이 바탕이 되어야 비로소 발현된 이후의 '화'가 가능해지는 것이다.

유학에서는 인간의 '본성本性'을 '천리天理'가 내재한 절대적 선善의 근원으로 본다. 이 본성이 구체적인 상황과 만나 '마음[心]'을 통해 발현될 때, 두 가지 양상이 나타난다. 하나는 '중절中節', 즉 지나치거나 모자라지 않고 '절도節度'에 맞는 감정이다. 다른 하나는 그 절도를 벗어나 치우친 '부중절不中節'의 감정이다.

목은 이색은 시에서 '중中'과 '정正'을 통해 자기 수양의 덕목과 평정심의 중요성을 강조한다. 그는 "형체를 잊고 담소하며 천명에 순응하는 삶 속에서 '스스로 서는 것[自而立]'이 '마음 따름[從心]'의 경지로 이어짐을 증험하였다"[64]고 표현했다. 또한 그는 "고상한 사람은 즐거움을 갖고 있으므로 내석으로 '여러 바름[衆正]'을 지킨다"[65]고 하여, 내적 즐거움이 바른 마음을 견지하는 토대가 됨을 시사하였다. 나아가 "군자는 처음의 상태를 구하려 하지 않으므로 만민이 그 바름[正]을 본받는다"[66]고 주장하여, 군자의 바름이 외부로 확장되어 사회적 규범이 되는 역동성을 부여했다.

이처럼 '중'의 상태에서 '정'을 유지하는 것은 단순한 내성에 그치지 않고, 외부에 영향을 미치는 활력[力動性]을 지닌다. 이는 《역경》〈동인괘同人卦〉에서 말하는 "문명하고 굳건하며, 중정中正에 응하는 것이 군자의 바름"[67]이라는 논리와도 맞닿아 있다. 목은은 은거하며 학문에 전념하는 일상에서 이러한 평정심을 유지함으로써 바른 마음[正心]을 회복하고자 하였으며, 이것이 그의 실천적 수양론의 핵심이었다.

초의는 《동다송》에서 차의 정신을 설명하며 '중정中正'[68]을 중요한 개념으로 언급하였다. 중정은 과하거나 부족함이 없는 상태를 뜻한다. 다도의 정신은 바로 이 중정의 태도 속에 포괄되는데, 이는 모든 과정이 조화롭고 순탄하게 진행되는 상태를 의미한다. 이러한 조화는 나와 타인의 관계가 그러하듯, 차와 물이 적절히 중화中和를 이루는 조화로운 상태와 그 정신을 기리킨다. 초의는 제다製茶로부터 포다泡茶에 이르는 과정에서 '중정'의 중요성을 반복해서 강조하였다.

體神雖全	체와 신이 비록 완전하다 할지라도
猶恐過中正	오히려 중정을 잃을까 두려워해야 한다.
中正不過	중정에서 벗어나지 않으면
健靈併	(차의) 건과 영이 함께 갖추어지게 된다.

차와 물을 분리된 것으로 보는 분별심으로는, 건강하고 신령스러운 기운[健靈]이 깃든 차를 만들 수 없다. 차와 물의 조화를 중시하는 '중도'의 마음으로 차를 다스릴 때 비로소 진정한 정차精茶가 완성된다고 본다.

물은 차의 토대가 되므로 좋은 물을 구하는 것은 기본이다. 하지만 차를 우리기까지의 과정에서 '중도'를 지켜야 물과 차가 완전히 조화를 이룰 수 있다. 이때 비로소 차가 가진 본연의 강건함[健]과 정수[精]의 신비로운 기운[靈]이 한 잔에 온전히 드러난다.

결국 차의 신비로운 기운[健靈]은 차와 물의 조화에서 비롯된다는 말이다. 여기서 '건健'이란 차가 지닌 변치 않는 본질적 기운을, '영靈'은 그 본질이 맑은 물을 매개로 발현되는, 신비롭고 생동하는 힘을 뜻한다.

초의는 물은 차의 '체體'이고 차는 물의 '신神'이라 하여 차를 우리는 순간 물은 차를 담는 몸체가 되고, 물에 우러난 차는 신이 된다고 보았다. 《동다송》에서 그는 진차眞茶와 진수眞水라 하더라도 '중정中正'을 갖추어야 '건健'과 '영령靈'을 기를 수 있다고 하였다. 차의 '신神'은 색·향·미처럼 표면에 나타나는 형질이며, '건健'은 차의 내재한 기운으로서, 차의 본체를 이룬다. 나호茶壺가 정결해야 물의 청아한 기운이 온전히 발현되어 차의 '체'가 드러나고[69] 그 결과 과불급이 없는 중정이 이루어져 차의 건령健靈이 드러나는 것이다.

採盡其妙	(차를) 딸 때 그 미묘함을 다하고
造盡其精	(차를) 만들 때 그 정성을 다하며
水得其眞	물은 그 진수를 얻어야 하며
泡得其中	달일 때 그 중정을 얻어야
體與神相和	체(體)와 신(神)이 서로 조화를 이루고
健與靈相併	건실함과 신령함이 서로 어우러져
至此而茶道盡矣	이에 이르면 비로소 다도는 완성된다.

초의는 제다와 포다 과정에서 '경敬'과 '성誠'의 마음으로 찻잎의 신묘한 기운을 살펴 채엽하고, 가공 과정에서 차향茶香을 온전히 보존하여 차 본연의 품성을 음미할 수 있도록 하며, 우리는 과정에서는 차·물·불이 조화를 이루도록 정성을 다해야 한다고 했다. 그는 포법의 중도를 강조하며 지나치게 끓인 물과 덜 끓인 물 모두를 경계하였다.

장원張源(?~?)의《다록茶錄》〈포법泡法〉편에서는 다사茶事 전반에 걸쳐 '중정'의 중요성을 강조하고 있다.

탕(湯)이 충분히 끓으면, 곧 불에서 내려 다호(茶壺)에 먼저 조금 부어 다호를 데운 후 그 물을 따라냄으로써 다호의 냉기를 제거한다. 그런 다음 차를 넣는다. 차의 양은 적정하게 하여 중용[中]을 벗어나 본래의 맛[正]을 잃어서는 안 된다. 차가 많으면 맛이 쓰고 향이 가라앉으며, 물이 많으면 맛이 싱겁고 색깔이 엷어진다. 차를 두 번 우린 후에는 냉수로 다호를 씻어 깨끗이 한다. 사용한 다호를 청결하게 하지 않으면 차의 향기가 줄어든다.[70]

차를 우리는 데 있어 중요한 것은 차와 물의 비율, 다구茶具 관리, 우리기까지의 시간 등 모든 과정에서 '중정中正'을 지키는 것이다. 다관을 예열해 첫 번째와 두 번째 우림의 온도를 균일하게 하고, 차와 물의 양을 '중정'에 맞추며 우리는 시간 또한 '중정'에 맞아야 한다.

초의는《동다송》에서 "차를 제다製茶하는 과정 가운데 현미玄微한 함의含意가 있으니, 그 오묘함[理致]을 드러내기가 어렵다. 차의 진정한 정기精氣는 체體와 신神을 나누지 않고 조화시켜야 한다[中有玄微妙難顯, 眞精莫敎體神分]"라고 하였다. 초의는 장원張源《다록茶錄》〈품천品泉〉 중 "차는 물의 신神이요, 물은 차의 체體다[茶者水之神, 水者茶之體]"라는 구절을 주목한다. 그의 해석에 따르면, '체'는 차의 신이 드러나는 물질적 토대이며, '신'은 차의 본질을 이루는 색·향·미를 의미한다.

명대 허차서許次紓는《다소茶疏》에서 "좋은 차의 향기는 물을 통해 비로소 발휘되므로, 맑고 좋은 물이 없으면 차를 논할 수 없다 [精茗蘊香, 借水爾發, 無水不可興論茶也]"고 했다. 육우의《다경》에서 도 "차를 끓이는 물은 산의 물이 가장 좋고, 강물이 그 다음이며, 우물물이 가장 떨어진다[其水, 用山水上, 江水中, 井水下]"고 하였다. 특히 산의 물 중에서도 돌 사이를 천천히 스며 흐르는 물이 가장 이상적이다. 이처럼 차와 물은 본질적으로 분리될 수 없는 관계 로, '체'와 '신'이 유기적으로 결합되어 있음을 알 수 있다.

초의는 〈봉화산천도인사차奉和山泉道人謝茶〉에서 차와 물의 관계 를 다도의 핵심으로 보고 다음과 같이 말하였다.

深汲輕軟一試來   깊이 길러 가볍고 연한 물맛을 한 번 시험하니

眞精適和體神開   진정한 정기가 조화되어야 체와 신이 열린다네.

麤穢除盡精氣入   거친 더러움이 다 사라지고 맑은 기운이 스며드니

大道得成何遠哉   큰 도를 이루는 것이 어찌 멀다 하랴.

거친 마음과 욕망[麤穢]을 버리고, 가볍고 부드러운 호흡과 마 음가짐[輕軟]으로 천지의 순수한 기운[眞精]을 받아들여 몸과 정신 을 맑게 하면, 깨달음의 경지[大道]에 이르는 길이 절대 멀지 않다 는 뜻이다. 물과 차는 '참됨[眞]', '정갈함[精]', '조화[和]'를 생명으 로 삼는다. 이러한 본질을 갖춘 뒤에야 비로소 차의 체體와 신神이 드러나, 순수한 기운이 사람에게 유익함을 줄 수 있다. 초의는 차 를 다루는 데 추함과 더러움이 없어야만 비로소 차의 정기精氣를 온전히 받아들일 수 있다고 보았다. 그는 차 맛을 내는 과정을 유 가의 윤리적 삶에 비유하며 양질의 차와 좋은 물을 사용해 적절한

분량으로 '중中'을 이루고, 찻물이 잘 우러나 '화和'의 경지에 이르러 '중정中正'이 갖추어지면, 그런 차를 마심으로써 대도大道를 깨달을 수 있다고 하였다.

초의의 다도 사상은 '득중得中'과 '상화相和'를 통해 차의 근본적인 본질을 파악하려 한 것이다. 그는 차의 오묘한 경지에 이르기 위해서는 어떠한 집착도 버린 '무착無着'의 깨달음이 필요하며, 차의 정기精氣를 온전히 체득하려면 청정한 기운이 전제되어야 한다고 보았다. 이러한 사상은 차를 준비하는 실천적 단계에서도 구현되는데, 특히 가볍고 부드러운 물을 선택하여 차의 참맛을 살리는 것을 중요하게 여겼다. 그의 시 〈품천品泉〉에는 이러한 물에 대한 철학적 이해가 잘 드러나 있다.

茶者水之神	차는 물의 신(神)이고,
水者茶之體	물은 차의 체(體)이다.
非眞水莫顯其神	진수(眞水)가 아니면 그 신을 나타낼 수 없고,
非眞茶莫窺其體	진차(眞茶)가 아니면 그 체를 알 수 없다.

차는 물을 통해 우려내기 때문에 차와 물을 분리하여 설명할 수 없다. 따라서 차는 물의 '신神'이 되고, 물은 차의 '체體'가 되어, 두 가지가 서로 조화를 이룰 때 비로소 참된 찻물이 완성된다. 이는 '차는 차이고 물은 물이다'라는 분리된 인식이 아니라, 차와 물이 서로 긴밀한 관계를 맺으며 조화를 이루어야만 그 진가가 드러난다는 것을 의미한다.

송명흠宋明欽(1705~1768)은 〈병천만음瓶泉漫吟〉에서 산뜻한 아침

공기에 차를 마신 뒤 '중화中和'의 경지를 얻었으니 기쁘고, 세속적인 일에서 벗어나 마음이 편안함을 이렇게 표현하였다.

百鳥啼窓曉	새들이 지저귀니 창밖에 아침이 오고
西峯片月斜	서쪽 봉우리에 조각달이 기울어 가네.
山童汲寒水	산에 사는 동지가 찬물을 길어 와
石竈煮香茶	돌 부뚜막에 향기로운 차를 달이네.
味向苦中得	맛은 쓴 속에서 중정을 얻었고
氣從靜處和	기운은 조용한 곳에서 부드러워지네.
怡然心會境	기쁘게 마음으로 경지를 깨닫고
遂與世塵遐	마침내 세속과 멀어지도다.

차를 마시며 중득中得의 경지에 이르고, 중화中和의 경지를 깨닫는 데에는 중정中正의 사유가 담겨있다. 다도茶道에서 물이라는 본체와 차라는 현상의 주체가 상대상즉相待相卽하여 중도실상中道實相으로 드러날 때, 이를 체험하는 사람의 마음 또한 차와 물, 그리고 인간이 무분별지無分別智의 상태로 하나가 되어 차가 지닌 객관적인 본질을 고스란히 드러내게 된다.[71]

명대 허차서許次紓는 《다소茶疏》에서 차를 달이는 데에 차와 물, 기구, 불의 중정을 강조하고 있다.

차의 진미는 물에 의해 발현되며, 물은 다구를 매개로 하고, 적절한 온도의 물은 불 조절을 통해 완성된다. 이 네 가지 요소는 상호 의존적이므로, 어느 하나 모자라서는 안 된다.[72]

차를 우리는 데는 좋은 찻잎과 물만 중요한 것이 아니라, 차를 만드는 데 쓰는 도구 선택도 매우 중요하다. 차에 맞는 다구를 사용해야 풍부한 차의 맛과 향을 제대로 즐길 수 있다. 또한 차를 우리는 과정에서 불의 세기를 적절히 조절하는 것도 차 맛을 결정하는 중요한 요소이다.

장원張源은 《다록茶錄》의 〈포법泡法〉에서 다신茶神과 향의 중요성을 이렇게 강조한다.

대개 다관(茶罐)이 너무 뜨거우면 차의 정신(茶神)이 살아나지 않고, 찻주전자가 깨끗하면 물의 기운이 맑아진다. 차와 물이 잘 어우러질 때까지 잠시 기다린 후, 차를 걸러 마신다. 거르는 것은 너무 일찍 해서는 안 되고, 마시는 것이 너무 늦어서도 안 된다. 너무 일찍 거르면 차의 정신이 충분히 피어나지 않으며, 너무 늦게 마시면 차의 오묘한 향미가 사라진다.[73]

좋은 차를 우리려면 다관茶罐의 온도가 적당히 뜨거워야 차의 향기가 살아나고, 다호茶壺가 깨끗해야 물맛이 순수하게 유지된다. 이 과정 중 어느 하나 소홀하거나 부족함이 있으면, 차의 '중정中正'의 맛을 놓치게 된다. 따라서 물과 불의 조화를 잘 맞추어야 차의 진미인 '건령乾靈'의 경지에 이를 수 있다. 이처럼 물과 불은 차 맛을 결정하는 가장 중요한 요소이다.

명대 전예형田藝衡은 《자천소품煮泉小品》에서 "물과 차가 갖추어져도 불이 없어서는 안 된다. 불이 없으면 물과 차를 잃는 것과 같기 때문이다[有水有茶, 不可無火, 非無火也]"라고 설명한다.

서거정은 〈오용전운기홍남양五用前韻寄洪南陽〉에서 차를 끓일 때

화로의 불을 강약에 맞게 조절해야 함을 강조하였다.

松聲風滿壑	솔바람 소리가 골짜기에 가득하고
月色雪連天	달빛은 눈빛과 어우러져 하늘까지 이어진다.
文武爐中火	화로의 불 강약을 조절하며
香茶細細煎	향기로운 차를 세심하게 달이네.

솔바람 소리로 가득한 고요한 골짜기에서, 달빛이 하얀 눈밭과 하늘을 하나로 잇는다. 이 고요한 경치 속에서, 화로의 불을 강함과 부드러움으로 알맞게 조절하며, 향기로운 차를 여유롭고 정성스럽게 달인다. 이는 고즈넉한 겨울밤, 자연과 하나 되어 차를 달이는 묘미와 고요한 마음의 경지를 노래한 것이다. 차를 우리는 과정에서 지나치지도 모자라지도 않은 중용의 마음으로, 불을 다루어야 한다. 한 잔의 차를 정성껏 준비하는 매 순간이 경외敬畏의 실천이며, 중정中正의 경지에 이르는 길이다.

이수광李睟光은 〈음다飮茶〉에서 과부족을 경계하고 중中의 중요성을 설명하고 있다.

不武不文火候	무화도 문화[74]도 아니게 불을 조절하니
非絲非竹松聲	현악도 관악도 아닌 솔바람 소리로다
啜罷盧仝七椀	노동의 일곱 잔을 마신 뒤
飄然身上太淸	훌쩍 몸이 마치 태청으로 올라가는 듯하다.

완벽한 불 조절로 우린 차를, 세속의 음악이 아닌 자연의 솔바

람 소리를 들으며 마실 때, 정신이 맑고 고운 경지로 승화되어 신선의 태청에 오른 듯한 기분을 느낀다는 표현이다. '중정의 도리를 잘 지켜 건建과 영靈을 온전히 이루어 신선이 사는 태청太淸으로 승천한다'는 것은 차의 효용을 극대화한 경지를 말한다. 이처럼 차를 우리는 과정에 있어서 과부족 없는 중화中和를 중요시하며, 정성을 다해 불을 다루어야 한다.

이상과 같이 음다飲茶는 상대와 바람직한 관계를 형성하는 한편, 차를 마시며 시상이 떠오르면 이를 시로 지어 표현하는 활동이었다. 제사와 헌다는 인간과 자연의 근본에 대한 은혜에 감사하며, 공경과 겸손의 마음인 '경敬'을 바탕으로 예법에 따라 행해졌다. 차는 수양의 매개체로 작용하여, 정신적 안정과 심신의 평온을 이루고 악한 기질을 선한 기질로 변화시키는 역할을 했다. 이러한 변화를 위해서는 차와 물의 조화 속에서 과불급過不及이 없는 상태를 이루고, 중화中和와 중정中正을 구하는 데 있다. 결과적으로 다도를 통한 수양은 본연의 마음을 되찾고 삶을 더욱 윤기 있게 가꾸는 길이었다.

제4부의 주(註)

1 《尙書》,〈舜典〉, "詩言志." 참조.

2 《毛詩大序》, "詩者, 志之所之也. 在心爲志, 發言爲詩." 참조.

3 《論語》,〈陽貨〉, "子曰, 小子莫學夫詩, 詩可以興, 感發志意, 可以觀, 考見得失, 可以群, 和而不流, 可以怨, 怨而不怒, 邇之事父, 遠之事君, 多識於鳥獸草木之名."

4 《論語》,〈季氏〉, "陳亢問於伯魚曰, 子亦有異聞乎, 對曰, 未也, 嘗獨立, 鯉趨而過庭, 曰, 學詩乎, 對曰, 未也, 不學詩, 無以言, 鯉退而學詩."

5 박정도,〈李奎報 茶詩 小考〉,《한국어문교육》 Vol. 7, 한국어문교육연구회, 1988.

6 《孟子》,〈萬章下〉, "一鄕之善士, 斯友一鄕之善士." 참조.

7 朱權,《茶譜》, "茶之爲物, 可以助詩興而雲山頓色, 可以伏睡魔而天地忘形, 可以倍清談而萬象驚寒, 茶之功大矣."

8 《진서(晉書)》권(卷)80: 진(晉)나라 때 왕휘지(王徽之)가 눈 내린 달밤에 흥에 겨워 배를 저어 섬계(剡溪)를 거슬러 올라가 그의 벗 대안도(戴安道)를 찾아갔는데, 문 앞에 이르러 흥이 다하자 대안도를 보지 않고 그대로 돌아왔다는 고사가 있다.

9 屠隆 著, 權德周 譯,《考槃餘事》, 乙酉文化社, 1972. "凡茶須緩火炙, 活火煎, 活火謂炭火之有焰者."

10 이경일,〈白居易茶詩小考〉,《동북아문화연구》 제69집, 동북아문화학회, 2021.

11 《논어(論語)》,〈향당(鄕黨)〉 9장, "자리가 바르지 않으면 앉지 않으셨다[석부정(席不正) 불좌(不坐)]."에서 '옷깃을 단정히 하고 바르게 앉는다. 이는 공자의 정연한 자세와 태도를 가리킨다[정금위좌(正襟危坐)]'는 고사성어 참조. 한(漢)나라 사마천(司馬遷)《사기(史記)》,〈일자열전(日者列傳)〉에 '정금위좌'는 옷깃을 바로 하고 무릎을 꿇고 앉아 몸가짐을 단정히 하는 것을 의미하며, 공경하는 마음과 신중한 태도를 나타내는 말 :〈日者列傳〉, "宋忠, 賈誼瞿然而悟, 獵纓正襟危坐." 后世据此典故引申出成语 "正襟危坐." 참조.

12 朱子,〈敬齋箴〉, "惟心惟一, 萬變是監, 從事於斯, 是日持敬, 動靜弗違, 表裏交正."

13 《朱子語類》卷12, "敬而無失卽所以中, 又曰, 入道莫如敬, 未有致知而不在敬者. 又曰, 涵養須是敬, 進學則在致知, 蓋爲此也."

14 《性理大全》卷32, "北溪陳氏曰, 心者, 一身之主宰也.";《性理大全》, 卷47, "北溪陳氏曰, 敬者, 一心之主宰, 萬事之根本."

15 《周易》,〈坤卦〉, "君子, 敬以直內, 義以方外, 敬義立而德不孤. 直方大不習無不利,
則不疑其所行也."

16 《心經附註》,〈敬以直內章〉, "伊川先生曰, 敬立而內直, 義形而外方, 義形於外, 非在
外也."

17 《心經附註》,〈敬以直內章〉, "伊川先生曰, 主一之謂敬, 直內乃是主一之義."

18 《心經附註》,〈敬以直內章〉, "伊川先生曰, 心敬則內自直."

19 《朱子家禮》,〈通禮〉祠堂, "正至朔望則參."

20 《朱子家禮》,〈通禮〉祠堂, "主人升, 搢笏執注斟酒, 先正位次祔位, 次命長子, 斟諸
祔位之卑者, 主婦升, 執茶筅, 執事者執湯瓶隨之, 點茶如前."

21 《朱子家禮》,〈通禮〉祠堂, "望日不設酒, 不出主, 主人點茶."

22 李縡, 《四禮便覽》,〈祭禮〉祠堂, "茶是中國所用而國俗不用."

23 李珥, 《栗谷全書》,〈祭儀鈔〉時祭儀, "主人主婦奉茶, 或代以熟水分進于考妣之前,
徹羹而退."

24 신명호 외 6명, 《조선시대 궁중다례의 자료 해설과 역주》, 민속원, 2008.

25 《國朝五禮儀》,〈賓禮〉, '宴朝廷使儀', "使者座於太平館正廳東壁, 西向, 掖庭署設殿
下座於西壁, 東向, 設香案於北壁, 司饔院設酒卓於廳內近南, 北向, 殿下至館入便
殿, 時至, 左通禮俯伏跪啓外辦, 殿下乘輿以出, 繖扇待衛如常儀, 左右通禮導殿下
至中門外降輿, 使者出門, 殿下揖讓, 使者亦揖讓, 使者入門而右, 殿下入門而左, 至
正廳, 使者在東, 殿下在西, 揖使者, 使者答揖."

26 제조(提調): 조선시대 임금의 식사와 대궐 안의 음식 공급에 관한 일을 관장하기
위해 설치된 관청으로 사옹원은 최고 책임자 도제조(都提調) 바로 아래 종1품~종
2품 제조가 4명이 있다.

27 제거(提擧): 사옹원 관원 중에 제거는 정3품~종3품이다.

28 《國朝五禮儀》,〈賓禮〉, '宴朝廷使儀', "司饔院提擧一人奉茶瓶, 一人奉茶鍾盤, 俱入
立於酒亭東. 司饔提擧二人奉果盤, 一人立於正使之右近北南向, 一人立於副使之左
近南北向, 提調奉果盤立於殿之右近南, 北向, 司樽提調以鍾受茶, 跪進于殿下, 殿
下執鍾, 就正使前進茶, 正使受鍾, 權授通事, 提調又以鍾受茶, 跪進于殿下, 殿下執
鍾, 就副使前進茶, 副使受鍾, 殿下少退, 提調又以鍾受茶, 立進于正使, 正使執鍾,
就殿下前進茶, 殿下執鍾, 通事以權授茶鍾, 立進于正使, 正使還執鍾, 使者就座, 殿
下卽座, 擧茶訖."

29 《成宗實錄》卷28, 成宗 4年(1473) 3月 16日(丙午), "大王大妃, 仁粹王妃, 王大妃,
詣光陵, 親祭, 又詣奉先殿, 行茶禮. 上遣右承旨柳輊問安."

30 《中宗實錄》卷53, 中宗 20年(1525) 2月 24日(癸丑), "親拜光陵則行茶禮于奉先殿
也."

31 조선 말기 명성황후(明成皇后)의 신주를 봉안한 혼전.

32 아침 혼전에 올리는 상식.

33 왕실 의식(儀式). 인산(因山) 뒤 삼년상 안에 아무 때든지 혼전이나 산릉에서 낮에
    지내는 제식이며 차를 올렸다.

34 저녁 혼전에 올리는 상식.

35 《高宗實錄》卷37, 高宗 35年(1898) 1月 3日, "詣景孝殿, 行朝上食, 晝茶禮, 夕上
    食. 皇太子隨詣, 行禮."

36 임금이나 왕비의 국상 중 장사를 마치고 종묘(宗廟)에 입향할 때까지 신위를 모시
    는 곳.

37 임금이나 왕비의 무덤으로 인산 전에 이름을 정하지 않은 새 능.

38 정영선, 〈茶禮祭祀의 淵源과 展開 및 그 特性에 관한 硏究〉, 성균관대학교 박사학
    위논문, 2005.

39 《禮記》, 〈祭統〉, "凡治人之道, 莫急於禮, 禮有五經, 莫重於祭, 夫祭者, 非物自外至
    者也. 自中出, 生於心也. 心怵而奉之以禮, 是故唯賢者, 能盡祭之義."

40 《禮記》, 〈郊特牲〉, "萬物本乎天, 人本乎祖, 此所以配上帝也, 郊之祭也, 大報本反始
    也."

41 蕭子顯, 《南齊書》, 〈武帝本紀〉, "靈坐上愼勿牲爲祭, 惟設餠, 茶飮, 乾飯, 酒脯爾
    已. 天下貴賤, 咸同此制."

42 육조시대(六朝時代) 남송(南宋)의 문제(文帝) 원가(元嘉) 3년 유경숙(劉敬叔,
    390~470)이 찬한 《괴담집(怪談集)》으로 지금도 남아 있는 기록이다. 전무 아내의
    이야기는 육우가 쓴 《고저산다기(顧渚山茶記)》에도 나온다.

43 예상지보(翳桑之報)는 《춘추좌전(春秋左傳)》에 실린 이야기다. 진(晉)나라 대부 조
    순(趙盾)이 사냥을 마치고 돌아오다 예상(翳桑)에서 굶어 죽게 된 영첩(靈輒)을 살
    려주었다. 훗날 영첩은 자신을 살려주었던 조순이 위험에 처했을 때 조순을 구해
    준다. 은혜를 잊지 않고 보답한다는 내용의 고사성어로 인용한다.

44 陸羽, 《茶經》, 〈七之事〉, 異苑, "剡縣陳務妻, 少與二子寡居, 好飮茶茗. 以宅中有古
    塚, 每飮輒先祀之. 二子患之日, 古塚何知, 徒以勞意, 欲掘去之, 母苦禁而止. 其夜
    夢一人云, 吾止此塚三百餘年. 卿二子恒欲見毁, 賴相保護, 又享吾佳茗, 雖潛壤朽
    骨, 豈忘翳桑之報. 及曉, 於庭中獲錢十萬, 似久埋者, 但貫新耳. 母告二子, 慚之,
    從是禱饋愈甚."

45 李栽, 《密菴集》第9卷, 〈答族姪汝彬〉, "按茶者 … 煎湯歇之, 釋滯消壅, 古人重茶,
    以爲賓祭之用, 不但中原有之, 我東湖嶺間亦多産, 年年上供云."

46 李萬敷, 《息山集》, 〈答李生問目〉, "然大抵今雀舌之類, 消食降氣之劑, 中華人甚尙
    之, 所以用於祭先也, 點者, 就而斟之之謂也."

47 朴世采, 《南溪集》卷25, 〈答宋尤齋別紙〉, "家禮參禮條云, 望日不設酒不出主, 主人
    點茶, 長子佐之, 餘如上儀, … 而附註, 朱子曰, 朔旦家廟用酒果, 望旦用茶, 要訣
    云, 今國俗無用茶之禮, 當於望日不出主只啓櫝."

48 李珥, 《擊蒙要訣》, 〈祭儀鈔〉 參祭儀, "按家禮, 望日則不出主, 不設酒, 只設茶, 今
    國俗無用茶之禮, 當於望日, 不出主, 只啓櫝, 不酹酒, 只焚香, 使有差等."

49 草衣,《東茶頌》(註) 泡法,“體與神相和, 健與靈相併.”

50 朱熹,《朱子全書》,〈理氣一總論〉,“天地間有理有氣.”, 李珥,《栗谷全書》, 卷12,〈答安應休〉,“性理也.”

51 朱權,《茶譜》,“子法舉白眼而望靑天, 汲淸泉而烹活火, 自謂與天語以擴心志之大. … 又將有裨於修養之道矣, 其惟淸哉.”

52 陳元輔,《枕山樓茶略》,〈稟性〉,“茶之有性, 猶人之有性也, 人性皆善, 茶性皆淸, 又按, 茶葉稟土之淸氣, 兼得春初生發之機, 故其所主, 皆以淸蕭爲功.”

53 李珥,《栗谷全書》卷15,〈東湖問答〉,“辨姦莫善於窮理, 見賢莫善於公心, 窮理公心, 以寡欲爲本.”

54 朱權,《茶譜》,“然天地生物, 各逐其性, 莫若茶葉, 烹而啜之, 以逐其自然之性也.”

55 《朱子語類》,〈論語 23〉,“纔覺非禮意思萌作, 便提却這勿字, 一刀兩斷, 己私便可去, 私去則能復禮而仁矣, 都是自用着力, 使他人不着, 故曰爲仁由己而人乎哉.”

56 《心經附註》,〈養心章〉,‘附註’,“乃去人欲存天理切實工夫.” 참조.

57 郭象,《莊子注》에서 “虛氣心, 則至道而集於懷也.”라 주석하고, 成玄英,《莊子疏》에서 “白, 道也.”라고 疏한다.

58 成俔,《虛白堂文集》卷4,〈虛白亭記〉,“虛白亭者, 吾友洪兼善所構之亭也, 揭爲扁以虛白, 取南華氏之言也, 不取吾儒, 而其取乎齊諧何居, 言雖不同而意無不同也, 其所謂同者何, 虛靈不昧, 而能具衆理, 室虛生明而吉祥來止, 言雖殊而意則同也, 然則何不曰明而曰白, 白則光, 光而生明, 明與白一般, 而白是明之極也 … 蓋吾之心旣虛而能白, 則在室在亭奚擇.”

59 李穡,《李評事集》卷1,〈虛室生白賦〉,“雖曰虛而爲盈, 虛者能盈而盈者不能虛兮.”

60 《孟子》,〈公孫丑 上〉,“我善養吾浩然之氣, 其爲氣也, 至大至剛, 以直養而無害, 則塞于天地之間, 其爲氣也配義與道, 無是餒也, 是集義所生者, 非義襲而取之也.”

61 李穡,《茶賦》, ‘七椀茶歌’,“鄒老, 養氣於浩然.”

62 《禮記》,〈仲尼燕居〉,“子曰, 禮乎禮, 夫禮所以制中也.”

63 《中庸》1章,“喜怒哀樂之未發, 謂之中, 發而皆中節, 謂之和.” 참조.

64 李穡,《牧隱詩稿》卷16,〈晚晴, 贈大姨夫閔判事, 慰解其志云〉,“忘形談笑終天年, 驗得從心自而立.” 참조.

65 李穡,《牧隱詩稿》卷13,〈晨興〉,“高人有所樂, 內以守衆正.” 참조.

66 李穡,《牧隱詩稿》卷7,〈詠月〉,“君子惡求初, 萬民所取正.” 참조.

67 《周易》,〈天火同人卦〉,“文明以健, 中正而應, 君子正也.” 참조.

68 草衣,《東茶頌》,“茶多寡宜酌, 不可過中失正.”

69 박동춘,《초의선사 차문화연구》, 일지사, 2010, p.147.

70 張源,《茶錄》,〈泡法〉,“探湯純熟, 便取起, 先注少許壺中, 祛湯冷氣傾出, 然後投茶, 葉多寡宜酌, 不可過中失正, 茶重則味苦香沈, 水勝則色淸味寡, 兩壺後, 又用冷水蕩滌, 使壺凉潔, 不則減茶香矣.”

71 박동춘,《초의선사 차문화연구》, 일지사, 2010, p.149.

72 許次紓,《茶疏》,"茶滋于水, 水藉乎器. 湯成于火. 四者相須, 缺一則廢."

73 張源,《茶錄》(《萬寶全書》),〈泡法〉, "蓋罐熟則茶神不健, 壺清則水性常靈. 稍俟茶水冲和, 然後分布釃布飮. 釃不宜早, 飮不宜遲, 早則茶神未發, 遲則妙馥先消."

74 너무 세지도 너무 약하지도 않은 적당한 화력으로 찻물을 끓인다는 말이다. 문화(文火)는 약한 불이고 무화(武火)는 센불을 의미한다.

제5부

세속을 벗어난 도가적 차문화

유가적 외형 아래, 문인 사대부의 은일적·도가적 삶에 대한 내적 지향은 다시詩에도 강하게 투영되었다. 은일을 추구하는 문인 사대부는 세속의 근심 걱정을 다 잊고 달빛 아래에서 음다하며 시를 짓고, 시와 차는 함께 있는 동반자 역할을 했다. 차를 달이며 시구를 찾곤 했던 그들이 차를 통해서 지향했던 것 중 하나는 도가의 은일적隱逸的이고 탈속적脫俗的인 삶이었다.

1. 조용히 숨어 사는 삶과 어울리는 차

은일隱逸을 추구하는 이들은 일반적으로 관직과 같은 세속적 생활을 벗어나, 사람의 발길이 닿지 않는 깊은 산중이나 강가에 은거하며 자연과 함께하는 생활을 꿈꿀 수 있다. 그들은 어떠한 구속도 없는 자연 속에서 책을 읽거나 차를 마시며, 때로는 강가의 나룻배에서 낚시도 하지 않고 노도 없이 유유자적한 삶을 살았다. 이러한 은일자의 전형적 모습은 타인과의 관계를 끊고 홀로 은둔함에 특징이 있다. 그러나 진정한 은일의 정신은 반드시 인간 사회를 벗어나야만 하는 것은 아니다. 사람이 사는 세속의 공간[人境] 속에서도 은일적 삶을 실천할 수 있으며, 차茶는 그러한 삶을 가능하게 하는 매개체가 될 수 있다.

독철(獨啜) 강조의 차문화

은일자는 자연 속에서 '맑은 바람과 달을 벗 삼아 시를 짓고 흥얼거리는[吟風弄月]' 삶을 살며, '속세의 번잡함을 벗어나 맑고 깨끗한 경지[灑落]'를 추구한다. 이처럼 한가롭고 여유로운 은일의 삶에서 빼놓을 수 없는 것이 '홀로 즐기는 경지[獨樂]'이며, 차茶는 그러한 독락의 순간을 함께하는 동반자이다. 결국, 은일자의 본질은 타인과의 관계를 끊고 오롯이 홀로 은거하는 데에 있다. 타인이 주변에 있다면 원만한 관계를 유지하느라 신경을 써야 하지만, 홀로 있는 삶에서는 그 어떤 방해도 받지 않기 때문이다.

《시경詩經》〈고반考槃〉에서 은일적 삶을 사는 석인碩人의 일상을 통해 은일자의 삶을 엿볼 수 있다.

考槃在澗	산 너머 개울가의 작은 움막집
碩人之寬	석인의 넉넉한 보금자리라.
獨寐寤言	홀로 자고 깨며 혼자 말하네.
永矢弗諼	이 즐거움 영원토록 잊지 않으리.
考槃在阿	산언덕 자리 잡은 작은 토담집
碩人之薖	석인의 넉넉한 안식처리라.
獨寐寤歌	홀로 자고 깨며 노래를 하니.
永矢弗過	이 즐거움 영원토록 저버리지 않으리.
考槃在陸	들판에 자리 잡은 작은 오두막
碩人之軸	석인의 편안한 터전이라오.
獨寐寤宿	홀로 자다 잠이 깨어 누워 있노라면.
永矢弗告	이 즐거움 남에게 말하지 않으리.

이 시는 속세의 번잡함을 떠나 산야山野에 은거하며 자유롭고 고결한 삶을 사는 지사志士의 모습을 노래한 은일시隱逸詩의 효시嚆矢로 평가받는다. '고반'에서는 은자의 삶은 물질적으로는 빈약하지만, 시간이라는 최고의 사치를 누리는 삶이다. 그러므로 세속의 잣대에 구속받지 않고, 작은 공간에서 혼자 차 한 잔의 여유를 즐기는, 남과 비교할 수 없는 가치를 발견할 수 있다. 좁고 누추

한 은자의 삶이지만 정작 남은 것은 풍부한 시간밖에 없고 세속적인 것에 얽매일 필요가 없다. 이런 환경에서 홀로 마시는 차의 즐거움을 누리고자 하는 정취를 느낄 수 있다. 이러한 점에서 은일적 삶을 산 은자는 존경받기도 하였다. 타자와 관계를 끊고 '홀로' 은일적 삶을 사는 은자의 특징은 '홀로 독獨' 자이다.

'독獨'의 경지는 은일을 삶의 지표로 삼은 문인 사대부의 마음속에 고요히 스며들어, 그들만의 고답적高踏的 차문화를 꽃피우는 밑거름이 되었고, 나아가 문인다도의 정신적 지도를 그리는 데 결정적인 역할을 하였다.

명대 허차서許次紓는 《다소茶疏》에서 홀로 있으나 자연을 벗 삼으니, 혼자가 아니라는 것을 말하며 홀로 마시는 차에 대한 운치를 이렇게 노래하였다.

良友清風明月	좋은 벗은 맑은 바람과 밝은 달
紙帳楮衾	장지문과 닥종이 이불
竹寶石枕	귀한 대나무와 돌베개
名花琪樹	이름난 꽃과 옥같이 아름다운 나무이다.

'청풍명월清風明月'을 비롯해 '종이문[紙屏]', '닥나무 이불[楮被]', '대나무 자리[竹床]', '돌베개[石枕]' 등은 모두 은자의 검소한 기물이다. 이름난 꽃과 옥처럼 아름다운 눈 덮인 나무는 좋은 벗이 되며, 자연 속에서 홀로 차를 마시는 '독철獨啜'의 경지는 자신을 차에 의탁하여 물아일체物我一體의 경지에 이르게 한다. 문인 사대부들의 세속을 벗어난 삶과 사유는 바로 이러한 '독철'에서 가장 잘

드러난다.

명대 도륭屠隆의 《고반여사考槃餘事》에는 일상의 공간에서 누릴 수 있는 16가지 정취 있는 놀이 문화가 실려 있다. 그 중 〈다전茶箋〉 편에서는 차를 마시는 인원 수에 따라 그 경지를 세심하게 나누어 설명하고 있다.

以客少爲貴	손님은 적은 것을 귀하게 여긴다.
客衆則喧	손님은 많으면 시끄럽고
喧則雅趣乏矣	시끄러우면 아취가 부족해진다.
獨啜曰幽	혼자 마시는 것을 그윽하다고 하고
二客曰勝	두 손님이 마시는 것을 '으뜸'이라 하고
三四曰趣	서너 손님이 마시면 '멋'스럽고
五六曰汎	대여섯 명이면 '범범'이라 하고
七八曰施	일고여덟 명이면 '베풂'이라 한다.

이 시는 차를 마실 때 적절한 동반자의 수에 따른 경계境界를 설명한 유명한 글이다. 차를 마실 때 동반자의 수가 적을수록 그 품격과 정신적 즐거움이 높아진다는 철학을 담고 있다. 이 구절에서 주목할 점은 '홀로 마시는 것을 그윽하다[幽]'고 표현한 독철獨啜의 차문화이다. 초의는 《다신전茶神傳》의 '음다지법飮茶之法' 편에서 장원張源의 《다록茶錄》〈음다飮茶〉 편에 나오는 '독철왈신獨啜曰神'을 인용한다. 홀로 차를 마셔야만 그윽한 경지를 느낄 수 있다는 의미이다. 차를 함께 마시는 객客은 적을수록 좋고, 많으면 소란스러워져 담소하는 분위기를 해칠 수 있다.

겸재 정선의 〈인곡유거도〉

'홀로 마시는 차는 그윽하다[幽]'에서 '유幽'라는 표현은, 적절히 세속과 거리를 두면서 자신의 지식, 능력, 지혜를 드러내어 적극적으로 세상일에 참여하고 출세하여 자신을 나타낸다는 '입신양명立身揚名'의 '명明'이나 '현달顯達'의 '현顯'과 대비되어 사용된다.

조선시대 회화에서 겸재謙齋 정선鄭敾(1676~1759)의 〈인곡유거도仁谷幽居圖〉는 은일적 삶의 단면을 보여주는 대표적인 예이다. '인곡유거仁谷幽居'에서 '유幽' 자는 숨는다는 것, 깊다는 것, 은미隱微하다는 것 등 다양한 의미를 지닌다. 관직에 있던 사대부들이 부와 명예 대신 자발적인 은거를 통해 자유로운 삶을 지향한 배경에는 바로 이러한 '유幽'의 사유가 자리 잡고 있다.

《역경》〈리괘履卦〉의 '구이효九二爻'에는 "밟는 길이 평탄하니, 은둔한 사람[幽人]이라야 바르고 길하다[履道坦坦, 幽人貞吉]"라는 말이 나온다. 이 '천택리괘天澤履卦'는 상괘上卦가 하늘이고 하괘下卦가 연못으로, 예禮를 실천하는 의미를 지닌 괘이다. '구이효'는 외부에 휘둘리지 않고 중심을 지키며 자신의 행실을 바르게 가다듬어야 함을 강조한다. '유인幽人', 즉 세속적인 명리를 좇지 않고 고요한 마음을 지닌 사람이야말로 바른 길을 걸을 수 있으며 길함을 얻을 수 있다는 것을 의미한다.

정이는 〈리괘履卦〉 '구이효'의 '유인幽人'을 '그윽하고 고요히 살면서 편안하고 담박한 사람[幽靜安恬之人]'이라고 풀이하였다. 이러한 사람은 '독선기신獨善其身' 하면서 마음 상태가 외부 사물에 흔들리지 않고 고요하며 담박하고 편안한 삶을 산다. 소식은 '유인'을 '유거지사幽居之士'로 보며, "유인은 일이 없으면 문을 나서는 일이 없다. 우연히 따사로운 동풍을 좇다 보니, 이느센기 좋은 밤이 되었구나"[1]라고 노래한다. 소식이 말한 이러한 상황은 세상일에 얽매이지 않고 일정한 거리를 두는 한가로운 삶에서만 가능하다. 이처럼 '유거'라는 말은 자연이나 전원에 살면서 세속과 거리를 두고자 하는 은일적 삶을 의미한다. 때로는 외부와 관계를 끊고자 하는 이러한 삶은 대문을 열어놓을 필요조차 없다는 표현으로도 이어진다.[2]

고려 말부터 조선 초기까지 활동한 유학자들에게서는 은일隱逸의 기풍을 찾아볼 수 있다. 행촌杏村 이암李嵒(1297~1364)은 청평산에 은거하며 제자인 목은牧隱 이색에게 은일적 정신과 차문화를 전수한 인물로 알려져 있다. 권력에서 배제되어 귀양을 가거나 두

행촌 이암의 〈자화상〉

문동杜門洞에 은거한 선비들 사이에서도 은둔과 고고한 기상을 중
시하는 풍조가 두드러졌다. 이러한 은일적 기풍은 두문동 학사들
에게 이어졌으며, 그 중심에 이색과 정몽주가 있었다.

　삶의 지향을 은둔에 두고, 때로는 선가禪家적 성향을 보였던 대
표적 인물로 육은六隱을 꼽을 수 있다. 여기에는 목은牧隱 이색, 포
은圃隱 정몽주, 도은陶隱 이숭인, 야은冶隱 길재, 수은樹隱 김충한金
沖漢, 농은農隱 민안부閔安富 등이 포함된다. 이들의 호號에 공통적
으로 쓰인 '은隱' 자가 바로 그러한 삶의 태도를 상징한다.

　야은冶隱 길재吉再는 낙향하여 선산善山으로 은거한 뒤 〈산가서山
家序〉에서 은일 하며 사는 소박한 삶을 이렇게 읊는다.

飄風不起	휘몰아치는 바람은 잠잠하고
容膝易安	발 하나 얹을 만한 곳이 편안하네.
明月臨庭	밝은 달빛은 마당에 내리쬐고
獨步徐行	홀로 천천히 걸으니
簷雨浪浪	처마에서 빗물이 줄줄 흐르니
或高枕而成夢	높은 베개에 기대어 꿈을 꾸기도 하고
山雪飄飄	산에 눈이 펑펑 내리니
或烹茶而自酌	차를 끓여 홀로 잔을 기울이네.

이 문장은 세속의 번잡함을 벗어나 좁고 검소한 공간에서 자연의 변화를 벗 삼아 지내는 은자隱者의 평안하고 만족스러운 삶을 그린 것이다. 바람이 잠잠하고, 달빛이 내리쬐고, 비가 오고, 눈이 내리는 자연 속에서 홀로 거닐고, 차를 마시고, 꿈꾸는 모습은 외로운 것이 아니라 오히려 마음의 자유와 평정, 지족知足의 경지를 잘 보여준다. 길재의 삶은 세속을 벗어난 방외인方外人의 삶이다. 욕심을 버리면 마음이 평온해진다는 진리를 보여준다. 그의 맑고 깨끗한 성품에는 한 섬의 티끌[有漏]도 없다. 눈이 펄펄 날리는 날 차를 끓여 마시면 그윽한 운치가 느껴진다. 다산 정약용은 차 마시기 가장 좋은 때로 "아침 해가 막 떠오를 때, 갠 하늘에 흰 구름이 빛날 때, 낮잠에서 갓 깨어났을 때, 그리고 밝은 달이 푸른 시냇물에 비칠 때"[3]라고 하였다.

운곡耘谷 원천석元天錫은 두문동 72현 중 한 사람이며 정치에 환멸을 느끼고 치악산으로 들어가 농사로 삶을 지속했다. 그는 어린 시절 태종太宗 이방원李芳遠(1367~1422)을 가르친 스승이었기에, 출세할 기회가 여러 번 찾아왔다. 그러나 태종이 자신을 직접 찾아온다는 소식을 듣고는, 오히려 깊은 산속으로 은둔해 버렸다. 그는 '작설차雀舌茶'라는 녹차의 다른 이름을 시에 최초로 등장시킨 인물로, 총 13수의 다시茶詩를 남겼다. 그의 〈사제이선차사백혜차謝弟李宣差師伯惠茶〉이라는 다시를 보자.

惠然京信到林家	마침 반가운 서울 편지가 은거에 이르렀는데
細草新封雀舌茶	가는 풀로 새로 봉한 작설차라네
食罷一甌偏有味	식사 뒤의 한 사발은 각별한 맛이 있고
醉餘三椀最堪誇	취한 뒤의 세 사발은 가장 기뻐할 만하네.

이 시는 원천석이 서울에 있는 선차 이사백이 차를 보낸 것에 대해 기쁜 마음을 읊은 작품이다. 시에는 선물로 받은 차의 이름이 '작설차雀舌茶'라고 명시되어 있다. 작설차는 차나무의 여린 순과 갓 피어난 잎으로 만든, 질이 좋은 귀한 차이다.

시의 후반부에서는 술에 취한 뒤, 이 '작설차'가 숙취를 깨끗이 풀어주는 데 뛰어난 효능이 있음을 흡족한 어조로 표현하고 있다. 이처럼 시인은 술과 차가 어우러진 일상에서, 세속적인 욕망과 속세의 번뇌는 저절로 사라져버린다는 평안한 경지를 그려내고 있다.

조선 전기 대사헌인 이원李原은 〈유거즉사幽居卽事〉에서 자연 속에 은거하며 차를 마시는 일상에서 마음의 안정과 평정을 얻었음을 노래하고 있다.

清晨盥櫛戴烏紗	아침에 세수하고 빗질하고 오사모 쓰고
坐此茅茨一殼蝸	달팽이 집처럼 작은 이 초가에 앉았네.
酒滴槽床疑有雨	술 방울이 술독에 떨어지니 비 오는 듯하고
雪飄庭樹作飛花	뜰 안 나무에 눈이 날리니, 꽃잎이 날리는 듯
明牕點筆仍題句	밝은 창가에서 붓을 들어 시를 쓰고
碧澗敲氷自煎茶	푸른 시내 얼음 깨며 스스로 차를 달이네.
客至從嗔還閉戶	손이 오면 화를 내며 다시 문을 닫고서
年來過懶愛無譁	해가 갈수록 게을러져서 시끄러움 싫어하네.

이 시는 조선시대 문인이 은거하며 즐기는 고독하고 평화로운 일상을 그린 작품이다. 전체적으로 한적한 자연 속에서 책과 차, 시를 벗 삼아 사는 유유자적한 삶의 정취가 잘 드러난 작품이다. 얼음을 깨고 스스로 차를 달이는 환경에서 시를 쓴다. 눈과 꽃이 흩날리는 소박한 자연 풍경 속에서 은둔적 삶을 살며, 속세의 손님을 멀리하고 고요히 지내는 은자의 청정한 모습을 읊조린다. 이원은 대사헌이라는 높은 관직에 있었음에도 벼슬을 버리고 자연에 은거하며 달을 바라보고 차를 직접 달이며 고요한 나날을 보냈다.

조선시대 유학자들의 낙향은 두 가지 양상으로 나타났다. 하나는 스스로 세속의 부귀영화를 버리고 청빈한 은둔 생활을 지향하는 경우였고, 다른 하나는 정치적 파벌 싸움에서 소외되거나 유배형에 처해져 권력의 자리에서 물러나야 했을 때였다. 후자의 경우, 그들은 자신의 처지를 정당화하고 마음의 평정을 찾기 위해 도가적 은일 사상을 수용하는 경우가 빈번하였다.

서거정이 〈차소요정견기시운次逍遙亭見寄詩韻〉에서 읊은 경지는 차에 몰입하였기에 그 심오한 경지가 사뭇 깊다.

掩門獨坐靑山近	문을 닫고 홀로 앉아 푸른 산 가까이
揮塵高談⁴白日長	고상한 담론 종일토록 하네.
斗室蕭然無俗物	작은 방은 쓸쓸하나 속된 것 없고
藥爐茶鼎共琴床	약화로와 차 솥이 거문고와 함께하네.

이 시는 은자隱者나 선비의 고고한 풍류 생활을 그린 것이다. 즉, '가난하고 외롭지만, 자연과 벗하며 학문과 예술로 여유롭고 고상한 삶을 사는 선비의 모습'을 담고 있는 아름다운 시이다. 서거정은 청산에 은일隱逸하여 '독철왈신獨啜曰神'하는 고고한 면모를 보여준다. 홀로 자연과 벗하며 차를 마시는 경지야말로 최고의 안식이다. 자연의 소리를 들으며 흥이 일면 거문고를 퉁긴다. 작은 집, 약화로, 차 솥은 은자가 지닌 최소한이면서도 소박한 도구이다. 배고프면 소박한 밥으로 끼니를 때우고, 졸리면 언제든 잠들며, 목마르면 차를 끓여 '홀로 마시는[獨啜]' 삶의 모습이 그려진다.

매월당은 시대를 초월하는 맑은 정신을 소유한 인물이다. 그는 〈고풍古風〉에서 홀로 마시는 차에 대해 아래와 같이 말하고 있다.

心地淨如水	마음은 맑아 흐르는 물과 같아서
翛然無礙隔	걱정 없이 막힘이 없네.
正是忘物我	바로 물아(物我)를 잊는 경지라
茗椀宜自酌	차를 마시며 스스로 즐겨야 하리.

차를 마시는 가장 높은 경지는 홀로 우려내어 즐기는 것이라 할 수 있다. 홀로 마실 때 비로소 차의 참맛을 알게 되고, 진정한 차인의 경지인 '망물아忘物我'에 이를 수 있다. 이는 세속의 속박에서 벗어나 마음의 장애를 없애고 청정한 경지에 이르는 과정이며, 그 안에서 사물과 하나 되는 '자연합일自然合一'을 체험하게 된다. 여기서 중요한 것은, 문제가 결코 외부에 있는 것이 아니라 '나' 자신, 즉 내 마음에 있다는 점이다.

김창업金昌業(1658~1721)은 〈차백씨용방옹유거초하운次伯氏用放翁幽居初夏韻〉에서 아무도 오지 않는 상태에서 홀로 샘물 길어 차 달이면서 유정幽靜한 삶을 즐긴다.

園中宛轉相呼鳥	정원에선 지저귀는 새들 서로 부르고
簾外繽紛摠落花	발 밖에 곳곳에 흩뿌려진 낙화들.
滿院松陰無客到	소나무 가득한 뜰에 찾아오는 손님 없고
淸泉獨試雨前茶	맑은 샘물로 홀로 우전차를 달여 마신다.

이 시는 한적하고 아름다운 자연 속에서 벗 없이 홀로 있지만, 오히려 고요함과 차茶를 즐기는 여유로운 경지를 표현한 작품이다. 김창업은 영의정 김수항의 아들로, 시문과 그림에 뛰어난 재능을 지녔으며, 우리 산수를 그려 낸 겸재謙齋 정선鄭歚의 스승이기도 하다. 그러나 아버지가 기사환국己巳換局으로 억울하게 사사賜死되는 비극을 겪으면서, 그의 인생은 완전히 달라졌다. 관직을 버린 그는 세속을 등진 곳에서 제자들을 가르치며 은거의 길을 걸었다.

그의 시에서는 동산에 새들이 지저귀고, 바람에 꽃잎이 어지럽게 흩날리는 고요한 거처, 찾아오는 이 없는 그 시간, 홀로 차를 달여 마시며 고고하게 은둔하려는 의지意志가 보인다. 최고의 차茶인 '우전차'를 홀로 즐긴 것은, 단순한 한가로움이 아니라, 세상의 번잡함을 초월하고 자신의 절개와 정신을 지키려는 의연한 자세의 표현이다. 그의 시와 그림, 그리고 삶 자체에 한가롭고 담백한 소요逍遙의 미학과 은일자隱逸者의 품격이 고스란히 담겨 있다.

도암陶菴 이재李縡는 〈즉사卽事〉에서 음다를 위해 손수 차를 달이고 마신다는 것을 읊고 있다.

睡餘閒味無人覺 　　잠에서 깨어난 한가로운 맛을 이는 이 없으니
汲取淸泉手煎茶 　　맑은 샘물 길어다 손으로 차를 달인다네.

이 시는 '한중진미閒中眞味', 즉 한가로움 속에서 찾는 참된 즐거움의 정수를 잘 포착해냈다. 이것은 홀로 있는 사람이 차를 달이는 것과 같이 단순하고 우아한 행위에 완전히 몰두하여, 타인에게 말로 표현할 수 없는 그 고요하고 만족스러운 느낌을 가만히 음미하는 경지를 표현한다. 도암은 낮잠을 자고 깨어나, 시간에 쫓기지 않는 한가로운 상황에서 다동을 부르지 않고 홀로 차를 끓여 마시는 흥취 속에서 즐거움을 느끼는 진정한 다인의 모습이다.

신위는 창원에 있는 성주암에 가서 쓴 〈성주암聖住菴〉에서 차를 마시는 정경을 이렇게 읊는다.

瀟寥節日關秋思	쓸쓸한 절일에 가을 생각 깊어지고
興替山門易感情	흥망성쇠 산문에 감정이 쉽게 변하네.
淡茗自燒紅葉煮	담백한 차는 내가 붉은 낙엽으로 끓여 내고
夕陽變態一甌傾	석양이 모습을 바꾸니 한 사발 따라 붓네.

시인은 쓸쓸한 가을 명절에 산중에 머물며 세상의 흥망성쇠를 생각한다. 그 감정을 붉은 낙엽으로 차를 끓이며 달래고, 마지막에는 하늘의 석양 그 자체를 마시듯이 자기 내면으로 받아들인다. 이 시는 고독, 덧없음, 그러나 자연과의 교감을 통해 이를 초월하려는 아름다운 경지를 보여준다. 때는 한로寒露 무렵이다. 인생의 무상을 한 잔의 차로 달래고자 하는 모습이다.

이민보李敏輔(1720~1799)는 〈야좌夜坐〉에서 달 밝은 밤 뜰에 앞산 그림자가 드리워 정취는 있으나 함께할 사람이 아무도 없다면서, 이에 혼자 술도 마시고 음다를 하며 그리운 사람들을 생각한다고 했다.

窓昇皓月欲扶藜	창문에 걸린 달빛에 청려장 짚고 일어나니
山影盈庭孰共携	뜰에 산 그림자 가득하나, 함께 할 이는 누군가.
紫葚和茶開藥竈	자심과 차는 부뚜막에서 약으로 끓고
黃魚佐酒摝烟溪	황어를 안주로, 연기 피는 개울에서 술을 마신다.

이 시는 자연 속에서 지내는 은자隱者나 선비의 고요하고 아름다운 생활을 그린 것이다. 밝은 달빛과 산 그림자 가득한 정적인 정경 속에, 고독하지만 만족스러운 삶의 모습을 담아내고 있다.

'함께 할 이는 누구'라는 구절에서 외로움의 정조情調도 느껴지지
만, 전체적으로는 자연과 하나 되어 사는 모습을 담은 아름다운
그림 같은 시이다. 몸은 늙어 홀로 지내니, 산중의 달빛에 기대어
청려장을 짚고 나서도 발길이 끊긴 길이 쓸쓸해 보인다. 하지만
곁엔 차와 술과 달이 벗이 되어 주니, 이런 삶이 꼭 쓸쓸하지만은
않다.

은일자는 세속의 인연을 끊고 고요한 여유 속에서 고독한 안목
을 추구했다. 속세의 번잡함에서 벗어나 홀로 사는 삶은 더 이상
방해받지 않았고, 자연 속에서 달을 벗으로 삼아 시를 읊조리며
깨끗한 마음을 유지했다. 그의 여유로운 삶에는 항상 차가 함께했
으니, 이는 바로 은일자가 꿈꾸던 삶의 참모습이었다.

한거(閑居) 지향의 차문화

은일隱逸이란 관료적 삶을 포기했다는 것인데, 관직을 버린 은
일자에게 남은 것은 오로지 시간, 즉 한가로움 그 자체이다. 그
고요한 시간을 함께한 것이 차茶이다. 자연을 만끽하며 맑은 바람
과 밤하늘의 달을 벗 삼는, 소위 음풍농월吟風弄月의 삶. 그 한적
한 거처[閑居]에는 다동茶童과 더불어 차가 늘 자리했다. 비록 은거
지는 좁고 삶은 궁핍하지만, 그들은 이를 불편함이라 여기지 않는
다. 오히려 그 한가로움과 소박함 속에서 삶의 참된 즐거움을 찾
아낸다.

유방선柳方善(1388~1443)은 관직에 몸담은 일이 적고 모함을 받
아 긴 유배 생활을 했다. 그는 〈즉사卽事〉에서 은일 생활을 하며
차를 마시고 난 후 시심詩心이 일면 붓을 들어 자신이 선호한 삶을

솔직 담백하게 읊었다.

晚歲愛幽獨	늙은 나이 홀로 있기 좋아하니
卜居投遠山	먼 산에 터 잡고 살아가네.
種茶開藥圃	차나무 심고 약초밭 가꾸고
栽竹製漁竿	대 심어서 낚싯대도 만들었지.
春色惱無睡	봄빛은 잠 못 이루게 하고
鳥聲啼破閑	새소리는 한가로움을 깨고 지저귄다.
誰知茅屋下	그런데 누가 알았으랴. 이 초가집 아래에서도
自有臥遊寬	편히 누워 천하를 즐길 수 있음을

이 시는 은자隱者의 한가롭고 여유로운 삶의 모습을 담담하면서도 달관된 어조로 그려내고 있다. 유방선은 차나무을 직접 심고 낚싯대를 준비한다. 임하에서 은자의 한가로운 삶을 지내며 슬기고자 함이다. 먼 산에 은거하니, 산속의 봄빛과 지저귀는 새소리가 마음을 편안하게 한다. 이는 오직 은일자만이 누릴 수 있는 한가로움이다.

그는 〈산거山居〉라는 시에서 자신의 은거지를 '은자의 집[隱家]'이라고 표현했다.

閑中槐國夢	한가로운 중에 꿈속에 황홀한 나라를 꿈꾸고,
飯後玉川茶	밥을 먹은 뒤에 옥천차를 마신다네
萬事從疏懶	만사에 게으르고 느긋하게 행동하니
人稱隱者家	사람들이 이를 두고 은자의 집이라고 일컫는다.

이 시는 한가로운 은자의 삶을 묘사하고 있다. 전체적으로 자연과 조화를 이루며 세속을 벗어난 유한悠閑한 삶의 아름다움을 노래한 시이다. 여기에 나오는 '괴국몽槐國夢'은 당나라 이공좌李公佐의 《남가기南柯記》에 나오는 표현으로, 꿈속에서 벌어지는 황홀한 세상을 의미한다. 여기서는 현실을 초월한 평화로운 꿈을 상징한다. 은자는 번잡함을 피해 고요한 삶을 살고자 한다. 정해진 시간에 해야 할 일도 없이, 졸리면 잠들고 깨면 차 한 잔에 밥 한 끼를 즐긴다. 누구의 간섭도 받지 않는 은둔의 삶, 그 고독하지만 행복한 경지[獨樂]를, 차를 마시며 느껴본다.

이숭인李崇仁은 〈여태허가 좨주에게 화답한 시에 차운하다[次如太虛和祭酒韻]〉라는 시에서 은일을 지향하는 마음을 이렇게 내보인다.

軟紅奔走憐吾倦	연한 붉은빛에 분주한 지치고 불쌍한 이 몸
虛白逍遙羨子閑	허백에서 소요하니, 한가한 그대 부럽구려
欲與陽村乘興去	양촌과 함께 흥을 따라가고 싶어
直從蓮社借三間	곧바로 연사에서 방 세 칸을 빌리리.

시에서 이숭인은 "나는 세속 일에 지쳤는데, 당신의 한가로운 모습이 부럽다. 당신이 있는 그 고요한 곳으로 가서 당신과 함께 지내고 싶다"는 마음을 아름다운 시어로 표현하고 있다. 시의 '연홍분주軟紅奔走'는 번화한 세속에서 분주하게 뛰어다님을 의미하는데, 고단한 벼슬살이를 비유한다. 그는 지친 현실 속 삶을 벗어나, 한가롭고 평안한 삶을 동경하는 마음을 드러낸다. 시의 제목

에서 '좨주祭酒'는 정3품 또는 종3품의 관직을 지칭하는데, 양촌陽村 권근權近을 일컫는다. 반면, '연사蓮社'는 중국 동진 시대 혜원법사가 세운 수행 공동체로, 세속의 명예와 이익[名利]에 물들지 않은 고고함을 연꽃에 비유한 데서 그 이름이 유래되었다. 이러한 대비를 통해 시인 이숭인은 '좨주'가 상징하는 관료적 세속과 명리를 떠나, '연사'가 상징하는 청렴한 한거閑居의 삶을 지향하고자 하는 염원을 펼쳐 보인다.

매월당 김시습은 〈산거집구山居集句〉에서 다산과 같이 차를 직접 재배하고 취향에 맞게 음다를 추구한 차인으로 삶 속에서의 한가로움을 읊는다.

如今一事亦無之	지금은 한 가지 일도 없는 것처럼
小鼎煎茶面曲池	작은 솥에 차 달이며 굽은 연못 마주하네.
忽喜靜中生意動	문득 고요 속에 생명의 움직임 기뻐하네.
山風吹折桂花枝	산바람이 불어 계화 가지를 꺾어내니.
世間安樂爲淸福	세상에서의 안락이 곧 맑은 복이니
聯爲煎茶一據牀	이를 위해 차를 달이며 평상에 앉았다네.

이 시는 세상의 복잡한 일에서 벗어나 자연과 하나 되어 사는 소박한 삶의 여유와 그 속에서 우연히 마주치는 아름다운 순간들이 주는 깊은 기쁨을 표현한 작품이다. 매월당은 차를 몸에 지니고 다니며 언제나 달일 준비가 된 차인茶人이었다. 그는 세속을 떠나 산속에서 한거閑居하며 소박하게 살아가는 은일자隱逸者의 전형을 보여준다. 매월당은 산속 생활이 세속과 대비될 때 그 의미가

더욱 선명해지고 바람직함을 알 수 있다고 여겼다. 자연을 가까이 하는 산중 생활에서 자연과 혼연일체渾然一體가 된 그는, 산바람에 가지가 꺾이는 것조차 자연의 이치라고 담담히 받아들였다. 세속과는 다른, 그만의 행복은 차를 마시는 것에서 비롯되었다.

오도일吳道一(1645~1703)은 차와 술이 함께하다 병이 나면 금주를 하고 차만 마셨는데, 차가 마음을 밝게 하고 몸에 효능이 있다는 것을 알고 있었다. 그의 〈증만계주인贈晩溪主人〉에서는 자연의 풍경을 만끽하며 차를 끓여 독철獨啜하는 모습이 보인다.

吏隱三年與俗疏	관리에 있으면서 은둔한 지 삼 년, 세속과는 멀어졌네
一筇閒日問山居	대지팡이로 한가로운 날에 산속 거처를 찾아가네
龜潭縱勝淸堪讓	구담이 비록 뛰어나고 맑으나, 양보할 수 있겠나
寒碧雖奇淡不如	한벽이 비록 기이하지만, 담박에서는 못하네.
小塢殘煙茶熟後	작은 마을에 남은 연기, 차가 다 익은 뒤에
晚林幽鳥夢醒初	저문 숲속 유조(幽鳥)가 꿈에서 막 깨어날 때.
孤舟短笛重尋約	외로운 배, 짧은 피리, 다시 찾기로 한 약속
待得春流上鱖魚	봄물이 흘러 쏘가리가 오르길 기다리네.

이 시는 벼슬길에 있으면서도 마음은 세속을 떠나 산속에 은거하는 '관리이자 은자'의 삶을 그린다. 오도일은 구담龜潭, 한벽寒碧과 같이 유명하고 아름다운 곳보다 자신이 머무는 이 산속의 담박하고 고요한 정취를 더 사랑한다. 차를 마시고 난 후 작은 마을에 피어오르는 연기, 저녁 숲에서 우는 새소리는 고요한 꿈에서 깨어나는 것처럼 평화롭다. 마지막으로 시인이 외로운 배를 타고 짧은

피리를 불며, 봄물이 불어나 쏘가리가 거슬러 올라오는 때를 기다리며 친구와의 재회를 약속하는 모습에서 한적한 자연 속에서의 여유와 기대를 느낄 수 있다.

채팽윤蔡彭胤(1669~1731)은 〈홍형견화洪兄見和〉에서 산들바람이 불어오는 즈음, 초야에 묻혀 차를 마시며 한거하는 해방감을 이렇게 노래한다.

微風曲几茶烟煖	산들바람에 기대어 앉은 자리, 차 연기 따뜻하고
晴日幽簷鳥語新	맑은 날 고요한 처마에 새소리 더욱 새롭구나.
漸覺閑居便野態	점점 한가하게 사니, 자연인 같은 모습이 편하고
閉門高臥不冠巾	문 닫고 편안히 누워, 관자도 쓰지 않은 채로.

이 시는 벼슬이나 세속적인 삶을 떠나 자연 속에서 마음 편히 지내는 은일隱逸의 즐거움을 그린 것이다. 채팽윤은 바람에 날리는 차의 연기가 따뜻하게 느껴지고, 한가로워진 마음으로 인해 평소 듣던 지저귀는 새소리가 더욱 새롭게 감지感知되는 느낌을 표현한다. 문을 닫고 관자를 쓰지 않는다는 것은 체면이나 신분의 상징을 버리고 완전히 편안해졌음을 의미한다. 차 한 잔을 들며 세속의 모든 것을 내려놓고 고요히 누워 마음의 평안을 즐기는 모습이 그려진다.

이하곤李夏坤(1677~1724)은 〈한거閑居〉에서 세상사 다 잊고 한가하게 차 마시며 자연과 함께하는 모습을 읊는다.

苔色閑來碧	한가롭게 피어난 이끼 빛만 푸르른데
蟬聲睡後凉	잠에서 깨어 들으니 매미 소리 서늘하네.
蕭然聊隱几	쓸쓸히 팔걸이에 기대어 앉아보니
寂爾卽禪房	고요함이 곧 선방이로구나.
山水忘憂物	산과 물은 근심 잊게 하는 것
文章却老方	글은 늙음을 치료하는 약방이네.
心無關一事	마음에 걸리는 일 하나 없으니
幽味似茶長	그윽한 맛이 마치 차처럼 길기도 하네.

홀로 선방에 있는 듯 고요하지만, 곁에는 산수가 있고 쓰고 싶은 문장이 있다. 산수는 근심을 잊게 하고 붓을 들어 마음껏 써내려가면 늙을 틈이 없다. 이끼 색이 점점 푸르러지는 것은 찾아오는 발길이 드물기 때문이다. 낮잠에서 깨어 들려오는 매미 소리는 더위를 날려버릴 만큼 서늘하다. 몸과 마음을 옭아매는 벼슬자리에서 벗어나 한가롭게 지내면, 졸릴 때 언제든 낮잠을 즐길 수 있다. 문인들은 자연에 취해 낮술을 마시거나, 책을 읽다 지치면 그것을 베고 잠들기도 한다. 특히 여름이면 이런 낮잠이 더욱 즐겁다. 이처럼 유유자적한 삶 속에서, 시원한 그늘이나 마루, 산속의 너럭바위 등 장소와 시간에 구애받지 않는 것이 은일자의 낮잠이다. 깊은 산중에 살다 보니 문을 두드리는 성가신 사람도 없다. 자연과 함께하며 느끼는 여운은 은은하게 오래 간다.

정래교鄭來僑(1681~1757)는 〈득다자得茶字〉에서 산속에 한거하며 누리는 즐거움, 책 읽고 차 달이는 즐거움을 이렇게 노래하고 있다.

春水初生漲岸沙	봄물 처음 생겨 언덕 모래에 차고
閒閒來着屐向田家	한가로이 나막신 신고 시골집으로 가네.
村深古木周遭立	마을 깊은데 오래된 나무들 둘러서 있고
山僻行蹊繚繞斜	산은 외지고 길은 빙빙 둘러 비스듬하구나.
頗喜峽居逢樂歲	산골에 사는 삶 풍요로운 해 만나 즐겁고
每從隣友說生涯	이웃 친구마다 삶의 이야기를 나누네
日長正好林間讀	날이 길어 숲속에서 글 읽기 딱 좋고
汲得寒泉煮茗茶	찬 샘물 길어다가 차를 달이네.

이 시는 봄날의 정경을 담고 있다. 화자는 한가롭게 시골길을 걷다가, 사람들의 발길이 닿지 않은 깊은 산골짜기까지 발걸음을 옮긴다. 정래교는 눈앞에 펼쳐진 풍경을 화려한 수식 없이 담백하게 그려낸다. 길게 꾸미지 않고 사실적으로 묘사했을 뿐인데, 그 잔잔하고 평화로운 분위기에 읽는 이의 마음도 맑아지는 느낌이다. 벗과 나누는 이야기, 고요한 숲속에서 책을 읽는 여유, 그리고 맑은 샘물을 길어 달인 차를 마시는 모습까지, 이 모든 것이 마치 고즈넉한 시골 마을의 풍경을 한 폭의 그림으로 그린 뒤, 그것을 시로 옮겨 놓은 것처럼 생생하다. 이처럼 아름다운 계절에 소중한 벗을 만나 함께 이야기를 나누고, 긴 봄날 숲속에서 책 읽는 즐거움을 누리는 것, 그리고 여기에 향긋한 차 한 잔이 더해진다면, 그야말로 금상첨화가 아닐 수 없다.

이광덕李匡德(1690~1748)은 〈한거閒居〉에서 은일적 삶 속에서 세속의 시비에는 관심을 두고자 하지 않는다고 말한다. 술과 차만 있으면 그만이라는 것이다.

萬死魂從羿彀收　만 번 죽을 뻔한 혼이 예의 활시위에서 거둬지고
十年門閉澗西頭　십 년 동안 문을 닫고 시냇가 서쪽 머리에 있다.
桀非堯是兩相忘　걸의 그름과 요의 옳음 서로 모두 잊고서
酒熟茶淸百不憂　술 익고 차 맑으면 모든 근심이 없다네.

　이 시는 세상의 위험에서 벗어나 은거하는 삶의 안정과 평화를 노래한 것이다. 결국 이 시는 "파란만장한 세상사에서 벗어나, 오랜 은둔 생활 속에서 세상 시비를 잊고, 소박한 낙으로 평안을 누리는 지사志士의 마음"을 그린 작품이다. 상나라 시대에 활을 잘 쏘는 영웅 예羿는 태양의 열기로 지구상의 생물이 멸종하는 것을 막기 위해 아홉 개의 태양을 활로 쏘아 떨어뜨려 인류를 구한 영웅이다. 《회남자淮南子》〈본경훈本經訓〉에는 "요堯 임금 때에 이르러 열 개의 태양이 함께 떠올라 농작물을 태우고 초목을 말려 죽였기에, 백성들은 먹을 것이 없었다. … 예가 활을 쏘아 열 개의 태양을 떨어뜨리자 만백성이 모두 기뻐하며 요를 천자로 삼았다"[5]라고 기록되어 있다. 예는 활쏘기에 능해 하夏나라를 찬탈하고 스스로 왕위에 올랐으나, 후에 그의 가신[家衆]인 방몽逄蒙에게 살해당했다.[6] 이광덕은 지구를 구한 예의 사례를 되새기며, 자신의 삶에서도 올바른 행동을 실천하고자 다짐했다. 이광덕에게 '예羿의 활시위'는 죽음을 넘나드는 위험한 상황을 상징한다. 그런 위험에서 벗어났다는 것은 정치적 혼란이나 생사의 고비를 겪었다는 의미이다. 그가 오랫동안 문을 닫고 시냇가 서쪽 머리에 있다는 것은 세상과의 교류를 끊고 은둔의 삶을 보내는 모습을 생생하게 보여준다. '걸桀과 요堯'는 각각 악한 군주와 성군을 대표하는 인물

로, 세속적인 가치 판단과 정치적 논쟁에서 완전히 자유로워졌음을 말한다. 마지막 구절은 그런 초탈한 삶의 즐거움을 담백하지만 충만한 기쁨으로 표현한다. '술과 차'는 은자의 여유와 만족을 상징한다. 이러한 자연환경에서 마시는 맑은 차는 세속의 근심과 시비를 모두 잊게 해주었다고 그는 노래한다.

민우수閔遇洙(1694~1756)는 〈실옥보완室屋甫完 거처심적居處甚適 형제상대兄弟相對 부영자오賦詠自娛〉에서 낙향하여 형제, 친척과 지난날의 정을 나누는 것이 꿈이었는데, 마침 고향으로 돌아오게 되어 기쁘기 그지없다고 노래한다.

林棲靜僻萬緣淸	숲속에 살며 고요하고 외진, 모든 인연 청정하네
入眼雲山翠更橫	눈에 들어오는 구름낀 산, 푸르름 더한 연봉들.
桑梓敬深邱墓地	고향 마을에서 공경 깊이 선영에 예 올리고
棣棠歡洽弟兄情	사촌 형제들과 화목하게 지내네.
久思靑篛遊西塞	오래도록 청색 삿갓 쓰고 서새를 유람하고자
終幸黃冠返四明	다행히 도사가 되어 고향으로 돌아왔다네.
堪喜此身閑境界	기쁘구나 이 몸이 한가로운 경지에 이르러
一甌茶熟臥床平	한 사발 차가 다 익으니 평상에 편히 누웠네.

이 시는 고향에 돌아와 은거하며 느끼는 평안함과 한가로움, 그리고 가족, 조상, 형제와의 정을 소중히 여기는 마음을 담고 있다. 자연 속에서 모든 속세의 인연을 떨쳐내고 청정한 마음으로 여유롭게 차를 마시며 지내는 모습을 통해 안정되고 만족스러운 삶의 경지를 그렸다. 평상에 한가로이 누운 민우수의 모습은 풍류

와 무애無碍의 경지 그 자체이다.

이는 북송 당경唐庚의 시에 "산은 고요하여 태고와 같고 해는 길어 소년 시절 같네"[7]라고 한 것을 화두로 쓴 나대경羅大經의 〈산정일장山靜日長〉에 그 정경이 잘 나와 있다. 〈산정일장〉에는 "집이 깊은 산중에 있어, 봄과 여름이 바뀔 때마다 푸른 이끼는 섬돌에 가득하고, 지는 꽃은 길을 덮는다. 문을 두드리는 자도 없고, 소나무 그림자는 으르렁거리며, 새 소리가 위아래로 들려오니, 낮잠을 충분히 자고 나서야 산천山泉를 길어 올리고, 솔가지를 주워, 쓴 차를 달여 마신다"[8]고 하였다. 이처럼 고요한 산속의 늦봄, 낮부터 해질녘까지의 놀이는 낮잠, 자유로운 독서, 서화 향유, 음다飮茶, 산책, 산속 친구들과 수다 떨기, 저녁노을 감상 등으로 채워진다.

채제공蔡濟恭은 〈연명헌조기戀明軒早起〉에서 지저귀는 새소리에 잠을 깨는 산속에서 한거하는 즐거움을 만끽하면서 그 행복이 속세에 전해질지 걱정하고 있다.

啼禽便多事	지저귀는 새들만이 일이 많아
先我罷晨眠	나보다 먼저 아침 잠을 깨었다네
山露潤幾許	산 이슬 얼마나 산들을 적셨는고
花枝低可憐	꽃가지들은 가련하게도 수그러졌네
烹茶種非一	차를 달이는 법도 한 가지만 아니고
梳髮度應千	머리 빗는 횟수도 아마 수없이 많다네
於此有眞樂	여기에 참다운 즐거움이 있으니
恐爲人世傳	아마도 세속에 전해질까 두렵구나

체제공은 산중 생활에서 느끼는 은일의 즐거움을 돌아보고 있다. 때는 꽃피는 봄날, 산속의 고요한 아침을 깨우는 새소리와 이슬에 꽃가지가 살짝 숙여져 있는 모습을 가까이에서 감상할 수 있는 탈속脫俗의 삶을 추구하는 은자가 누리는 자연의 정경이다. 벼슬길에 있다면 이런 자연의 모습을 제대로 누릴 수 없다. 자연을 즐기는 은일자가 느끼는 행복하고 참다운 기쁨이 세상에 알려질까봐 조심스러워 하는 마음은 《시경詩經》〈고반考槃〉의 시에서 "이 즐거움을 남에게 알리지 않겠다[不以此樂告人也]"라고 한 것을 인용한 것이다.

도가의 차원에서 추구한 차문화의 정수는 은사隱士적 삶의 방식에 고스란히 담겨 있다. 시간에 쫓기고 심신을 노예처럼 사역당하는 관료적 삶에서는 결코 누릴 수 없는 한가로움, 그 특별한 여유 속에서 마시는 차는 진정한 '독락獨樂'의 즐거움을 선사한다. 은둔을 꿈꾸던 이들은 비록 좁은 공간과 넉넉지 않은 삶을 살았지만, 이를 불편함으로 여기기보다는 한가롭고 소박한 방식으로 차와 함께 삶의 여유를 음미하고자 했다. 이러한 삶에 대한 동경은 누구나 쉽게 닿을 수 없는 경지에 있다는 점에서 그 의미가 깊다.

2. 깊은 세계를 탐구하는 차의 철학

세속적 유혹을 거부하고 절개節槪와 지조志操를 지키고자 했던 은일자들은 차를 자신의 영혼으로 반영하며, 이를 통해 신선과 같은 이상적 경지를 추구했다. 그들은 세속을 등지고 자연 속의 검소한 삶을 살면서 청담淸談을 즐겼다. 이들의 생활 방식과 사상은 차의 본질적 성격 중 하나인, 속된 것을 벗어나 맑음을 지향하는 '청淸'의 개념과 깊이 연결되어 있다.

신선 추구의 차문화

역사적 신빙성과 무관하게, 차를 신선 사상과 연결한 인물로는 전한前漢 시대의 호거사壺居士를 들 수 있다. 그는 《식기食忌》에서 "쓴 차를 오랫동안 마시면 날개가 돋는다[苦茶久食 羽化]"라고 했는데, 여기서 '우화羽化'는 도교에서 신선이 되는 것을 상징하는 말로, 신선 사상과 차를 연계하여 표현한 것이다.

당나라 시인 노동盧仝은 은둔하며 차를 즐기고 유유자적한 삶을 살았다. '칠완다가七碗茶歌'로 널리 알려진 그의 시 원제는 〈주필사맹간의기신다走筆謝孟諫議寄新茶〉이다.

六碗通仙靈	여섯째 잔은 신선의 경지에 통하네
七碗喫不得	일곱째 잔은 아직 마시지도 않았는데
唯覺兩腋	오직 양 겨드랑이에서 느끼는 것은
習習淸風生	신선한 청풍이 살살 일어나도다
蓬萊山何在處	봉래산이 어디에 있는고
我乘此淸風欲歸去	나 이 청풍 타고 돌아가고 싶다.

노동이 읊은 이 같은 차의 효용성은 이후 차와 선인의 관계를 말해주는 상징이 된다. 이 시에서 그는 여섯 번째 잔을 마셨을 때 '신선의 경지에 이르렀다'고 표현하고 있다. 후대에 한재 이목이 일명 '칠완다가'를 지을 때도 노동의 '칠완다가'에서 깊은 영향을 받아, 형식과 내용 면에서 유사하게 작품을 전개하였다.

목은 이색은 고려 말기를 대표하는 문신이자 학자로, 많은 다시 茶詩를 남긴 선가仙家의 차인茶人이다. 그의 차 생활은 부친 이곡李 穀의 영향을 크게 받았다. 목은 시문에서 선가적인 풍류를 보여주는 대표적인 작품으로는 〈봉산십이영鳳山十二詠〉 중 '영천靈泉'을 꼽을 수 있다. 고려에서 조선으로 왕조가 교체되는 혼란스러운 시기, 목은은 고려에 대한 충절을 지키며 끝까지 버텨낸 인물이다. 그는 정치적 격변기 속에서 느끼는 괴로움과 무거운 마음을 맑은 차 한 잔으로 씻어내고자 했다.

鶴啄淸泉出	학이 맑은 샘물을 쪼아내니
冷然照肺腑	맑고 시원하게 속까지 비치네
飮之骨欲仙	이 물을 마시면 뼛속까지 신선이 될 것 같고

令人想玄圃   저 멀리 신선이 사는 정원[玄圃]이 생각나네.
豈唯洗詩脾   시심을 씻어낼 뿐만 아니라,
可以却二豎   병마까지 물리칠 수 있구나.

이 시는 맑고 차가운 샘물을 마시며 느끼는 상쾌함과 초월적인 경지를 아름답게 표현했다. 학이 쪼아낸 맑은 샘물이라는 표현은 샘물의 청아함과 고결함을 상징적으로 보여준다. 이러한 방식은 단순히 물이 맑다는 것을 넘어, 그 근원이 선경仙境과 같다는 상징적 의미를 부여하기 위함이다. 이처럼 맑은 샘물은 '영천靈泉', 즉 신비로운 기운이 서린 샘물로 여겨진다. '맑고 시원하게 속까지 비친다'는 표현으로 물의 청량감이 몸속 깊이 전해지는 느낌을 전한다.

이 영천의 물은 그대로 마셔도 선계仙界에 이르는 듯한 청아함을 느끼게 해주지만, 이를 통해 청기淸氣가 가득한 차를 우리면 그 효과가 한층 높아진다고 믿었다. 곧, 차의 정기精氣가 영천의 기운과 더해져 몸속 뼛속까지 선기仙氣가 스며들어, 결국에는 선인仙人의 경지에 도달할 수 있다는 것이다.

이러한 믿음은 도교적 사유에 뿌리를 두고 있다. '현포玄圃'라는 말이 상징하듯, 이는 곤륜산崑崙山에 있다는 선경仙境을 염원하는 마음의 표현이다. 세속의 욕심을 벗어나 청정한 경지로 나아가고자 하는 지향이 다사茶事에 담겨 있는 것이다. 나아가 차가 죽을병을 물리치는 효능이 있다는 믿음은, 바로 도교에서 추구하는 불로장생의 단약丹藥을 연상시키며, 차를 '현실의 선약仙藥'으로 여겼음을 보여준다. 이 물이 건강을 회복시키는 약수藥水의 효능까지 지니고 있음을 완결지어 설명한다.

서거정徐居正은 매월당으로부터 작설차雀舌茶를 받고 답례로 〈사잠상인혜작설차謝岑上人惠雀舌茶〉를 썼는데, 노동盧同이 읊은 시의 유명한 구절인 "양쪽 겨드랑이에 돋친 날개로 봉래산에 나르리"를 인용하였다.

一啜滌我萬古勃鬱之心腸	한 모금에 내 만고의 울적함을 씻어내고
再啜雪我十載沈綿之膏盲	두 모금에 내 십 년 묵은 고질을 씻어 버리네.
豈但搜盧仝枯腸文字券五千	어찌 노동의 마른 창자 속 문자 오천 권만 찾으랴
	(중략)
兩腋生翰飛蓬萊	양쪽 겨드랑이에 돋친 날개로 봉래산에 나르리.⁹

서거정은 차의 효용을 적극적으로 인식하고 그 가치를 극대화하는 관점을 보여준다. 그는 시에서 차를 마시면 고질을 씻어내고 병을 낫게 하며, 궁극적으로는 신선이 사는 봉래산에 이를 수 있다고 표현한다. 이는 차를 통해 몸과 마음이 세속의 속박에서 벗어나 신선과 같은 경지에 도달할 수 있음을 읊은 것으로, 차의 효용을 최대한으로 부여한 인식에 해당한다. 이러한 사유는 조선시대 문인 사대부들이 차를 마신 이유를 도가적道家的 차원에서 설명해 주는 예가 된다.

한재寒齋는 《다부茶賦》에서 여섯째 잔을 마신 후의 상태를 영욕榮辱에서 벗어난 은사隱士인 소보巢父나 허유許由, 의로움을 지킨 백이·숙제를 자신의 영혼으로 비유하고 있다.

其六椀也	그 여섯 번째 잔을 마시니.
方寸日月	마음속[方寸]에 해와 달이 들어오고
萬類籧篨	만물은 가치 없는 대자리로 보이니,
神兮 苦驅巢許	내 영혼은 소보와 허유를 전구(前驅) 삼고
而僕夷齊	백이 숙제를 종복(從僕) 삼아,
揖上帝於玄虛	현허(玄虛)에서 상제(上帝)에게 읍(揖)하는 것과 같구나.
何七椀之未半	어떻게 일곱째 잔은 아직 반도 마시지 않았는데
鬱淸風之生襟	울연히 가슴에 맑은 바람이 일어나는구나.
望閶闔兮孔邇隔	하늘의 문을 보니 무척 가까우며
蓬萊之蕭森	봉래산은 조용하고 울창하구나.[10]

위에서 언급한 봉래산蓬萊山은 영주산瀛洲山, 방장산方丈山과 함께 도교에서 전하는 신선들이 사는 삼신산 중 하나이다. 그곳은 구름 낀 산속에서 바람과 달을 가슴 가득히 느끼며, 부귀영화를 초월한 신선처럼 살아가는 이상향이다. 여섯 잔을 마신 후에 신선의 경지에서 우유優遊하며 잡념이 없어지고 세속을 초월超越한 자유로운 경지로 이끈다. 일곱 잔은 반도 마시지 않았는데 이미 신선의 문턱에 들어섰음을 표현하고 현허玄虛의 세계를 유유자적하고 천상의 문에 도달하는 경지를 묘사하고 있다.

최연崔演(1503~1549)은 그의 문집인 《간재집艮齋集》에 다수의 다시茶詩를 수록하였다. 그 중 〈음다飮茶〉에서는 맷돌로 차를 가루내는 장면을 묘사하고 있어, 당시 그가 병차餅茶를 마셨음을 알 수 있다.

一甌花乳汎輕圓	한 잔에 가득 고운 차 거품이 둥글게 피니
活火應烹陸羽泉	활화로 마땅히 육우 샘물 달였다네.
初喜龍牙隨屑碾	처음엔 용아차를 갈아 넣는 것이 즐겁고
俄聞蟹眼試湯煎	곧이어 게 눈 같은 물거품 끓는 소리 들었네.
搜腸效速傾三椀	석 잔 기울이니 장을 훑어내리는 듯한 효과
暖胃功深直萬錢	속이 따뜻해지는 깊은 효능, 만 전의 가치네.
乍覺淸風生兩腋	문득 청풍이 겨드랑이에 생겨나는 것 같고
蓬萊從可趁飛仙	봉래산에 이르러 신선을 따라갈 수 있구나.

이 시는 좋은 차를 마음껏 마신 후, 몸이 건강해지고, 정신이 맑아지며, 마침내 속세를 초월한 신선의 경지에 이르는 일련의 과정을 서사적으로 보여주며 차의 매력을 최고조로 찬양하고 있다. 최연에게는 문文과 무武의 조화가 묻어났다. 물을 끓이는 그의 손길과 맷돌을 돌리는 그의 모습에서 말이다. 가마솥에서 물이 끓어오르며 내는 거품, 그것은 '해안蟹眼'이다. 차를 끓일 때 생기는 거품을 '화花'나 '유乳', '연주連珠', '해목蟹目', '어린魚鱗'으로 표현한다. 차를 석 잔 마신 후에, 그제야 막혔던 속이 풀리더니, 어느덧 신선이 된 양 온몸이 공중에 뜰 듯 가벼워짐을 느낀다.

김상용金尙容은 〈산거축월유흥山居逐月幽興〉의 '지월설수전다至月雪水煎茶'에서 다동茶童에게 한겨울에 맑은 물을 긷게 하여 차를 달인 이후의 경지를 읊는다.

山童帶雪汲新泉	산 동자가 눈을 헤치고 샘물 새로 길어서
石鼎龍團活火煎	돌솥에 용단 차를 활활 타는 불에 달이네.

細瀉松聲香滿院　　솔바람 소리처럼 살살 내며 향기 뜰에 가득 차고
一甌風致爽登仙　　한 잔의 여운으로 풍취 있어 신선이 되는구나.

이 시는 맑은 물, 좋은 차, 알맞은 불, 그리고 정성스러운 마음
이 어우러져 완성된 한 잔의 차가 주는 최고의 즐거움을 노래하고
있다. 정신을 맑게 하는 소나무 소리처럼 들리는 찻물 끓는 소리
를 듣고 마시는 한 사발의 차는, 마치 신선이 된 듯 풍취가 있다.
편안한 마음에 방 안 가득 그윽한 차 향기가 퍼지고, 차 한 사발에
선계仙界가 바로 내 앞에 펼쳐진 듯하다.

남송 시대의 나대경羅大經(1196~1242)은 〈약탕시瀹湯詩〉에서 찻
물이 끓을 때 내는 소리를 솔바람과 전나무에 빗물이 떨어지는 소
리, 즉 '송풍회우松風檜雨'에 비유하였다.[11] 이 시에서 언급된 '탕변
湯辨'은 남송 시대 가루차 음다법에서 중요하게 여겨진 끓는 물의
상태를 판별하는 방법을 가리킨다. 당시 차인들은 '물이 끓는 과
정에서 발생하는 소리의 변화[聲辨]'와 '수증기의 양상[氣辨]'을 세
심하게 관찰하고 이를 다양하게 표현하며 차의 품격을 논했다.

이안눌李安訥(1571~1637)은 〈강선대하작降仙臺下作〉에서 숲속에
단약 만드는 솥이 있고 그 선적仙跡을 따라 숲에서 살고자 하는 바
람을 읊는다.

蔥蘢雲樹間　　푸르름이 짙게 우거진 구름 낀 나무 사이에
尙有燒丹鼎　　아직도 선단을 만들던 솥이 있다네.
願吾躡高躅　　바라건대 나는 그 높은 흔적을 따르리라
林栖啜芳茗　　숲에 살며 향기로운 차를 마시리라.

이 시는 신선이 사는 듯한 아름답고 고요한 자연 속에서 선인仙人의 삶에 대한 동경을 표현하고 있다. 푸르고 우거진 숲과 구름 속에서 선약을 만드는 도교의 이상을 발견한 화자는, 그런 높은 경지에 이른 이들의 발자취를 따라 숲속에 살며 향기로운 차를 마시는 평화로운 은일隱逸의 삶을 소망하고 있다. 차는 세속적 삶에서 오는 피로와 질병을 치유하는 효용을 지닌 것으로 여겨졌다. 이와 관련하여 이안눌의 시는, 도교인들이 불로장생을 위해 단약을 조련하던 솥[丹爐]이 있는 숲속에서, 오히려 한 잔의 차를 끓여 마심으로써 신선의 경지를 실현하고자 하는 염원을 드러낸다. 이처럼 차를 마시며 신선과 같은 경지를 누리고자 하는 삶은, 세속적인 가치를 벗어던질 때 비로소 가능해진다.

윤봉구尹鳳九(1681~1767)는 〈사제장소주舍弟糚小舟〉에서 차를 석 잔 마신 이후 즐기는 은일적 삶을 이렇게 읊는다.

三盃一笑臥雲邊	세 잔 마시고 웃으며 구름 가에 누우니
山水吾今却有緣	산과 물은 내가 이제 인연을 맺었구나.
未必天行能化羽	하늘의 행로를 반드시 날개 펼 수는 없지만
脫然塵去是爲仙	티끌을 벗어나면 곧 신선이 되겠지.
烟霞積氣連呼吸	연기와 안개 쌓인 기운은 내 호흡과 이어져
楓槲寒聲雜寤眠	단풍과 떡갈나무 찬 바람 소리 잠자리와 섞이네.
短棹鷗汀容與返	짧은 노를 저어 갈매기 모래톱, 거닐다 돌아오니
晩茶淸興欲翩翩	늦은 차 마시며 맑은 흥취가 펄펄 날 것 같구나.

이 시는 하늘을 나는 것 같은 초월적인 경지[化羽]는 불가능할지

라도, 자연 속에서 속된 생각을 버리는 것[脫然塵去] 자체가 바로 신선이 되는 길이라고 말한다. 이는 현실 도피가 아니라, 자연과 하나 됨으로써 도달하는 내면의 평화와 자유를 노래한 것이다. 윤봉구는 석 잔의 차를 마시자, 신세계가 펼쳐지는 느낌을 받는다. 신선은 따로 있지 않다. 자연과 함께 숨 쉬며 낮잠에 들고, 깨어나 강가에 배를 대니, 홀로 노를 저어 목적 없이 거니는 깃, 그것이 바로 신선이다. 차를 마시면 흥이 절로 깨어나 온몸이 가벼워진다. 청각과 시각이 어우러져 신선의 경지를 보여주고 있다. 이는 자연과의 합일, 무위자연無爲自然의 경지, 그리고 차를 매개로 한 신선의 체험이라는 핵심 주제를 더욱 선명하고 시적으로 구현하고자 했다.

채제공蔡濟恭은 음다를 다반사茶飯事로 여길 정도로, 차는 그의 일상생활의 한 부분이었다. 밥을 먹거나 술에 취하면 차를 마시곤 하였다.[12] 채제공은 차를 마시고 신선처럼 사는 삶을 〈옥류동玉流洞〉에서 이렇게 읊는다.

林翠如成滴	푸른 숲에 이슬방울 맺히고
茶香偶惹烟	차 향기가 안개에 스치네.
神仙果能有	신선이라면 이곳에 살 수 있으리
於此稱盤旋	머물며 맴돌고 싶은 이곳이여.

"맑고 푸른 숲과 차 향기가 안개와 어우러진, 마치 신선이 사는 곳처럼 아름다운 이 장소에서 머물고 싶다"는 의미의 시이다. 신선처럼 사는 것은 다른 것이 아니다. 탈속적 삶에서 자연과 함께

하는 삶이다. 차를 마시며 물굽이에서 한가로이 놀면서 즐기는 것
이 곧 신선처럼 사는 삶이다.

다음은 신선을 추구하던 채제공의 〈중방신민약사重訪新民藥肆〉라
는 작품이다.

展席名香裏	이름난 향 피우고 자리 펴고
烹茶細雨間	보슬비 내리는 사이에 차를 달인다네.
靈丹如可借	신선의 영약만 빌릴 수 있다면
揮手訪三山	손 저어 삼신산을 찾아가리.

보슬비 내리는 봄날, 좋은 시절이다. 차 한 잔 달여 마시고 향
을 피우니, 신선들이 그토록 갈구하던 불로장생의 단약이 바로 이
것이 아니었을까 싶다. 삼신산을 찾아 단약을 구한다는 것이 어디
쉬운 일이겠는가. 그럼에도 저 삼신산을 향해 발걸음을 떼려 한
다. 이제야 비로소 세속과의 이별을 선언할 수 있다. 삼신산을 찾
아 단약을 구하겠다는 그 마음, 곧 속세를 벗어나 자유로운 경지
에 이르고자 하는 염원이다.

은일자적隱逸自適을 꿈꾸는 문사들은 음다飮茶를 통해 신선神仙
의 경지에 이르는 이상 세계를 추구하고자 하였다. 문사들이 지
은 다시茶詩에는 음다를 통해 바람을 타고 신선이 되어 봉래산으
로 날아오르는 형상이 묘사되어 있다. 이는 곧 차가 육체와 정신
에 유익한 효능을 지닌 것으로 여겨졌음을 시사한다. 신선처럼 산
다는 것은 산수山水 공간에서 차를 마시며 세속적인 욕망에서 벗
어나 심신을 수양하는 데 그 의미가 있다.

청담(淸談) 추구의 차문화

은둔적 삶을 추구하는 은자들은 일상에서 여유롭게 차를 마시며 청담淸談을 나누고자 하였다. 문인 사대부들이 지향하는 은둔적 삶은 부모로부터 물려받은 재산이 있는 경우를 제외하면, 비관료적 생활로 인해 경제적으로 어려움을 겪을 수밖에 없다. 그럼에도 은자들은 세속을 멀리하고 자연과 하나 되는 안분지족安分知足의 삶을 살고자 하였다.[13]

이러한 은자적 삶을 다도茶道와 연결 지어 이해할 때 핵심이 되는 개념은 '청淸'이다. '청'은 속된 것을 벗어나 맑은 마음으로 탈속적인 삶을 지향하는 경지를 의미한다.《노자老子》제39장에서는 '청'에 대해 "하늘은 일一을 얻어 맑아졌다[天得一以淸]"고 설명한다. 여기서 '일一'을 도道로 해석한다면, '청'은 '도'와 깊은 연관성을 지닌다고 볼 수 있다.

차의 본성이 '청淸'하다는 점은, 한가로운 시간에 차를 마시며 담소를 나누던 은자들의 '청담淸淡'과 맞닿아 있다. 그들이 지향한 차문화에는 무욕염담無欲恬淡의 심미의식審美意識이 깃들어 있었고, 송대의 황유黃儒는 이러한 정신을 차의 '정절精絶'과 '경청輕淸'이라는 특성으로 설명했다.

내가 일찍이 가장 정절(精絶)한 차(茶)에 대해 논한 바 있다. 그 차는 백합(白合)이 아직 피지 않았을 때, 그 싹이 보리알 만하게 작은 것을 말하는데, 이는 청양(靑陽)의 '가볍고 맑은 기운[輕淸]'을 얻었기 때문이다. 또한, 그 산의 토양은 모래와 바위가 많음에도 가품(嘉品)으로 일컬어지는 차들은 모두 산의 남쪽에서 자란다. 이는 해가 뜨는 남향[朝陽]의 따뜻한 기운[和]을 얻었기 때문이다.[14]

은일 문인들에게 차의 최고 덕목은 '청淸'이었으며, 이는 마음의 '한가로움[閑]'과 연결되어 있다. 그들은 여유로운 마음으로 차를 마실 때 비로소 그 진한 맛[至味]을 알 수 있고, '청양靑陽의 기'와 '조양지화朝陽之和'를 지닌 좋은 차는 마음의 속된 기운을 씻어내는 효과가 있다고 여겼다. 따라서 그들이 차에서 찾은 것은 단순한 맛이 아니라, 현철賢哲하고 청아하며 조화로운 마음의 경지였다.

주권朱權은 《다보茶譜》에서 차의 본성이 '청淸'하다는 점을 강조하며, 이러한 차를 마시며 청담淸談을 나누는 정경을 묘사한다. '청'은 마음을 맑게 하고 수양의 기제로 작용한다는 의미를 지닌다.

> 차라는 존재는 시흥(詩興)을 돋우어 구름 낀 산을 순간 맑게 하고, 잠의 마귀를 굴복시켜 천지와 하나 되어 형체를 잊게 하며, 맑은 담소를 깊게 하여 삼라만상이 맑은 기운에 놀라게 하니, 차의 공로가 지대하다.[15]

차에는 '조시흥助詩興'의 효용성이 있다. 좋은 시어를 얻기 위해 고심하는 문인들의 곁에 차는 항상 함께한다. 차로 인해 정신이 맑아지면 시상詩想이 솟아오르고, 감흥을 아름다운 시어로 표현할 수 있게 된다. 따라서 이처럼 효용이 뚜렷한 차를 마실 때는 장소와 시간, 그리고 함께하는 인물을 가려야 한다. 그래야만 고아한 품격이 느껴지는 찻자리가 된다. 차는 잠의 유혹을 물리쳐 어두운 하늘을 환하게 밝히고, 흐려졌던 정신을 맑게 한다. 흩어졌던 마음이 다시 모아지고, 흐릿했던 생각이 선명하게 정리된다. 이처럼 차가 주는 다양한 효용을 살펴보면 그 공로가 매우 크다고 할 수 있다. 주권朱權은 청담을 나눌 수 있는 찻자리에 대해 이렇게 말하고 있다.

때로는 산천과 바위 사이에서, 때로는 소나무와 대나무 아래에서, 혹은 밝은 달
빛과 상쾌한 바람을 맞으며, 혹은 환한 창가의 고요한 방에 앉아 손님과 청담을
나누었다. 허현함을 탐구하고 천지의 조화를 깨달으며, 마음과 정신을 맑게 하여
속세의 굴레를 벗어나고자 하였다.[16]

주권이 '천석泉石', '송죽松竹', '청풍명월淸風明月', '조용한 장소'
등으로 차를 마시기 좋은 시간과 장소를 거론하는 것은, 바로 이
런 운치 있는 장소와 분위기 속에서 청담을 나누고 허현虛玄함을
탐구하며 조화에 참여하고자 함이다. 결과석으로 이처럼 아취雅趣
있는 찻자리는 심신을 맑게 하고 세속을 벗어나게 하니, 차의 공
효가 크다고 할 수 있다.
　서거정徐居正은 〈차운잠상인次韻岑上人〉에서 차를 즐겨 마시며 차
에 대한 다각적인 성찰을 남겼고, 그 속에서 차 한 잔을 매개로 청
담淸談의 세계를 추구하고자 하는 의지를 나타낸다.

功名眞畫餅　　공명은 참으로 그림의 떡이요
身世愧隨波　　몸과 처세는 물결 따라 흐르는 것을 부끄럽게 여기네.
時有山僧到　　때때로 산속 중이 찾아오면
淸談一椀茶　　청담을 나누며 한 잔의 차를 마시네.

이 시는 세속적인 명예와 성공을 비웃으며, 세파에 휩쓸려 사
는 자신의 삶을 반성하는 마음을 담고 있다. 그러나 마지막 두 구

절에서는 속된 세상을 벗어나 산중 스님과의 담소와 차 한 잔에서 진정한 평안과 여유를 찾는, 은일隱逸의 정서를 아름답게 표현하고 있다. 서거정은 매월당 김시습과 차와 시를 주고받으며 교유했다. 그는 속세를 벗어나 자연 속에서 은거하며 사는 매월당을 볼 때마다, 권력과 명예의 길을 걷고 있는 자신이 부끄럽게 느껴졌다. 실제로 육조 판서를 두루 역임한 그에게 세속의 파도에서 초연하게 지내기는 어려운 일이다. 그래서인지 그는 자신을 찾아온 승려와 차를 마시며 담소를 나누곤 했는데, 그런 시간을 통해 '세속에 물든 기운[俗氣]'을 씻어내고자 했다.

초의는 〈늦여름날 서쪽 정원에서 여러 선비와 청아한 모임[夏日西園與諸公雅集]〉에서 차를 마시면서 탈속적이고 운치 있는 시심詩心을 읊는다.

谷雲苒苒吐涼陰	골짜기에 구름 연하게 피고 서늘한 그늘을 내뿜네
選勝移來境轉深	승경을 가려 자리를 옮기니 경치가 더욱 깊어지네.
澗水琮琤寒射石	산골 물은 졸졸 흐르며 차갑게 바위를 적시고
茶煙繚繞細穿林	차 연기 하늘하늘 피고 가늘게 숲을 뚫고 나네.
神淸膽覺松風在	정신 맑으니 솔바람 소리가 더욱 선명하게 느끼고
心遠都無俗韻侵	마음이 세속을 벗어나니 속된 운율은 모두 사라져.
千里誰知參雅會	천리 밖에 누가 알랴, 이 고상한 모임에 참여함을
野聲終愧和高吟	천한 시구는 높고 고상한 음에 화답하기 부끄럽네.

초의가 늦여름에 산수가 아름다운 곳에서 선비들과 함께 시를 짓고 그림을 감상하는 정경에는 조금도 속된 기색이 없다. 산골

짜기에서 구름이 부드럽게 피어오르며 서늘한 그늘을 내뿜는다. 빼어난 경치를 찾아 자리를 옮기니, 주변 환경이 더욱 깊고 아늑해진다. 돌 틈에서 흘러나오는 맑은 물로 차를 끓여 마시며, 자연 속에서 시냇물 소리와 솔바람 소리를 듣고, 코로는 산림의 청아한 향기를 맡으며, 혀로는 감로와 같은 차의 맛을 보며, 눈으로는 세속의 번잡함을 보지 않으니 정신이 맑아지고 속된 기운에서 벗어난 듯하다. 차에서 피어오르는 연기가 바람에 실려 숲 사이로 구름처럼 흩날리는 모습은 이곳이 얼마나 고요하고 평화로운지 느끼게 한다. 이처럼 맑은 정신과 심원心遠의 경지는 도연명陶淵明이 《도연명집陶淵明集》에서 말한 "마음이 멀면 자연히 곳곳이 한적해진다"[17]는 삶의 경지와 닮았다. 이는 비록 속세에 살면서도 자신을 은둔자처럼 지키고자 하는 초의의 마음을 담고 있다.

여러 번 중국에 다녀온 홍양호洪良浩(1724~1802)는 차에 대한 이해가 심오하였고 글씨, 학문, 문장에 능하고 고증학에 조예가 깊었다. 그는 시 〈등태고정登太古亭〉에서 좋은 사람을 만나 차를 끓이고 청담을 나누며 시간 가는 줄 모르는 모습을 이렇게 읊고 있다.

喬木園亭好	키 큰 나무의 정원과 정자 아름답고
黃花礑戶新	시냇가 집에 피는 노란 국화 빛깔 새롭구나.
仍逢名下士	이름난 선비 다시 만나니
相對景中人	아름다운 경치 속에서 사람과 마주 앉았네.
散褰圍紅葉	펼쳐놓은 책 주변엔 붉은 단풍 두르고
烹茶近綠筠	푸른 대나무 가까이에서 차를 달이네.
淸談山日暮	청담을 나누니 산속 하루 저물어가고

秋色滿歸輪 가을 빛이 내 돌아가는 수레에 가득하구나.

이 시는 가을의 산속 정자에서 벗을 만나 즐기는 아름답고 고요한 정경을 그려낸다. 높은 나무, 노란 꽃, 붉은 단풍, 푸른 대나무 등 가을의 색채가 선명하며, 책을 읽고 차를 마시는 한가로움과 선비와 차를 마시면서 청담을 한다. 청담이 얼마나 즐겁고 재미있는지 산속의 하루가 저물어 갈 정도다. 마지막 구절에서는 해 지는 산과 가을빛으로 가득 찬 수레를 통해 만족스럽고 여유로운 귀로의 정경이 생생하게 전달된다. 가을날 차 한 잔에 깃든 문인 사대부들의 아취 어린 삶의 정경이다.

정신적 가치를 중시한 조선의 사대부와 문인들은 속세를 벗어난 은거지에서 차를 마시며 청담을 나누곤 하였다. 그들의 한가로운 은일隱逸에는 항상 차가 동반되었고, 청담은 그런 차문화에서 자연스럽게 피어나는 것이다. 이것이 은일을 추구한 문인 사대부들의 차문화가 지닌 핵심 특징 중 하나이다.

제5부의 주(註)

1 蘇軾, 〈定惠院寓居月夜偶出〉, "幽人無事不出門, 偶逐東風轉良夜." 참조.
2 조민환, 《동양 예술미학 산책》, 성균관대학교 출판부, 2018, p.553.
3 丁若鏞, 《與猶堂全書》, 〈洌水文簧 下〉, "朝華始起, 浮雲晶晶乎晴天, 午睡初醒, 明
月離離於碧礀." 참조.
4 주미(麈尾)는 고라니 꼬리의 털로 만든 먼지떨이를 이르는데, 고승이 설법할 때 번
뇌와 어리석음을 떨어내는 표지로 쓰였으며, 진(晉)나라 때 청담(淸談)을 하는 사
람들도 언제나 이것을 들고 청담을 나누었다. 이 때문에 '휘주(揮麈)'는 곧 담론(談
論)의 뜻으로 쓰인다.
5 《淮南子》, 〈本經訓〉, "逮至堯之時, 十日並出, 焦禾稼, 殺草木, 而民無所食. … 羿
上射十日, 萬民皆喜, 置堯以爲天子."
6 《孟子》, 〈離婁章〉 下24, '集註', "羿有窮后羿也. 逢蒙羿之家衆也. 羿善射, 簒夏自
立, 後爲家衆所殺. 愈猶勝也. 薄言其罪差薄耳."
7 唐庚, 〈春眠〉, "山靜似太古, 日長如少年." 참조.
8 羅大經, 《鶴林玉露》, 〈山靜日長〉, "余家深山之中, 每春夏之交, 蒼蘚盈堦, 落花滿
徑. 門無剝啄, 松影參差, 禽聲上下, 午睡初足, 旋汲山泉, 拾松枝, 煮苦茗啜之."
9 徐居正, 《四佳集》 卷13, 〈謝岑上人惠雀舌茶〉, "一啜滌我萬古勃鬱之心腸, 再啜雪
我十載沈緜之膏盲, 豈但搜盧仝枯腸文字劵五千. … 兩腋生翰飛蓬萊."
10 李穆, 《茶賦》, '七椀茶歌', "其六椀也, 方寸日月, 萬類遼廓, 神兮, 苦驅巢許而僕夷
齊, 揖上帝於玄虛. 何七椀之未半, 鬱淸風之生襟, 望閶闔兮, 孔邇隔, 蓬萊之蕭森."
11 羅大經, 《瀹湯詩》, "松風檜雨到來初, 急引銅瓶離竹爐." 참조.
12 蔡濟恭, 《樊巖集》 卷19, 〈三庚日李侍郎季受携酒來會會者向書姪士述尹侍郎彜仲李
侍郎公會〉, "旣醉又旣飽, 茗椀次第授." 참조.
13 정명희, 〈명대 은일(隱逸) 아취(雅趣)적 차문화 연구: 주권(朱權) 〈다보(茶譜)〉를
중심으로〉, 성균관대학교 박사학위논문, 2024, p.83.
14 黃儒, 《品茶要錄》, 〈後論〉, "余嘗論茶之精絶者, 白合未開其細如麥, 蓋得靑陽之輕
淸者也. 又其山多帶砂石, 而號嘉品者, 皆在山南, 蓋得朝陽之和者也."
15 朱權, 《茶譜》, "茶之爲物, 可以助詩興而雲山頓色, 可以伏睡魔而天地忘形, 可以倍
淸談而萬象驚寒, 茶之功大矣."

16 朱權, 《茶譜》, "或會於泉石之間, 或處於松竹之下, 或對皓月淸風, 或坐明窗靜牖, 乃與客淸談款話, 探虛玄而參造化, 淸心神而出塵表."

17 陶淵明, 《陶淵明集》卷3, 〈飮酒〉, "心遠地自偏." 참조.

나오는 말

차나무는 하늘로부터 품부稟賦 받은 빼어난 기운[秀氣]을 받은 자연의 생명체이며, 자연의 '기氣'를 받은 가목嘉木인 차를 음다飲茶 하면 좋은 기氣를 받을 수 있다. 이런 차의 효용성에 대해 많은 문인 사대부들은 유가와 도가 차원에서 의미를 부여하고자 하였다.

조선조의 다시茶詩를 고찰하기 위해서는 먼저 중국 선진先秦 시대부터 명청明淸 시대에 이르는 주요 문인들의 다시茶詩 전개 양상을 살펴볼 필요가 있다. 이는 한중 양국의 문인 사대부들이 지향한 차문화에 유사성이 있기 때문이다. 고려에서는 차를 즐겨 마시는 풍속이 성행하여 왕실과 귀족, 관리, 백성 모두가 일상생활에서 차를 즐겼다. 이는 불교의 영향으로 차가 주로 사찰의 의식과 행사에 사용되었기 때문이다. 이 같은 고려의 차문화가 조선시대에는 왕실 제례祭禮나 사신使臣을 맞이하는 다례茶禮 형식으로 변화되었다.

조선조 문인 사대부의 차문화는 그들이 추구한 삶과 밀접한 관련이 있었다. 유가는 자연물을 인간의 덕성에 비유하여 비덕比德화하는 경우가 있는데, 차를 군자의 덕에 비유한 사례를 문인의 다시를 통해 알 수 있었다. 차는 하늘로부터 품부 받은 자연의 청기를 머금고 있다는 점에서 '사무사思無邪'를 추구하는 군자의 성품과 같다고 하며 음다를 하면 본심을 방해하는 사욕과 삿됨을 제거하는 데 도움이 된다고 하였다.

차를 마신다는 것은 상대와 원만한 관계를 형성하기 위한 것이다. 때로는 친목을 도모하기 위해 모임도 하고, 서로 청담淸談을 나누며 시를 짓기도 하였다. 이러한 상황에서 차는 인간관계를 원활하게 이어주는 매개체로 기능한다. 차문화를 설명하는 데 있어 조화로움은 중요한 요소이며, 차의 맛을 제대로 내기 위해서는 차의 양에 맞추어[中和] 물을 넣으라는 것이다. 차의 찬[寒] 성질은 정행검덕精行儉德한 인간에게 적합한 음료였는데, 이런 차를 마시면 결백하고 고요한 가운데서 높은 운치에 이른다고 하였다. 고요한 가운데 높은 운치에 이른다는 것은, 곧 고요함 속에서 마음을 다스릴 수 있다는 의미로 해석된다.

조선시대 문인 사대부는 관료에서 벗어나 자유로운 기운, 형상에 얽매이지 않고 명철보신明哲保身을 위해 은일隱逸의 삶을 추구하였다. 은일자가 누릴 수 있는 최대한의 행복은 권력, 명예, 재물 등 세속적인 것에 얽매임이 없는 자유로움이다. 은일적 음다문화에 나타난 허실虛室은 실질적인 텅 빈 방을 의미하지만, 그것으로 인하여 허정지심虛靜之心의 상태로 만들 수가 있다. 은자들이 지향하는 것은 무욕염담無欲恬淡의 심미의식이다. 이런 이유로 문인 사대부들은 은일隱逸하여 자연과 더불어 살아가는 삶 속에서 작고 소박한 형태의 다구茶具를 사용하였다.

차의 성분에 기반한 양생養生은 차를 통해 질병을 예방하거나 치료하는 효능을 의미한다. 차를 가까이하고 섭생攝生을 하는 것은 양생에 큰 효과가 있다. 차의 기능성에는 항암, 항산화, 노화 억제, 고혈압 억제, 동맥경화 억제, 항비만 효과 및 항균 작용 등이 있다. 정신적 양생의 측면에서 차는 심신을 수양하는 데 도움이 되는 매개체가 된다. 차의 주요 성분 중 하나인 테아닌(Theanine)은 심신을 안정시키고 긴장을 이완하는 데 효능이 있어, 음다飮茶를 통해 나쁜 기질을 선한 기질로 전환하고 수양하는 데 효능이 있다.

차를 마시면 시상詩想이 떠올라 시를 짓는 데 도움이 된다는 것을 강조하였다. 차와 시는 불가분의 관계가 있다고 여긴 문인 사대부들은 음다를 하면서 서로 시를 지으면서 즐기곤 하였다. 차를 사용하여 조상에 대한 제사祭祀와 헌다獻茶를 경건한 마음으로 행하여 왔다. 제사는 근본에 대한 은덕을 감사드리는 것이다. 천지와 선조에 관한 섬김이 예의 측면에서는 '보본반시報本反始' 사유로 귀결되는데 차가 그 과정에서 중요한 역할을 하였다.

차의 청淸한 성질은 인간의 기질氣質을 변화시키는 데 효능이 있다고 여겨졌다. 즉 차의 청기를 통해 악한 기질을 변화시켜 선한 기질로 바꿀 수 있다는 것이다. 음다의 중정中正 지향 측면에서는 차와 물이 적절하게 조화되어 과불급過不及이 없는 중화中和를 요구하였다. 음다의 핵심은 차·물·불이 삼위일체三位一體의 조화 속에서 중화 즉 중정을 구하는 데 있다. 물의 체體와 차의 신神이 조화됨으로써 차의 진실함인 건健과 차의 정기인 영靈이 한 잔의 차 속에 드러나야 한다고 보았다. 이러한 다시茶詩를 통해 조선시대 사대부 문인들이 차를 매개로 추구했던 삶의 지향과 정신세계를 엿볼 수 있었다.

은일자가 추구한 한가롭고 여유로운 삶 가운데 홀로 즐김의 경지에는 차가 늘 함께 있는데, 특히 독락獨樂은 은일자의 삶을 상징하는 대표적인 특징이다. 그들은 심신을 사역하는 세속적인 생활에서 벗어나 사람의 손이 닿지 않는 깊은 산속이나 강가에서 한거하며 자연의 생활을 영위하면서 차를 즐겼다. 비록 좁은 공간에서 넉넉하지 못한 삶을 살았지만, 전혀 불편하다고 여기지 않고, 한가롭고 소박하게 삶을 즐길 때 차는 그런 삶을 가능하게 하고 함께하는 동반자였다. 신선神仙들이 산다는 봉래산을 이상형으로 삼아 은일자적隱逸自適을 꿈꾸는 문사들은 차를 통해 그런 삶을 누리고자 하였다. 은자들은 세속을 멀리하고 자연 속에서 안분지족安分知足의 삶을 살고자 했는데 그것을 가능하게 한 것은 바로 차였다.

이상과 같이, 조선시대 문인 사대부의 다론과 다시를 유가적·도가적 관점으로 살펴보았다. 이러한 분석을 통해 차는 단순한 음료 차원을 넘어 문인 사대부들이 지향한 문화와 철학 및 삶이 깃들어 있음을 알 수 있었다. 편의상 유가와 도가로 분류해 분석했지만, 기본적으로 다시를 읊은 사람들이 유학자라는 점에서 이들이 다시를 통해 표현하고자 함 삶과 실제로 처한 삶은 모두 유가와 도가의 융합적 삶이었다.

참고문헌

1. 총서류 및 원전

金富軾 저, 정민호 현토, 《三國史記》, 서울, 明文堂, 2020.

《古文眞寶》, 傳統文化硏究會, 2002.

《國朝五禮儀》, 서울, 法制處, 1981.

《老子道德經注》, 傳統文化硏究會, 2017.

《論語集註》, 傳統文化硏究會, 2015.

《大學·中庸集註》, 傳統文化硏究會, 2020.

杜甫 著, 王右丞 詩集, 《杜少陵詩集》, 서울, 景仁文化社, 1987.

《孟子集註》, 傳統文化硏究會, 2017.

徐居正, 《東文選》, 민족문화추진회, 1976.

《書經集傳》, 傳統文化硏究會, 2014.

《成宗實錄》, 서울, 國史編纂委員會, 1986.

《小學集註》, 傳統文化硏究會, 2022.

《詩經集傳》, 傳統文化硏究會, 2015.

《心經附註》, 傳統文化硏究會, 2020.

《禮記》, 傳統文化硏究會, 2021.

吳普 述著, 孫星衍·孫馮翼 輯錄, 《神農本草經》, 서울, 醫聖堂, 2003.

李奎報, 《東國李相國集》, 京城, 朝鮮古書刊行會, 1913.

李珥, 《栗谷全書》, 서울, 정신문화연구회, 1994.

《二程全書》, 傳統文化硏究會, 2018.

《莊子》, 傳統文化硏究會, 2019.

《周易傳義》, 傳統文化硏究會, 2019.

《周禮注疏》, 傳統文化硏究會, 2020.

《朱子大全》, 대전, 學民文化社, 2004.

《中國古代茶書集成》, 〈屠隆, 茶箋〉, 上海文化出版社, 2010.

《中國古代茶書集成》, 〈毛文錫, 茶譜〉, 上海文化出版社, 2010.

《中國古代茶書集成》, 〈裵汶, 茶述〉, 上海文化出版社, 2010.

《中國古代茶書集成》, 〈宋子安, 東溪試茶錄〉, 上海文化出版社, 2010.

《中國古代茶書集成》, 〈朱權, 茶譜〉, 上海文化出版社, 2010.

《中國古代茶書集成》, 〈熊蕃, 宣和北苑貢茶錄〉, 上海文化出版社, 2010.

《中國古代茶書集成》, 〈陸樹聲, 茶寮記〉, 上海文化出版社, 2010.

《中國古代茶書集成》, 〈陸羽, 茶經〉, 上海文化出版社, 2010.

《中國古代茶書集成》, 〈陸廷燦, 續茶經〉, 上海文化出版社, 2010.

《中國古代茶書集成》, 〈田藝衡, 煮泉小品〉, 上海文化出版社, 2010.

《中國古代茶書集成》, 〈張又新, 煎茶水記〉, 上海文化出版社, 2010.

《中國古代茶書集成》, 〈張源, 茶錄〉, 上海文化出版社, 2010.

《中國古代茶書集成》, 〈陳元輔, 枕山樓茶略〉, 上海文化出版社, 2010.

《中國古代茶書集成》, 〈蔡襄, 茶錄〉, 上海文化出版社, 2010.

《中國古代茶書集成》, 〈許次紓, 茶疏〉, 上海文化出版社, 2010.

《中國古代茶書集成》, 〈黃儒, 品茶要錄〉, 上海文化出版社, 2010.

《中國古代茶書集成》, 〈徽宗皇帝 ,大觀茶論〉, 上海文化出版社, 2010.

2. 한국고전번역원 한국문집총간본

姜希孟, 《東文選》, 한국고전종합DB(a012), 한국고전번역원 간행, 1988.

具鳳齡, 《栢潭集》, 한국고전종합DB(a039), 한국고전번역원 간행, 1989.

金九容, 《惕若齋學吟集》, 한국고전종합DB(a006), 한국고전번역원 간행, 1990.

金克己, 《新增東國輿地勝覽》, 한국고전종합DB, 한국고전번역원 간행, 2019.

金尙容, 《仙源遺稿》, 한국고전종합DB(a065), 한국고전번역원 간행, 1991.

金守溫, 《拭疣集》, 한국고전종합DB(a009), 한국고전번역원 간행, 1988.

金時習, 《梅月堂集》, 한국고전종합DB(a013), 한국고전번역원 간행, 1988.

金昌業, 《老稼齋集》, 한국고전종합DB(a175), 한국고전번역원 간행, 1996.

金昌協, 《農巖集》, 한국고전종합DB(a161), 한국고전번역원 간행, 1996.

金昌翕, 《三淵集》, 한국고전종합DB(a166), 한국고전번역원 간행, 1996.

吉再, 《冶隱集》, 한국고전종합DB(a007), 한국고전번역원 간행, 1990.

南孝溫, 《秋江集》, 한국고전종합DB(a016), 한국고전번역원 간행, 1988.

盧渥, 《題紅葉》, 한국고전종합DB(a006), 한국고전번역원 간행, 2005.

《東文選》, 한국고전종합DB, 한국고전번역원 간행, 1968.

閔遇洙, 《貞菴集》, 한국고전종합DB(a215), 한국고전번역원 간행, 1998.

朴世采, 《南溪集》, 한국고전종합DB(a138), 한국고전번역원 간행, 1994~1995.

徐居正, 《四佳集》, 한국고전종합DB(a011), 한국고전번역원 간행, 1988.

成俔, 《虛白堂文集》, 한국고전종합DB(a014), 한국고전번역원 간행, 1988.

宋明欽, 《櫟泉集》, 한국고전종합DB(a221), 한국고전번역원 간행, 1999.

申光洙, 《石北集》, 한국고전종합DB(a231), 한국고전번역원 간행, 1999.

《神農食經》, 한국고전종합DB(a257), 한국고전번역원 간행, 2000.

申緯, 《警修堂全藁》, 한국고전종합DB(a291), 한국고전번역원 간행, 2002.

申欽, 《象村稿》, 한국고전종합DB(a072), 한국고전번역원 간행, 1991.

吳道一, 《西坡集》, 한국고전종합DB(a152), 한국고전번역원 간행, 1995.

柳方善, 《泰齋集》, 한국고전종합DB(a008), 한국고전번역원 간행, 1990.

劉義慶《世說新語》, 한국고전종합DB(a016), 한국고전번역원 간행, 1993.

尹鳳九, 《屛溪集》, 한국고전종합DB(a203), 한국고전번역원 간행, 1998.

元天錫, 《耘谷行錄》, 한국고전종합DB(a006), 한국고전번역원 간행, 1990.

李穀, 《稼亭集》, 한국고전종합DB(a003), 한국고전번역원 간행, 1990.

李匡德, 《冠陽集》, 한국고전종합DB(a209), 한국고전번역원 간행, 1998.

李奎報, 《東國李相國全集》, 한국고전종합DB(a001), 한국고전번역원 간행,
    1990.

李德馨, 《漢陰文稿》, 한국고전종합DB(a065), 한국고전번역원 간행, 1991.

李敏輔, 《豊墅集》, 한국고전종합DB(a232), 한국고전번역원 간행, 1999.

李萬敷, 《息山集》, 한국고전종합DB(a179), 한국고전번역원 간행, 1996.

李穆, 《李評事集》, 한국고전종합DB(a018), 한국고전번역원 간행, 1988.

李尙迪, 《恩誦堂集》, 한국고전종합DB(a312), 한국고전번역원 간행, 2003.

李穡, 《牧隱詩藁》, 한국고전종합DB(a004), 한국고전번역원 간행, 1990.

李穡, 《牧隱集》, 한국고전종합DB(a003), 한국고전번역원 간행, 1990.

李崇仁, 《陶隱集》, 한국고전종합DB(a006), 한국고전번역원 간행, 1990.

李植, 《澤堂集》, 한국고전종합DB(a088), 한국고전번역원 간행, 1992.

李安訥, 《東岳集》, 한국고전종합DB(a078), 한국고전번역원 간행, 1991.

李衍宗, 《東文選》, 한국고전종합DB, 한국고전번역원 간행, 1968.

李原, 《容軒集》, 한국고전종합DB(a007), 한국고전번역원 간행, 1990.

李珥, 《擊蒙要訣》, 한국고전종합DB(a045), 한국고전번역원 간행, 1989.

李珥, 《栗谷全書》, 한국고전종합DB(a044), 한국고전번역원 간행, 1989.

李瀷, 《星湖全集》, 한국고전종합DB(a198), 한국고전번역원 간행, 1997.

李栽, 《密菴集》, 한국고전종합DB(a173), 한국고전번역원 간행, 1996.

李齊賢, 《益齋亂藁》, 한국고전종합DB(a002), 한국고전번역원 간행, 1990.

李夏坤, 《頭陀草》, 한국고전종합DB(a191), 한국고전번역원 간행, 1997.

李荇, 《容齋集》, 한국고전종합DB(a020), 한국고전번역원 간행, 1988.

李獻慶, 《艮翁集》, 한국고전종합DB(a234), 한국고전번역원 간행, 1999.

林椿,《西河集》, 한국고전종합DB(a001), 한국고전번역원 간행, 1990.

鄭來僑,《浣巖集》, 한국고전종합DB(a197), 한국고전번역원 간행, 1997.

鄭弘溟,《畸庵集》, 한국고전종합DB(a087), 한국고전번역원 간행, 1992.

丁克仁,《不憂軒集》, 한국고전종합DB(a009), 한국고전번역원 간행, 1988.

丁若鏞,《與猶堂全書》, 한국고전종합DB(a281), 한국고전번역원 간행,
      2002.

趙絅,《龍洲遺稿》, 한국고전종합DB(a090), 한국고전번역원 간행, 1992.

趙纘韓,《玄洲集》, 한국고전종합DB(a079), 한국고전번역원 간행, 1991.

趙顯命,《歸鹿集》, 한국고전종합DB(a212), 한국고전번역원 간행, 1998.

蔡濟恭,《樊巖集》, 한국고전종합DB(a235), 한국고전번역원 간행, 1999.

蔡彭胤,《希菴集》, 한국고전종합DB(a182), 한국고전번역원 간행, 1997.

崔錫鼎,《明谷集》, 한국고전종합DB(a153), 한국고전번역원 간행, 1995.

崔演,《艮齋集》, 한국고전종합DB(a032), 한국고전번역원 간행, 1989.

韓脩,《柳巷詩集》, 한국고전종합DB(a005), 한국고전번역원 간행, 2001.

韓愈,《韓昌黎集》, 한국고전종합DB(a116), 한국고전번역원 간행, 1993.

權鼈,《海東雜錄》, 한국고전종합DB, 한국고전번역원 간행, 1971.

洪吉周,《足睡堂集》, 한국고전종합DB(b103), 한국고전번역원 간행, 2010.

洪良浩,《耳溪集》, 한국고전종합DB(a241), 한국고전번역원 간행, 2000.

3. 한국어 문헌

구암 허준 저, 동의보감연구회 共譯,《東醫寶鑑》, 서울, 한국학자료원,
      2013.

김규현 역주《대당서역기》, 글로벌 콘텐츠, 2013.

김길자 역주,《中國茶詩》, 현암사, 1999.

김종서 외 지음, 민족문화추진회 옮김,《高麗史節要》, 신서원, 2004.

김필수 외 3명, 《관자》, 소나무, 2015.

김학주 譯, 《古文眞寶 · 前集》, 명문당, 2000.

누노메 초후 지음, 정순일 옮김, 《중국 끽다문화사》, 동국대학교출판부, 2012.

陶淵明 저, 임동석 번역, 《陶淵明集校箋, 陶淵明 1권》, 동서문화사, 2010.

屠隆, 權德周 譯《考槃餘事》, 乙酉文化社, 1972.

董其昌 저, 신영주 번역, 《畵禪室隨筆》, 문자향, 2017.

동아대학교 석당학술원, 《국역 고려사》, 도서출판 민족문화, 2006.

류건집, 《東茶頌 註解》, 이른아침, 2009.

_____, 《韓國茶文化史》 上 · 下, 도서출판 이른아침, 2009.

박동춘, 《초의선사 차문화연구》, 일지사, 2010.

박시백, 《조선왕조실록 》19 高宗實錄, 휴머니스트 출판그룹, 2015.

박정진 지음, 《茶의 인문학》, 茶의 세계, 2021.

方東美, 《中國人의 人生 哲學》, 탐구당, 1989.

棚橋篁峰 著, 석도윤 · 이다현 共譯, 《중국 차문화》, 하늘북, 2006.

司馬遷, 김원중 번역, 《史記列傳》, 민음사, 2020.

釋龍雲, 《韓國茶藝》, 圖書出版 艸衣, 1988.

송해경, 《알기 쉬운 東茶頌》, 이른아침, 2023.

쑨 잉퀘이 · 양 이밍 지음, 박삼수 풀이, 《周易》, 현암사, 2007.

신명호 외 6명, 《조선시대 궁중다례의 자료 해설과 역주》, 민속원, 2008.

안대회 편역, 《明心寶鑑》, 〈范立本〉, 민음사, 2024.

오카쿠라 덴신 저, 이동주 옮김 《차 이야기》, 도서출판 기파랑, 2012.

劉安 編著, 安吉煥 編譯, 《淮南子》, 서울, 明文堂, 2013.

유의경 완역, 《世說新語》, 서울, 明文堂, 2006.

육우 지음, 류건집 주해, 《다경 주해》, 이른아침, 2020.

육우 원전, 짱유화 신역, 《茶經》, 남탑산방, 2000.

윤경혁, 《大韓茶文化資料集成》, 이른아침, 2011.

윤용남 번역, 《性理大全》, 고양, 學古房, 2018.

야나기 무네요시, 구마쿠라 이사오 엮음, 김순희 옮김, 《다도와 일본의
　　　　　美》, 도서출판 소화, 1996.

이기동 역해, 《대학·중용강설》, 성균관대학교 출판부, 2013.

李穆, 《寒齋文集》, 한재종중관리위원회, 1981.

李穆 저, 최영성 편역, 《국역 한재집》, 도서출판 문사철, 2012.

李肇, 이상천 역주, 《唐國史補》, 고양, 學古房, 2006.

意恂지음, 배규범 옮김, 《草衣詩藁》, 지식을 만드는 지식, 2011.

전재인 역해, 《한국 다도 고전 茶神傳》, 이른아침, 2021.

_____, 《한국 다도 고전 東茶頌》, 이른아침, 2020.

정경환, 《동다송의 철학》, 도서출판 이경, 2015.

정민, 《새로 쓰는 조선의 차문화》, 김영사, 2021.

정민·유동훈, 《한국의 다서》, 김영사, 2020.

정서경, 《고려 차시와 그 문화》, 이른아침, 2008.

정영선 편역, 《茶賦》, 너럭바위, 2013.

재단법인 곤니치안 지음, 박민정 옮김, 《일본다도의 이론과 실기》, 2007.

조근태 펴냄, 안동림 역주, 《莊子》, 현암사, 2002.

조민환, 《동양 예술미학 산책》, 성균관대학교 출판부, 2018.

_____, 《동양의 광기와 예술 : 동아시아 문인들의 자유와 창조의 미학》,
　　　　　성균관대학교출판부, 2020.

_____, 《동양 문인의 예술적 삶과 철학》, 예문서원, 2022.

陳繼儒, 홍종선 외 2명 공역, 《萬寶全書》, 고양, 學古房, 2009.

崔凡述, 《韓國의 茶道》, 寶蓮閣, 1973.

최지영, 《朝鮮王宮과 士林의 茶道》, 민속원, 2009.

4. 중국어 문헌

高澤雄, 黎安國, 劉定鄕, 《古代茶詩名篇五百首》, 湖北人民出版社, 2014.

羅大經, 《鶴林玉露》, 北京, 中華書局, 1983.

陶淵明, 逯欽立 校注, 《陶淵明集》, 北京, 中華書局, 1979.

杜育, 歐陽詢 等, 《荈賦》, 上海, 上海古籍出版社, 1982.

房玄齡 等撰, 《晉書》, 北京, 中華書局, 1974.

封演 撰, 《封氏聞見記》, 北京, 中華書局, 1985.

徐陵 編, 吳兆宜 注, 《玉臺 新詠》, 臺北, 臺灣商務印書館, 1968.

徐海荣, 《中國茶事大典》, 華夏出版社, 北京, 2000.

蘇軾 撰, 王文誥 輯注, 《蘇軾詩集》, 北京, 中華書局, 1982.

愛甲弘志·乾源俊主編, 《詩僧皎然集注》, 東京, 汲古書院, 2014.

於欣力, 《中國茶詩研究》, 雲南大學出版社, 2008.

黎傑 編著, 《宋史》, 臺北, 大新書局, 1964.

黎靖德 編《朱子語類》, 北京, 中華書局, 2004.

尉迟偓, 《中朝故事》, 上海, 商務印書館, 1958.

陸樹聲, 《茶寮記》, 上海, 齊魯書社, 1995.

李莫森 編注, 《咏茶詩詞曲賦》, 上海社會科學院出版社, 2006.

張揖, 《廣雅》, 上海, 商務印書館, 1930.

錢時霖, 姚國坤, 高菊兒, 《歷代茶詩集成》, 《宋金卷》上, 上海文化出版社,
      2016.

錢仲聯, 《陸游全集校注》卷3, 杭州, 浙江教育出版社, 2011.

周公, 鄒德文·李永芳 編著, 《爾雅》, 中州古籍出版社, 2013.

朱良志 著, 《中國美學十五講》, 北京大學出版社, 2006.

朱熹, 《朱子全書》, 上海, 古籍出版社, 2000.

《中國古代茶道秘本五十種》卷貳, 國家圖書館藏古籍文獻叢刊, 2003.

陳彬藩 主編, 《中國茶文化經典》, 北京 光明日報出版社, 1999.

蔡復一,《避庵詩集》, 臺北, 金門縣文化局, 2018.

叢書編委會編撰,《中國茶文化》, 北京, 外文出版社, 2010.

馮贄,《雲仙雜記》, 上海, 商務印書館, 1930.

郝懿行 撰,《爾雅義疏》, 上海, 古籍出版社, 1983.

漢語大詞典 編輯委員會,《漢語大詞典》卷2, 上海, 上海辭書出版社, 1986.

韓愈,《韓昌黎集》, 臺北, 臺灣商務印書館, 1968.

黃壽棋 · 張善文,《周易譯注》, 上海古籍出版社, 2001.

許嘉璐 主編,《舊唐書》, 上海, 漢語大詞典出版社, 2004.

5. 한국어 박사논문 및 일반논문

김방룡, 〈선승(禪僧)들의 차문화에 대한 일고(一考)〉,《선학》Vol 21, 한국
　　　선학회, 2008.

金貞熙, 〈唐代 茶文化의 형성과 발전에 대한 考察〉, 중국학보, (73), 한국
　　　중국학회, 2015.

_____, 〈唐代 茶詩 小考〉,《중국학보》0(81), 한국중국학회, 2017.

박남식, 〈寒齋 李穆의 茶道思想 硏究 : 哲學的 基盤을 中心으로〉, 성균관
　　　대학교 박사학위논문, 2013.

박동춘, 〈초의선사의 차문화 중흥의 의미와 그 영향〉,《淨土學硏究》제16
　　　집,
　　　한국정토학회, 2011.

박상기 외 4명, 〈녹차추출물과 테아닌 복합물의 신경전달물질 조절을 통한
　　　항스트레스 효과〉,《약학회지》제53권 제5호, 대한약학회, 2009.

박숙희, 〈高麗 茶詩에 나타난 脫俗과 養生의 美學〉,《漢文古典硏究》21(1),
　　　한국 한문고전학회, 2010.

박영주, 〈매월당 김시습의 문학세계〉,《泮橋語文硏究》12, 泮橋語文學會,

2000.

박장현 외 4명, 〈기능성 GABA차의 고혈압 강화효과〉, 《藥作誌(Korean J. Medicine Crop Sci)》 제10권 1호, 한국약용작물학회지, 2002.

박정도, 〈李奎報 茶詩 小考〉, 《한국어문교육》 Vol. 7. 한국어문교육연구회, 1988.

박화문 외 1인, 〈발달장애아의 신경안정과 녹차테아닌(Theanine)의 효능〉, 《초등특수교육 연구》 제15권 제1호, 한국초등특수교육학회, 2013.

서희연, 〈董其昌 淡 美學의 儒·道 融合的 性格에 관한 연구〉 성균관대학교 박사학위논문, 2020.

宋仁姝, 〈陸游 茶詩를 통한 宋代 茶文化 研究〉, 濟州大學校 박사학위논문, 2015.

송찬희 외 3인, 〈L-theanine을 함유한 기능성 음료의 정신적 이완 및 피로도 자각효과〉, 《가정의학회지》 제23권 제5호, 대한가정의학회, 2002.

송해경, 〈草衣意恂의 茶道觀 연구 -《東茶頌》을 중심으로〉, 원광대학교 박사학위논문, 2007.

양자, 〈조선시대 隱士文化와 山水園林의 상호 관계에 대한 연구 : 古文獻 분석을 중심으로〉, 성균관대학교 박사학위논문, 2018.

염숙, 〈한재 이목의 茶賦에 나타난 다도사상〉, 《차문화산업학》 제1집, 국제차문화학회, 2005.

이경일, 〈白居易茶詩小考〉, 《동북아문화연구》 제69집, 동북아문화학회, 2021.

이병인 외 2명, 〈서거정과 김시습의 차시에 나타난 차생활 고찰〉, 《한국차학회지》 29권 제4호, 한국차학회, 2023.

이재권, 〈淸淡思想의 형성 과정과 의미(1)〉, 《동서철학연구》 제26호, 한국동서철학회, 2002.

이진미, 〈麗末鮮初의 茶文化 樣相 研究 -牧隱 李穡의 境遇-〉,《차문화 · 산업화》제38집, 국제차문화학회, 2017.

이진수, 〈조선 전기 茶詩 속에 담긴 風流 정신 연구〉,《차문화 · 산업학》 제45집, 국제차문화학회, 2019.

임진호, 〈元代 楊維楨의 茶文에 보이는 精神世界 추구 양상 -〈淸苦先生 傳〉과 〈鬻茶夢〉을 중심으로〉,《中國語文學誌》第62輯, 中國語文 學會, 2018.

정명희, 〈명대 은일(隱逸) 아취(雅趣)적 차문화 연구: 주권(朱權) 〈다보(茶 譜)〉를 중심으로〉, 성균관대학교 박사학위논문, 2024.

정순일, 〈육우(陸羽) '검(儉)의 철학'의 인성교육적 의미〉,《한국예다학》2 호, 한국예다학연구소, 2016.

정영란, 〈목은 이색의 차시(茶詩)속에 나타난 평정심(平靜心)〉,《한국예다 학》제7호, 한국예다학연구소, 2018.

정영선, 〈茶禮祭祀의 淵源과 展開 및 그 特性에 관한 研究〉, 성균관대학교 박사학위논문, 2005.

정영호, 〈金時習 茶詩 研究〉,《釜山女子大學 論文集》第20輯, 釜山女子大 學校.

정진호, 〈사람의 피부에서 녹차 EGCG의 자외선에 의한 피부 손상 및 노 화〉,《제6회 국제 녹차 심포지엄》, 한국식품과학회, 2001.

조민환, 〈徐上瀛 ?q4Á의 音樂美學的 研究 - 大音希聲 ,思惟를 중심으 로-〉,《도교문화연구》제37집, 도교문화학회, 2012.

_____, 〈仲長統 〈樂志論〉을 통해본 隱士의 삶〉,《동양예술》Vol. 25, 동양 예술학회, 2014.

_____, 〈馬嘉善 '〈24茶品〉'의 미학적 고찰- '淸' 字의 인품론 및 比德 사유 를 중심으로-〉,《동양예술》제41호, 한국동양예술학회, 2018.

_____, 〈동양 문인 사대부들의 놀이문화시탐〉,《동양예술》Vol. 57, 한국 동양예술학회, 2022.

최성민, 〈한국 수양다도의 모색 :《다부》와《동다송》을 중심으로〉, 성균관
        대학교 박사학위논문, 2017.
홍원식, 〈한재 이목의 도학정치론과 철학사상〉,《공자학》No. 44, 한국공
        자학회, 2021.

6. 중국어 일반논문

袁名澤, 〈朱權農學思想考論〉,《農業考古》, 2012.
粘振和, 〈鬪茶 －茶藝比賽之外的'名茶'身分〉,《漢學研究》第29卷 第1期,
        2011.
朱權,《壺天神隱記》,〈醉裡乾坤〉上卷 頁5, 台南 莊嚴文化, 1997.
陳輝, 〈"朱權茶道" 述評〉, 中國茶葉博物館.

다시茶詩를 읽으며 시차詩茶를 마시다

초판 1쇄 인쇄 2026년 2월 13일
초판 1쇄 발행 2026년 2월 23일

지은이 이형곤 ⓒ 2026
펴낸이 김환기
펴낸곳 도서출판 이른아침
주 소 경기도 고양시 덕양구 삼원로 63 고양아크비즈 927호
전 화 031-908-7995
팩 스 070-4758-0887
등 록 2003년 9월 30일 제313-2003-00324호
이메일 booksorie@naver.com

ISBN 978-89-6745-170-7 (03810)